El peso del corazón

Seix Barral Biblioteca furtiva

Rosa Montero
El peso del corazón

Obra editada en colaboración con Editorial Planeta – España

Diseño original de la colección: Josep Bagà Associats

Primera edición impresa en España: febrero de 2015
ISBN: 978-84-322-2419-5

Primera edición impresa en México: abril de 2015
ISBN: 978-607-07-2726-9

Impreso en los talleres de Programas Educativos, S.A. de C.V.
Calzada Chabacano no. 65, local A, colonia Asturias, México, D.F.
Impreso en México - *Printed in Mexico*

*Para las brujas Gaby, Isabel, Nativel, Reyes, Rosaló y
Virginia, que conmigo somos siete.*

*Y para los ayudantes de las brujas,
que ellos saben quiénes son.*

*Para Macu, cabrita que trisca por el monte,
y para Álex y Nuria, genios benéficos.*

Para Carmen, bruja mayor.

*Para el verdadero Frank Nuyts, mago de la música,
compositor magnífico, con quien he tenido una ópera.*

*Y para el verdadero Berrocal y el verdadero
Fred Town, hechiceros y musos.*

¿No puedes curar una mente enferma, arrancar de su memoria una pena arraigada, borrar las angustias grabadas en el cerebro y, con algún dulce antídoto de olvido, limpiar el pecho oprimido de las materias peligrosas que pesan sobre el corazón?

SHAKESPEARE, *Macbeth*

Los humanos eran lentos y pesados paquidermos, mientras que los replicantes eran rápidos y desesperados tigres, pensó Bruna Husky, consumida por la impaciencia de tener que aguardar en la cola. Recordó una vez más aquella frase de un autor antiguo que un día citó su amigo el archivero: «El ininterrumpido ir y venir del tigre ante los barrotes de su jaula para que no se le escape el único y brevísimo instante de la salvación.» Bruna se la sabía de memoria porque le había impresionado: ella era ese tigre atrapado en la diminuta cárcel de su vida. Los humanos, con sus existencias larguísimas y sus vejeces interminables, solían glorificar pomposamente las ventajas del aprendizaje; incluso de las malas experiencias, sostenían, se podían sacar cosas. Pero Husky no podía perder el tiempo en esas tonterías; como todo androide, sólo vivía una década, de la cual le quedaban tres años, diez meses y veintiún días, y tenía la certeza de que había saberes que no merecía la pena saber. Por ejemplo, ella hubiera podido vivir muy feliz sin conocer la cochambre de las Zonas Cero; pero aquí estaba, tras haber hecho un viaje inútil a la miseria.

«¡Buenos días! Estás abandonando la Zona Cero. A partir de este punto, sólo personas con autorización vigente, por favor. ¡Muchas gracias!»

La rep llevaba un buen rato oyendo el mensaje, cada vez más nítido a medida que la larga cola de viajeros atravesaba el control y ella se iba acercando a la puerta. La frontera no parecía gran cosa, apenas un largo muro transparente que dejaba entrever unos cuantos pasillos y recámaras también transparentes al otro lado. Pero era metacrileno reforzado, con un blindaje muy alto, quizá 2.6, calculó la androide: inviolable, irrompible y tan duro como el diamante, aunque mucho más feo, porque el metacrileno amarilleaba y se ensuciaba con el tiempo. Las manchas ocres podrían pasar por roñosos residuos de antiguos orines y lograban que la pared tuviera el aspecto de lo que en verdad era: el sórdido muro de una cárcel.

«¡Buenos días! Estás abandonando la Zona Cero. A partir de este punto, sólo personas con autorización vigente, por favor. ¡Muchas gracias!»

La rep gruñó: odiaba las voces sintéticas, la cortesía sintética y, sobre todo, su estúpido tonillo de entusiasmo, tan inadecuado e incongruente en estas circunstancias. Alrededor, el mundo parecía hervir. Columnas de humo tóxico se elevaban en el horizonte desde las chimeneas industriales y se fundían con un cielo congestionado color plomo que amenazaba con derrumbarse sobre su cabeza. El control fronterizo estaba en un paso de montaña para aprovechar el estrechamiento del camino y lo inexpugnable de las grandes rocas; visto desde aquí arriba, el valle que Bruna estaba a punto de abandonar era una cazuela requemada y sombría. Tierra maldita.

—Hay que avanzar —rezongó el hombre que estaba detrás de ella.

Cierto: la cola se había movido dos pasos y ella no se había dado cuenta. Dos míseros pasos y el tipo protestaba. Salvó de una zancada el pequeño trecho y miró con sorna al humano desde su altura de rep de combate. Pero el tipo no se inmutó. No parecían arredrarle ni su constitución atlética ni los ojos felinos de pupila rasgada que la definían como tecnohumana, ni el tatuaje que le recorría verticalmente todo el cuerpo, una línea negra que bajaba por la frente y los párpados y la mejilla izquierda y luego recorría su pecho, su vientre y la pierna hasta dar la vuelta al pie, regresar por la espalda y cerrar el círculo tras remontar el cráneo rapado. Tanta tranquilidad en un humano no era normal. Lo habitual era que la temieran y la detestaran. Pero este hombre debía de ser rico. Poderoso. Debía de estar acostumbrado a ser él quien infundiera miedo. Llevaba puesta una máscara purificadora de carbono de última generación, elegante y casi invisible. Una tecnología ultraligera y carísima. ¿Qué negocios traerían a un tipo así a uno de los sectores de Aire Cero, los lugares más contaminados del planeta? Los vertederos del mundo. Tendrían que ser por fuerza negocios sucios, se dijo Bruna, masticando con desgana su pésimo chiste.

«¡Buenos días! Estás abandonando la Zona Cero. A partir de este punto, sólo personas con autorización vigente, por favor. ¡Muchas gracias!»

Máquina necia. Durante mucho tiempo, el aire había sido propiedad de las grandes compañías energéticas y cobraban por él a los habitantes; cuanto más limpio, más caro. Seis meses atrás el Tribunal Constitucional había declarado ilegal ese negocio y prohibido la propiedad y venta del aire. Un gran triunfo democrático que en realidad no sirvió de nada, porque las Zonas Verdes impusieron enseguida un impuesto de residencia que los más pobres tampoco podían pagar. Por eso en la flamante nación única de los Estados Unidos de la Tierra seguía habiendo fronteras como ésta. Las debían de construir así, de metacrileno transparente, para que se viera menos la contradicción. Pero luego el tiempo se encargaba de mearles encima los manchurrones ocres. Bruna inspiró profundamente el aire pesado y mineral. Olía a sulfuro, a óxido, a trapo húmedo y viejo. La rep tuvo una nítida visión de cómo el aire iba depositando sobre sus rosados pulmones el finísimo polvo negro que cubría todas las superficies en el sector Cero. Tanto peor para la salud, se dijo Bruna. Aunque, total, ¿qué más daba? Tres años, diez meses y veintiún días, rumió. El cretino de la máscara viviría con toda probabilidad más que ella. Y no por la protección de su filtro de carbono. Por eso los clientes modestos buscaban a detectives replicantes para que fueran a las Zonas Cero. Míseros trabajos pagados míseramente: apenas dos mil gaias por llenarse los pulmones de metal caliente mientras indagaba sobre el paradero de un idiota. Quién iba a aceptar algo así si no fuera un androide de vida brevísima, un condenado a muerte como ella. Miró de nuevo al ejecutivo de la máscara y le odió. Cuánto le odió. Y luego, igual que tantas veces, la vieja rabia se convirtió en desaliento. Lo cual era aún peor: siempre prefirió la rabia a la pena.

Ya estaba a punto de pasar el control. Sólo quedaba una persona por delante. Una humana joven. Por su ropa chillona y apretada, tal vez prostituta. La delgada lámina de grafeno de su ordenador móvil estaba montada en un ostentoso brazalete de metal dorado y piedras preciosas fulgurantemente falsas. Quizá fuera a trabajar a la Zona Uno, el sector colindante. La chica arrimó su muñeca al Ojo y, tras unos instantes de comprobación, la puerta se abrió. Al otro lado había un pequeño corredor y luego una cámara de descontaminación. Nada muy serio: aspiración de las partículas tóxicas de la ropa y del cabello. Y una vaporización antivírica y antibiótica. Una somera limpieza que apenas duraba un minuto: el equipaje era revisado y descontaminado en una cinta aparte. Con todo, ese procedimiento era lo que hacía que se formaran las largas colas.

Iba a cruzar la puerta la muchacha cuando estalló el clamor. Porque lo primero fue ese repentino griterío, un bramido colectivo y animal que helaba la sangre. La chica se detuvo y miró hacia atrás; de hecho, todos cuantos aguardaban en la cola miraron hacia atrás. Hacia la masa de individuos que se acercaba al muro a todo correr. Eran muchos, muchísimos, trescientos, cuatrocientos, quizá más. Hombres y mujeres. Llevaban escaleras, mochilas, bultos, maletas, niños a la espalda. Gritaban desesperados y furiosos, pero también para darse aliento. Así debían de gritar los asaltantes de los castillos medievales en las historias que le contaba su amigo Yiannis. Alcanzaron los primeros la pared transparente como una ola de mar que rompe contra un dique: el muro los escupía, los despedía, porque estaba electrificado. Bruna conocía este dato porque se hablaba a menudo de ello en las noticias: los asaltos a las fronteras de las Zonas Cero eran habituales. También la muchedumbre sabía que el metacrileno los haría bailar, pero aun así se arriesgaban a intentar salvarlo. Algunos llevaban guantes aislantes y el cuerpo envuelto en raros trapos para minimizar la corriente, pero temblaban igual agarrados al muro, temblaban y chillaban antes de soltarse, mientras los de detrás trepaban por sus hombros. La muchacha que quizá fuera puta recuperó súbitamente la movilidad y atravesó la puerta corriendo. La pared volvió a cerrarse tras ella.

«¡Buenos días! Estás abandonando la Zona Cero. A partir de este punto, sólo personas con autorización vigente, por favor. ¡Muchas gracias!»

Tres drones de los informativos surgieron como por arte de magia sobre sus cabezas con el petardeo característico de sus pequeños motores. Bruna sintonizó las noticias en el móvil y, en efecto, ahí apareció en directo el asalto al muro. En la pantalla de su muñeca, entre el humo, la perspectiva aérea, los hábiles insertos de primeros planos, el abigarrado fondo y el color gris azulado que dominaba todo, la escena tenía algo épico, grandioso, incluso bello. En la realidad, en cambio, no era más que un sucio aluvión desordenado y gimiente de personas que se pisoteaban las unas a las otras, un montón de tipos desesperados que sufrían. Se suponía que la carga eléctrica era disuasoria y no mortal, pero algunos yacían inmóviles, quizá desmayados, al pie de la pared. Aun así, otros estaban consiguiendo saltar por encima, espasmódicos y acalambrados pero imparables.

—¡Si no vas a pasar, aparta!

El hombre de la máscara dio un empujón a Bruna, arrimó su móvil al Ojo y atravesó la puerta. Y, como si el tipo lo hubiera previsto o incluso lo hubiera ordenado (¿lo hizo?), en cuanto el muro se cerró a sus espaldas aparecieron los *fieras*, los temidos guardias de las Fuerzas de Intervención Especial Regional. Venían cubiertos con armadura entera, lo cual los asemejaba vagamente a los viejos astronautas de los tiempos de la conquista espacial. Lo primero que hicieron fue lanzar cohetes a los drones; los pequeños aviones estallaron y sus hirvientes fragmentos empezaron a llover sobre todo el mundo. Entonces fue la cola de viajeros la que aulló e inició su propia avalancha, mientras los asaltantes del muro se desperdigaban y los *fieras* disparaban indiscriminadamente sus fusiles aturdidores. Un súbito y monumental empellón parecido al envolvente impulso de un *tsunami* levantó a Bruna del suelo y la introdujo en volandas a través de la puerta y en la cámara de descontaminación. De pronto se encontró encerrada en el pequeño cubículo junto a otras nueve o diez personas, un gentío inverosímil para tan breve espacio, de manera que, de hombros para abajo (menos mal que seguía siendo la más alta), cada centímetro del cuerpo de Bruna estaba dolorosamente prensado por el cuerpo de otro. Los pulmones luchaban por respirar y los individuos más débiles quizá no lograran reunir suficiente aire. Empezaban a escucharse angustiosos jadeos cuando los *fieras* abrieron la cámara y el grupo se derramó en el otro lado del muro trastabillando y boqueando.

—¡De rodillas! ¡De rodillas y con las manos detrás de la cabeza!

Varios de los viajeros ya habían caído de bruces por sí solos al salir de la cámara, pero los *fieras* los hostigaban de igual modo, empujándolos y golpeándolos con sus fusiles. El corazón de Bruna empezó a bombear más deprisa y la adrenalina se le disparó, una respuesta automática que los ingenieros genéticos habían reforzado en su organismo de rep de combate. Alzando los brazos, comenzó a arrodillarse lentamente, lo cual no evitó que un guardia le hincara la culata de su arma en los riñones. Bruna se revolvió con velocidad de alimaña y, agarrando la base del fusil, pegó un empujón al *fiera* y le sentó en el suelo. La escena se congeló al instante: el hombre despatarrado y atónito, los otros guardias apuntándola con sus armas, Bruna con el fusil en la mano, todavía cogido por la culata. La androide sintió que la inundaba esa calma helada e hiperlúcida de los grandes momentos de tensión, otro regalo de los genetistas que la diseñaron. Su estado de alerta era tal que los segundos parecían durar minutos, así que se permitió evaluar la situación con tranquilidad; estaba rodeada por seis *fieras*; si todos disparaban a la vez, sus cargas aturdidoras le pararían sin duda el corazón y moriría, pese a su fortaleza. Pero los hombres estaban asustados. A veces era una ventaja que le tuvieran miedo.

—Calma. Calma —dijo con voz firme y serena en inglés global—. No va a pasar nada. Me llamo Bruna Husky. Vivo en Madrid, en la región hispana. Soy detective privado. Tengo licencia y estoy registrada. He venido al sector Cero por encargo de un cliente. No debí empujar a vuestro compañero y le pido disculpas. Pero vosotros no debisteis golpearme por la espalda innecesariamente mientras yo obedecía vuestras órdenes. Soy un androide de combate y estoy hecha para responder de forma automática a agresiones así.

Silencio. Bruna recorrió con la mirada las caras de los tipos. Apenas eran distinguibles detrás de la máscara de protección adosada al casco. Pero se les veían los ojos tras el visor. Ojos humanos, nerviosos, inestables, emocionales, dubitativos. Bruna se arrodilló.

—Voy a dejar el fusil en el suelo y después podréis comprobar mis datos.

Con movimientos pausados, la androide depositó el arma sobre el piso y luego colocó ambas manos tras su cabeza. Los *fieras* se acercaron. Pasaron un lector por el móvil de Bruna y verificaron sus palabras. A medida que los datos confirmaban lo que les había dicho, los tipos se fueron relajando. Cada vez se movían con más seguridad, con más chulería. El guardia al que había quitado el arma se detuvo ante ella.

—Si los reps no sabéis controlaros, habrá que exterminaros como a perros rabiosos —escupió con odio.

A Husky le dio igual su pequeño dardo de veneno. Estaba acostumbrada al desprecio de los humanos y, a decir verdad, a menudo ella los despreciaba de igual modo. Lo importante, y lo interesante, era que los *fieras* habían dejado de dar culatazos. Ahora se comportaban con la cautela de los niños malos que han recibido un susto. Humanos cobardes.

Los otros viajeros fueron identificados y después se les permitió irse, pero Bruna siguió de rodillas un buen rato. El paso por el control continuaba interrumpido; a uno y otro lado de la pared de metacrileno había cuerpos caídos que estaban recogiendo los servicios de seguridad. Los pocos individuos que habían conseguido saltar la pared y colarse en la Zona Uno eran devueltos de nuevo al sector Cero. A cierta distancia de Bruna, cerca del muro, una niña de unos nueve o diez años se debatía en las manos de un *fiera*.

—¡Está muerta! ¡Está muerta! —chillaba la cría.

Debía de referirse a un bulto oscuro e inmóvil que yacía en el suelo junto a ellos. El guardia agarró a la niña de una muñeca y la levantó en el aire, mientras ella chillaba e intentaba patearle. El tipo se acercó a la puerta con la cría colgando y retorciéndose como un pescado en su agonía. Evidentemente iba a arrojarla al otro lado.

—¡¡¡Noooooo!!! ¡¡¡No quiero irmeeee!!!

Un nuevo dron de noticias apareció en el cielo y empezó a dar vueltas. La niña redobló la pelea y consiguió que el avioncito se detuviera sobre ellos, zumbando y vibrando en el aire como un abejorro:

—¡¡¡Nooooo!!! ¡¡¡No me puedes expulsaaaaaarrrr!!! ¡¡¡Soy menor!!! ¡¡¡Soy menooooooooorrrrr!!!

El hombre que la llevaba a rastras se detuvo, sin saber muy bien qué hacer. Un *fiera* se acercó a Husky.

—Puedes marcharte, pero estás denunciada. Te hemos puesto una falta civil en tu bio y te llamarán para imponerte la pena correspondiente. Espero que te quiten la licencia.

Su voz indicaba que era una mujer: la armadura lo ocultaba todo. Una hembra de ojos duros. Bruna resopló y se puso de pie. En ese momento, un cohete reventó el dron de los informativos. Una de sus esquirlas impactó en la ceja izquierda de la androide, haciéndole una pequeña brecha.

—Maldita sea...

Los *fieras*, claro está, se encontraban protegidos por sus corazas. La ceja sangraba y había pocas cosas más desagradables que tener un ojo cegado por tu propia sangre. Además, la cicatriz quizá desfigurara la línea perfecta del tatuaje, pensó la androide. Y a ella le gustaba su tatuaje. Se sentía cada vez más furiosa. En cuatro zancadas se aproximó al guardia que zarandeaba a la cría y, antes de detenerse a pensarlo, agarró el otro brazo de la pequeña.

—Esta niña es mía. Es lo que he venido a buscar en la Zona Cero. Mi encargo.

—¿Cómo?

—A mi cliente le secuestraron una hija. Creemos que puede ser esta niña —improvisó.

—¿Qué tontería es ésa?

—¡Es verdad! ¡Es verdad es verdad es verdaaaaaaaad! —chilló la niña.

Se acercaron otros guardias, entre ellos la oficial que le había dicho a Bruna que podía irse.

—La niña no pasa. No está autorizada.

—Veréis lo que voy a hacer —dijo Bruna—: voy a pagar ahora mismo su impuesto de residencia en una Zona Verde por tres meses. Así podrá pasar. Y me la llevo. Cuando sepamos si es la hija de mi cliente o no, actuaremos en consecuencia.

Hubo un incómodo silencio mientras la niña colgaba como un trapo tendido de las manos de la androide y del hombre. Al cabo habló la *fiera* que parecía estar al mando.

—No me tomes por imbécil. No te creo. Pero los cabrones de las noticias ya han sacado a la niña. O sea que ya saben que tenemos a una menor y no la podemos expulsar sin avisar antes al juez. Así que, ¿por qué no? Llévatela. Nos ahorras trabajo. Pagas su impuesto, asumes su tutela provisional en el registro y os vais echando virutas. Estoy harta de verte.

Bruna se apresuró a hacer los trámites con su móvil; cuando aceptó la responsabilidad legal de la niña, sintió que su furia y su desesperación se redoblaban. Pero ¿qué estaba haciendo? ¿Por qué se complicaba la vida de ese modo?

—Vámonos —gruñó.

—No tan rápido —dijo la *fiera*—. Antes tengo que ponerle el localizador.

La guardia agarró expeditiva y hábilmente a la niña, la sujetó con firmeza bajo su brazo izquierdo y le disparó un chip de seguimiento en el muslo. Todo fue tan rápido que cuando la pequeña empezó a berrear ya estaba de nuevo en el suelo.

—Mañana tienes que presentarte con ella en el Tutelar de Menores de tu región. Ahora sí. Largo.

La androide cogió a la furibunda cría de la mano y echó a andar. Según su bio, se llamaba Gabi Orlov, era huérfana y había nacido en Dzerzhinsk en junio de 2099. O sea que acababa de cumplir diez años. Hablaba bien el inglés global, por supuesto; todos los nacidos después de la Unificación de la Tierra en el 96 habían sido educados en la lengua estándar. La miró a hurtadillas: el rostro ancho y plano, un poco tártaro; la expresión áspera, fruncida, empeñosa. Ni un asomo de lágrimas en sus sucias mejillas.

—Ese cuerpo que estaba tirado, ¿era de algún familiar tuyo? Hablo de la persona de la que decías que estaba muerta...

—No.

—¿Hablas ruso?

—No.

Bruna se frotó el ojo izquierdo para limpiarlo de sangre. Se le había metido dentro y le escocía. De pronto, una inesperada ola de angustia inundó su pecho y la dejó casi sin aire en los pulmones. Por el gran Morlay, pero ¿qué había hecho?

—Escucha, yo no me voy a hacer cargo de ti. Te buscaré un lugar que esté bien, alguien que te cuide, pero no esperes nada de mí.

La niña hizo un ruido burlón y despectivo, mitad risa mitad gargajeo.

—¿Esperar algo de ti? ¿De un rep? No quiero nada con vosotros. Os morís muy rápido —sentenció.

«¡Buen viaje! ¡Vuelve pronto a visitar la Zona Cero!», gorjeó alegremente una voz de chatarra electrónica.

Estaban saliendo de la frontera.

Tres años, diez meses y catorce días.

Ésa no había sido la mejor semana de la vida de Bruna.

La mujer que la había contratado para buscar a su marido en el sector Cero no había podido pagarle las mil gaias del segundo plazo de sus honorarios. Se había comprometido a hacerlo en cuanto dispusiera de dinero, pero estaba en el paro y apenas si podía costearse el permiso de residencia. Bruna sospechaba que acabaría engrosando la lista de sus clientes fallidos, lo cual no sólo afectaba a su magra economía, sino, sobre todo, a su aún más dañada autoestima. Por otra parte, no había podido encontrar ni rastro del hombre, así que ni siquiera se sentía muy justificada para exigirle. Husky a veces pensaba que, por alguna razón, ella se estaba deteriorando mucho más deprisa de lo que le correspondía por su edad. ¿Podrían sufrir alzhéimer los reps? Era imposible, sus genes estaban seleccionados y capados y reforzados, pero aun así...

—Husky, ¡Husky! Hoy estás muy ausente...

La cuidada voz de barítono de Virginio Nissen se abrió paso hasta ella como si cayera desde lo alto de un pozo. Flotando sobre un colchón de sutiles aerobolas, con las gafas de visión virtual que le hacían sentirse a la deriva en mitad del cosmos y hundida en el pequeño abismo de sus pensamientos, a la tecnohumana le costó entender el significado de las remotas palabras del psicoguía. Hizo un esfuerzo por concentrarse.

—Juguemos a las asociaciones —dijo Nissen—. Ya sabes. No hagas trampas. Responde lo primero que se te ocurra. Veamos. Violencia...

—Pena.

—Pena...

—Violencia.

—Niña...

—Monstruo.

Bruna escuchó un sonido sofocado que creyó identificar como una risa contenida. Monstruo, sí. Le había hablado un poco de Gabi al psicoguía sólo para oírle insinuar lo que la replicante ya sabía de sí misma: que ella era una estúpida, una criatura aberrante con cuerpo de androide y una mente abarrotada de las memorias excesivamente humanas que le había proporcionado su memorista. Así que no sabía cómo manejar sus emociones ni su sentido de culpa ni su maldita pena y su violencia. Por eso había tenido la absurda idea de hacerse cargo de la niña rusa. De ese monstruo que había superado sus peores expectativas, aunque Bruna Husky estaba acostumbrada a esperar siempre lo mínimo.

—Amigos —dijo Nissen.

—Carga.

—Soledad.

—Locura.

Al final le había encasquetado la niña a Yiannis. Bruna seguía siendo la responsable legal hasta que el Juzgado de Menores decidiera el destino del monstruo, pero había conseguido que el viejo archivero acogiera a la rusa en su

24

casa. En un momento de raro optimismo la rep incluso había pensado que Gabi podría venirle bien a Yiannis, un hombre con el espinazo del ánimo quebrado desde la muerte de su pequeño hijo, cuarenta años atrás, y que ahora, tras su expulsión del Archivo Central, había sucumbido plenamente a la melancolía. Pero el monstruo estaba volviendo loco a Yiannis, cosa que le demostraba a Bruna una vez más que toda esperanza de felicidad era insensata.

—Amor —insistió Nissen, tan perseverante como la carcoma.

—Dolor.

—Sexo...

—Furia.

Y Lizard. Ah, el maldito Paul Lizard. El inspector de la Brigada Judicial con quien había mantenido una relación amorosa medio año atrás. Pero ahora llevaba dos meses sin dar señales de vida. Dos meses en la existencia de una rep equivalían a dos años en un humano. Dos meses eran un tesoro temporal. Qué desperdicio.

—¿Qué estás pensando ahora mismo? —preguntó el psicoguía.

—Tres años, diez meses y catorce días.

—Pero Husky, ¿todavía sigues con eso?

El tono profesionalmente meloso del hombre no pudo ocultar una sombra de fastidio, una irritación mal reprimida que hizo emerger un poco más a Bruna de su letargo. La rep siempre respondía a la agresividad.

—Si tú supieras cuándo vas a morir también descontarías el tiempo que te queda, Nissen.

—Todos vamos a morir. Lo que hacemos para soportarlo es olvidarlo.

¡Olvidarlo! El psicoguía no sabía de qué hablaba. Los

tecnohumanos no podían olvidar. El día anterior, Bruna se había dado de bruces en la calle con un rep en el último estadio de su TTT. Normalmente los androides tenían la decencia de esconderse cuando eclosionaba su Tumor Total Tecno, el cáncer generalizado que acababa con sus vidas en pocos días al cumplir los diez años desde su activación como replicantes. El TTT, espectacular en su devastación, era una muerte parecida a un incendio catastrófico. Husky había podido contemplar la feroz batalla final de Merlín, su amante de juventud. Es decir, de apenas cuatro años atrás. Pese a la placidez inducida por el sillón de aerobolas y las gafas virtuales, Bruna apretó las mandíbulas y sus dientes chirriaron: qué fraude, qué estafa, qué tortura incesante esta pequeña vida. La tecno con la que se había cruzado el día anterior tenía pústulas en la cara, los huesos parecían a punto de romperle la piel y apenas se sostenía por sí sola: se apoyaba en la pared, alucinada y agónica. Husky, que iba deprisa y distraída, casi chocó con ella; fue como toparse con la Muerte. El corazón se le achicó en el pecho y un sudor frío le cubrió la nuca. Tuvo miedo. Un golpe de miedo loco y animal. Un terror casi irresistible. Lo resistió, sin embargo, respirando profundamente mientras veía a la tecno reptar calle abajo, camino de su espantoso destino. «Acojona, ¿verdad?», dijo alguien a su lado. Una voz burlona y una boca áspera que pertenecían a una tecnohumana pequeña y huesuda, quizá una rep de cálculo. Los androides superdotados matemáticamente solían mostrar ese altivo desdén hacia los demás. Aunque Merlín no. «Angustia pensar que nos espera eso, ¿eh?», insistió la desconocida mientras sonreía de modo incongruente. Una sonrisa torcida y maliciosa. Bruna no contestó. No por ser rep le tenían que caer bien todos los reps del mundo. A decir verdad, en general los detestaba. Claro que también detestaba a casi todos los humanos. Husky advirtió que la androide llevaba una chapa en el chaleco en la que parpadeaban las siglas MRR. «Eres del Movimiento Radical Replicante», gruñó Bruna. «Mmmmm, vaya, qué gran sentido de la observación», se burló la tecno, mientras las letras holográficas de su chapa vibraban y lanzaban destellos. Desde que la líder del MRR, Myriam Chi, había sido asesinada seis meses atrás, el MRR no había hecho más que ir dando tumbos y derivar cada día más hacia una radicalización extrema. «Y ahora me pregunto yo una pregunta inocente», canturreó la pequeña tecno, cuyo aspecto no sólo no tenía nada de inocente, sino que además parecía más vieja de lo que podía ser, ya que todos los androides eran creados a una edad orgánica de veinticinco años y sólo vivían hasta los treinta y cinco. Esta androide debía de estar cerca de su TTT y probablemente había sido pródiga en el uso de memorias artificiales y otras drogas. «Me pregunto por qué no se suicidan los reps. Por qué, ¿eh? Si lo que nos espera es con certeza tan horrible, ¿por qué no matarse? No lo sabes, ¿verdad?», había seguido diciendo el pequeño engendro con una sonrisa inquietante. Bruna se había encogido de hombros, aunque la cuestión había despertado incómodos ecos en su interior. «Pues te lo voy a decir yo, chica grande: porque tenemos implantado en el cerebro un chip de supervivencia... para que no estropeemos la mercancía de nuestros fabricantes, jajaja.» Bruna se sulfuró: «¡Eso es ridículo! No me lo puedo creer. Además, sólo trabajamos los dos primeros años para el fabricante. Luego somos libres para vivir nuestra vida. ¿Por qué no desactivarlo entonces?» La tecno de cálculo soltó una carcajada: «¿Y por qué sí? Eres una pardilla. ¿A ellos qué les importa? Les importamos una mierda. Además, tendrían que gastar dinero en el procedimiento y admitir que nos lo habían colocado, cosa que es secreta... Y tampoco creo que les gustara que los reps se fueran suicidando en masa. No sería una buena imagen para el negocio.» Bruna había resoplado y negado con la cabeza decidida a no creer, a no escuchar a esa pequeña criatura de mal agüero, a esa sirena de canto envenenado. «Venga, chica grande... tú eres una rep de combate. Seguro que has vivido cosas muy penosas. Muy penosas. Y sin embargo... Dime, ¿sabes de algún rep que se haya suicidado?» Las palabras de la tecno resultaban desagradables, eran una lluvia de piedrecitas filosas, justo otro puñado de posibles verdades que Husky hubiera preferido no conocer. Rebuscó ansiosamente en su memoria para ver si recordaba a algún tecno suicida. Nada. No. Ninguno. Incluso eso les debían de haber robado los humanos, la libertad suprema de matarse.

Recordar todo esto provocó en Bruna un súbito conato de náusea que hizo que se sentara de golpe en la cama de privación sensorial y se arrancara de un manotazo las gafas virtuales. El mundo real regresó con la violencia de una bofetada; las aerobolas temblaban bajo el peso de su cuerpo con mareante indeterminación de gelatina. La rep percibió que el psicoguía daba un respingo a su espalda y creyó oler una tenue descarga de adrenalina. Ah. Sí. Al parecer Virginio Nissen también le tenía cierto miedo. Un recelo innato, un prejuicio especista que no había podido reprimir ante el brusco e inesperado movimiento de la rep. Bruna se sentó en el borde de la cama, flop flop, el cosquilleo de las aerobolas rompiendo como olas contra sus muslos, y miró al psicoguía de largos mostachos trenzados. El hombre le mantuvo la mirada. Ya se había parapetado de nuevo tras su coraza oficial de sanador.

—¿Qué sucede, Husky?

—Esto es absurdo e inútil y no me ayuda en nada.

—¿O sea que admites que necesitas ayuda?

Bruna exhaló un suspiro que más bien sonó a rugido.

—No. Sí, es decir, necesito ayuda administrativa. Necesito que me levanten la sanción.

Virginio meneó tristemente la cabeza.

—Lo siento, Husky, pero no puedo firmar tu carta de idoneidad. Sigues tan llena de agresividad y de impulsos violentos como cuando viniste. Es verdad que no te he ayudado. No hemos avanzado nada.

—¡Cómo que no! Eso no es así. No tengo ningún problema con mi agresividad. Me controlo perfectamente.

Y era cierto. Deseaba aporrear al psicoguía y, sin embargo, no lo estaba haciendo.

—Nissen, no puedo seguir de baja. Necesito recuperar mi licencia. Necesito trabajar. No tengo un céntimo. Lamento haber empujado a aquel guardia en la frontera, pero era un imbécil.

—Husky...

—¡Vale! Lo lamento. No volverá a pasar.

Mentirosa, mentirosa. Virginio la miraba pensativo.

—Bueno, de acuerdo. Te firmaré un permiso provisional. Tres meses de prueba. A condición de que vayas a un táctil.

—¿Cómo? ¿A un sobón? ¡Ni pensarlo! —se crispó Bruna.

—No es negociable. O eso, o nada.

Ir a un táctil era una vergüenza. A los sobones iban los ancianos humanos abandonados por todos, viejos que se meaban encima de pura soledad. O adolescentes humanos ñoños y malcriados que se sentían el centro doliente del Universo. O adultos humanos cobardes y reblandecidos que se morían de ganas de que alguien los tocara. Los sobones eran para los humanos, en cualquier caso; para sus gritonas, abyectas necesidades, para sus emociones rotas y confusas. Para su sensiblería artificiosa. ¿Cuándo se había visto que un rep acudiera a un táctil?

—Los tecnohumanos no vamos a los sobones —dijo, lapidaria.

—Estás equivocada, Husky. Sí que vais. Te acabo de pasar a tu móvil la cita y el número de autorización para el tratamiento. Te espera el martes de la semana que viene a las 16:30. Se llama Daniel Deuil. Dicen que es muy bueno. Te gustará. Además, tú eres una tecnohumana muy especial, ya lo sabes. Más humana que la mayoría de los tecnos.

Y ésa fue una observación innecesaria que Bruna consideró insultante.

Lo primero que hizo nada más salir del psicoguía fue llamar a Yiannis. La cara del viejo archivero ocupó toda la pantalla del móvil: estaba aferrado al ordenador, desencajado y ansioso:

—Es una catástrofe, Bruna, una catástrofe. Gabi está muy mal. Está muy dañada. Irreversiblemente deteriorada. No puedo con ella. Se ha escapado. ¡Lo siento! ¡Se me ha escapado! Es una tragedia. Soy un viejo inútil. Ya no valgo para nada. Mejor sería morirse de una vez. Mejor sería mat...

La rep cortó la comunicación. Se rascó distraída la pequeña cicatriz de su ceja, causada por la explosión del dron en la frontera. No se había molestado en pegar la herida, se había curado al aire y ahora la costra le picaba. Arrancó un pedacito con la uña y observó con atención el grumo de piel: parecía un pequeño insecto, oscuro y coriáceo. Se metió la costra en la boca y se la comió. Piel humana, tan humana como la de cualquier humano. En eso tenía razón el psicoguía. Suspiró. La tarde era muy calurosa: lo normal a mediados de julio. El sol, todavía muy alto, parecía estar envuelto en una gasa. La bruma era resultado de la contaminación, aunque éste fuera uno de los sectores Verdes, las zonas privilegiadas y más limpias del planeta. Pero hacía meses que no llovía. Velado y todo, el sol freía fatalmente la piel de los humanos. La suya también, pero los procesos cancerígenos que desataba la feroz radiación solían tomarse más tiempo que sus diez años de vida. Además, los reps disfrutaban de su propio cóctel oncológico: qué importaba añadir un poco más de sol a la inexorable condena del TTT.

Tres años, diez meses y catorce días.

Sintió cómo una gota de sudor resbalaba por su escote entre sus senos. Y eso la hizo consciente de sus pechos por debajo del ligerísimo tejido azul de la camiseta. Duros, desnudos. Por lo menos no se le caerían. Los reps morían bellos. Es decir, llegaban bellos hasta la eclosión del TTT. Tal vez parte de la inquina que los humanos les tenían fuera por eso.

Marcó de nuevo el número de Yiannis:

—¡Hola, Bruna! Me alegro de que vuelvas a llamar —gorjeó un Yiannis amable y sonriente—. Como te dije, Gabi se ha escapado, pero no te preocupes porque con el chip localizador no irá muy lejos. El único inconveniente es tener que avisar a la policía para que la rastreen pero quizá podrías aprovechar para llamar a Lizard, ¿qué te parece? Creo que hace tiempo que no os veis, ¿no? Es una estupenda oportunidad de retomar el contacto...

Husky reprimió una mueca de fastidio; al viejo archivero le habían instalado una bomba de endorfinas junto a la amígdala cerebral, el último grito para la cura de las depresiones. Cada vez que su tono emocional se hundía, la bomba entraba en funcionamiento y en un par de minutos inundaba la amígdala con una sopa de beatitud química. El tratamiento conseguía sacarle del pozo de negrura, pero la bomba estaba mal regulada y a menudo Yiannis entraba en una fase de optimismo expansivo y pegajoso que Bruna aborrecía. Ahora mismo le había puesto de malhumor su imprudente referencia a Lizard. Además, la androide tenía la sensación de que, desde que el archivero se chutaba las endorfinas, las fases de depresión eran más agudas. Se apresuró a colgar, después de prometer que le avisaría en cuanto recuperara a Gabi.

Sin embargo, el archivero estaba en lo cierto. Tendría que avisar a la policía para que pudieran rastrear al monstruo. Era lo único que le faltaba a la rep, demostrar a las autoridades que era incapaz de hacerse cargo de la niña. Otra muesca más en su dudoso historial de detective. Un incordio, ahora que iba a recuperar la licencia, aunque sólo fuera de modo provisional y aceptando la terapia con el sobón.

Después de todo, quizá resultara conveniente llamar a Lizard.

Paul Lizard. El taimado lagarto. El caimán.

El rostro del inspector apareció en el móvil. Carnoso, pesado, cuadrado. Y esos párpados siempre somnolientos amortiguando el chispazo verdoso de sus ojos.

—Cuánto tiempo, Bruna.

—Sí, ¿verdad?

La rep había intentado sonar ligera y casual, pero ahora le parecía haber usado un tono recriminatorio. Se apresuró a seguir hablando:

—Quería pedirte un favor. Verás, me retiraron temporalmente la licencia... Una cosa menor, sin importancia. La cuestión es que hace una semana, en la frontera con una Zona Cero, me hice cargo de modo provisional de una niña rusa de diez años...

Bruna se iba poniendo cada vez más nerviosa. Había llamado a Lizard sin pensarlo, en un impulso irresponsable y absurdo, alentada por la absurda e irresponsable alegría de Yiannis, y ahora se daba cuenta de que tenía que

33

explicarle demasiadas cosas que no quería explicar. El policía la miraba cachazudo con esa expresión de piedra que la rep conocía demasiado bien.

—Lo de la niña tampoco hay que contarlo, o sí, de eso se trata el favor, pero quiero decir que no es necesario entrar en detalles. Resumiendo: la niña se ha escapado; lleva un chip de localización; necesito que la rastrees sin que quede constancia de que lo haces, porque precisamente hoy me han devuelto la licencia por un periodo de prueba de tres meses y...

—Y no quieres seguir sumando puntos negros.

—Eso es.

Los labios de Lizard. Esos labios que Bruna conocía demasiado bien. Boca mentirosa. Y deliciosa. La rep volvió a percibir sus pechos, una tirantez en los pezones, el hambre insaciable de la piel, que venía en realidad de una hambruna mucho más profunda. A veces Bruna odiaba su propia sexualidad, su animalidad. Su necesidad.

—¿Entonces qué? ¿Me vas a ayudar o no? —dijo con aspereza.

—Claro. Tranquila.

—Estoy tranquilísima.

—Seguro —dijo Lizard con sorna—. Dame el número del chip.

—LRR-52.

Bruna observó el perfil de Lizard mientras manipulaba algo fuera de pantalla, probablemente un ordenador central.

—Está en un parque-pulmón. Te acabo de enviar un enlace activo. Podrás rastrearla durante una hora. ¿Te las arreglarás con eso?

—¡Sí! Por supuesto. Gracias.

—De nada. Una curiosidad: te han dado una licencia provisional... ¿a cambio de qué?

Las palabras se apelotonaron en la boca de Bruna. Era como si de repente fueran cuadradas. Difíciles de hacer rodar y de decir.

—Tengo que... tengo que ir unos días a un táctil.

—¡Ah! A un sobón. —Lizard sonrió, moviendo la cabeza arriba y abajo.

O sea que necesitas que te toquen, sintió Bruna que Lizard estaba pensando. Enrojeció, profundamente mortificada. Era una vergüenza, era una indecencia, era bochornoso necesitar ser tocada del modo en que tocan los sobones.

Con cariño.

Bruna había pensado que se trataría del parque-pulmón de Islas Filipinas, el más cercano a su casa, pero el localizador le mostró que Gabi estaba en el Retiro, en la nueva zona artificial que la Texaco-Repsol había construido en uno de los laterales del multicentenario y emblemático parque. Así que la rep tuvo que tomar a toda prisa un par de cintas móviles y trotar a buen paso durante la última parte del trayecto para llegar a su destino a tiempo de rastrear a la niña antes de que el enlace dejara de ser activo. Atravesó como una exhalación los jardines tradicionales, polvorientos y alicaídos a causa de la sequía, y al entrar en el parque-pulmón percibió el frescor y la sabrosa limpieza del aire, porque los árboles artificiales eran mucho más eficientes que los naturales en el intercambio de anhídrido carbónico por oxígeno. Dejó de correr para no asustar a la cría y siguió su rastro en el móvil. Por todas partes había carteles pidiendo silencio: «Éste es un espacio ecológico y puro. Respeta la paz del lugar, por favor.» Los parques-pulmón eran los únicos rincones urbanos en donde no se permitía la instalación de las pantallas públicas que atronaban el aire por todas partes con las imágenes estúpidas que subían los ciudadanos. Además en las entradas había arcos detectores de explosivos para impedir la inmolación de los Ins, los Te-

36

rroristas Instantáneos, ese grupo de activistas suicidas de confuso ideario antisistema. En realidad los parques-pulmón se estaban convirtiendo en una especie de santuarios laicos, zonas sagradas de la sostenibilidad biológica. Por el gran Morlay, qué desfachatez tenían los de la Texaco-Repsol: después de haber esquilmado el planeta, ahora aparentaban ser los sumos sacerdotes de la ecología. Las plumas de los árboles artificiales colgaban desde lo alto de los mástiles, grandes pendones de diez metros de alto por uno de ancho confeccionados en una sutilísima red metálica casi transparente. Las plumas se mecían con suavidad en el calor de la tarde como vibrantes vapores de un espejismo y producían unos leves chirridos de cigarra. Como el sol ya estaba bajo y era soportable, el parque-pulmón empezaba a poblarse de visitantes que se paseaban entre las largas barbas de los árboles. Siguiendo el rastreador, Husky dobló por una de las avenidas y enseguida la vio. Tragó saliva, incrédula: la niña estaba sentada en el suelo pidiendo limosna. ¡El monstruo estaba pidiendo limosna! Se plantó ante ella.

—Malditas sean todas las especies, ¡pero qué estás haciendo! —bramó.

Gabi la miró desdeñosa. Delante de la niña había un vaso de filo dorado, uno de los vasos antiguos de Yiannis. En el fondo, dos o tres gaias y algunos céntimos.

—Ya lo ves. Pido dinero. No me va mal.

—¡No puedes pedir! ¡No puedes hacerlo! ¡Te van a detener!

—¿Cómo que no? La ciudad está llena de mendigos. Aquí mismo hay uno. Me ha enseñado la manera de hacerlo.

Bruna miró hacia donde la niña señalaba. Junto a Gabi, alguien había dejado una caja de plástico con calderilla y un móvil viejo de niño pequeño, uno de esos primeros móviles que les ponían en las guarderías, de color rosa con florecitas malvas. En la pantalla rajada se leía en letras luminosas: «Vuelvo enseguida.»

—Creo que ha ido al baño. Es un tío legal —dijo Gabi.

Un hervor de indignación subió por el esófago de Bruna. Le hubiera pegado una bofetada.

—¡Tú no puedes pedir, maldita sea! ¡Eres una menor! ¡Los niños no pueden pedir! ¡Me vas a meter en un problema gordísimo!

Agarró al monstruo de un brazo y lo levantó de un tirón del suelo. La niña chilló. En ese momento Bruna fue consciente del entorno: alrededor de ellas, una docena de humanos las miraban acusadoramente. Una rep de combate arrastrando a una niña. Y a gritos, rompiendo el fabuloso silencio del fabuloso parque de la fabulosa Texaco-Repsol, tan puro y pacífico todo ello. Soltó el brazo de Gabi.

—Ahora mismo nos vamos a casa —susurró Husky.

La niña alzó el vaso de mala gana, volcó las monedas en su mano y, agarrando la vieja mochila que le había cogido a la rep desde el primer día y de la que nunca se separaba, abrió con infinito cuidado una esquina de la cremallera y por la pequeña abertura sacó con gran secretismo la punta de un monedero. Tanta cautela hacía que la operación de guardar las monedas amenazara con ser interminable y Bruna estaba exasperada, así que le dio un manotazo a la mochila y se la quitó.

—Acabemos de una vez —gruñó, mientras sacaba del todo el monedero y metía las gaias dentro.

Entonces advirtió que la cartera estaba atada con una cuerda. Era una cuerda fina, no sintética sino natural, un cordel antiguo; seguro que también se lo había robado a Yiannis.

—Pero ¿qué es esto?

El hilo rodeaba el cierre de la cartera con un pequeño, perfecto y apretadísimo nudo, y luego se perdía dentro de la mochila. La rep tiró del bramante y salió un caramelo también anudado; y luego, colgando de la misma cuerda, un peine; y después...

No pudo seguir extrayendo el cordel porque Gabi le arrebató la mochila de un tirón y echó a correr. Bruna salió detrás y, aunque la niña era muy rápida para su estatura, la alcanzó en tres zancadas.

—¿A dónde crees que vas? —dijo la androide mientras apresaba a la pequeña por detrás y rodeaba su cuerpo con ambos brazos.

Bruna apretó el cepo porque esperaba que la rusa se revolviera, que pataleara y se retorciera; pero en el mismo momento en que la atrapó, el cuerpo de la cría pareció petrificarse. Rígida y quieta, inhumanamente quieta, Gabi sólo movió la cabeza; dobló el cuello y, acercando su boca al antebrazo de Bruna, mordió con saña. La rep sintió los dientes de la niña hundirse en su carne y sólo su reforzado control de combatiente evitó que diera un respingo para soltarse, lo cual sin duda hubiera desgarrado la herida mucho más.

Así que se quedaron las dos, inmóviles y en silencio, unidas en un aparente abrazo, Bruna aferrada a la espalda de la niña e inclinada sobre ella, como si la estuviera protegiendo de algún peligro. El cabello rizado y sucio de Gabi hacía cosquillas en la mejilla de la tecno; la rusa apretaba las mandíbulas; la carne dolía. Una gota de sangre rodó por el brazo y cayó al suelo. Bruna vio y olió la sangre. También olió la adrenalina de Gabi, un tufo poderoso de animal asustado. Y luego olfateó algo más. Algo ácido, punzante. Miró hacia abajo. La niña se había orinado encima.

Y ahora qué. Ahora qué. El chirrido discontinuo de las grandes plumas parecía el llanto de un niño muy pequeño.

—Gabi... —susurró Husky; le costó hablar, tenía la garganta seca y apretada—. Gabi, tienes que abrir la boca. Te prometo que no voy a hacerte nada. No te voy a tocar. No me voy a vengar. Abres la boca, me sueltas y volvemos con Yiannis.

La niña no dio señales de haber oído. Pasaron unos segundos y dos gotas de sangre más, en realidad un pequeño reguero.

—Y no voy a cogerte la mochila. No te la voy a quitar. No la voy a mirar. Abre la boca. Ábrela, te digo. Escucha: mi oferta de impunidad acaba en un minuto. Si no me sueltas ahora mismo tendré que hacer algo. Incluso tú debes de darte cuenta de que no podemos estar así para siempre.

La rusa suspiró. Y relajó las mandíbulas. Escupió su presa con el mismo desprecio con que un perro escupiría un pedazo de madera incomible. Bruna movió lenta y dolorosamente el brazo. Un mordisco perfecto, dos arcos de sangre. Buena dentadura. Sacó un apósito del kit de urgencia que siempre llevaba en su mochila y se tapó la herida. Y ahora qué.

—Vámonos a casa —dijo Husky, agarrando a la rusa de la mano.

Alrededor, a la prudente distancia que solía imponer un rep de combate, se había formado un pequeño círculo de mirones. Cuando Bruna levantó la cabeza, todos apartaron la vista y disimularon. Una androide rapada y tatuada, un brazo ensangrentado, una niña meada. Qué gran espectáculo habían dado.

—En realidad no es tan malo saber cuándo vas a morir y de qué —dijo Yiannis mientras Bruna desinfectaba y curaba el profundo mordisco de su brazo—. Y ya sé que diez años es un tiempo demasiado breve, pero tampoco es tan malo ahorrarse la vejez. Fuera del TTT, vosotros tenéis una salud estupenda. Vivís sin miedo. Mientras que los humanos... Verás, hacerte mayor es irte convirtiendo en un rehén de tu cuerpo. Tú creías inocentemente que tu cuerpo eras tú, pero a partir de determinada edad descubres que en realidad es un alienígena, un desconocido, más extraño que los *bichos*, más ajeno que Maio, nuestro amigo omaá. Y para más angustia, es un desconocido que te mata. Llega un momento en que, de pronto, sin haberlo sospechado con anterioridad, te das cuenta de que estás durmiendo con tu mayor enemigo. La cosa es así: un día te asomas al espejo y descubres no ya una cana o una arruga, sino que se te ha hundido una parte del pómulo, que la nariz muestra un bulto que no habías visto antes, que la boca se te está torciendo, que la lengua se ha llenado de grietas, que en el blanco de los ojos ha aparecido una isleta amarillenta, una especie de moco seboso adherido al globo ocular. O, quizá, una pequeña chepa asimétrica se te sube encima de un hombro. Te asustas, porque ya te digo que estas revelaciones son súbitas, no progresivas; es como si hubieran crecido en el transcurso de una sola noche. Son asesinos que te asaltan inopinadamente al doblar una esquina. Entonces te miras, aterrado porque no acabas de reconocerte, y te preguntas si eso será el síntoma de alguna enfermedad desconocida y horripilante. La buena noticia es que por lo general sólo son monstruosas mutaciones de la edad.

—Si tanto te molesta envejecer, opérate como todo el mundo, en vez de empeñarte en ir con esa pinta de mísero mendigo —gruñó Husky.

—Ya sabes que detesto la cirugía estética. Prefiero convertirme en mi propio monstruo y no en el monstruo del bisturí de otro. Y me da igual que el hecho de no operarme me haga parecer un vagabundo que no se cose el pellejo porque no tiene un céntimo. Además, a los operados también les pasa. Un día se miran al espejo y tienen el ojo en mitad de la mejilla.

—Exageras.

—Qué va. Además esas caras de plástico todas iguales no los libran del miedo, del terror y la completa desconfianza hacia ese desconocido que es tu cuerpo... Porque una de esas veces que te miras al espejo y te ves la boca deformada resulta que no es un deterioro de la vejez, sino un ictus, un tumor, el estallido de un devastador SSQ... Una enfermedad que te va a mutilar, a dejar impedido, a robarte la vida tal como la conocías hasta entonces, quizá incluso a matarte.

Bruna dejó de ponerse los puntos adhesivos de piel sintética y miró al viejo archivero.

—Yiannis, tienes setenta años, maldita sea. No te quejes. Me indignas. Los humanos vivís cien años.

—Ya sé, ya sé que te irrita, pero ¿en qué condiciones vivimos todo ese tiempo? Pues, si no tienes un seguro médico carísimo, en condiciones horribles. Bruna, los humanos vivimos muertos de miedo. El miedo es la única experiencia común para todos.

—También para los perros. Y para los omaás. Y para los tecnohumanos —dijo Husky sombríamente.

—Muy cierto. Todo lo que vive teme morir. Pero ya te digo, vosotros por lo menos estáis a salvo de esta amenazadora, mutante, desoladora demolición de la vejez. Deberías apreciar que en la tragedia de tu pequeña vida también hay ciertas ventajas.

Yiannis sonrió, y su cara llena de surcos se plegó como una tela fruncida. Yiannis era el único viejo sin operar que Bruna conocía, aparte de algunos vagabundos muy marginales. Incluso en las Zonas Cero la gente se embutía plástico barato en las mejillas. Bueno, Lizard tampoco estaba operado; cierto que era mucho más joven, cuarenta y tres años, pero ya tenía arrugas. En cuanto a Pablo Nopal, su memorista, su físico era perfecto. Si le habían hincado el bisturí, tenía que haber sido un trabajo de extraordinaria calidad y desde luego carísimo.

—Por cierto, ¿llamaste por fin a Lizard para que te ayudara a rastrear a la niña?

El viejo seguía sonriendo y amontonando todos los dobleces de su rostro marchito. Bruna se preguntó en qué momento del vaivén hormonal estaría: esa angustiosa reflexión sobre la vejez y la muerte, ¿estaba generada en una subida o en una bajada de endorfinas?

—No. No le llamé.

Había otros miedos en la vida, además de la muerte.

—¿Qué vas a hacer con Gabi, Bruna?

—Devolverla.

El brazo seguía latiendo dolorosamente pese al analgésico. Husky sabía que la boca estaba llena de bacterias y que los mordiscos solían infectarse, y aun así había cometido la estupidez de no ir al médico y de intentar cerrarse la herida sin haberla limpiado lo suficiente. Sin duda le fastidiaba el trámite, y enseñar el mordisco, y contar la historia: una agresión así tenía que ser explicada de algún modo y lo cierto es que no tenía una buena explicación. De manera que lo dejó correr, y en apenas tres días el brazo se le puso tan mal que habían tenido que venirse al hospital. Una entretenida tarde de domingo en urgencias. Los médicos habían decidido hacerle análisis a la niña para ver si podía transmitirle algún patógeno más, alguna enfermedad concreta, junto con la infección. Todavía no habían regresado. La rep sonrió: los sanitarios que se llevaron a Gabi la trataban con el mismo recelo y prevención con que manejarían a un perro rabioso. Sólo les había faltado ponerle un bozal.

Un muchacho de no más de quince años venía por el pasillo. Avanzaba penosamente sobre una burda prótesis con ruedas, una especie de pequeño carro metálico adosado a sus piernas, amputadas por encima de las rodillas. Pasó por delante de donde Husky estaba sentada y siguió por el largo y solitario corredor, chirriando y bamboleándose como un artefacto defectuoso. La androide se felicitó una vez más por haberse quedado con el seguro médico; cuando los tecnohumanos se licenciaban tras los dos primeros años de servicio obligatorio con la compañía que los había creado, podían escoger entre recibir la paga de asentamiento entera o bien sólo una cantidad ínfima pero mantener de por vida la atención sanitaria, y eso era lo que ella había elegido. Además, como los androides eran un producto muy caro y los de combate tendían a dañarse, su seguro era de primera categoría. A ella, por ejemplo, nunca le hubieran puesto una prótesis monstruosa como ese carro con ruedas. A ella le habrían dado unas piernas perfectas, biónicas, recubiertas de piel artificial, indistinguibles de las verdaderas. Bruna nunca hubiera podido costearse por sí misma algo así.

Los latidos de la herida empezaban a remitir. Husky no había querido malgastar en el mordisco los tres mórficos que tenía en casa y que, adquiridos en el mercado negro, administraba con parquedad de avaro, así que había llegado al hospital con un nivel de dolor ya por encima del umbral siete. Aquí le habían disparado una dosis subcutánea de Pandol, menos eficiente que sus mórficos pero también muy poderoso, y, sobre todo, le habían inyectado un biocida de última generación, de esos que sólo se podían conseguir en los hospitales y con un seguro de primera. Eso acabaría con la infección. Todavía podía ver a lo lejos al renqueante chaval de las ruedas, todavía podía escuchar su rechinar metálico.

—Hola, chica grande.

Husky se volvió. Era aquella maldita rep de cálculo. La del Movimiento Radical Replicante. Bruna no contestó. La pequeña androide sonrió y se dejó caer junto a ella en una silla de plástico.

—Ya veo que te alegras de verme. Yo también me alegro. ¿Qué te ha pasado en el brazo?

—Nada. Los vendajes están de moda.

—Ya. Y el TTT también —dijo con seca sorna.

Bruna la miró de soslayo: ¿se le había disparado ya el Tumor Total Tecno? ¿Sería por eso por lo que estaba en el hospital? La activista del MRR seguía ofreciendo un aspecto bastante avejentado, pero no parecía en peores condiciones que la última vez que la había visto. Presentir su final, junto con la dolorosa conciencia de compartir su destino, le hizo sentir a Husky una súbita, incómoda simpatía por la rep.

—¿Qué haces aquí?

La pequeña androide torció la boca en un remedo de sonrisa.

—Si lo que quieres preguntar es si me estoy muriendo, te diré que no. Todavía no. Vengo por unos asuntos. No creo que te interese conocerlos.

—Cierto. No me interesa.

Permanecieron unos instantes en silencio. Cuánto estaban tardando con Gabi, pensó Husky, impaciente.

—¿Has recordado por fin a algún rep suicida? —dijo la activista con tono burlón.

Husky calló. No. No recordaba ninguno.

—Ya lo sabía yo —prosiguió la otra, triunfante—. Y lo peor es que ni siquiera acudimos a las empresas de eutanasia. ¿Has visto alguna vez un tecno en Finis, por ejemplo? Aparte de algún guardia de seguridad que pueda ser un tecno de combate, como tú... Digo que si has visto a alguno como cliente. ¿Por qué ni siquiera cuando se dispara el TTT somos capaces de acabar con ello y seguimos apurando el sufrimiento hasta el final?

Silencio. Qué preguntas tan inquietantes. Y aún era

más alarmante no habérselas planteado antes. Recordó la terrible agonía de Merlín. El lento rodar de los días finales. Haber vivido el TTT de alguien querido era como haber asistido a su tortura. De algún modo, uno quedaba dañado para siempre.

—Seguro que tampoco has estado nunca en un *moyano*.

De primeras, a Bruna le costó recordar a qué se refería. Luego cayó: los *moyanos* eran los crematorios de tecnohumanos. Unos lugares marginales de los que nadie quería hablar: ella misma había conseguido olvidarse de su existencia. Ni siquiera tenían un nombre propio; Moyano era el apellido del primer propietario de la empresa, Moyano S. A. Estaban instalados en edificios modestos y oscuros, sin anuncios exteriores. Desde fuera, sólo la chimenea revelaba su función.

—Pues no.

—Date una vuelta por uno algún día. Nada que ver con los tanatorios humanos, siempre tan llenos de flores y de familiares llorosos. Lo nuestro es... ¿Cómo te diría yo? Muy industrial. Solitario. Práctico. El solo hecho de tener crematorios discriminados ya resulta indignante, pero además... En fin, date una vuelta por allí. Verás cómo llegan los cuerpos. Destrozados por el TTT. No se puede aprovechar ningún órgano.

—Es raro... Nunca me había parado a pensar nada de eso.

La tecno de cálculo se echó a reír con amargura.

—Sí, la vida está llena de zonas de sombra, ¿no es así? Hay tantas cosas que preferimos no saber... Tantas cosas que deseamos olvidar. Escogemos lo que queremos ver, y nuestro mundo no es más que una traducción muy reducida del mundo. Y de esa pereza se aprovechan los explotadores. Los humanos nos esclavizan y los reps como tú no queréis enteraros.

Una puerta batió sobre su marco. Ya traían a la niña. Detrás venía el médico que había atendido a Bruna. La androide se puso en pie.

—Espera. —La activista agarró su brazo—. Me llamo Carnal. Tendrás noticias mías. Hay muchas más cosas que deberías conocer.

—Como bien has dicho, no sé si quiero saberlas —dijo Husky, soltándose con un tirón.

Echó a andar hacia el pequeño grupo que se acercaba. El móvil tintineó; Bruna echó un vistazo a su muñeca y vio que la rep le había enviado su tarjeta de visita. Estaba en modo espera; ahora Husky podía aceptarla o bien rechazarla. Dudó un instante y luego la aceptó. Se arrepintió inmediatamente de haberlo hecho. Ahora Carnal también tenía sus datos. Carnal. Un nombre curioso para un cuerpo tan magro.

La niña venía casi a rastras, agarrada del brazo por un auxiliar de clínica humano pero igual de alto y más corpulento que un rep de combate, que eran ligeros y atléticos porque se había demostrado que ese diseño orgánico era el más eficaz para la lucha. Si habían tenido que recurrir a la fuerza bruta de ese gorila estaba claro que la rusa no les había facilitado los análisis. El rostro de Gabi expresaba un odio puro y afilado. Era un monstruo. Un monstruo que mordía. Sin soltar a la niña, el auxiliar se paró a un par de metros de distancia, mientras el médico se adelantaba para hablar con Bruna.

—Por fortuna no tiene nada más que hubiera podido contagiarte. Has tenido suerte. Las Zonas Cero están muy castigadas.

—Lo sé —dijo Husky con inesperado alivio; no se había dado cuenta hasta ese momento de que estaba inquieta—. Me alegro. Entonces nos vamos.

—Un momento, un momento. Hay algo más. Algo grave. Muy grave.

El gesto del médico era sombrío. La androide sintió que un dedo de hielo bajaba por su columna vertebral.

—¿Qué sucede?

—La niña ha estado expuesta a una fuente radiactiva.

—¿Cómo?

—Una exposición posiblemente continuada. Ha recibido cerca de tres mil *milisieverts* de radiación.

—Pero eso es imposible...

La energía nuclear por fisión había sido prohibida en todo el planeta en el año 2059 mediante el Protocolo del Átomo; por entonces la Tierra aún no estaba unificada, pero habían sucedido dos catástrofes seguidas en dos centrales, una rusa y otra francesa, y la extrema gravedad de la situación, unida al hecho de que se creía que la fusión nuclear ya estaba casi dominada, hizo que se adhirieran al protocolo todas las naciones. Luego resultó que la energía por fusión siguió sin lograrse, por lo menos de verdad limpia y sin el uso del tritio radiactivo, pero el perfeccionamiento y desarrollo masivo de las energías mareomotriz y solar (sólo en África se cubrieron mil kilómetros cuadrados de paneles solares) fue suficiente para poder desmontar todas las centrales. Poco después, ya en los años setenta, cuando se descubrieron los cañones de luz densa y la potencia devastadora del plasma negro, también se destruyeron las escasas armas atómicas que quedaban. Como la medicina nuclear hacía tiempo que había dejado de utilizarse, sustituida por métodos más eficientes de terapia y diagnosis, oficialmente la Tierra llevaba casi medio siglo libre de este tipo de radiacti-

vidad artificial, aunque en alguna ocasión había aparecido alguna cabeza nuclear en el mercado negro. Hacía
mucho que no pasaba, sin embargo.

—Te repito que la niña está radiada. Por favor, pon la
mano hacia arriba y junta la punta de los dedos...

—¿Qué?

—Haz lo que digo. Hemos abierto una incidencia nuclear. Tenemos que dar parte al Ministerio de Industria,
Desarrollo Sostenible y Energía.

Aturdida, la rep hizo lo que le pedían. El médico colocó una especie de regla plana y ancha sobre la punta de
sus dedos apiñados. El aparato siseó.

—Sólo hay una ligera radiación residual, sin duda ad-
quirida por el contacto con la niña. Nada de lo que preo-
cuparse —dijo el médico, guardando la regla en el bolsillo.

—Pero ella...

—Ella es otra cosa. La dosis ha sido muy alta. Morirá
antes de diez años, quizá antes de cinco, con toda probabilidad, de leucemia. Ya muestra una sangre anormal.

—Pero la leucemia se cura, ¿no? ¿No se puede hacer
nada?

—Oh, sí, claro que se puede hacer. Hay un tratamiento reconstructor celular y hematopoyético muy bueno, el
CGR, que seguramente podría revertir por completo los
efectos nocivos de la radiación.

—¿Y entonces?

—Cuesta un mínimo de doscientas mil gaias.

—Mi seguro abarca todo.

—No. Tu seguro es tuyo, no de ella.

—Pero le habéis hecho los análisis.

—Para descartarte enfermedades a ti. Tienes un gran
seguro, desde luego. Pero a partir de aquí, ya no podemos

hacer más. Lo siento. Por cierto, es mejor que la niña no esté mucho tiempo junto a mujeres embarazadas.

El médico dio media vuelta, hizo una seña con la cabeza al auxiliar, que soltó a Gabi, y se marchó con él pasillo adelante. La rusa cruzó los flacos brazos delante del pecho y miró a Bruna desde debajo de las cejas con inquina feroz. Animal herido, monstruo moribundo. Tres años, diez meses y once días.

La despertó violentamente la holografía de Yiannis. El viejo archivero parecía estar sentado sobre su barriga y le chillaba. Bruna detestaba que su amigo se metiera en su casa, invasor e imprudente, con sus intempestivas llamadas holográficas, pero la única vez que le restringió el derecho de imagen el viejo se deprimió tantísimo que la rep tuvo que devolvérselo.

—¡Levántate, Bruna! ¡Tenemos una crisis, ay, Dios, una crisis, la niña, Bartolo, lo mejor es que vengas, que vengas cuanto antes!

—Ahora voy —barbotó la rep, y cortó la comunicación y después activó el bloqueo de llamadas.

Un bendito silencio cayó sobre ella como una cortina de agua fresca. Boca arriba en la cama, con los ojos entornados, Husky se concentró en las palpitaciones de sus sienes. Dolor. Ausencia de dolor. Dolor. Ausencia de dolor. Un latido poderoso y rítmico. Torció la cabeza con cuidado y miró hacia la derecha. Ahí, en el cajón lacado con ruedas que hacía las veces de mesilla, estaban en efecto la copa de balón y la botella vacía de vino blanco. Suspiró; la noche anterior había estado hasta muy tarde haciendo un puzle de dos mil piezas y bebiendo sin parar. Esta botella y antes parte de otra que ya estaba abierta. Sola y colocando piezas maniáticamente. Sola y trasegando una copa tras otra. Cuando abrió la segunda botella ya sabía que estaba perdida. Qué manera de desperdiciar su vida, su pequeña vida. Borracha obsesiva, compulsiva. Yiannis había dicho que tenían una crisis. Pero la vida era siempre crítica. No pensaba volver a beber nunca jamás.

Bruna rodó hasta el borde del colchón y, estirando la mano, cogió de encima del cajón el tubo de Algicid y se metió dos comprimidos masticables en la boca. Los dos últimos. Típica mesilla de un borracho: una botella vacía, una copa, un tubo de analgésicos, pensó mientras rumiaba. A la espera de que el Algicid empezara a hacer efecto, repasó con esfuerzo las palabras del archivero: «la niña, Bartolo», había gritado. Bartolo era un bubi, un tragón, una mascota alienígena omaá que hablaba como un loro, un bicho narigudo, desvalido y simpático que se había puesto de moda en la Tierra. Bruna lo había heredado de un caso anterior y había llegado a cogerle cariño, aunque le irritaba la cabezonería de la criatura y su propensión caprina a comerse todo lo masticable, fastidiosa característica a la que debía su sobrenombre. La rep sintió una punzada de culpabilidad: cuando se fue de viaje al sector Cero había dejado a Bartolo al cuidado de Yiannis y todavía no lo había recogido: el viejo archivero terminaba cargando con todos sus errores. Por añadidura, al hombre le había afectado muchísimo la noticia de que la niña iba a morir, y aún más el hecho de que existiera una curación pero sólo para quienes pudieran pagarla. Antes de que entrara en funcionamiento la bomba antidepresiva, le cayeron unos cuantos lagrimones por las mejillas. A Bruna también le parecía indecente la discriminación terapéutica, pero, siendo una rep a la que apenas le quedaban tres años de vida, la verdad es que no se tomaba el breve futuro de la niña muy a pecho.

El dolor de cabeza había remitido casi del todo, dejando tan sólo una sensación de embotamiento. La androide se dio una ducha de vapor mucho más breve de lo que hubiera querido, porque su cupo de agua estaba casi acabado. Tendría que pasar por el supermercado y comprar una nueva tarjeta. Y más botellas de vino, que no quedaban. Se puso unos pantalones cortos y una camiseta de Climatex, que supuestamente aislaban del calor y del frío, aunque Bruna tenía sus dudas sobre la veracidad de esa afirmación publicitaria. Pero eran unas prendas cómodas y bonitas, con sus vibrantes zigzags de colores. Calculó que desde el holograma de Yiannis había debido de pasar casi una hora; miró el registro de llamadas y vio que había otras cuatro más del archivero. Debía de estar desesperado. Agarró un vaso de café instantáneo, lo sacudió para calentarlo y se lo fue tomando mientras salía de casa. Bajó las escaleras corriendo sin esperar los lentos y maltratados ascensores, pero al llegar al portal se topó con su vecino del SSQ. El destino era siempre así de malicioso: cuanta más urgencia, más obstáculos. El hombre estaba intentando salir del edificio envuelto en su burbuja de plástico protector. No era una burbuja muy buena, se veía vieja y remachada en varios sitios y además el tipo tenía que llevar en la mano el compresor de aire purificado que hinchaba el habitáculo; así que se movía con muchísima lentitud, sin duda aterrado ante la posibilidad de que se le desgarrara el capullo protector y se viera expuesto a una contaminación ambiental que podría matarle. En las últimas décadas el Síndrome de Sensibilidad Química se había agravado muchísimo; el contacto generalizado y continuado con sustancias artificiales, omnipresentes por doquier en la vida cotidiana, parecía estar enloqueciendo el sistema inmunitario de los humanos.

Curiosamente los replicantes no lo sufrían, no se sabía muy bien por qué, tal vez por la brevedad de su vida; quizá se necesitara más tiempo de exposición al envenenamiento químico. Tres años, diez meses y diez días. Por lo menos esta condena a muerte les servía de algo.

El vecino del SSQ consiguió por fin salvar el desfiladero de la puerta y el paso quedó expedito. Bruna echó a correr. El nuevo piso de Yiannis, al que acababa de mudarse, estaba a dos manzanas de distancia del suyo, tan cerca que apretar o no el paso apenas podía suponer una reducción en el tiempo del trayecto, pero a la androide le apetecía utilizar los músculos, sentirlos elásticos y todavía obedientes por debajo de la piel, disfrutar de su cuerpo atlético de animal poderoso. Así que trotó placenteramente durante cosa de un minuto y enseguida llegó a casa del archivero. Era un edificio del siglo XIX, porque Yiannis tenía gustos arcaicos; pero era un piso bastante más pequeño que el que tenía antes, de modo que los muebles y su infinita colección de cachivaches, incluyendo una desesperante cantidad de libros de papel, atiborraban las habitaciones. Yiannis abrió la puerta con una sonrisilla de conejo bailándole en la boca. Ya estaba con la amígdala dopada.

—Menos mal que has llegado, Bruna. Estamos en una situación absurda, jejeje. ¡¡¡No sé si es para reírse o para llorar!!! Pasa y verás.

Y Husky pasó y vio. En mitad de la sala, de altísimos techos, alguien había montado una precaria, improbable torre compuesta por sillas, taburetes y cajones puestos unos encima de otros. Y arriba del todo, colgando boca abajo atado con un cable por una pata del gancho vacío de una lámpara, estaba Bartolo, el tragón, lloriqueando. Cuando vio a Bruna, se puso chillar con su lengua de trapo:

—¡Socorro! Bartolo bueno, Bartolo bonito. ¡Socorro!

—No tengo una escalera que llegue tan alto, y yo no me atrevo a subir ahí —dijo Yiannis con pesadumbre.

—Pero ¿qué ha pasado?

—Ha sido la niña. Se puso furiosa con el tragón, no sé por qué.

—Gabi mala, Gabi mala, ¡socorro!

Parecía un milagro que la torre construida por el monstruo siguiera manteniéndose en pie, así que la androide ni pensó en utilizarla. Se preguntó, admirada, cómo se las habría arreglado la niña para subir y bajar por ahí, y además con un tragón previsiblemente debatiéndose en sus manos. Una hazaña circense, desde luego. Husky intentó desmontar el tenderete de la niña, pero nada más tocar la primera silla toda la columna se vino abajo con tremendo estruendo.

—Por todas las especies... Un poco más y ese taburete me parte el cráneo —bufó la rep—. Ayúdame a correr ese mueble.

Entre Yiannis y ella empujaron una enorme y pesada cómoda del siglo XVIII debajo del cuerpo del tragón, y aún tuvo Bruna que colocar encima un pequeño cajón para alcanzar el cable. Deshizo el nudo y bajó a la criatura. El animal se abrazó a su cuello, tembloroso, su cresta de pelo rojo toda alborotada, la narizota húmeda de lágrimas.

—Bartolo bueno, Bartolo bonito, Gabi mala mala...

—Sí, sí... Venga, ya pasó.

No parecía que hubiera sufrido ningún daño, aparte del enorme susto y el quebranto de haber permanecido colgando boca abajo durante una hora, así que dejó al tragón en los brazos de Yiannis para que le diera algo de comer que aliviara su congoja, y ella fue en busca de la rusa. La niña se había metido debajo de la cama y, según el archivero, no había manera de hacerla salir. Ya verás si yo te saco, monstruo malo, pensó la rep.

El cuarto en el que dormía la rusa tenía la cama hecha y parecía vacío. Ni un ruido delataba la presencia de la cría.

—¿Gabi? ¡Gabi! Sal ahora mismo.

Silencio.

Bruna se inclinó y miró debajo de la cama. Ahí al fondo, contra la pared, en la penumbra, brillaban los ojos de la niña, ojos fieros y locos de rata acorralada. La androide sintió una súbita opresión en el pecho, una pequeña asfixia. Se enderezó, sin saber muy bien qué hacer. Desde luego podría meter la mano y sacarla, aunque a no dudar la niña volvería a morderla. También podía correr la cama y separarla de la pared, pero de todas formas, conociendo la agilidad de la rusa, atraparla iba a llevar su tiempo. Y, además, ¿de verdad quería ella utilizar la fuerza? Volvió a agacharse a mirar: esos ojos, esa desesperación, esa indefensión. Una alimaña hostigada hasta la muerte por sus enemigos. ¿Cómo habría recibido esas dosis letales de radiación?

La rep suspiró y se sentó en el suelo.

—¿Qué ha pasado, Gabi?

Silencio.

—Cuéntame lo que ha sucedido. Quiero entenderlo. Estoy segura de que hay una razón.

Silencio. Era ridículo estar hablándole a una cama vacía.

—A lo mejor es por esto —dijo Yiannis, entrando en el cuarto—: he encontrado toda esta basura en la cuna del tragón.

Una llave, un pequeño tigre de plástico, un pedazo de

cinta de raso rojo, una pulsera de niña, una cucharilla... y el peine que Bruna ya le había visto a Gabi en la mochila. Todos los objetos estaban anudados con fragmentos de cuerda, pero los cordeles estaban desflecados y roídos. También se veían huellas de dientes y de baba seca en la cinta de raso. Bartolo se había comido los extraños tesoros de la rusa.

—Ah. Ya veo. Es esto, ¿no? El tragón te robó tus cosas y las masticó.

Silencio.

Bruna extendió los cochambrosos restos en el suelo, justo en el borde de la cama.

—No se lo tomes a mal. Aunque habla, es bastante tonto. Es como un niño muy pequeño. Y además, tiene ese impulso irresistible de comer. Por eso le llaman tragón. Es su naturaleza. No puede evitarlo. Eso nos pasa a todos, ¿no? Muchas veces no podemos evitar hacer lo que hacemos. Está en nuestra naturaleza.

Silencio. ¿Cuál de las dos moriría antes, Gabi o ella?

—Mira, me voy a levantar y me alejaré. Me iré con Yiannis, ahí en la puerta. Puedes recuperar tus tesoros, si quieres.

La rep hizo como decía y se quedó junto al archivero en el umbral. Transcurrió un larguísimo minuto sin que ocurriera nada. Después la manita de la niña apareció por debajo de la cama y recogió los objetos a toda velocidad, como un pollo hambriento picando comida. Se la oyó arrastrándose de nuevo hacia la pared. En ese momento entró una llamada en el móvil de Bruna. Era Lizard. El corazón de la rep dio un latido de más.

—Hola, Husky. ¿Qué tal con tu rusa? —dijo el inspector.

—Muy bien. ¿Qué quieres?

¿Por qué era tan cortante, por qué se ponía nerviosa, por qué era tan bruta, por qué era tan débil con Lizard?

El policía torció la boca con gesto de fastidio:

—Bueno, a mí me parece que no tan bien. Hace un rato se me ha ocurrido meter en el ordenador el localizador de la niña que me diste y mirar su bio. No sé por qué lo hice. Debía de estar muy aburrido. El caso es que vi que te había mordido y que fuisteis ayer a urgencias; y también vi que la niña ha estado expuesta a dosis elevadas de radiactividad y que se está muriendo.

Bruna tragó saliva y le supo amarga.

—Estupendo. Muy bien. Si querías impresionarme por lo buen detective que eres y por tu habilidad para enterarte de todo, te diré que me impresiona más aún tu falta de respeto ante la intimidad ajena.

Lizard frunció el ceño:

—Espera. Para un poco. Siempre vas demasiado deprisa. Siempre cometes el mismo error. Todavía no he terminado. Lo de la radiactividad me sorprendió, supongo que igual que a ti, así que entré en la red del Ministerio de Industria para seguir la incidencia nuclear. Y aquí viene lo importante: no había ninguna incidencia abierta con el caso de Gabi.

—¿Cómo que no había? El médico me dijo...

—El médico lo hizo. Lo comprobé. En el hospital se activó el protocolo de incidencia nuclear. Y avisaron al ministerio. Pero en algún momento del trayecto entre el sistema del hospital y el del ministerio, el caso de la niña desapareció. Entonces volví a la bio de Gabi... ¡y ya no estaba la información relativa a su radiación! Entré en el sistema del hospital... y tampoco quedaban huellas de la incidencia nuclear. En apenas veinte minutos, mientras yo estaba conectado, había alguien más en la red borrándolo todo. Un hacker invisible, impenetrable. Alguien a quien no pude rastrear con las herramientas defensivas que tenemos en la policía. Esto es lo que te quería contar. No llamaba para impresionarte, Bruna, llamaba para advertirte... —dijo Lizard; y su carnoso rostro parecía genuinamente preocupado.

—Ten cuidado —añadió en un susurro casi tierno que penetró como un berbiquí en los oídos de Bruna.

Y luego colgó sin esperar respuesta.

Por fin una clienta con dinero, pensó la rep mientras entraba en el escáner del lujoso portal. No llevaba armas de ningún tipo así que la puerta corredera de cristal blindado se abrió sin problemas.

—Bienvenida, Bruna Husky, ascensor tres, por favor —dijo el portero automático.

De todas formas era el único ascensor que estaba abierto. Cuando Bruna entró se puso en marcha por sí solo. No había botones ni indicativo de pisos, pero el edificio, lo había contado desde la acera, tenía diez alturas y, por lo que tardó en llegar, calculó que tenían que haber subido hasta la última o la penúltima planta. La señora Rosario Loperena sólo le había facilitado el número de la calle. Las puertas se abrieron y la rep se encontró con un robot doméstico antropomórfico de no más de un metro de altura. Dado que el diseño antropomórfico era tan poco eficiente para los robots, no cabía duda de que este pequeño trasto sólo debía de servir para recibir y despedir a los invitados de una manera elegante.

—Buenos días, Bruna Husky, por favor, sígueme —cantó el artefacto.

Y echó a andar sobre sus cortas piernas pasillo adelante. Atravesaron salones con grandes ventanales sobre la ciudad y el parque vecino, luego más pasillos, de nuevo salones y despachos, y al fin entraron en una habitación no muy grande pintada de azul oscuro y en penumbra. Pequeñas urnas transparentes se alineaban contra las paredes y algo dentro de ellas lanzaba sutiles destellos de fuego cristalino.

—Por favor, espera aquí, Bruna Husky. La señora Loperena vendrá enseguida.

Diamantes. Las urnas contenían diamantes. Una gema en cada vitrina, y había unas veinte. Husky miró alrededor sin ver ventanas; la habitación estaba blindada. En realidad se encontraba dentro de una caja fuerte. Contempló las urnas con más atención: todas mostraban, junto a los diamantes, el pequeño retrato de una persona. En algunos casos eran holografías; en otros, fotos antiguas. Rosario Loperena, viuda reciente de Alejandro Gand, repasó mentalmente Husky, recordando los datos que había wikeado a toda prisa al recibir la llamada de Loperena esa misma mañana. Tras las preocupantes informaciones que Lizard le había dado el día anterior, la androide había pensado en pasarse por el hospital para ver al médico, pero la viuda parecía tener mucha urgencia en hablar con ella y la rep no estaba en condiciones de despreciar un cliente, menos aún tratándose de alguien tan adinerado. Rosario Loperena, de familia aristócrata, con herencia propia; casada en segundas nupcias con Gand, director regional de la Texaco-Repsol durante más de veinte años, jubilado hacía seis meses y fallecido cuatro semanas atrás en un accidente de su minijet. Qué rico hacía falta ser para tener un minijet, se asombró Bruna; no sólo por el precio del pequeño vehículo privado, un híbrido entre avión y coche, sino, sobre todo, para poder adquirir el carísimo carburante necesario.

—Veo que estás admirando mi galería de antepasados.

La rep se volvió. Rosario Loperena tenía una edad indefinida y una cara bastante rara. Qué extraño que una mujer de su posición se hiciera una cirugía tan desastrosa; aunque Husky sabía que algunas personas se empeñaban en seguir cortando y embutiendo y estirando una y otra vez, hasta quedar convertidos en unos verdaderos adefesios.

—Bruna Husky —dijo la mujer, no preguntando, sino como si le estuviera otorgando el nombre.

Altiva, muy altiva. De esas personas que se las apañaban para parecer que miraban desde arriba incluso a personas que eran mucho más altas que ellas.

—En efecto. Y tú eres Rosario Loperena, supongo.

—¿Quién voy a ser, si no? Además, seguro que ya has visto mi cara. Seguro que me has wikeado antes de venir, ¿no?

—Por supuesto —dijo Bruna; y calló que, en las imágenes, tenía un aspecto bastante más natural. Lo cual probablemente sólo quería decir que las imágenes estaban corregidas. Retocar una foto para ocultar el retoque quirúrgico que ocultaba la decadencia de la edad. El mundo era un loco juego de apariencias—. ¿Has dicho que es tu galería de antepasados?

—Sí. Mi familia, como sin duda sabes, es muy antigua. Mi madre decidió que, tras su muerte, convirtiéramos sus cenizas en un diamante artificial. Y fue a mi marido al que se le ocurrió la idea, hace unos años, de que exhumáramos los restos de mis antepasados, los cremáramos y los convirtiéramos a todos en diamantes. El pobre no sabía que él también se vería pronto ahí...

El complicado rostro de la mujer se arrugó levemente en algo que podría parecerse a un gesto de pena.

—Pensé que el cuerpo no se había recuperado nunca... el de tu marido. Leí que el minijet se estrelló e incendió...

—Cierto. Casi todo estaba destruido, pero se encontraron algunos fragmentos sin quemar y entre ellos pizcas de un brazo. El diamante está hecho sobre todo con esos residuos, pero también añadí algunos restos del minijet, con la esperanza de que estuvieran ahí el corazón y el cerebro de mi marido. De modo que en la gema había parte del vehículo. No importa. A él le gustaba mucho su minijet.

Husky la miró con recelo. Pero no, la mujer hablaba en serio.

—¿Por qué dices *había*? ¿Por qué hablas en pasado?

—Porque han robado los restos de Alejandro. Se han llevado su diamante —dijo Rosario, señalando con melodramático, operístico ademán una urna vacía en la que Husky no había reparado.

La androide se acercó. Era una vitrina como las demás, en apariencia intacta, y dentro no había nada. Ni diamante, ni foto.

—¿Se llevaron también el retrato?

—Todavía no se lo había puesto. ¿Qué te ha pasado en el brazo?

El vendaje que le habían colocado en el hospital era bastante aparatoso. Bruna se arrepintió de no haberlo cambiado por un parche más discreto.

—Me mordió una rata en una Zona Cero.

—Mmm, peligroso. Las ratas suelen transmitir sucias enfermedades.

Bruna la ignoró.

—¿Habéis tocado algo, tú o cualquier otra persona?

—No. Estaba así cuando la encontré esta mañana. Las vitrinas tienen un cierre electromagnético que se activa en cada una de las urnas, por detrás, tecleando una clave. La misma clave para todas: 0302. Es el día de mi cumpleaños.

—¿Y la alarma no saltó?

—Las urnas no están conectadas a la alarma. En realidad los diamantes artificiales son muy baratos, más allá de su incalculable valor sentimental. Por eso resulta tan extraño que hayan robado el de mi marido. Sólo ése. ¿Por qué, para qué?

—Pero los tienes dentro de esta especie de caja fuerte.

—Sí, y la sala blindada sí tiene alarma. No sonó y nadie la forzó. Alguien sabía la manera de entrar y eso no es nada fácil. La contraseña se cambia de forma aleatoria cada semana. Pero lo más raro es que en esas cajas que hay en la pared hay joyas mucho más valiosas que los diamantes y no las tocaron. Y eso que es una buena colección, te lo aseguro. Ya sabes, nunca se tienen las suficientes joyas ni se es lo suficientemente delgada.

—¿Quién sabe de la existencia de esta sala?

La mujer soltó una carcajada artificial. Llevaba un traje de seda azul iridiscente de inspiración china, con cuello alto, manga hasta la muñeca y falda hasta media pierna, que se ceñía como una segunda piel a su cuerpo esquelético. Daba calor sólo mirarlo, aunque dentro de la casa, por supuesto, había una temperatura perfecta.

—Medio Madrid ha estado aquí, querida... Solíamos traer a los invitados después de la cena para que vieran la galería de antepasados. No todo el mundo puede alardear de conocer doce generaciones antes de la suya... Eso son unos trescientos sesenta años. ¿Sabes que del nacimiento de Jesucristo sólo nos separan setenta generaciones? Si es que nació cuando dicen. Los antiguos son muy imprecisos. Y tú, ¿cuántos antepasados conoces? Ay, uy, perdón, qué despistada soy, jajaja.

Loperena compuso un círculo con sus recauchutados labios y se tapó fingidamente la boca, un gesto tonto que parecía sacado de las películas arcaicas de los comienzos del cine. Bruna rugió en silencio por dentro. La muy perra lo había dicho a propósito.

—¿Por qué yo? —gruñó Husky—. ¿Por qué has recurrido a mí? ¿Por qué no has llamado a la policía o a una agencia de detectives de renombre?

Loperena se irguió y sus pequeños ojos relampaguearon.

—Porque tengo la sospecha de que puede ser alguien cercano y quizá no me apetezca que la policía sepa lo que ha sucedido. Y porque creo que una tecnohumana sin dinero y sin apenas clientes va a ser más receptiva a mis deseos y mis necesidades. Yo también wikeo, querida.

Inteligencia y maldad. Eso había en ese rostro cuando dejaba de ocultarse tras sus ñoños mohínes.

Tras abandonar el piso de Loperena, Husky comprobó que en el móvil silenciado se agolpaban cinco llamadas. Todas de Yiannis. Resopló, contrariada pero sintiéndose obligada a responder. Añoró sus tiempos de total soledad. Vivir como un condenado a muerte dentro de la celda de tu cuerpo, una pequeña existencia seca y tranquilizadora, por completo al margen de los otros seres vivos. El archivero apareció en la pantalla, desmelenado y lánguido.

—Gabi sigue sin salir de debajo de la cama. Anoche le arrimé la cena y esta mañana le he llevado el desayuno. Nada. Ni los ha tocado. No sé qué hacer.

Bruna le diagnosticó un estado de melancolía sostenido, no lo suficientemente agudo como para que entrara en funcionamiento la bomba de endorfinas. Ya le estaba pillando el truco hormonal.

—Mmmmm... Está bien. Ahora me acerco.

¿Y ella qué? ¿A ella quién la diagnosticaba? ¿De ella quién se preocupaba? De pronto le agobiaron sus responsabilidades; tenía que ir a ver qué hacía con la maldita niña, con el frágil Yiannis; además debería investigar lo de la incidencia nuclear; y, ya puestos, intentar averiguar cómo había recibido Gabi tal cantidad de radiación. Pero lo primero era ponerse con el caso Loperena: no parecía un trabajo muy excitante, pero era el único que había y en el banco sólo le quedaban cuatro mil gaias. Encima, dentro de unas horas tenía la primera cita con el táctil y no podía faltar: su licencia estaba en juego. Por no mencionar que, tras el desencuentro con la rusa, había tenido que llevarse a Bartolo a su casa; lo había dejado solo, y a saber qué estropicio habría cometido. La rep respiró hondo, intentando deshacer el molesto nudo de ansiedad. Paso a paso, poco a poco, como decía Merlín. Primero, la niña. Luego, el táctil. Después se ocuparía del diamante perdido.

Camino de casa de Yiannis, dio un pequeño rodeo y pasó por el hospital. Para su sorpresa, el médico que la había atendido estaba de baja indefinida, ilocalizable. Preguntó por el auxiliar de clínica y se había despedido. Pidió ver su propio registro en urgencias, y allí aparecía todo menos, en efecto, el tema de la radiación de la niña. Lizard tenía razón: era muy inquietante.

No dijo nada de todo esto al archivero, a quien encontró revoloteando por la casa presa de un momento maníaco. Bruna no le quiso amargar su efímera, química felicidad.

—Ahí sigue la niña, sin salir. Lo cual por otra parte es muy cómodo, porque es una criatura bastante fastidiosa. Tenerla calladita y quieta debajo de la cama es un alivio, jajaja —dijo Yiannis.

La rep entró en el dormitorio, que seguía igual de impoluto y ordenado, y se sentó en el suelo. Delante de ella, alineados en perfecta formación, había un vaso lleno de agua, un plato con un sándwich de algas y tofu, un cuenco lleno de fruta y un tazón con copos de maíz convertidos a esas alturas en una masa compacta y lechosa. Todo sin tocar.

—¿No piensas comer nada nunca más, Gabi?

Silencio.

—¿No piensas salir de ahí abajo?

Silencio.

—Si no comes nada, te morirás.

Silencio.

—¿Sabes lo que es morirse?

Se oyó una especie de bufido.

—Bueno, deduzco que sí lo sabes. A ver, me parece que los copos de maíz están asquerosos, pero la fruta y el bocadillo tienen buen aspecto. ¿Qué quieres a cambio de comerte el bocadillo? Si me pides algo razonable, te lo daré.

Silencio.

—No necesitas salir de ahí debajo. Un bocadillo se come en cualquier lado.

Silencio.

—Venga. Algo querrás. Pídeme algo. Negociemos.

—Quiero que me cuentes una historia —dijo una vocecita apagada.

—¿Cómo?

—Cuéntame un cuento.

Un recuerdo se encendió en la cabeza de la androide, una memoria poderosa y emocionante: su madre contándole un cuento antes de dormir; su madre junto a la cama, en la penumbra, nimbada por la luz del pasillo; su madre oliendo a lluvia y a hierba recién cortada y a primavera; su madre arrinconando a los ogros de la noche y sosegando el mundo con sus palabras. Todo muy conmovedor, salvo por el hecho de que era un recuerdo simulado, una memoria artificialmente implantada en su cerebro. Todos los tecnohumanos recibían un juego de reminiscencias infantiles; aunque sabían que eran falsas, se había

69

demostrado que tener una biografía que contarse consolidaba y estabilizaba la personalidad del androide. Las memorias estándar que escribían los memoristas profesionales para los reps eran más o menos risueñas, sencillas y convencionales y sólo tenían quinientas escenas; se suponía que, con recordar quinientas escenas, ya tenías la conciencia plena de una vida a las espaldas. Pero Bruna había recibido una memoria especial, mucho más amplia, más dura y más compleja, porque su memorista decidió implantar en ella sus propios recuerdos personales. Así que esta madre hermosa y poderosa que ahora rememoraba Husky era la madre de Pablo Nopal. Husky todavía estaba resentida por ello; la había convertido en un monstruo dentro de los monstruos. En un ser diferente a todos.

—¿Un cuento? Vale. Bien. De acuerdo. Un cuento a cambio del bocadillo.

Hurgó entonces Bruna en la dulzura de su recuerdo para rescatar aquel cuento que su madre le contaba una y otra vez, una y otra noche, inexistentes y, sin embargo, tan reales. Se lo sabía de memoria, y la repetición era una de las cualidades mágicas del relato, una de las condiciones que lo convertían en un talismán. Se lo relataría a la rusa tal cual, con las mismas inflexiones, con idénticas palabras, con la seductora elocuencia de esa madre que nunca fue su madre. Era fácil. ¿Cómo empezaba? Era la historia del gigante y el enano. Sí, eso era. El gigante y el enano.

—Había una vez un gigante y un enano...

¿Cómo era? ¿Cómo seguía? Por el gran Morlay, ¿cómo era posible que no se acordara? Veía a su madre, veía esa silueta ribeteada de luz, sentía el peso de los párpados, la suavidad con la que el sueño se apoderaba de ella... Y oía las palabras, ¡sentía el resbalar de las sílabas entre los labios de la madre! Oía las palabras pero no entendía el relato. Era como intentar atrapar un pez huidizo: atisbaba el resplandor de las escamas entre la espuma del agua, pero no conseguía visualizar al pez entero. Un gigante y un enano, un gigante y un enano, un gigante y un enano...

—Había una vez un gigante y un enano —repitió, dudosa.

¡Por todas las malditas especies! ¡No estaba! ¡No estaba! De pronto, Bruna comprendió lo que sucedía: ¡nunca se había sabido el cuento! La historia del gigante y el enano jamás formó parte de las memorias que le dio su memorista. Sólo le insertó la escena, las emociones, el significado del momento. Pero no se molestó en narrarle el cuento a la pequeña androide; ¿para qué, si en realidad la pequeña androide no existía? Un dolor desgarrador se le hincó en el pecho: en las grandes penas duele de verdad el corazón.

—Cuentas muy mal los cuentos —dijo la vocecita enfurruñada de la rusa—. Creo que no me interesa el trato.

Bruna calló, concentrada en respirar a pesar de la opresión que sentía. Estaba empapada en sudor frío.

—Espera... Dame un minuto —balbució.

Silencio.

Y ahora qué. Ahora qué.

Ahora inventaría. Ahora tendría que imaginar algo. El gigante y el enano. Habitantes del paraíso imaginario de la infancia. De esa niñez cálida y feliz, en la que no existían la muerte, ni la pérdida, ni la soledad.

—Vamos a empezar de nuevo —suspiró—. Esta vez va en serio. Ejem... Érase una vez un gigante y un enano. Te estoy hablando del principio de todas las cosas. De antes de que nuestro mundo comenzara. Antes de que tú nacieras y antes de que nacieran tus padres e incluso antes de que se inventara la palabra *antes*, porque en aquel lugar del que te hablo no existía el tiempo. Ese mundo antiguo era un jardín con las flores siempre abiertas. El sol brillaba muy quieto en la misma esquina del cielo, y al otro lado se mecía la luna, media raja de hielo sobre un fondo azul. No hacía frío y tampoco hacía calor y bastaba con respirar el aire perfumado para sentirse saciado y sin necesidad de agua o alimentos. Por eso la pantera era mansa y jugaba al escondite con los conejos, y el oso se bañaba en el río y dejaba que los salmones le rascaran la espalda con la cola.

—¿Y qué pasa con el gigante y el enano? —protestó la voz.

—Ya voy, ya voy. No seas tan impaciente. Ese mundo plácido y perfecto estaba habitado por unos seres dobles formados por un enano y un gigante. O también podríamos decir por una enana y una giganta, porque en aquellos tiempos el género sexual no existía y por lo tanto tampoco existía esa aspereza que suele haber entre los sexos, aunque tú quizá no sepas de eso todavía...

—En Dzerzhinsk yo me pegaba a menudo con los chicos. Gané todas las veces menos una —dijo la voz con un deje de orgullo.

—Bueno, pues en ese mundo primero no había chicos con los que pegarse. Intenta imaginártelo, si puedes. Aquellos seres dobles eran criaturas puras e inocentes que vivían con dulzura en un presente perpetuo. Cada enano iba sentado a horcajadas en el cuello de su gigante y jamás se separaban; el liliputiense aportaba a la pareja su inteligencia, su imaginación y su sutileza; el grandullón era todo serenidad, sensualidad y valor. Eran tan complementarios, estaban tan unidos, que no tenían que hablarse. De hecho, la palabra no existía. Cada enano cabalgaba a su gigante como si fuera parte de sí mismo. Nunca se sentían solos, no conocían la tristeza. Se amaban tan completa, tan perfectamente, que ninguno necesitaba más amor. Eso sí que no podemos ni imaginarlo.

Bruna se detuvo, asombrada de sí misma. ¿De dónde salían esas imágenes, esas historias, esas palabras? Sobre todo esas palabras. Ese encadenamiento verbal, esa fluidez, ese torrente tintineante que le salía por la boca, a ella, siempre tan seca, tan pobre de expresión y tan cerrada. Era como si otra persona estuviera hablando por medio de su lengua. Lo que decía no lo sabía antes de decirlo.

—¿Y qué más? —se impacientó la niña.

—Ya voy. Había muchas criaturas dobles, muchas parejas así en ese mundo. Nadie se había molestado en contarlas, porque en un lugar fuera del tiempo y del espacio los números no tenían ningún sentido. De hecho, los seres dobles apenas si se trataban entre sí, porque cada pareja se bastaba a sí misma. Vivían en la sencillez de la felicidad absoluta. Al no existir el tiempo, tampoco existía el pasado, y por supuesto carecían de memoria. No recordaban nada.

—¿Nada?

—Nada —repitió la rep, y se estremeció: como ella al nacer, es decir, al ser activada; como ella, si no le hubieran implantado las memorias falsas.

—Eso es raro —dijo la rusa.

La androide suspiró. Era la hora de su cita con el táctil.

—Es raro, sí, y ése fue el comienzo de la catástrofe. Pero eso te lo contaré el próximo día. Ahora me tengo que ir. Cumple tu promesa y come.

Hubo un breve silencio y luego una menuda y sucia mano salió de debajo de la cama y cogió el bocadillo.

—¿No quieres beber? —preguntó la rep, empujando un poco el vaso.

—Tengo una cantimplora —masculló la rusa con la boca llena.

Husky sonrió: ah, la muy taimada... Se había metido bajo la cama con reservas de agua. Sabía que podía vivir bastante tiempo sin comer, pero no sin beber. Era una pequeña guerrera, una superviviente. Pero no sobreviviría a la radiación. Tres años, diez meses y nueve días. La androide se puso en pie.

—¿Cuándo volverás? —preguntó Gabi.

Tenía un nudo. Al levantarse, la rep descubrió que el faldón de su camiseta, por detrás, estaba atado con un nudo: un pequeño trozo del cordel de Gabi apresaba un pellizco de tela. La niña tenía que haberlo hecho de modo subrepticio mientras Bruna contaba la historia. Qué increíble habilidad, qué manos de prestidigitadora o de ratera para lograr hacerle un nudo sin despertar la atención genéticamente reforzada de la tecnohumana.

—Di, ¿cuándo volverás?

—Pronto. En cuanto pueda.

—Llegas tarde —dijo el hombre.

Sin agresividad, sólo como quien enuncia un hecho incontestable.

—Tú no eres Daniel Deuil —contestó Bruna.

Ella había wikeado al sobón, por supuesto, y había visto que era un hombre maduro; con aspecto juvenil como resultado de una buena cirugía, pero según su bio tenía sesenta y dos años. A éste, en cambio, se le veía demasiado joven. Además, no se parecían en nada. Deuil era caucásico y éste tenía rasgos más bien orientales.

—Sí lo soy. Quizá te estés confundiendo con mi padre. Nos llamamos igual. Los dos somos táctiles y él es más famoso que yo, desde luego... Si prefieres ser tratada por él, te puedo derivar. Pero su agenda está llena. Tendrás que esperar al menos un par de meses.

Dos meses era demasiado; no podría trabajar en el caso del diamante robado. Además, a Bruna le daba igual un maldito sobón u otro.

—No. Da lo mismo. Empecemos.

El táctil sonrió con suavidad. Era un poco más bajo que Husky, llamativamente delgado, de hombros rectos y breves caderas de bailarín. Tenía la piel muy blanca y el pelo lacio y negro recogido encima de la cabeza en un moño redondo de samurái medieval. Bruna le calculó

75

poco más de treinta años. La misma edad que ella, sólo que él probablemente viviría setenta años más. Daniel Deuil, hijo de Daniel Deuil. Con un padre real, de carne y hueso. Un padre con su mismo nombre, con su misma sangre. Con genes compartidos y memorias auténticas. La rep apretó las mandíbulas en una punzada de rabia y de pena.

—Tranquila. Despacio. No hay prisa. Estamos aquí para entrar en el tiempo del cuerpo. Que es distinto y lento —dijo él.

El tiempo del cuerpo. Por el gran Morlay. Bruna logró contener con dificultad un bufido sonoro y despectivo. Deuil la miraba con atención.

—Estás muy tensa. Y disgustada. Ahora mismo yo soy el objeto de tu ira. Me parece que sueles convertir tus emociones en violencia.

¡Ese tono de oráculo! La androide se indignó.

—Ya. Todo eso que dices viene en mi historial. Se supone que estoy aquí porque no controlo bien mi agresividad —dijo con gelidez.

El sobón se echó a reír y enseñó una fila de dientes deslumbrantes, afilados, perfectos. Era un hombre atractivo, tuvo que reconocer Husky de mala gana. Cuando le había abierto la puerta, a la rep le habían impactado sus ojos achinados, profundos, eléctricos. Azules muy oscuros, casi negros.

—Y de hecho acabas de demostrarlo —contestó amigablemente el sobón—. Te parezco un fraude, un cantamañanas. Vienes obligada y estás segura de perder el tiempo. Puede ser, quién sabe. Puede que no te sirva para nada. El viaje que tenemos que hacer es un trayecto común. Si tú no colaboras, no iremos a ningún lado.

Eso era justamente lo que la rep quería: no ir a ningún lado. Pero calló, prudente. La consulta del táctil era una habitación de tamaño medio. Aunque todavía era de día, la ventana estaba cegada por un estor opaco y el cuarto tenía prendida la luz eléctrica, cálida e indirecta. En un lateral, sobre una balda que recorría la pared de un extremo al otro, una larga fila de velas encendidas. Pebeteros con incienso, flores naturales en un jarro. Una camilla cubierta con una suave y esponjosa manta de tejido omaá. Los cómodos sillones antropokinésicos en los que estaban sentados se habían adaptado a la perfección a la forma de sus cuerpos. Se escuchaba un tenue sonido de fondo, algo semejante al ruido del mar. Bruna suspiró, un poco más calmada. En el pequeño recibidor a la entrada del piso había visto otra puerta. Quizá fuera la consulta del padre.

—Está bien —concedió la rep, en tono fatalista, como quien se rinde al enemigo.

Daniel volvió a sonreír. Un pequeño gesto quizá acogedor o quizá pretencioso: Husky no tenía todavía claro lo que pensaba del sobón. Labios finos, pómulos altos, cara lampiña, como tantos orientales. Deuil hizo un movimiento con la mano y las luces se apagaron. Sólo quedó el resplandor danzarín de las velas.

—Túmbate boca arriba en la camilla, por favor.

Bruna obedeció. En sus dos años forzosos de milicia había sido tratada unas cuantas veces por fisios que, contratados por la compañía, intentaban remediar las frecuentes lesiones de los androides de combate. Pero, por lo que había oído, los sobones no tenían nada que ver con eso. El techo de la habitación se encendió con la proyección tridimensional de una playa al atardecer. El mar se rizaba sobre su cabeza y el sonido de las olas era ahora más audible.

—Je... esto es como ir a fisioterapia —dijo tontamente, de puro desasosiego, mientras se acomodaba en la camilla.

—No estás descaminada. Soy una especie de fisio del alma.

—No creo en el alma —gruñó ella.

—Bueno, denomínalo como quieras. ¿Prefieres llamarlo kuammil? Es un concepto que me gusta.

El kuammil, sí. Una palabra de los omaás, una de las tres especies alienígenas con las que los humanos habían contactado por medio de la teleportación. El kuammil era el principio indefinible e inasible de la identidad, la intimidad más plena y vaporosa, la capacidad de tocarnos los unos a los otros a través de esa invisible, maravillosa nada. Bruna calló. El mar susurraba su líquida canción por encima de ella. Deuil se había levantado del sillón y debía de estar detrás de la rep, porque Husky no lo veía. Los segundos pasaban con perezosa lentitud. Y pronto se convirtieron en minutos. Las mansas olas del techo producían un efecto hipnótico. Husky cerró los ojos, somnolienta. Y los abrió de golpe, con cierta agitación, porque súbitamente se hizo consciente de una sensación de calor que estaba percibiendo en las orejas desde hacía un rato. Un calor que aumentaba.

—Tranquila... —musitó el táctil muy cerca, y Bruna advirtió que se le habían disparado las pulsaciones.

El hombre, ahora se daba cuenta la rep, tenía puestas las manos a ambos lados de su cabeza, como a unos cinco centímetros de distancia y con las palmas dirigidas hacia ella. De ahí parecía provenir el calor. Que ahora se extendía cuello abajo y por la línea de la columna vertebral. Un calor agradable, si no fuera tan inquietante. Pero ¿por qué los llamaban sobones, si en realidad no te tocaban? Poco a poco, Bruna volvió a relajarse. A sentirse adormecida. Bajó los párpados y notó cómo el calor descendía como un estremecimiento por sus brazos. Una inundación de tibieza. Y entonces fue cuando el sobón sobó. El táctil agarró sus manos y le volvió suavemente las palmas hacia arriba, mientras ella se dejaba hacer, con los ojos cerrados, a medias aletargada, a medias muy despierta. Sintió las manos de él cubriendo las suyas. Cálidas y secas. Suaves y duras. Palma contra palma, imprimiendo una pequeña presión. Un roce que aumentaba, fundiendo piel con piel, hasta que Bruna no supo dónde empezaba él, dónde acababa ella. La androide flotó en la camilla, la cabeza llena de un tumulto de imágenes. Los labios de su madre besándola en la frente. Los labios de Merlín besándola en los labios. Su padre llevándola a horcajadas en el cuello, ella tan segura y tan feliz ahí arriba. La madre de noche, nimbada de luz, contándole la historia del gigante y el enano. Recuerdos ficticios, reminiscencias incrustadas en su cerebro en un chip de memoria artificial; y, sin embargo, nada diferenciaba su sustancia y su poder de evocación de la memoria real de Merlín, de los labios de Merlín, del dolor de su ausencia. Pero en ese momento las imágenes se pusieron a vibrar extrañamente y luego comenzaron a deformarse; las figuras se rasgaron y las escenas se borraron como dibujos en la arena que una ola destruye; de pronto en su cabeza sólo hubo tinieblas, un abismo oscuro hacia el que empezó a caer. Gritó y abrió los ojos y se encontró con los ojos del sobón, que estaba inclinado sobre la camilla y seguía tocándole las manos. Los ojos de Deuil eran ahora negros, tan negros como el abismo del que salía, y Bruna se hundió en ellos y sintió, en ese perderse dentro del otro, un extraño cobijo.

—Calma... —dijo el táctil, soltándola e irguiéndose—. Ya pasó. ¿Te encuentras bien?

La luz se encendió. Husky estaba aturdida, asustada, irritada consigo misma por haberse descontrolado tanto.

—Sí. Estoy perfectamente. Aunque ha sido raro. No sé qué me ha sucedido. No sé, quizá me he puesto nerviosa. No volverá a pasar.

El sobón sonrió. Ese gesto al mismo tiempo apaciguador y prepotente.

—Qué dices, Husky. Aún no ha pasado nada. Esto es sólo el comienzo.

Los largos mostachos rojizos y trenzados de Virginio Nissen, el psicoguía, llenaron la pantalla del móvil de Husky.

—Hola, Nissen, perdona que te moleste. ¿Tienes un par de minutos? Quería hacerte una pregunta. ¿Recuerdas a la rusa, la niña que tutelo?

—La niña a la que sueles referirte como «el monstruo».

Bruna sintió un pellizco de incomodidad al escuchar sus palabras en boca del psicoguía.

—Ejem, ésa, sí. Resulta que tiene la manía de atarlo todo con una cuerda. O sea, en su mochila lleva una ristra de cosas inútiles colgando de un cordel, todas atadas con un nudo: un peine, un caramelo, una llave... Y esa hilera de objetos parece importantísima para ella. A mí me mordió cuando se la cogí y al tragón le colgó de una pata del techo cuando se comió la soga.

—Ya.

—Incluso me ha puesto un nudo a mí, en el borde de la camiseta, sin que yo me diera cuenta. Claro que yo no voy colgando de su hilo, en mi caso sólo se trata de un pedacito de cuerda. Pero el nudo está. No me he atrevido a desatarlo. No entiendo por qué lo hace. Eso te quería preguntar, Nissen. Si sabes qué significa.

El psicoguía se atusó los bigotes.

—Vamos a ver, Husky: ¿tú por qué atarías a alguien?

—Para que no pueda atacarme.

—Una respuesta muy tuya, Husky. Pero no pienses en combates ni en enemigos. ¿Por qué le atarías?

—Para que no se escape.

Nissen rió.

—Estás más cerca, pero de nuevo te ciega esa pátina de agresividad con la que contemplas el mundo. Escucha, la niña no sólo te ha anudado a ti... Por lo que me dices, a la cuerda ata todo tipo de objetos. No son sólo personas. ¿Por qué, para qué?

La androide frunció el ceño y se esforzó en reflexionar. Desde la pantalla, el psicoguía la contemplaba con la misma mirada alentadora con la que una madre animaría a su bebé a dar los primeros pasos.

—Para... para que no se pierdan.

—Para que no se pierdan. Eso es, Husky. Eso creo que es. Imagina qué pérdidas habrá sufrido esa niña en su vida para desarrollar una estrategia así.

Bruna rozó con la punta de los dedos el nudo que seguía llevando en su camiseta. También a ella la había atado. Puede que Gabi no quisiera perderse el resto del cuento. O quizá fuera una inesperada prueba de cariño hacia la rep. Puede que el amor de los monstruos fuera así. Nudos que apresan inútilmente, mordiscos que duelen y desgarran.

Tras el desasosegante encuentro con el táctil, Bruna se había pasado buena parte de la noche trabajando en el caso Loperena, con Bartolo enroscado y dormido sobre sus piernas: desde el incidente con la niña, el bubi andaba despavorido y buscaba su cobijo todo el tiempo. De hecho, el tragón estaba tan asustado y deprimido que, pese a las muchas horas que le había dejado solo, no había cometido ninguna tropelía, salvo ensalivar y masticar un poco la punta de una toalla.

En primer lugar, y gracias a las herramientas de rastreo y desencriptación no del todo legales que poseía, Bruna pudo revisar los informes policiales sobre la muerte de Alejandro Gand. No fue difícil hacerlo; el caso, ya cerrado, había sido considerado un accidente, y los documentos estaban archivados con la clave más baja de seguridad. La caída del minijet, un aparato que tenía ya cerca de ocho años, se atribuyó a fatiga de materiales, a tornillos que no aguantaron la tensión y a revisiones mal hechas. Los minijets eran unos cacharros estúpidos que solían estropearse, así que el resultado de la investigación no era sorprendente. El accidente, eso sí, fue aparatoso y catastrófico. Al parecer perdió un alerón, se torció y acabó estrellándose contra un muro. Estaba lleno de combustible y el gasprop estalló. Salvo unos pocos restos dispersos, tanto el minijet como el cuerpo de Gand quedaron completamente achicharrados. O más bien casi volatilizados, porque la deflagración fue poderosa. Por fortuna sucedió a las tres de la madrugada en una solitaria zona industrial y no hubo que lamentar otras víctimas.

Luego la tecno repasó la bio del antiguo ejecutivo hasta donde pudo desencriptarla; siguió su huella en los anales de la Texaco-Repsol, en los medios de comunicación, en todos los documentos gráficos públicos y en algunos privados que pudo encontrar. Cada vida arrastraba a sus espaldas una ingente cantidad de información. Le llevó horas leerla, peinarla. Ansiaba tomarse una copa de vino blanco, pero tendría que levantarse a por ella y le apenaba verse obligada a despertar al tragón, que roncaba plácidamente en su regazo. Bien, eso que se ahorraría su hígado, pensó la rep. Como solía repetirle Yiannis, a menudo los buenos sentimientos hacia los demás no son sino una manera de cuidarnos a nosotros mismos.

Lo que buscaba Husky era un hombre o una mujer que pudiera ser el amante de Gand. Aunque debía de ser una mujer, porque la trayectoria del tipo parecía mostrar una marcada heterosexualidad. ¿Quién iba a querer robar un diamante funerario de escaso valor, habiendo tantas otras cosas que robar en la casa, si no fuera por una necesidad afectiva o por un deseo de venganza sentimental? Además, eso era lo que se deducía de las palabras de la viuda: «Tengo la sospecha de que puede ser alguien cercano... y quizá no me apetezca que la policía sepa lo que ha sucedido.» Bruna imaginó a una amante despechada que no hubiera sido admitida a los solemnes funerales y que, furiosa por su forzada clandestinidad, hubiera decidido quedarse con los residuos diamantinos de un hombre al que consideraba más suyo que de la viuda oficial. La androide le había preguntado a Loperena si su marido la engañaba, pero naturalmente la mujer era demasiado soberbia para reconocerlo: «Tendrás que investigarlo tú.» Y eso estaba haciendo Husky. Pero no encontraba ninguna pista sólida. Al final, un poco a la desesperada, decidió ir a ver al que había sido el secretario personal de Gand durante veinte años en la Texaco-Repsol, un hombrecillo menudo y modoso que en el archivo de imágenes aparecía más veces que ninguna otra persona, incluida su mujer, junto al directivo. Lo que no supiera un secretario personal que se había pasado dos décadas junto al muerto no lo sabría nadie.

De modo que Bruna por fin despertó al tragón y se levantó de la silla y se bebió tres copas de blanco seguidas antes de meterse en la cama y dormir un agitado sueño de apenas cuatro horas. Y, por la mañana, nada más abrir las oficinas, llamó al secretario, que se llamaba Roberto Belmonte, y concertó una cita a las 11:00. Ahí estaba ahora, sentada frente a él.

—Yo no sé nada. No sé nada sobre el robo del diamante funerario. No sé nada de nada. Díselo a su esposa de mi parte —repetía por tercera o cuarta vez Belmonte.

Tenía una cara ratonil, vibrátil, inquieta y asustada. Demasiado inquieta y asustada. ¿A qué le tenía tanto miedo el secretario? ¿A la furia de la viuda? ¿A su venganza por haber sido cómplice en un posible adulterio?

—Mi jefe nunca tuvo amantes, que yo sepa, en el tiempo que trabajamos juntos. Y yo debería saberlo, porque le llevaba todas las agendas, la privada y la pública. Claro que desde que se jubiló, hace seis meses, no volví a verle. De lo que ha podido pasar desde entonces no sé nada.

Mentía. Husky había visto imágenes del secretario y

de Gand en los últimos meses. En recepciones oficiales, en reuniones. Habían seguido en contacto. La androide estuvo a punto de decírselo y de enfrentarle con su falsedad a ver qué contestaba, pero algo la retuvo. Estaba sorprendida por los inesperados tartamudeos del secretario, por su evidente e incomprensible agitación. Por todas las especies, interrogarle sobre las posibles amantes de su exjefe muerto tampoco parecía algo tan grave, algo tan inquietante y peligroso. ¿O tal vez sí?

Decidió dejarse llevar por su intuición. Dio las gracias a Belmonte, estrechó su sudorosa y lacia mano y se marchó. Salió del enorme edificio corporativo sin titubeos, a paso tranquilo pero seguro, como si supiera exactamente hacia dónde ir, para que las cámaras de vigilancia recogieran su marcha. Y era verdad que sabía hacia dónde dirigirse; al entrar a la sede de la Texaco-Repsol había archivado en su memoria de manera automática, como siempre hacía, el entorno del edificio, por si acaso tenía que salir huyendo con urgencia. Ahora recordaba que, a unos setenta metros de la puerta, cruzando la glorieta y las cintas rodantes, había una parada del tranvía aéreo. Llegó hasta allí y se sentó en el largo banco, medio oculta por una pantalla pública. Era un buen sitio; se veía bien la entrada de Texaco-Repsol y una marquesina la protegía del taladrante sol, algo muy necesario porque la espera podía ser larga. Y también inútil: Bruna partía de la suposición de que a Belmonte le hubiera asustado tanto su visita que quisiera ponerse en contacto físico con alguien, y eso era mucho suponer. Sin embargo, no se le ocurría nada mejor que hacer, así que decidió armarse de paciencia y aguantar.

El banco corrido en el que estaba se vació y se llenó varias veces con sucesivas oleadas de pasajeros y la androide cada vez tenía más dudas; habían transcurrido ya más de dos horas y sólo la obsesiva testarudez de su intuición la mantenía en su puesto. ¿Y si el secretario no tuviera nada que ocultar y se tratara simplemente de un tipo nervioso y timorato? ¿Y si el miedo que manifestaba no fuera más que el temor que tantos hombres débiles le tenían a ella, a su altura, a su cráneo pelado, a sus ojos de tigre, al hecho de ser una maldita y tatuada rep de combate? Bruna resopló. A veces se olvidaba de que era un monstruo.

Por la puerta de la Texaco-Repsol empezó a salir una riada de gente. Las 14:00, hora de comer. Bruna se irguió, alerta. Sí, ahí estaba Belmonte. El secretario había doblado hacia la derecha y caminaba calle arriba. La rep se puso en pie y lo siguió por la acera de enfrente. Dos cruces más allá, el hombre se metió en un local de comida rápida; Husky le vio haciendo cola, encargando algo, pagando. Salió con una bolsa térmica en la mano y continuó su camino. Torció en la esquina y, cien metros más allá, entró en un pequeño parque vegetal y se sentó en un banco; Bruna se encogió detrás de un arbusto de lilas, desde el que veía a Belmonte de costado. El secretario había sacado una tarrina de la bolsa térmica y fingía comer; miraba hacia todas partes con ojos ansiosos y redondos, mientras la cuchara de plástico permanecía suspendida en el aire, a medio camino de su boca abierta de pasmado. La rep sonrió: disimulaba fatal. Pero de pronto la sonrisa de la rep se crispó: su cuerpo se tensó y se sintió en riesgo. Alguien la observaba. Lo notaba. Un sexto sentido le avisaba de que ella, la perseguidora, estaba siendo a su vez perseguida. Miró con disimulo a su alrededor. Un barrido de trescientos sesenta grados. Pero no vio a nadie sospechoso. Y, sin embargo... Ten cuidado, le había dicho Lizard.

En ese momento un hombre se sentó en el otro extremo del banco que ocupaba el secretario. A Belmonte casi se le cayó la tarrina de la mano. Husky redirigió su atención al recién llegado: era más bien bajo, de mediana edad, con una desmayada coleta de pelo gris que le caía por la espalda. Había en él algo vagamente familiar. Algo reconocible, pero que Bruna no acababa de atrapar. Era un perfil que ella había visto antes... en algún lado. El secretario, torpe y agitado, dejó algo sobre el banco y después depositó la tarrina encima. A continuación se puso en pie y se marchó a toda prisa. El extraño esperó con tranquilidad un par de minutos; luego se levantó, alzó el envase, guardó en un bolsillo lo que había debajo, arrojó la tarrina al punto de reciclaje y se giró para irse.

Entonces Bruna pudo contemplarle de frente.

Un recuerdo emergió en su cabeza como un corcho en el agua.

Le había visto de pequeña en casa de sus padres. De sus falsos padres. Era una memoria infantil de las muchas que le habían implantado. Sí, el hombre estaba más viejo, más gordo y con esa lacia y antes inexistente coleta, pero sin duda era él. Yárnoz, se llamaba. Sí, eso era, Yárnoz. Un amigo de sus padres. Es decir, de los padres de Nopal, puesto que su memorista había sembrado en ella sus propios recuerdos. De modo que Nopal tenía que saber quién era ese tipo.

Con la sorpresa del reconocimiento, Husky había relajado su atención. Ahora advirtió con alivio que ya no se sentía observada. La crispación había pasado; tal vez hubiera sido una falsa alarma. Sacudió su espalda en un movimiento parecido al que hacen los perros para descargar el exceso de adrenalina y se dispuso a seguir a Yárnoz, que ya se perdía en la distancia. Siempre detrás de él, tomó un par de cintas rodantes y después el metro. Cuarenta minutos más tarde le vio meterse en un edificio de la calle Bravo Murillo; esperó unos instantes y luego se acercó al portal. Tenía una cerradura convencional de reconocimiento digital. Un modelo muy simple: en su móvil contaba con un programa para desbloquearla. Arrimó la pantalla al ojo de la cerradura y lo saturó con un millón de huellas digitales emitidas a alta velocidad; el mecanismo sólo aguantó quince segundos antes de parpadear y abrirse. La androide se deslizó dentro a toda prisa: un portal antiguo, bien cuidado, de clase media. Primero derecha. Según los buzones, Yárnoz vivía en el primero derecha. Subió con sigilo por las escaleras: la puerta del piso estaba entornada. En el silencio del descansillo escuchó, con toda claridad, un gargajeo líquido y espeso, un estertor terrible. Empujó la hoja, atravesó de un salto el pequeño vestíbulo y entró en lo que parecía ser el cuarto principal. Yárnoz estaba arrodillado junto al cuerpo tendido de un hombre; al oírla entrar, se volvió hacia ella. Ojos desorbitados, manos ensangrentadas. Se puso en pie de un brinco y se arrojó por la ventana, que estaba abierta. La rep se asomó: en la calle, Yárnoz se levantaba ya para huir cuando de repente hizo algo muy extraño: echó los hombros y los brazos hacia atrás y curvó el tronco inverosímilmente, componiendo un gigantesco arco con su cuerpo. Por un instante pareció flotar en el aire en esa posición imposible; luego se derrumbó como un pelele. Fue entonces cuando Bruna se dio cuenta de que tenía el pecho reventado; sin duda le habían disparado con el silencioso plasma negro, un arma ilegal por su feroz poder destructivo. Un coche oscuro sin placas aceleró, perdiéndose calle arriba y llevando con toda probabilidad en su interior al asesino.

Un ronco jadeo que provenía del cuarto hizo que Husky volviera su atención hacia el herido. Se acercó y el corazón redobló en su pecho. Se acuclilló a su lado, atónita: ¡era Gand! Por todas las malditas especies, tenía que ser Alejandro Gand o un hermano gemelo. Mostraba un feo tajo en el cuello y estaba empapado en sangre. La escena resultaba irreal y la vida parecía haber adquirido un vertiginoso ritmo de pesadilla.

—¡Gand! —le llamó.

El hombre abrió mucho los ojos. Su cuerpo se sacudía de modo incontrolable. Intentó hablar, pero la raja del cuello se entreabrió. Una burbuja rosada apareció en los bordes del tajo. Husky apretó la herida con su mano, intentando detener la hemorragia. Sintió una pulsación pegajosa y caliente contra su palma.

—Gand, ¿qué ha pasado? Soy detective, estoy contratada por tu mujer...

Un nuevo estertor. Y un murmullo inaudible.

—¿Qué?

—Ella no... On-ca-lo... —musitó el hombre—. On-ca-lo...

Viró los ojos, convulsionó violentamente y un pequeño vómito de babas rojizas resbaló entre sus labios. Después la agitada sucesión de acontecimientos de los últimos minutos se detuvo en seco. Tras tanto frenesí, ahora sólo había silencio, quietud y un mareante tufo a sangre. Alejandro Gand acababa de morir por segunda vez.

Lo primero que hizo Husky fue llamar a la viuda, pero Loperena no contestó. Peor aún: su móvil estaba desactivado. Presa de un mal presentimiento, la rep corrió al edificio de su clienta. Se identificó y dio el nombre de Rosario al portero automático, pero la voz artificial se mantuvo impertérrita por más que ella insistiera en entrar:

—Lo siento, Bruna Husky, pero no dispones de una autorización en mis registros. Lamentándolo mucho, no puedo permitirte el acceso. Te sugiero que te pongas en contacto con Rosario Loperena.

La androide le echó una ojeada a la puerta: cristal blindado de alta calidad y candados magnéticos. Un acceso inviolable: nada que ver con la cerradura de huella digital que acababa de reventar. Suspiró y se resignó a llamar a Paul Lizard. Explicó brevemente lo sucedido al inspector, que ya tenía noticia del asesinato de Yárnoz, aunque no del de Gand, y le pidió ayuda para entrar en el piso de su clienta.

—Tienes una extraña propensión a que el mundo se llene de cadáveres a tu alrededor, Bruna —gruñó Lizard—. Espérame. Voy para allá.

Veinte minutos más tarde, la rep vio a lo lejos el sólido corpachón del policía. Cuando llevaban algún tiempo sin encontrarse, a Husky siempre volvía a sorprenderle la contundencia física de Lizard. Era aún más alto que ella y desde luego mucho más fuerte. Le observó mientras se acercaba, gigante pero bien proporcionado, y sintió un orgullo absurdo y cierta tensión en la boca del estómago. Algo parecido al hambre.

—Qué hay —dijo Lizard, saludándola con un seco cabezazo.

—Ya ves —respondió la rep, igual de astringente.

El policía se acercó a la portería y presentó ante el ojo su clave de emergencia. Las hojas blindadas se abrieron. El escáner pitó registrando la pistola de Lizard, pero les permitió el paso. El ascensor ya los esperaba y los condujo al piso. El robot doméstico estaba delante de la puerta.

—Robot CD77.6 a tus órdenes en modo de emergencia, inspector Lizard —gorjeó amablemente.

—Llévanos con Rosario Loperena —le ordenó Paul.

El pequeño autómata parpadeó.

—Lo siento, pero no está en casa.

—¿A dónde ha ido? —preguntó Bruna.

—Lo siento, pero carezco de datos.

—¿Cuándo se ha marchado?

—Ayer martes 23 de julio a las 13:07.

—Justo después de hablar conmigo —dijo la rep.

La detective irguió la cabeza y olfateó el aire alrededor.

—Ese olor...

—Yo no noto nada —dijo Lizard.

—Yo sí. Huele a muerto.

Bruna echó a caminar por la casa persiguiendo el rastro olfativo, con el inspector detrás y el autómata cerrando la comitiva. Se detuvo ante una puerta cerrada.

—Robot, ¿qué hay aquí detrás?

—Es el dormitorio de Rosario Loperena.

—Desbloquea la puerta.

Se escuchó un leve chasquido y la hoja se abrió. Una vaharada de tufo dulzón y nauseabundo les golpeó la cara.

—¿Qué demonios...? —exclamó Lizard arrugando la nariz.

Se detuvo a media frase: a los pies de una de las camas gemelas estaba Rosario Loperena sobre un charco enorme de sangre coagulada. Bruna y Paul se inclinaron sobre los despojos. Apestaba tanto que, si la androide no hubiera hablado con ella la mañana anterior, habría pensado que llevaba por lo menos un par de días muerta.

—Qué destrozo. Quien hizo esto estaba furioso. O quería saber algo —murmuró el policía.

Loperena estaba cubierta de cortes. La mayoría parecían superficiales y todos debieron de ser muy dolorosos. Husky contempló con compasivo horror las mejillas tajadas de su clienta, los ojos vidriosos y desorbitados. Y luego miró con más atención: los ojos parecían distintos... Sí, también la cara era distinta; incluso desfigurada por la tortura, no mostraba ese estrafalario aspecto de cirugía plástica barata.

—La mujer con la que hablé no era Rosario Loperena. Llevaba una máscara de biosilicona para parecerse a ella. Ésta tiene que ser la verdadera Rosario y ya debía de estar muerta cuando vine ayer —dijo con rabia.

En ese momento entró en el cuarto el robot doméstico con un aspirador-vaporizador y empezó a limpiar aplicadamente la lámina de sangre gelatinosa y negra.

—¡Quieto! ¿Qué haces? —bramó Lizard.

El robot se detuvo.

—Está sucio. Entre mis funciones está la limpieza inmediata de la suciedad.

—¡Pues ahora ya no tienes esas funciones! ¡Estás en modo de emergencia! Ahora lo único que tienes que hacer es cuidar de que nadie se acerque ni toque este cadáver.

—Sí, inspector Lizard. Entendido.

Entonces el autómata hizo algo muy raro. Dio una vuelta en redondo sobre sí mismo y después otra más. Se detuvo de nuevo ante el policía.

—Por favor, inspector Lizard: ¿qué es un cadáver?

El único ser inocente que quedaba en el mundo debía de ser este pedazo de chatarra, pensó con melancolía Bruna Husky.

Oncalo: ningún contenido ni significado relacionado con esta palabra.

Ongalo: antigua mina de uranio a cielo abierto en la región de Erongo, territorio que formó parte de Namibia antes de la Unificación; en tiempos fue la mayor reserva de uranio de la zona pero se agotó en torno a 2050.

Ongallow: coloquialmente, en inglés global, estar expuesto a acerbas críticas públicas.

Honcalo: ningún contenido ni significado relacionado con esta palabra.

Onkalo: 1) En finés, peligro de muerte. 2) Lugar mítico maldito en el oeste de la antigua Finlandia; la mayor parte de la región es hoy Tierra Sumergida; géiseres intermitentes y emanaciones de azufre convierten la zona en un entorno letal e impracticable para la vida humana.

A Husky le había parecido interesante lo de la mina de uranio. Claro que ella creía haber oído que el agonizante Gand susurraba Oncalo, no Ongalo; pero lo de la mina no podía tratarse de una coincidencia. Tenía que estar por fuerza relacionado con lo que acababa de enviarle Lizard.

Los descubrimientos preliminares del forense habían sido sensacionales y el inspector Lizard los compartió con Bruna, cosa que la androide agradeció; pero le había mandado los datos al móvil sin el añadido de una sola palabra, ni un comentario, ni un saludo, ni mucho menos un beso, y eso irritó a la tecnohumana más de lo que hubiera querido reconocer. Esa tarde, en el piso de Loperena, se había sentido de nuevo cercana al policía. Más aún: había coqueteado con él. Intentó seducirle. Incluso le sugirió muy sesgadamente que podrían verse más tarde para comentar el caso, un guante que el inspector no recogió. De modo que ahora a Bruna le parecía que se había puesto en evidencia y que era una estúpida. Esa gélida manera de Lizard de desaparecer detrás del informe del forense mostraba a las claras su rechazo.

—Se creerá que me importa —gruñó en voz alta.

Se levantó de la pantalla doméstica e hizo unos cuantos estiramientos de espalda. Luego se acercó malhumorada a la mesa en donde se encontraba el puzle medio armado y, tras unas cuantas tentativas, colocó un par de piezas. Bebió un trago de vino. Eran las doce de la noche y estaba apurando su tercera copa de blanco con el estómago vacío. Llamó una vez más a su memorista pero seguía sin estar localizable, así que volvió a sentarse ante la pantalla. Se conectó con los satélites de TerraVisión y compró dos consultas de medio minuto; eran las sesiones más breves y baratas, pero aun así le costaron la exorbitante cantidad de cuatrocientas gaias cada una. De modo que en un instante gastó una cuarta parte de su escuálido capital. Por desgracia Loperena nunca llegó a pagarle nada, cosa comprensible teniendo en cuenta que no era Loperena.

Contemplada desde la estratosfera, la mina de Ongalo tenía todo el aspecto de ser lo que había sido: un destrozo ambiental considerable, una montaña arrasada, un cráter digno de la superficie de la Luna. De todas maneras, medio minuto no daba para nada. Guardó la instantánea a la que tenía derecho y pidió la imagen de Onkalo. Para su sorpresa, descubrió que esa zona de la antigua Finlandia era un punto ciego. «No podemos acceder a tu petición. Problemas técnicos, administrativos o legales nos impiden la obtención de imágenes de ONKALO. Tu pago ha sido automáticamente reembolsado. Gracias por usar TerraVisión, los ojos del mundo», destellaron unas letras tridimensionales sobre un fondo negro. Por supuesto que había muchas zonas del planeta que resultaban opacas, empezando por las plataformas flotantes, los dos mundos artificiales que orbitaban la Tierra: tanto la totalitaria Cosmos como la tiránica teocracia de Labari eran sociedades antidemocráticas e impenetrables que usaban paraguas tecnológicos para impedir ser espiados. Pero además de ellos había muchos otros enclaves en el planeta que, por razones políticas, económicas o estratégicas, protegían celosamente su privacidad. Los ojos del mundo de TerraVisión eran muy miopes. Aun así, a Bruna le sorprendió que Onkalo no pudiera verse. ¿Qué interés podía haber en ocultar un pedazo de tierra remoto, sulfuroso, desierto y miserable?

Le hubiera gustado comentarlo con Lizard.

Se levantó y se sirvió otra copa. Tres años, diez meses y ocho días. No, siete días. Eran más de las doce. Ya era jueves.

Maldita sea.

Llamó a Lizard y el rostro del hombre apareció cejijunto en la pantalla.

—Quiero verte —dijo Bruna.

—¿Cuándo?

—Ahora. En el bar de Oli. ¿Vendrás?

El policía pareció dudar un instante. Una nube pasajera que sombreó su cara.

—Sí —dijo. Y colgó.

El alcohol del cuerpo de la androide se transformó en fuego: un hervor de sangre corrió por sus venas y ascendió como una ola hasta el cerebro. Se puso en pie y advirtió que estaba algo ebria. La noche era tórrida y el apartamento parecía un horno, porque Husky sólo podía pagarse cuatro horas de aire acondicionado al día (las tasas para las actividades contaminantes se habían puesto por las nubes en los últimos años) y ya había consumido su cuota al atardecer, cuando el sol machacaba las ventanas. Estaba toda sudada, así que se dio una rápida ducha de vapor. Aún desnuda y gozando del efímero rastro de humedad en la piel, le puso la comida al tragón y a continuación se plantó delante del armario, los brazos en jarras, las fuertes piernas abiertas, reflexionando sobre qué ponerse.

No quería pensar en el cuerpo de Lizard.

No sabía bien por qué le había pedido que se vieran. Para hablar del caso, desde luego. Para hablar del caso.

Y el inspector había contestado enseguida que vendría. Ni siquiera había preguntado para qué.

Se recordó entre los brazos del policía, encajada en su mullido pecho, ansiosa y entregada, penetrada por él. Luz de velas y la mirada verdosa del hombre acariciando la suya. No se podía estar más juntos. No se podía estar más cerca. Carne hincada en la carne y el corazón hambriento.

Borró la imagen con dificultad. Bruna sabía perfectamente qué hacer con su necesidad sexual, pero la necesidad sentimental la dejaba desconcertada, reduciéndola a una criatura menesterosa y patética. Una androide ridícula.

Resopló. Esforzándose por mantener la mente en

blanco, Bruna se vistió una blusa sin mangas azul neón con aberturas en los costados y una minifalda de gasa metalizada, sutil y volátil. Rascó la cabeza del bubi y salió a la calle. La noche era una boca caliente dispuesta a devorarla. De la acera abrasada subía un aliento fétido, una tibieza pegajosa que se le enredaba en las piernas y acariciaba su sexo desnudo. Husky no se había puesto bragas. En otro momento hubiera trotado a buena velocidad hasta el bar de Oli, pero ahora prefirió caminar a paso tranquilo, disfrutando del roce de su pubis contra la falda metalizada, de la sensual libertad de esa oquedad accesible y abierta. Una flor, un volcán. El ciego furor del cuerpo por fundirse con otro. Ese brutal impulso de vida se parecía demasiado a un impulso de muerte.

Ongalo. Ongallow. Onkalo. Para protegerse, Husky se esforzó en pensar en el caso. El informe preliminar del forense que Lizard le había mandado contenía dos datos impactantes. El primero, que a Gand le faltaba el brazo izquierdo. El miembro había sido limpia y recientemente amputado desde la articulación del hombro y se le había insertado un brazo biónico. Lo más probable era que el despojo hubiera sido utilizado como fuente de ADN en el accidente del minijet; aunque la deflagración había sido tal que no se encontró el cadáver, los restos del brazo estaban lo bastante enteros como para certificar la muerte de Alejandro Gand. La rep imaginó con facilidad la siniestra escena: alguien dejando en el minijet, antes de estrellarlo, el brazo recién cercenado, quizá protegido en algún contenedor especial para que la explosión no degradara el ADN. En cualquier caso, alguien quería hacer creer que el antiguo director de la Texaco-Repsol estaba muerto. ¿Le secuestraron, le obligaron, le mutilaron? ¿O fue el propio Gand quien orquestó el fingimiento? La prótesis era de primerísima calidad, y la amputación, un trabajo quirúrgicamente perfecto; Bruna no creía que un secuestrador se tomara tantas molestias y gastara tanto dinero con su víctima. Seguro que fue Gand quien organizó el falso accidente. Pero ¿por qué? ¿Qué razón podía ser tan poderosa como para sacrificar un brazo?

El otro descubrimiento del forense era aún más espectacular e inquietante: tanto Gand como Yárnoz habían recibido considerables dosis de radiactividad. No tanta como la niña rusa, desde luego, aunque suficiente como para empezar a ser un riesgo para la salud de ambos. La androide se estremeció: de repente el mundo entero parecía haberse vuelto radiactivo; de ahí que lo de la antigua mina de uranio resultara tan interesante. Un diamante robado, una viuda falsa, una esposa muerta, un accidente fingido, dos cadáveres reales, un brazo amputado, un informe de alerta sanitaria escamoteado y radiactividad por todas partes. Intentó pensar en el enigma, atar entre sí los múltiples cabos de la misma manera en que, colocada ante sus gigantescos puzles, procuraba adivinar el dibujo fragmentado y disperso. Pero tenía la mente demasiado enturbiada por el vino y las ideas parecían pegarse perezosamente unas a otras como embadurnadas de melaza. Agitó la cabeza para sacudirse de encima los malos presentimientos. Había llegado ya al bar de Oli.

El garito estaba lleno. Una treintena de personas abarrotaba el pequeño local rectangular. Diez taburetes se alineaban ante la gran barra que recorría el espacio de parte a parte y otros tantos estaban pegados a la pared de enfrente, junto a una angosta repisa de apoyo para posar las copas. La disposición, estrecha y larga, recordaba un vagón ferroviario. Un tren acogedor para atravesar la noche. La rep se detuvo en la entrada. No veía al inspector.

—¿Qué hay, Husky? Si buscas a Lizard, está en el fondo.

Embutida detrás de la barra y derramando por encima sus inmensos pechos, Oli Oliar rubricó sus palabras con un vaivén de cabeza. La androide se abrió paso entre los parroquianos: humanos, otros tecnos y al menos un mutante, porque ese tipo con medio rostro peludo debía de ser una víctima de las alteraciones biológicas que acababa produciendo la teleportación. Esta apacible mezcolanza entre seres sintientes de todo tipo (Bruna había llegado a encontrar a algún alienígena en el bar, aunque en la Tierra había pocos *bichos* y resultaban difíciles de ver) era la marca de la casa, un efecto colateral de la amplitud de Oli, que, tan grande de cuerpo como de espíritu, repartía imparcialmente su magnanimidad entre todas las criaturas.

El inspector estaba de pie justo al final del mostrador. Se apretó contra la pared para dejar sitio a la androide.

—Has tardado bastante —dijo, como saludo, mientras apuraba el último trago de un vaso ancho y con hielo.

—Veo que mi ausencia se te hace eterna —respondió con sorna Husky. Y al instante se arrepintió de haberlo dicho. Su propia torpeza la puso de malhumor.

—¿Para qué querías verme? —preguntó Paul en tono cortante, picado por el comentario.

A Bruna se le secó la garganta. Pensó en su sexo desnudo bajo la breve falda y se sintió ridícula y frágil.

—Gracias por mandarme los datos preliminares del forense —murmuró.

—Ya puedes dármelas. Si se enteran de que comparto la información contigo, me buscaré un problema muy grande —contestó rabioso.

—Sí, lo sé, gracias, gracias. Y perdona mi comentario

anterior. Estoy un poco borracha —añadió Husky humildemente.

—Qué raro...

En ese momento se acercó Oli Oliar, ballena majestuosa surcando el angosto canal de la barra, y depositó delante de ellos una copa de blanco, un vaso de whisky y un plato de tapas variadas. Dio la vuelta en una asombrosa y difícil maniobra con la bandeja en alto, porque si bajaba los brazos no cabía, y se alejó sin decir palabra.

—Hablando de vino... —ironizó Lizard.

Pero a continuación agarró el whisky y bebió casi todo su contenido de un solo trago. Tal vez él también estuviera nervioso, se consoló la rep. Miró su copa de blanco y decidió no tocarla. Cogió en su lugar una tosta de salmón y le dio un bocado; estaba muy buena, como siempre. Agradeció mentalmente a Oli su cariño discreto y protector. Allí estaba, en el otro extremo de la barra, atendiendo a un cliente, la sonrisa luminosa, la piel negra bruñida como un cuero fino bien lustrado. Reina de la noche, hada paquidérmica. Husky a veces sospechaba que su inusitada gordura podía ser un desorden TP, una mutación producida en algún teletransporte. Quizá fuera eso lo que le había proporcionado su capacidad empática, esa sintonía hacia los raros que había terminado llenando su bar con la parroquia más peculiar de Madrid. «Los enanos tienen una especie de sexto sentido que les permite reconocerse a simple vista», solía decir Oli, citando a un escritor antiguo cuyo nombre la rep no recordaba, para referirse a la atracción que su garito ejercía en los seres poco convencionales. Eso sí, todos eran monstruos amables y decentes; todos menos ella. Porque Bruna no se consideraba una criatura amable, precisamente. Echó una ojeada alrededor: ¿cuántas de esas personas habrían matado a alguien? Como no había ningún otro tecno de combate, era probable que ninguna. A Husky le temblaron las manos: a veces, muy de cuando en cuando, sus muertos se le venían encima, una inesperada tromba fantasmal, un zarpazo de congoja que desgarraba el pecho. Miró a Lizard, que había cogido otra de las tostas y estaba comiendo. Él sí. Él también llevaba a la espalda su cuota de cadáveres.

—Gand montó su propia desaparición —dijo el inspector con la boca llena.

—Sí, ésa es mi hipótesis. Por eso se cortó el brazo.

—Es más que una hipótesis. Yárnoz llevaba un papel en el bolsillo. El papel que le viste coger en el parque. Dice así: «Creo que tu mujer está en peligro. Acaba de venir a verme una rep de combate, detective privada, Bruna Husky, dice que la ha contratado tu mujer para investigar el robo del diamante!!!!!» Detrás de la palabra *diamante* ha puesto un montón de interjecciones. «He llamado a Rosario pero está desconectada. Me temo lo peor. Espero instrucciones» —explicó Paul, leyendo la pantalla de su muñeca.

—Parece que la esposa sabía lo de la falsa muerte. De ahí la sorpresa del secretario. Pero quizá no supiera en dónde se ocultaba su marido. Por eso la torturaron inútilmente. Y por eso me contrataron. Para que los llevara hasta él. En el parque me sentí observada. Luego la sensación desapareció, pero... Qué estúpida.

—Pero, si te iban siguiendo, ¿cómo es que llegaron antes y mataron a Gand?

Husky se quedó pensativa. Pero tenía la cabeza embotada, estaba muy aturdida. No entendía nada.

—Es raro, sí, todo es muy raro en este caso. No habéis encontrado el diamante, ¿verdad? Supongo que lo tiene quien mató a Gand. Y el secretario quizá corra peligro...

—Ya no. Lo han asesinado esta tarde, cuando entraba en su casa. Un disparo de plasma negro, como Yárnoz.

Esa cara de conejo asustado. Y con razón.

—Muchas gracias por compartir tu información, Lizard. Yo también tengo cosas que contarte.

La rep explicó al inspector lo de Ongalo, Ongallow, Onkalo; y el extraño punto ciego de TerraVisión. También le contó que Yárnoz aparecía en sus falsos recuerdos infantiles, y que había llamado a Nopal, su memorista, aunque todavía no había conseguido hablar con él. Luego apuró de un trago el resto del vino de su copa, porque Oli venía con las botellas para servirles más. Ah, sí. Con el calor de la conversación había olvidado su decisión de no beber. Paul levantó su vaso en un brindis.

—Formamos un buen equipo —dijo con la chispa de una sonrisa bailando en sus ojos.

—Un buen equipo —coreó Bruna, alzando su copa y mirando no a los ojos, sino a la boca de Lizard.

Involuntariamente.

Esos labios. Se acordaba bien de su sabor. Esa lengua musculosa y líquida que ahora estaría perfumada de whisky. Como la primera vez que hicieron el amor. Su sexo se tensó y la androide percibió su propia desnudez bajo la falda.

Acabó la copa y la depositó con un golpe demasiado fuerte sobre la barra. Se sentía un poco mareada. Basculó sobre sus pies de atrás adelante, como una varilla de hierro atraída por un imán.

—De todas formas me asombra que Gand se cortara el brazo. Debía de tener una razón muy poderosa. —dijo, intentando regresar al terreno más seguro de la investigación.

—A mí no me sorprende tanto —contestó Lizard—.

Se mutilaría para salvar el cuello, por supuesto. En realidad es algo bastante común, las lagartijas dejan atrás la cola para huir, hay jabalíes y lobos que se cortan a mordiscos la pata que ha quedado atrapada en un cepo... La vida se empeña ciegamente en vivir, cueste lo que cueste.

La vida se empeñaba en seguir viviendo, sí, eso era verdad, pensó una brumosa Bruna entre vapores de alcohol, ella lo sabía bien, ella sentía esa urgencia esa furia esa rabia esa angustia ese anhelo ese miedo, pero ¿sería ella capaz de mutilarse, teniendo en cuenta que apenas le quedaban tres años de vida, tres años, diez meses y siete días? ¿A cuánto le saldría cada día ganado, a cuántos gramos de carne, cuántos milímetros de piel, cuántas esquirlas de hueso, cuántos colgajos de desgarrados tendones? ¿No sería un precio descomunal por su pequeña y miserable existencia de condenada a muerte? El bar se encontraba cada vez más lleno y alguien propinó un empujón a la rep. Husky perdió un poco la estabilidad, quizá por la borrachera, o acaso estuviera fingiendo estar más borracha de lo que estaba, había bebido demasiado para discernir estos pormenores con finura. Para recuperar el equilibrio posó las dos manos en el pecho de Lizard, un muro poderoso y elástico. Estaba tan cerca del inspector que pudo olfatear su áspero, enervante olor a humo de leña, a cuero, a bosque. Se quedó así, apoyada en esa carne abrasadora, y levantó la cara. Qué maravilla tener que levantar la cara para mirar a un hombre.

—¿Para qué querías verme? —dijo Lizard con voz ronca.

—Para hablar del caso.

—¿Para qué querías verme? —repitió él, con tal urgencia que parecía enfadado.

Husky estiró el cuello y mordió la boca del policía.

Un mordisco moderado, en el límite del dolor, sin hacer sangre. Una dentellada rápida, lo suficiente para notar los labios cálidos y algo despellejados de Lizard, para percibir el respingo del hombre, para que un incendio arrasara su sexo, ávido y abierto bajo la falda. La androide se alejó del inspector de un empujón y, trastabillando un poco, se dirigió al cuarto de baño, que estaba junto a ellos. Cruzó veloz el pequeño vestíbulo de los lavabos, entró en uno de los dos retretes y se recostó sin aliento en la pared del fondo, junto a la taza, mientras la puerta batía contra el marco. Su corazón se estrellaba contra las costillas y el cuerpo entero era un doloroso latido de deseo. Con la mente en blanco, oyó entrar a alguien y escuchó sus pasos. La puerta del retrete se abrió y Lizard cayó encima de ella con violencia de soldado enemigo. Grandes como eran, se retorcieron en el pequeño cubículo, se comieron las bocas, se mordieron los cuellos, se agarraron y tironearon y arañaron, y, sin desnudarse, consiguieron enhebrarse el uno en el otro, fundirse en un gimiente, enloquecido animal de dos cabezas hasta estallar en una pequeña muerte rápida y aguda, en un orgasmo que parecía una puñalada.

Bruna regresó a sí misma desde un lugar lejano e inhumano. Estaba encajada en el estrecho espacio junto a la taza, de pie, con la espalda recostada en el muro, todavía machihembrada a Lizard y soportando parte de su peso. El inspector tenía la cabeza enterrada en el cuello de la rep y la aplastaba contra la pared. Estaba muy quieto. Igual que ella. Un instante de absoluta quietud tras la agonía y la furia. En el silencio se escuchaba la respiración de Paul, aún agitada. Las manos del policía estaban apoyadas en la pared. En realidad, aunque todavía estaba dentro de ella, no la tocaba. Ni siquiera parecía consciente de su presencia. De pronto, a Bruna le urgió obtener una prueba de que ella le importaba algo a él. Necesitaba un beso, un susurro, una caricia. Una mirada. Pero el corpachón del hombre sólo transmitía ensimismamiento, indiferencia, frialdad. Qué lejos estaba Lizard. Seguían enganchados como perros pero qué lejos le sentía. Y su ausencia dolía. Era una herida que se le abría en el vientre, una laceración cada vez más honda, más desquiciante. La imposibilidad de ser querida. Husky tenía sus brazos alrededor de las anchas espaldas del inspector y de pronto la afectuosa intimidad de ese gesto le pareció insoportable. Dio un empujón a Paul, que se enderezó y se separó de ella. Se la quedó mirando.

—Vale. Ya hemos follado. No ha sido un gran polvo, la verdad —ladró Husky.

El rostro de Lizard se cerró. Los pesados párpados bajaron sobre sus ojos como un telón. Empezó a arreglarse la ropa con parsimonia.

—No exageres, Bruna. Siempre tan extremada. Todo lo ves negro o blanco. No ha estado tan mal. Y fuiste tú quien me llamó. Fuiste tú quien empezó.

Algo más, algo más. La androide necesitaba desesperadamente algo más que esta humedad pringosa, este vacío. Por el gran Morlay, necesitaba sentimientos. Que Lizard no se fuera. Que la abrazara. Que la quisiera. Pero no podía decirlo, no podía pedirlo. Husky nunca se había rendido a las exigencias, a las trampas de la afectividad. Ni con Merlín, su amado Merlín, el tecnohumano con el que había vivido dos años y al que acompañó en la dolorosa travesía final de su TTT. Súbitamente Bruna intuyó que dentro de ella había un hermoso mundo de emociones intactas. Fue una visión deslumbrante y efímera, como la Tierra atisbada desde la estratosfera a través de un agujero entre las nubes. Todo ese cariño y esa necesidad formaban un profundo, melancólico lago en el interior de su pecho.

—Yo estaba dispuesta a más. Al principio. Hace seis meses. Cuando empezamos —susurró la androide.

Lizard la miró. Sólido, vacío de expresión, impenetrable.

—No. No es verdad. No sabes dar más. No puedes. Y quizá yo tampoco —dijo al fin. Y luego empujó la puerta y se marchó.

Qué desperdicio.

Bruna dormía atravesada en su cama. Soñaba que Merlín le aporreaba la cabeza con un mazo de goma. El mazo era denso y pesado, Merlín daba fuerte y los golpes dolían. La rep sabía que su amante le pegaba porque quería convertir su cabeza en un diamante funerario, cosa que al parecer conseguiría machacándole el cráneo. «¡Pero si eres tú el que está muerto! ¿Por qué quieres hacer el diamante conmigo?», le preguntaba ella. «Porque me siento solo y necesito que me acompañes», contestaba él. La rep lo entendía: la muerte debía de ser un lugar desolado y ventoso. Bruna también sabía que todo era un sueño y, aunque estaba disfrutando de la presencia de Merlín, empezó a buscar la manera de despertarse, porque los golpes eran cada vez más insoportables, más hirientes. Primero pensó en hacerse a sí misma una llamada; pero su amante la tenía agarrada de tal modo que no conseguía acceder al móvil. Y el martilleo seguía, y el sufrimiento se agudizaba. Entonces empezó a gritar con la esperanza de que el ruido la rescatara; latigazos de fuego recorrían sus sienes mientras el mazo caía pesado e insistente. Redobló su alarido y así, chillando, abrió los ojos. Ya estaba fuera del sueño, pero no del aporreo y del dolor. Aturdida, necesitó un par de segundos para aterrizar en la realidad. Estaba tumbada de espaldas, la jaqueca torturaba su cabeza con picotazos de buitre y alguien llamaba a la puerta de manera incesante. Se incorporó penosamente y advirtió que estaba vestida con la misma ropa de la víspera. Ah, sí, la víspera. El bar de Oli. Lizard. Reprimió una náusea. Alguien seguía intentando echar la puerta abajo.

—¡Ya va!

Oyó el retumbar de su propia voz dentro de los oídos como una campanada ensordecedora. A trompicones se acercó a la pantalla central y vio que el visitante era el táctil. Claro. Por supuesto. El sobón. En su primer y hasta ahora único encuentro, Daniel Deuil había dictaminado que Bruna estaba demasiado tensa. Que la sentía a la defensiva, abismada en sí misma, atrincherada. Que, para que el tratamiento fuera más efectivo, a partir de ese momento iban a tener las sesiones en casa de la rep, porque al estar en su propio entorno se sentiría más protegida y le sería más fácil relajarse. El sobón no lo propuso, no lo preguntó: simplemente lo estableció como una realidad insoslayable. Husky odiaba que viniera gente a su casa. Detestaba cualquier intrusión en su intimidad, en esa guarida de oso solitario, en el reservado y sagrado cubil de la fiera. Pero no se había sentido con fuerzas para negarse. En primer lugar, porque si el sobón no le firmaba su carta de idoneidad psíquica, no podría seguir trabajando; pero, además, porque Deuil tenía una rara capacidad de convicción, o más bien de imposición. Todo lo que decía parecía estar escrito en piedra por un rayo de fuego. Una ley no nombrada pesaba en sus palabras.

Husky abrió la puerta con fatal aceptación de condenada a muerte. El táctil achinó aún más sus achinados ojos para observarla.

—Estabas gritando, Husky.

La rep se encogió de hombros y dio media vuelta, dirigiéndose sin decir palabra hacia la zona de la cocina. El sobón cerró la puerta y entró detrás de ella.

—Además tienes un aspecto terrible.

Bruna volvió a encogerse de hombros. Estaba rebuscando desesperadamente algún analgésico por los cajones; no podía recordar dónde los había dejado. En realidad, no podía recordar casi nada. Tampoco el encuentro con Lizard de la noche anterior. Pero sabía que había sido malo. Había sido muy malo. La memoria estaba emborronada, pero el dolor seguía ahí, intacto, clavado en mitad de su corazón. Ni siquiera el tormento de la jaqueca conseguía aliviarlo.

Por fin. Una tira de Algicid. Mugrienta, caducada. Sacó dos sellos medio machacados y se los puso debajo de la lengua. Se volvió. El sobón la miraba como si estuviera haciéndole una somografía. Como si pudiera verle hasta la médula.

—¿Qué pasa? —rugió la rep.

—Eso digo yo —contestó el táctil—. ¿Qué pasa? No es el alcohol. No es la evidente resaca.

Bajo la mirada demoledora de Deuil, Husky se hizo consciente de su camiseta sudada y maloliente, de su falda arrugada. Y de su ausencia de ropa interior. Se dejó caer en el sofá, hastiada. Bartolo salió como una exhalación de su rincón y se le subió a los brazos. Siempre le gustaba acurrucarse allí. El olor acre del bubi y su tibieza peluda provocaron una reacción inesperada y violenta en la androide. Algo se le retorció dentro, algo se descompuso. La garganta se le cerró y un dolor líquido subió como una ola hacia sus ojos. Bruna se puso en pie de golpe, tirando al tragón al suelo, y corrió hacia el baño, en donde se encerró. Como no sabía qué hacer con las emociones, vomitó. Vomitar estaba bien. Colocabas toda la pena en el estómago y luego la escupías.

Husky se enjuagó la boca y se mojó la cara con una pizca de su preciosa agua. El espejo le devolvió una imagen ojerosa y desencajada: parecía una rep a punto de entrar en su TTT. Se odió. Luego tuvo pena de sí misma. Y eso hizo que se odiara aún más.

Se metió en la ducha de vapor vestida y ahí, envuelta en la bruma desodorizante, húmeda y fresca, se fue desnudando lenta y dificultosamente, como si se arrancara una vieja piel ofídica. Luego revolvió en el contenedor de la ropa sucia y sacó unas bragas, unos pantalones de lastán y una camiseta todavía reutilizables. Por lo menos estaban en mejores condiciones que las apestosas y arrugadas prendas que acababa de quitarse. Salió del cuarto de baño como un viento frío. Se quedó plantada ante el táctil, que seguía de pie, con los brazos cruzados, en mitad de la sala.

—¿Y ahora qué?

Quiso formular la pregunta de manera neutra, incluso amablemente, pero volvió a salirle algo parecido a un ladrido. El sobón sonrió.

—Ahora siéntate en el sofá. Intenta relajarte. ¿Por qué me tienes miedo?

Husky se indignó:

—¿Miedo? ¿No crees que eres un poco prepotente?

El sobón acentuó su sonrisa. Ese pequeño-gesto-desquiciante.

—Siéntate.

Husky obedeció a regañadientes. El bubi volvió a saltar a su regazo y la rep lo cogió para quitárselo de encima.

—No, puedes dejarlo. El tragón te humaniza —dijo Daniel.

Razón de más, pensó la androide, y arrojó al animal al suelo con demasiado ímpetu. Bartolo soltó un gañido y fue a ovillarse a un rincón, los pelos tiesos y revueltos, ojos de alma en pena sobre las narizotas.

Deuil dio la vuelta al sofá y se puso por detrás de la androide. Debía de estar haciendo una vez más el truco de las manos, debía de estar colocando sus palmas a pocos centímetros de su cabeza, pensó Bruna; y por un momento casi creyó sentir el calor emitido por el sobón en sus orejas. Intentó no pensar en ello y relajarse. Estaba sentada muy erguida, apoyada en el respaldo del sofá, bastante cómoda después de la ducha, con el dolor de cabeza amortiguado gracias a las pastillas: a pesar de que estaban caducadas, habían funcionado. No tenía mucho tiempo que perder con estas tonterías del táctil; debía localizar a su memorista, conseguir más información de Ongalo y Onkalo, investigar quién había interceptado y borrado el protocolo de alerta que el hospital activó. Porque tenía la intuición de que todos los casos de radiactividad estaban de algún modo relacionados. Suspiró profundamente. Un agradable cansancio se extendía poco a poco por sus miembros. Se parecía a la cálida entrega muscular antes de caer dentro del sueño, a esa feliz derrota del cuerpo.

Entonces notó los dedos de Deuil en su nuca. Luego, en su cráneo afeitado y sensible. Y después descendiendo con delicadeza por su cuello. Dedos que electrizaban. Todo el cuerpo de la androide se concentró en ese toque levísimo, en un roce que a veces parecía imaginario de tan tenue, un contacto discontinuo, incandescente, que imprimía en la piel el hambre de más.

—Bruna, Bruna... —musitó el sobón muy cerca de su oído.

Y la rep se erizó con la irrupción de su voz. Deuil había pasado a la intimidad del nombre propio.

—Voy a contarte algo que creo que te va a interesar... —prosiguió el hombre—. Hace cinco años, cuando tenía veintiséis, sufrí una embolia cerebral. Quizá fuera causada por el desorden TP, porque acababa de dar un salto de teleportación. El caso es que me trataron a tiempo y no quedaron secuelas... salvo una. Olvidé mi infancia. Toda mi infancia. No recordaba nada antes de los ocho o nueve años. Me puse a reconstruir el tiempo perdido con vídeos de mi niñez, con lo que mi familia me contaba; y luego, muy pronto, comenzaron a venir los recuerdos, montones de recuerdos llenando las lagunas de mi cabeza. Pero entonces descubrí que todas esas reminiscencias eran falsas; pruebas documentales me demostraron una y otra vez que mis supuestos recuerdos eran en realidad construcciones imaginarias, cuentos que mi cerebro herido inventaba afanosamente para cerrar el agujero, para llenar el insoportable vacío. Porque el cerebro humano es un mago, un prestidigitador, un narrador incontinente que reescribe de forma constante la realidad, que nos la traduce y la reinventa. Y, en mi caso, ese trazo está llevado hasta el paroxismo. Ahí sigue, sólida y bien asentada en mi cabeza, esa memoria irreal, esa infancia fingida rica en intrincados detalles y llena de color y de emoción. Soy como tú, Bruna.

Las dos manos del sobón se habían cerrado ahora en torno a la garganta de la rep. Podrían ser las manos de un asesino, podrían apretar y estrangularla, pero Husky sintió que los dedos del táctil la protegían, las manos eran un parapeto, una coraza. No, Deuil no era como ella, y, sin embargo...

Un estruendo colosal retumbó en sus oídos y una lluvia de humeantes esquirlas de plástico y madera cayó sobre ellos. Encogida sobre sí misma para protegerse, Bruna se puso en pie de un brinco y se volvió. La puerta del apartamento había desaparecido: sin duda la habían volatilizado con plasma negro. En el hueco había una mujer. Humana, menuda, nervuda, calmada, peligrosa. Y con un K40 en las manos, un fusil ilegal y letal. Todo eso vio Husky en una milésima de segundo. También vio que el sobón estaba a su lado, igual de preparado que ella para la acción, igual de rápido. Pero, si se movían, la mujer sin duda dispararía. La escena se congeló.

—Bien —sonrió la intrusa—. Tengo poco tiempo. ¿Dónde está el diamante? Os doy medio minuto para contestar; el primer tiro se lo pegaré a él en el pie izquierdo. ¿Habéis visto alguna vez un pie evaporado por un tiro de plasma negro?

La percepción reforzada de la androide apreció un levísimo temblor, una mínima contracción en las manos de la mujer: iba a disparar ya, era mentira lo del medio minuto. Dispararía para crear terror y obligarlos a hablar. Pero Bruna no sabía nada del diamante. Empujó a Deuil y le tiró al suelo; el rayo pasó rozando el pie del hombre y abrió un agujero en la tarima sintética. Sin embargo, el siguiente disparo acabaría con alguno de los dos, pensó la rep a la velocidad vertiginosa con la que era capaz de discurrir en los instantes de acción, y sin duda sería ella la elegida, por ser la más peligrosa. Se volvió hacia la agresora, segura de morir, cuando una especie de trapo rojizo, peludo y chillón cayó sobre la cabeza de la mujer, cegándola por un momento. Husky aprovechó el instante y lanzó una patada contra el K40, que salió disparado de las manos de la asaltante y aterrizó en una esquina de la habitación. Luego se abalanzó sobre la intrusa, que ya se había desembarazado del trapo rojo, y la inmovilizó con una rápida y efectiva llave de cuello. Bruna creía que la lucha había terminado cuando de pronto sintió una descarga, un dolor difuso, un entumecimiento. Soltó la presa y cayó de rodillas, momentáneamente confusa, mientras la mujer huía a través de la puerta destrozada. La androide se levantó. El muslo le ardía. Se bajó el pantalón: tenía la quemadura de una pistola eléctrica, media luna amoratada y sonriente. Tres años, diez meses y siete días. Su tiempo todavía no se había acabado.

—¡¡¡Ayayay, Bartolo pobre, ayayay, pobre Bartolo!!! —gimoteaba el bubi en un rincón.

Bruna echó una ojeada a Deuil; estaba en el suelo, blanco como la nieve, y se agarraba un pie, pero por lo menos parecía seguir teniendo pie al que agarrarse. La rep recogió el K40 y se acercó al lloroso tragón, que se abrazó a ella.

—Espera, espera, déjame ver cómo estás... —dijo Husky con suavidad, tocando el cuerpo del bubi, apretando sus bracitos y sus delgadas piernas, rebuscando entre el hirsuto pelo para ver si tenía alguna herida. Aparte de un golpe en las narizotas, que habían duplicado su tamaño por la hinchazón, el bubi parecía encontrarse perfectamente. Admirada, Bruna se dio cuenta de que esa absurda criatura alienígena acababa de salvarles la vida al lanzarse sobre la cabeza de la agresora.

—Has sido muy valiente, Bartolo. Muy valiente. Muchas gracias.

El bubi resplandeció:

—Bartolo bueno, Bartolo bonito.

—Sí, muy bueno y muy bonito.

Con el tragón en los brazos y sin soltar el K40 se arrodilló junto a Deuil.

—¿Cómo estás?

—Sobreviviré, si eso te preocupa —contestó el táctil rechinando los dientes.

—Déjame ver.

Daniel quitó las manos: el meñique del pie derecho había desaparecido. Lo bueno del plasma negro era que desecaba la carne, sellaba los tejidos, cauterizaba los bordes de la herida como un hierro candente, de modo que el agujero no sangraba. Debía de dolerle bastante, pero era una lesión sin importancia.

—No es nada —dijo la androide mientras le ayudaba a sentarse mejor en el suelo y colocaba un cojín en su espalda.

—Lo sé —jadeó el sobón.

—Voy a dar aviso.

Husky llamó a Lizard y le contó lo ocurrido. Le mostró, a través del móvil, la puerta reventada y el pie de Deuil.

—No os mováis —ordenó el inspector.

No pensaban hacerlo. La androide se sentó frente a la entrada con el K40 en las manos, dispuesta a repeler otro posible ataque. El bubi se aferraba a su cuello, tembloroso. Alertados por el ruido, algunos vecinos y uno de los conserjes se asomaron cautelosamente al descansillo, pero al ver la puerta destrozada y a una rep de combate armada con un fusil enorme desaparecieron a toda prisa: Husky supuso que la policía estaría recibiendo unas cuantas llamadas de alarma. La androide estaba preocupada; la mujer que los había atacado era una profesional, no cabía duda. Y además muy buena. No temía venir sola, no le imponían los tecnos de combate, sabía manejar el plasma negro. Una mercenaria contratada por alguien. Ahora, con tiempo, rescató la figura de la agresora de su memoria fotográfica y se dispuso a analizarla. Delgada y menuda pero extremadamente dura. Tenía algo de insecto, la fría y perfecta economía de un diseño orgánico tan letal como el de un arácnido; una viuda negra, por ejemplo. La Viuda Negra, se repitió Husky, sintiendo que rozaba algo sumergido, algo importante. Rememoró las manos de la mujer, la anchura de sus hombros, la posición del cuello, la forma de su cráneo. Sí, ¡sí! La intrusa era la misma mujer que la contrató haciéndose pasar por Rosario Loperena, la viuda de Gand. La misma asesina, por lo tanto, que torturó a Loperena hasta la muerte. A Bruna le fue fácil añadir mentalmente sobre los rasgos de la asaltante la burda máscara de silicona con la que se hizo pasar por la auténtica viuda. Que, por otra parte, en aquel entonces tampoco era auténtica, puesto que su marido aún estaba vivo.

—¿Qué es ese diamante del que hablaba? —preguntó el sobón, con la voz constreñida por el dolor.

—Es una larga historia.

El diamante. Si la Viuda Negra estaba dispuesta a seguir mutilando y matando por encontrar el diamante, era evidente que ni ella ni aquellos para los que probablemente trabajara lo poseían. Entonces, ¿quién lo había robado? ¿Cuántos bandos en lucha había en este caso? ¿Y por qué era tan importante ese barato y mediocre diamante funerario?

El sobón recolocó su postura y soltó un pequeño bufido de malestar.

—En realidad, es extraordinario. Ese bicho tonto que tienes nos ha salvado la vida —dijo.

Bruna se picó:

—No es un bicho tonto. Es Bartolo —dijo, para su propio pasmo, porque siempre había considerado que el bubi era, en efecto, un animal imbécil.

—Bruna buena, Bruna bonita —ronroneó el tragón, abrazándose más al cuello de la androide y tan emocionado que empezó a masticar a toda velocidad la hombrera de su camiseta.

Y Husky le dejó hacer. Era su bubi.

—Estábamos en que los gigantes y los enanos no recordaban nada, y en que eso fue el comienzo de la catástrofe —recitó aplicadamente la vocecilla de la rusa desde debajo de la cama.

No había salido de su escondrijo desde la última vez que había hablado con ella; o, al menos, Yiannis no la había visto fuera. Porque la niña habría tenido que ir al baño en algún momento. De modo que Gabi llevaba ya dos días, casi tres, atrincherada en su improvisado refugio. Por lo menos ahora comía.

—Sí, los enanos y los gigantes —repitió Husky dubitativa.

Hizo un esfuerzo por regresar a la historia. Dos días atrás, cuando interrumpió el relato, tenía más o menos pensado por dónde continuar, pero ahora se le había olvidado. Habían sucedido demasiadas cosas desde entonces y su cuerpo todavía estaba galvanizado por la adrenalina del asalto de la Viuda Negra, ocurrido pocas horas antes. La policía se había llevado al sobón al hospital y Bruna había tenido que encargar una puerta de urgencia para su casa: mil doscientas gaias. Además sostuvo una áspera discusión con Lizard, que estaba empeñado en ponerle guardia. Pero Husky se negó en redondo a aceptarla: que una detective y androide de combate necesitara escoltas humanos era una publicidad nefasta para su trabajo. Sin embargo, lo cierto era que temía por la seguridad de Yiannis, de la niña, incluso de Bartolo. Y también por la de Deuil. Husky lamentaba haber metido al táctil en semejante embrollo.

—Y los gigantes iban con los enanos subidos en los hombros, y se querían mucho, se querían tanto que ni siquiera hablaban, porque no lo necesitaban... —prosiguió la niña, ante el silencio de la rep, para alentarla.

—Eso es. Mmmmm... Se entendían sin hablarse. Porque, en efecto, en aquel lugar no había palabras, ni recuerdos, ni existía el tiempo. Se vivía un presente perfecto y continuo. Y silencioso, salvo por los pájaros y el ruido del agua y el roce del viento entre los árboles —hizo memoria Husky, internándose de nuevo en el relato.

Y de pronto supo por dónde quería continuar.

—En ese paraíso vivían muchos gigantes con sus enanos, pero una de aquellas criaturas dobles se amaba más tiernamente, o por lo menos creía amarse mejor que ninguna otra. El enano de esa pareja era tan feliz, en fin, y estaba tan unido a su grandullón, que en su dicha se instaló una pequeña sombra, la melancolía de no poder recordar lo que vivían. Ah, si pudiera guardar todos los momentos dulcísimos que paso con mi gigante, empezó a decirse el pequeño ser; y llegó al convencimiento de que, si esos instantes no se perdieran en la nada, sino que, por el contrario, consiguiera llevarlos en su cabeza como un hilo de cuentas de luz, su alegría se multiplicaría de manera infinita. Entonces el enano intentó atrapar y fijar los momentos felices; apretaba los ojos, apretaba los puños, apretaba el cerebro procurando grabar esas escenas tan tiernas, las tardes de gloria que pasaban junto al río rumoroso, los paseos por los bosques perfumados, la belleza indecible de saberse querido. Pero, por más que se esforzaba, no conseguía acordarse. Hasta que por fin un día se le ocurrió una treta; exprimió en una hoja grande el jugo de unas cuantas bayas rojas y, con un palito, comenzó a pintar sobre su propio cuerpo los momentos de amor. Y el truco dio resultado; cuando se pintaba durmiendo una siesta en brazos de su gigante, por ejemplo, esa siesta quedaba en la memoria para siempre. Así que el enano empezó a decorar sus brazos, y luego sus piernas, y su vientre, y su pecho, y cuando ya no le quedaba superficie libre en su propio cuerpo, pasó a utilizar como soporte los amplios hombros y la espalda del grandullón. Y cada vez dibujaba mejor y los detalles eran más sutiles.

—Eso de pintarse la piel es una buena idea... —murmuró la niña desde debajo de la cama.

La androide tuvo el repentino e inquietante presentimiento de que, de ahora en adelante, Gabi iba a empezar a tatuarse sobre el cuerpo todos esos objetos que ataba con cordeles y que temía perder. Sacudió la cabeza para alejar la imagen y prosiguió el relato.

—Al principio, la alegría misma de dibujar y de conseguir recordarse junto a su amado prevaleció sobre todo; pero un día el enano se puso a comparar unas escenas con otras, unas memorias con otras, y le pareció que su compañero no estaba siempre igual de cariñoso, y que quizá el presente ya no era tan bello como el pasado había sido. La duda sobre el amor que le profesaba el gigante se clavó en su corazón como una astilla de hielo y en su interior comenzó a crecer una extraña inquietud, una zozobra oscura que le encogía el pecho y aleteaba ahí dentro como un pájaro atrapado. La vida se enturbió y a los momentos de dulzura les fue creciendo por dentro un pequeño dolor, como el gusano que crece dentro de una fruta. Y todo ese desconsuelo engordó y engordó hasta anegar el presente, hasta colmarlo de amargura, hasta que la angustia se hizo insoportable y un aliento negro subió por el cuello del liliputiense, arañó su garganta y se arremolinó turbulento sobre la lengua. Entonces el enano sintió que no podía contenerse, que sus entrañas iban a salir disparadas por su boca convertidas en un torrente de sonidos furiosos; y, agarrándose a la cabellera del gigante para no caer, el liliputiense gritó las primeras palabras de la Tierra. Y éstas fueron: «¡Quiero que me digas que me quieres!» En ese preciso instante los cielos se partieron, la Muerte descendió sobre la vida y una lluvia de rayos retumbantes incendió los campos en torno a ellos. Los ratones ardieron con atroces chillidos, la pantera devoró al cabrito que dormía a su lado, los enanos cayeron al suelo desde los hombros de sus gigantes y, una vez separados, los seres dobles, que ya no eran dobles, comenzaron a pelearse los unos contra los otros. Las fuentes se secaron, las serpientes se hicieron venenosas y el agua de los ríos enrojeció de sangre. Y no había manera de poder olvidar todas estas desgracias espantosas porque en el mundo ya habían aparecido el tiempo y la memoria.

Bruna calló, asombrada del relato que acababa de narrar. ¿De dónde había salido? ¿Se parecería en algo a la historia del enano y el gigante que su falsa madre nunca llegó a contarle?

—No me gusta tu cuento —susurró Gabi desde su escondite—. Es horrible.

Sí, claro que era horrible. Seguro que la madre de su recuerdo implantado nunca hubiera narrado a su hijo algo tan espantoso, pensó Bruna, avergonzada. De dónde habría salido una historia así. Y de dónde esa fluidez. Y esas palabras.

—Pero éste no es el final. Hoy lo vamos a dejar aquí, pero luego mejora —mintió Husky, porque no tenía ni idea de por dónde seguir.

—Eres tonta. Nada mejora. Nunca —dictaminó la rusa.

Y Husky se sintió, en efecto, muy tonta, más ignorante que esa niña humana que, de todas maneras, probablemente moriría antes que ella. Tres años, diez meses y siete días.

La androide se levantó y abandonó el dormitorio de Gabi enfadada consigo misma. Cuando la invadía esta rabia seca era como si estuviera ocupada por otra persona, como si dentro de ella hubiera crecido ese hijo que nunca podría engendrar (ni siquiera tenía menstruación: era una innecesaria complicación orgánica en una tecno) y se tratara de un embrión envenenado. Entonces, en la rabia, el cuerpo se le tensaba, los rasgos se le endurecían y los pulmones parecían perder la mitad de su capacidad. La piedra de la rabia pesaba en el pecho.

Se dirigió a la sala y vio a Yiannis instalado ante la pantalla principal.

—¿Has encontrado algo interesante? —dijo la androide, aunque no esperaba gran cosa del viejo archivero.

La pregunta le salió con restallido de sorna o de reproche. Ésa era otra de las consecuencias de la rabia: siempre estaba buscando a alguien con quien pegarse.

—Pues la verdad es que sí —contestó el hombre, volviendo hacia ella un rostro tan entusiasmado y una sonrisa tan afectuosa que desarmó en gran parte el artefacto explosivo que en esos momentos era Husky—. Ven aquí, siéntate a mi lado.

La androide obedeció.

—De la mina de Ongalo tengo una tonelada de información. Burocrática, geológica, industrial, administrativa, estratégica, militar. ¡De todo! Y todo aburridísimo y muy poco prometedor. En cambio, Onkalo sí que es una mina. Si me permites el juego de palabras, jajaja.

Estaba excitado, estaba excitadísimo. Husky le miró con desconfianza: ¿acabaría de entrarle un chute de endorfinas en la amígdala cerebral? La androide había comprobado que, en su fase maníaca más alta, el archivero era muy poco fiable.

—De entrada, en la Red no hay apenas nada más sobre Onkalo que la definición estándar del Archivo Central, ya sabes: «1) En finés, peligro de muerte. 2) Lugar mítico maldito en el noroeste de la antigua Finlandia»...

—Sí —gruñó la rep.

—Bueno, eso ya es raro. Que haya tan poco es rarísimo. Antes de que el nivel del mar subiera y parte del territorio quedara inundado, no muy lejos hubo una central nuclear y también un par de pueblos; y aunque eran pequeños y la zona era remota y poco habitada, la verdad es que tampoco queda casi nada de ese pasado. Es como si alguien hubiera borrado las entradas del Archivo. Y ya sabes que soy experto en eso.

Cierto: seis meses atrás, cuando todavía trabajaba en el Archivo Central, Yiannis había descubierto una vasta conspiración para alterar los datos de múltiples artículos.

—Aunque perdí mi autorización cuando me echaron del Archivo, conozco las contraseñas para acceder a niveles de información más restringidos. Desde luego el sistema enseguida detecta la intrusión, pero dispongo de treinta segundos para echar una ojeada al contenido de la primera página antes de que la alarma salte. Pues bien, mira lo que sucede cuando busco Onkalo en el nivel sub1, que es el de los estudiosos.

Mientras hablaba, Yiannis había tecleado sus datos y la palabra *Onkalo*. Súbitamente la pantalla se llenó con la imagen de una calavera tridimensional flotando sobre un fondo negro, una calavera azulosa, heladora, aún más espantosa porque en la oscuridad de sus cuencas vacías parecía atisbarse de cuando en cuando un brillo turbio y gelatinoso, como un ojo que pugnara por materializarse. Bruna no pudo reprimir un leve respingo. En la pantalla habían aparecido también los créditos de rigor:

Archivo Central de los Estados Unidos de la Tierra
Versión de consulta para investigadores

ACCESO ESTRICTAMENTE RESTRINGIDO
SÓLO INVESTIGADORES AUTORIZADOS

Madrid, 25 julio 2109, 18:37

ACCESO DENEGADO
YIANNIS LIBEROPOULOS NO ES UN
INVESTIGADOR AUTORIZADO
SI NO POSEES UN CÓDIGO VÁLIDO
ABANDONA INMEDIATAMENTE ESTAS PÁGINAS

ACCESO ESTRICTAMENTE RESTRINGIDO
SÓLO INVESTIGADORES AUTORIZADOS

LA INTRUSIÓN NO AUTORIZADA ES UN DELITO
PENAL QUE PUEDE SER CASTIGADO HASTA CON
VEINTE AÑOS DE CÁRCEL.

YIANNIS LIBEROPOULOS, SE TE CONMINA A ABANDONAR INMEDIATAMENTE ESTAS PÁGINAS.

**LA PERSISTENCIA EN EL INTENTO DE FOR-
ZAR EL SISTEMA PROVOCARÁ UN AVISO A LA
POLICÍA EN TREINTA SEGUNDOS.**

CONTANDO HASTA EL AVISO POLICIAL
29
28
27
26
25
24
23

El archivero salió del registro.

—Y lo mismo sucede con el nivel sub2, que es el de los controladores de repeticiones, y con el sub3, que era mi nivel, la versión modificable.

Mientras hablaba fue entrando en ambas páginas y siempre aparecía esa calavera que se bamboleaba amenazadora y parecía mirarte.

—Hay otros tres niveles más de seguridad, pero nunca tuve acceso a ellos. En fin, ¿qué te parece? —dijo, sonriendo tan feliz que parecía tener luz en los ojos.

—Raro. Me parece muy raro —dijo Bruna—. Está hecho para impresionar. Para amedrentar.

—Exacto. Pero esto no es todo... Aparte de la definición estándar, sólo hay veintisiete referencias más a Onkalo. Ocho son leyendas y cuentos tradicionales finlandeses en los que Onkalo es una especie de infierno, un lugar de perdición, la guarida de los monstruos. Luego hay dieciocho que son citas de periodistas o de novelistas nórdicos que utilizan la palabra *onkalo* como sinónimo de muerte, o eso parece. Y la última, en fin, es la entrada en el diccionario de finés moderno.

Yiannis calló y la miró feliz, expectante, con una gran sonrisa temblando en sus labios.

—¿Y qué? —dijo Bruna, desconcertada.

—Pues verás, he consultado las grandes recopilaciones de leyendas nórdicas y los archivos de folclore finés, y esos ocho cuentos supuestamente tradicionales no están por ningún lado. Mi teoría es que los ocho relatos se escribieron en 2097 o 2098, justo después de la Unificación, hace apenas diez o doce años. En cierto sentido son una falsificación, porque, aunque en ningún momento se dice con claridad que sean antiguos, sí se pretende hacer creer que son leyendas tradicionales y ancestrales. Y los que hicieron la manipulación son tan chapuceros que se olvidaron de incluir los relatos en las recopilaciones antiguas.

—Qué extraño.

—Hay más. Todas las referencias de periodistas y novelistas son también de la última década. Y conseguí encontrar en una tienda web de libros viejos un diccionario finés-inglés de principios del siglo pasado; lo compré y ahí la palabra *onkalo* quiere decir «caverna». O sea, que ese significado de «peligro de muerte» también es algo más o menos reciente. Y lo último y más extraño: busqué en Geotrack las coordenadas GPS de Onkalo y... ¡No están! ¡Es un lugar que oficialmente no existe!

Desde luego eso era extraordinario. La geolocalización de todos y cada uno de los puntos geográficos de la Tierra se había completado hacía más de un siglo. Yiannis, que era de gustos arcaicos y que si no formaba parte de los Nuevos Antiguos o de cualquier otro grupo de retrógrados era por su talante demasiado individualista, solía lamentarse de la pérdida de las «terras incógnitas», de esas manchas en blanco de los viejos mapas que indicaban un territorio desconocido. Al archivero esa ignorancia le parecía romántica. Curioso, porque solía detestar cualquier otro tipo de desinformación.

—¿Te das cuenta? Hay una zona de unos cuarenta kilómetros cuadrados que cae más o menos por donde Onkalo debería estar y que carece de coordenadas. Es un agujero negro en el mapa —remachó Yiannis.

—Sí. Se diría que algo muy grave sucedió ahí hace menos de quince años. Algo muy grande que quieren ocultar. Y justamente en Onkalo, en una caverna —dijo Husky, pensativa.

Un oscuro presentimiento de dolor y de daño le apretó la garganta. No había manera de poder olvidar todas las desgracias que en el mundo existían porque ya habían aparecido el tiempo y la memoria. Tuvo que esforzarse para sacar la voz:

—Quién sabe, Yiannis... Tal vez sea de verdad la entrada del infierno, como aseguran.

Como todavía no habían terminado el arreglo de la puerta de su apartamento, Bruna y el tragón durmieron esa noche en el piso del archivero. Aunque, para ser exactos, la androide no durmió. Se limitó a dar vueltas en el sofá, las largas piernas sobresaliendo por encima del posabrazos. En casa de Yiannis no había alcohol y la rep echó de menos una amortiguadora copa de vino blanco. Una y después otra y luego tal vez alguna más. Bendita blancura brumosa y nublada; neblinosa ceguera mental del vino blanco. Pero la sobriedad tuvo también efectos positivos. En la larga vigilia, mientras veía cómo la creciente luz del día se iba colando por el filo de la cortina como un hilo de agua, Husky decidió cuáles iban a ser sus siguientes pasos. Se levantó a las ocho de la mañana con un claro programa de actuación en la cabeza y galvanizada por ese exceso de excitación que solía provocarle el cansancio cuando hacía un esfuerzo por superarlo.

Lo primero fue volver a llamar a su memorista. Y debía de existir un dios para los tecnohumanos laboriosos, porque, después de dos días sin noticias, Pablo Nopal por fin contestó. Pretendió disculparse diciendo la obviedad de que había estado ilocalizable, como si con eso estuviera explicando algo, pero ya se sabía que el memorista era una persona muy reservada. Ante la urgencia que parecía manifestar Bruna, la citó a las 14:00 en un salón virtual de la calle de Alcalá. ¡Un salón virtual! Los lugares de encuentro que Nopal proponía siempre eran estrambóticos y absurdos. Su obsesión por la privacidad era tal que Bruna ni siquiera sabía dónde vivía.

Lo segundo fue advertir a Yiannis del peligro que podía entrañar la Viuda Negra. «No abras a nadie desconocido, a ser posible no salgas de casa y no te acerques demasiado a las ventanas», le dijo. Se lo repitió tanto en la fase de depresión como en la maníaca, para que el atribulado y drogado cerebro del archivero fijara con claridad las instrucciones.

Por último, la rep se vistió y decidió acudir a la cremación de Rosario Loperena.

El tranvía aéreo se encontraba en huelga una vez más y encima era viernes, así que tanto el metro como las cintas rodantes estaban imposibles. Bruna saltó a una de las cintas y se acomodó entre el gentío; circulaban con lentitud crispante porque el peso de los usuarios entorpecía la marcha, y el tapiz estaba tan lleno que era imposible avanzar por él. La tecno se resignó a quedarse quieta, envuelta en el atufante pandemónium de los perfumes de la gente: su olfato genéticamente potenciado se volvía loco cuando estaba demasiado cerca de un grupo de humanos. Desodorantes, lociones, aguas de colonia, trajes aromatizados. Cedro. Lizard olía de modo natural a cedro, a bosque añoso y umbrío. Un olor delicioso. Pero tampoco deseaba pensar en eso. Además, quería mantenerse concentrada y alerta por si la Viuda Negra atacaba de nuevo. Estar atrapada entre una muchedumbre no era una situación ideal de seguridad. Pensó en el sobón: pobre Deuil. Esperaba que estuviera bien. Le llamaría luego, por la tarde.

Basculó su peso de un pie a otro y reprimió un gruñido de impaciencia. En realidad no tenía prisa: faltaban casi dos horas para que comenzara la ceremonia. La androide se dirigía al cementerio de la Almudena, que era donde se iba a celebrar la cremación de la mujer de Gand; su autopsia se había efectuado a velocidad inusitada, como si alguien en las alturas estuviera interesado en acabar con el asunto; y, si no habían despachado con la misma urgencia a Gand y a Yárnoz, había sido por su estado de contaminación radiactiva. Se habían puesto en marcha los protocolos de emergencia y todavía tenían que ser examinados por especialistas.

Eso le había dicho Lizard.

El Caimán, el Lagarto con aroma a árbol. El extraño displicente y sin amor que la poseyó en aquel cuarto de baño.

Volvió a pasar revista a su entorno, atenta al menor cambio. Todo parecía seguir bajo control. Entonces se entretuvo mirando las pantallas públicas y los terminales de las cadenas de noticias que atronaban sobre sus cabezas. Normalmente jamás se fijaba; como muchos otros ciudadanos, había desarrollado la aptitud de ignorar esa catarata de estímulos. Ahora veía repetirse las mismas imágenes una y otra vez en todas partes: un Ins estallando en una calle. Antes de convertirse en una miríada de piltrafas orgánicas, el Terrorista Instantáneo parecía ser un joven de ascendencia asiática. Se le veía pararse en mitad de una plaza, abrir los brazos como si fuera a echarse a volar y, puf, un segundo después, el reventón. Por lo general, los Ins se mataban solos, sin causar más víctimas, y los medios de comunicación les hacían muy poco caso. En esta ocasión, en cambio, las pantallas insistían en pasar y volver a pasar la misma truculencia. No debían de tener nada más de lo que hablar, pensó Bruna; o quizá, por el contrario, tuvieran demasiado y quisieran distraer la atención de la gente con el Ins. A la rep, que a veces se dejaba arrastrar por oscuras sospechas, le inquietaban estos súbitos chaparrones de información repetitiva. Existían decenas de cadenas de noticias y, por añadidura, las pantallas públicas estaban supuestamente abiertas a todos los ciudadanos, pero pese a esa enorme diversidad había momentos en los que todo cuanto podía verse y saberse era lo mismo, como si los estratos más poderosos de la sociedad cerraran filas para manipular la información y reducirla a un solo mensaje. Los Ins siempre habían sido unos terroristas borrosos y marginales, se dijo Husky; este repentino e inesperado aluvión de imágenes sobre ellos, ¿no estaría entreteniendo, aturdiendo, ocultando otras noticias? Aunque quizá la paranoia fuera un defecto profesional de los detectives.

Llegó al cementerio todavía con bastante tiempo por delante. Se instaló en el lugar más discreto que encontró en la gran sala circular del crematorio: de pie, junto al muro, a la derecha de una de las entradas, medio escondida por la puerta. Desde allí podría observar sin que la vieran y controlaba todos los accesos; además tenía las espaldas cubiertas y estaba próxima a la salida, por si era necesaria una huida rápida. No esperaba gran cosa de la ceremonia; aunque la experiencia le había demostrado que los asesinos solían manifestar una extraña atracción por las exequias de sus víctimas, la Viuda Negra parecía demasiado profesional para tanta torpeza. Aun así, estaba el asunto del diamante robado. Y siempre sería bueno ver con quiénes se relacionaban Loperena y Gand.

La Almudena era el cementerio más antiguo y el más caro de Madrid. El crematorio era un ejemplo formidable de la *arquitectura invisible*, tan de moda un par de décadas atrás. Estaba todo él construido en vidrio espejismo, un material que, por medio de un trampantojo de proyecciones y holografías, podía adoptar la apariencia de cualquier forma y color. Hoy el crematorio mostraba filas de columnas neobarrocas de malaquita con el fuste retorcido y escamoso como piel de dragón, y ángeles de mármol que abrían y cerraban lentamente las alas. La gran bóveda de cristal proyectaba un cielo azul, nubes vaporosas que se deshilachaban, aves volando.

—Veo que te impresiona el sitio, Husky.

La androide dio un respingo y bajó la mirada: era Carnal, la activista del Movimiento Radical Replicante, esa pequeña tecno de cálculo tan metomentodo. Se mantenía a un cauteloso metro de distancia, pero aun así Husky se maldijo por su distracción: si fuera la Viuda Negra, un metro de distancia habría sido muy poco.

—No creas. El diseño de hoy me parece recargado y pretencioso —respondió Bruna, irritada—. ¿Por qué me sigues?

—Porque me gustas —dijo Carnal, acercándose a ella.

—Tú a mí no.

—¡Qué se le va a hacer! Intentaré vivir con esa pena.

—Te lo digo en serio: empiezo a hartarme de verte.

—Tranquila, chica grande. Me voy enseguida. Una pregunta: ¿mantienes algún contacto con las nuevas oleadas de reps de combate?

—No.

—No, claro. Ni con reps de ningún tipo. No te gustan los reps. A menudo los esclavos son los primeros que se desprecian a sí mismos.

—Carnal... —gruñó amenazadoramente Husky.

La pequeña androide levantó una mano en gesto de paz.

—Vale, vale. Sólo quería contarte una cosa que creo que te va a interesar. ¿Sabes dónde están cumpliendo ahora los reps de combate sus dos años de servicio obligatorio para el fabricante? A unos pocos todavía los teleportan al planeta minero, como te pasó a ti. Sí, no pongas esa cara, me he leído tu historial. Pero a la mayoría los mandan al Norte, al Este, al Sur... a los extremos del mundo. Hay una extraña, oscura guerra urdiéndose allá lejos, en los confines. Busca en las noticias. Lo llaman «pequeños incidentes aislados de violencia». Pero yo creo que hay más. Mucho más.

—¿De qué guerra hablas? Estamos en paz desde la Unificación.

—¡Ah! Mira qué bien. Si estamos en paz no he dicho nada —se burló Carnal.

Veloz como un ratón, se puso de puntillas, besó a Bruna en el cuello y logró zafarse del manotazo que la detective le largó.

—¡Hasta la próxima, chica grande! —dijo, sonriendo, antes de desaparecer por la puerta.

Husky se frotó con desagrado el cuello: no había sido sólo un beso, esa cretina la había chupado. El crematorio se encontraba ya prácticamente lleno; las largas hileras de finas sillas doradas habían sido ocupadas por decenas de humanos bien vestidos, tan semejantes los unos a los otros en sus ropas caras y en sus actitudes de altiva autocomplacencia que, a pesar de tener la piel de todos los colores, parecían pertenecer a una sola familia. Claro que las operaciones estéticas, que debían de estar realizadas por los mismos dos o tres cirujanos, las primeras figuras del oficio, colaboraban poderosamente a la mimetización. Ninguno de los presentes le resultó conocido a Husky y, desde luego, no localizó a la Viuda Negra. Al otro lado de la sala, Bruna vio a Lizard. También de pie, también junto a una entrada, como ella. No parecía haberla visto. O tal vez la estuviera ignorando.

No había ni un solo rep en el interior del crematorio. Movida por una intuición, Bruna alargó el cuello y miró hacia el exterior a través de la puerta: allí, en el vestíbulo, charlando en pequeños grupos o apoyados con indolencia en la pared, había dos decenas de tecnos de combate. Los guardaespaldas privados de los poderosos. Perros bien adiestrados que se dejaban fuera, para no desmerecer la ceremonia.

Una ceremonia que, por cierto, ya había comenzado. Sonó una música bellísima, notas de piano cayendo sobre el público como cristales rotos. El féretro de Loperena emergió por una trampilla desde el subsuelo y una imagen holográfica tridimensional de la difunta empezó a flotar sobre la caja. Hubo palabras, por supuesto. Familiares desgranando recuerdos, amigos contando anécdotas. Lágrimas. Hubo filmaciones tridimensionales de Loperena y Gand, imágenes conmovedoras de tiempos pasados, una Rosario muy joven y con dos bebés. Porque Loperena había tenido hijos en su primer matrimonio. Ahí estaban los huérfanos en carne y hueso, presidiendo la cremación. Los hijos de Rosario con sus propios hijos. Los nietos de la muerta. En la gran sala circular había humanos de todas las edades; también niños bien educados, estirados, aburridos, niños vestidos de funeral con unas ropas tan serias que los hacían parecer enanos adultos. Al final, esos niños depositaron rosas naturales sobre la caja. Más música. Más llanto. Husky envidió esa capacidad que los humanos tenían para hacer creer que se querían. Había estado en más de una cremación, en más de un funeral, y había que reconocer que dominaban el ritual de las despedidas, dominaban la húmeda exhibición de afectos y emociones. Eran unos artistas de la belleza lacrimosa. ¡Y se mostraban siempre tan unidos! La familia humana era una maldita fuerza de la naturaleza: una manada de lobos, una tribu. En cambio los reps estaban solos. Monumental y cósmicamente solos: no tenían más familia que el enredo de mentiras de sus memorias falsas. El féretro de Loperena empezó a descender de nuevo hacia el subsuelo en medio de una apoteosis musical y Bruna salió corriendo del crematorio. Tenía un nudo en la garganta y no era por la muerte de la viuda.

Faltaba muy poco para la cita con Nopal e intentó coger un taxi. Pero iban todos llenos por la huelga del tranvía, así que al final se resignó a tomar el metro. Con prudente y rutinaria técnica, entró en un convoy y salió en el último momento para evitar ser perseguida. Luego se subió a un tren en dirección contraria y, apostada en el último vagón, llamó a Mirari. Además de ser una buena violinista, o, al menos, de haberlo sido antes de perder un brazo, Mirari era una experta falsificadora de documentos, chapas civiles y bios, y se movía muy bien en los diversos submundos existentes por debajo de la línea de la ley. Pobre Mirari: se había metido en la delincuencia para reunir dinero y poder pagarse una buena prótesis que le permitiera regresar a la música, que era su única pasión. El rostro intenso y pálido de la humana llenó la pantalla, coronado por una mata de tiesos pelos blancos.

—Me alegra verte, Husky.

Eso era casi una declaración de amor, viniendo de ella. La androide sonrió.

—Mirari, necesito tu ayuda.

—Tú dirás. ¿Debería cambiar a un móvil encriptado?

—No hace falta. Lo que te voy a pedir no es tan secreto. Estoy buscando a una asesina probablemente mercenaria. Muy buena. Pequeña, tal vez metro sesenta; compacta, de músculos secos como pelotas de alambre. No tiene carne ni en la cara. Parece de piedra. Edad indefinida. Y ahora está en Madrid. Si consigues saber algo de ella...

—Descuida. Te llamo —dijo Mirari, y cortó.

Aunque cubrió a la carrera la distancia entre el metro y el salón virtual, Husky llegó tarde a su cita con el memorista. Por alguna enigmática razón, cuando quedaba con él siempre se retrasaba.

Pasó el móvil por el ojo de pago de la taquilla y entró en el salón todavía empujada por la inercia de su prisa; cuando se quiso dar cuenta, ya estaba en medio de la gran sala. Se detuvo y miró a su alrededor; en torno a ella se abrían una docena de cubículos de sólo tres paredes, como las capillas de una catedral gótica. En algunos había un sillón; en otros, dos; en los más grandes, cuatro. En la paredes de los cubículos se veían filmaciones que anunciaban algunas de las visitas virtuales a la venta; el ambiente general era oscuro y silencioso. Sólo cuatro de las capillas estaban ocupadas y la androide escudriñó cautelosamente a los jugadores; aunque el casco impedía verles el rostro, por la estructura de sus cuerpos era imposible que fueran la Viuda Negra. Nopal se encontraba sentado en una de las alcobas de dos sillones, cruzado de brazos y contemplándola con cara de fastidio. Bruna se acercó.

—Perdona por el retraso.

—No tienes remedio —gruñó Pablo—. No sé a quién habrás salido.

A veces su memorista decía las mismas cosas que podría decir un padre humano. A fin de cuentas, le había dado la vida o al menos una vida; más aún, le había hecho entrega de su propia existencia, al calcarle sus recuerdos personales. Pero Pablo Nopal no era su padre. Era demasiado atractivo, demasiado sexy, demasiado joven, demasiado malévolo. Bruna suspiró.

—A lo mejor mi ingeniero genético fastidió alguna conexión. ¿Quieres que viajemos a algún lado?

—Sí —dijo Nopal, girando el sillón hacia la pared y cogiendo el casco que colgaba de la consola—. Programa veintitrés.

—Espera un momento...

La androide volvió a la puerta, que era el único acceso del local, y dejó en el suelo, junto al umbral, un pequeño chivato lumínico. El chivato la avisaría si entraba alguien y ella podría salir del viaje virtual. Luego regresó al cubículo, se sentó y se colocó el casco integral, que cubría todo el rostro y se adaptaba con suavidad al contorno de la cabeza, instalando en el lugar adecuado los electrodos. Pulsó la activación, se reclinó en el respaldo y metió las manos en los guantes dinámicos.

—Veintitrés —dijo en voz alta.

Inmediatamente entró en el escenario. Nopal la estaba esperando allí. Era una antigua selva tropical; ya no existían selvas así salvo en las exclusivas fincas de los hoteles de lujo. Cerca de ellos estaba un enorme gorila de espalda plateada comiendo con delicadeza de *gourmet* un fruto redondo. Husky lo miró fascinada; hacía casi un siglo que se habían extinguido todos los grandes simios: los chimpancés, los gorilas, los orangutanes, los bonobos. Quedaban unos pocos cientos en reservas, pero, como por fin habían sido incluidos en la nueva categoría taxonómica de seres sintientes, que abarcaba a los reps, los humanos, los alienígenas, los grandes simios y los cetáceos, las reservas concedían muy pocos derechos de visita y los simios vivían aislados y protegidos, pero también, de alguna manera, prisioneros. Por lo menos todavía quedaban algunos cetáceos en libertad, aunque su supervivencia era muy difícil por la proliferación de medusas, que habían acabado con el krill y con buena parte de las criaturas marinas.

—¡Bruna! —gritó el memorista.

La rep se sobresaltó y el respingo le hizo dar una voltereta en el aire. Cayó sobre sus pies, se enderezó con dificultad y se volvió; Pablo estaba sentado sobre unas rocas cubiertas de hojas y palmeaba un espacio a su lado, llamándola junto a él. Husky se puso en marcha torpemente; no frecuentaba los salones virtuales y controlar los desplazamientos por medio del movimiento de la cabeza, las cejas y los ojos era bastante complicado. Además, la tecnología de los salones recreativos era un tanto rudimentaria y hasta el mejor jugador se movía de una manera entrecortada y poco natural. Tardó demasiado en llegar hasta Nopal y aún más en sentarse adecuadamente junto al memorista, que se partía de risa viendo sus esfuerzos. Pero, una vez instalada, se sintió bien. Hacía bastante calor, un calor húmedo, pero no tanto como para resultar desagradable: se trataba de una selva domesticada. Y el espacio era bellísimo; el sol apenas horadaba aquí y allá la espesa hojarasca, la luz era verdosa y resplandeciente, las rocas en las que estaban sentados formaban parte de un pequeño manantial, en los troncos de los árboles crecían orquídeas, el aire estaba surcado por diminutos pájaros, y además tenían la compañía de los gorilas, porque ahora advertía Bruna que una familia entera almorzaba plácidamente entre el follaje.

—Bien, ¿qué te corría tanta prisa? —preguntó Nopal.

En realidad, pensó la androide, el lugar no estaba mal

elegido; nadie los oía, nadie les podía ver la cara, se hablaban a través de los cascos y, después del famoso juicio del cantante David Peña sobre el derecho a la intimidad, las conversaciones ya no quedaban grabadas en ningún lado. De modo que Husky se puso cómoda, intentó no distraerse con la iridiscente nube de mariposas que los rodeaba y contó a su memorista lo que había sucedido y cómo había reconocido a Yárnoz.

—Sí, Carlos Yárnoz. Claro que nos acordamos de él —dijo Nopal, hablando en plural de la memoria de ambos, un tic que irritaba profundamente a Bruna—. Era amigo de nuestros padres.

—Será de los tuyos —gruñó la rep.

También le fastidiaba la imperturbabilidad de Pablo Nopal; contaras lo que contases, todo le parecía siempre tan normal.

—Este hombre era ingeniero, creo... o quizá físico, no sé. Cuando yo era pequeño mis padres y él eran muy amigos. Siempre estaba en casa. Yo le llamaba tío Carlos. De eso también te debes de acordar tú.

—No menciones mi memoria, por favor —dijo con sequedad la androide.

—Bueno, el caso es que de repente desapareció. Cuando yo era todavía pequeño. Luego sucedió lo del asesinato de mi padre, la muerte de mi madre...

Bruna calló; eso lo sabía, lo sabía. Llevaba grabado todo ese dolor en cada una de sus células. Aunque la memoria que Pablo Nopal compartió con ella estaba un poco dulcificada: la vida real del memorista había sido aún peor. El maltrato en el orfanato, y después, sobre todo, los abusos del hermano de su padre, que lo adoptó. Y al que era muy probable que luego, pasados los años, Nopal asesinara. Fue juzgado por ese crimen, aunque un dudoso asunto de contaminación de pruebas evitó su condena. Sin embargo, casi todo el mundo le creía culpable. El Gobierno prescindió de sus servicios como memorista después de aquello, y desde entonces Pablo se dedicaba a escribir novelas y obras teatrales. Era un autor bastante famoso, pero no necesitaba trabajar para vivir: su tío, además de haber sido un malvado, también había sido muy rico, y todo ese dinero fue a parar a las manos tal vez ensangrentadas de Nopal.

—Le perdí la pista y me olvidé de él, hasta que, mucho tiempo después, trabajando ya como memorista, me enteré de que había estado involucrado en un oscuro caso de espionaje.

—¿Era espía? ¿De quién? ¿Qué espiaba?

—Era un alto cargo del Ministerio de Industria. Y espiaba para Labari.

¡Labari! Una de las dos Tierras Flotantes, las gigantescas plataformas artificiales que orbitaban la Tierra.

—De hecho, cuando fue descubierto logró escapar antes de que lo detuvieran y al parecer se exilió en Labari. Ignoraba que hubiera regresado a la Tierra.

—Claro. Por eso llevaba esa coleta tan canosa a la espalda... —dijo Bruna; en Labari, las clases altas se distinguían por llevar el pelo largo, y su fanatismo retrógrado les impedía usar tintes o inductores de color para el cabello.

Un gran gorila macho se acercó a inspeccionarlos. Se plantó frente a ellos, muy cerca, muy erguido, un animal enorme de pecho poderoso, y les lanzó una mirada hostil e inteligente, una ardiente mirada color miel.

—Baja la cabeza, Bruna. No le mires directamente a los ojos. Es el jefe del clan. Lo educado es mostrarle respeto —dijo el memorista hundiendo el mentón en el pecho.

—¡Por el gran Morlay! ¡Pero si es un gorila virtual! ¿A qué viene esta tontería?

—Tú hazme caso. Si no lo haces, el programa nos dará la lata durante media hora y no podremos seguir hablando —insistió Pablo.

Los hermosos ojos del simio se cargaban de ira por momentos. Bruna bajó la cabeza con un doble pesar, porque le irritaba no poder seguir contemplando esos turbadores ojos tan humanos y porque se sentía una absoluta estúpida al inclinar la frente ante un montón de píxeles. El primate gruñó un poco, basculó sobre sus cortas piernas y luego dio media vuelta y se alejó. La androide se quedó contemplando su ancha espalda plateada mientras se perdía entre el follaje. El exterminio de los grandes simios había sido un auténtico genocidio.

—Nopal, me está sucediendo algo muy raro —soltó de repente; y se calló, sorprendida de lo que estaba a punto de decir.

—¿Ah, sí? ¿Qué?

—Estoy... estoy contando una historia. Le estoy contando una historia a Gabi, ya sabes, la niña rusa. Es una historia que yo no sé. O sea, me la estoy inventando.

—¿Quieres decir que le estás contando una mentira?

—¡Quiero decir que le estoy contando un cuento! El cuento del gigante y el enano. Me lo contaba mi madre. ¡Tu madre! Pero no me diste el recuerdo del cuento, sólo el nombre. Y entonces me estoy imaginando el contenido. Y las palabras vienen a mi boca y... ¡Y las cosas que digo! No sé de dónde salen.

Pablo Nopal se echó a reír.

—A mí me pasa igual cuando escribo mis novelas.

—¡Pero yo no soy memorista, yo soy una maldita androide de combate!

—No. Tú no eres sólo una androide de combate. Yo te di mucho más.

Bruna rechinó los dientes. Tres años, diez meses y seis días.

—Me diste el miedo a la muerte —barbotó con voz ahogada.

—Pero es el don de los artistas. Sin miedo no hay creación.

—Pero... pero ¡¿qué demonios creo yo?!

—Cálmate. Ahora estás creando un cuento para Gabi, ¿no? Es interesante. Confirma mis teorías. Siempre he pensado que uno se hace escritor desde la pérdida. Del dolor de perder nace la obra. Sobre todo si esa pérdida ha sido en la niñez. Acabo de leer a un oscuro autor de hace un par de siglos, un tal Scott Fitzgerald, y dice algo muy parecido. Dice: «Tres meses antes de que yo naciera, mi madre perdió a sus otras dos hijas. Creo que empecé a ser escritor en ese momento.» Es bueno, ¿no? Yo te he dado todos esos recuerdos dolientes, Bruna. Mis recuerdos. Y lo que me hizo a mí ser narrador tal vez también funcione contigo.

Husky miró a Nopal, desconcertada y confusa.

—Pero estoy usando palabras que jamás he dicho.

—Eso no es raro. Al contrario de lo que sucede con los otros tecnos de combate, a ti también te metí todo el diccionario en la cabeza. Otra cosa es que lo uses. Si no hay necesidad, no hay uso.

A lo lejos, una gorila con una cría en brazos se acurrucó junto al gran macho. La familia perfecta.

—Cuéntame el cuento del enano y el gigante, por favor —rogó la rep—. Tú lo tienes que saber. Tú sí que se lo escuchaste a tu madre.

Nopal frunció el ceño.

—Mmmm... No sé. No me acuerdo. De verdad. Si lo supiera te lo diría. Creo que vas a tener que contármelo tú.

Bruna bajó la cabeza, acongojada: entonces, ¿no podría conocer jamás aquellas palabras que parecían tan dulces?

—Mi cuento no te va a gustar, Nopal. Estoy segura.

Cuando salió del salón virtual, Husky decidió regresar caminando a su casa. Todavía era temprano, apenas las cuatro de la tarde, y el sol abrasaba. Pero la rep tenía demasiadas cosas en las que pensar y siempre le funcionaba mejor la cabeza cuando ponía su poderoso cuerpo en movimiento. De modo que Yárnoz había sido un alto cargo del Ministerio de Industria, Desarrollo Sostenible y Energía. El mismo ministerio en cuyas oquedades administrativas había desaparecido mágicamente el protocolo nuclear sobre Gabi que el hospital había activado. Y, como música de fondo, la contaminación radiactiva. Esos incidentes de los confines, esa guerra oculta a la que se refería la chiflada de Carnal, ¿tendría que ver también con la radiactividad? Dzerzhinsk, la ciudad natal de Gabi, ¿podía ser considerada uno de esos confines? Husky había interrogado a la niña con discreción, sin explicarle lo crítico de su estado, para intentar conocer sus actividades recientes y la posible fuente de contaminación, pero la rusa era un pequeño monstruo mudo y reacio.

Subió por Gran Vía persiguiendo las sombras que la protegieran del sol taladrador y cuando alcanzó la plaza de Potosí vio asomar el largo cuello de una chimenea por detrás de las baratas y feas casas de reinserción social. Husky había pasado por allí muchas veces pero nunca se había fijado en la existencia de la chimenea, que sin duda pertenecía a un *moyano*. Sin las palabras insidiosas de la activista rep, habría vuelto a ignorar su presencia. Pero Carnal tenía la molesta capacidad de meterse en su cabeza como un pegajoso moscardón.

Cruzó la plaza movida por la curiosidad y dispuesta a buscar el crematorio rep. Esta zona de Madrid, que había sido céntrica un siglo atrás, sufrió mucho durante las Guerras Robóticas. Sobre las ruinas construyeron con premura malos edificios para dar un cobijo supuestamente provisional a los desplazados por la violencia, pero esas casas de estremecedora fealdad terminaron convertidas en hogares permanentes y abarrotados de la gente más pobre de la ciudad. Era el último nivel de los que podían permitirse pagar los derechos del aire; desde aquí, la siguiente bajada en la escala social era la emigración a una Zona más contaminada. Bruna se metió por las estrechas callejuelas que se apiñaban tras la plaza y, como desde dentro del laberinto de casuchas ya no se veía la chimenea, le llevó un par de vueltas atinar con el edificio, que era un feo mazacote rectangular forrado de piedra artificial y con una gran puerta doble de hierro. Carecía de ventanas y nada lo identificaba como lo que era; tan sólo encima de la entrada ponía *Moyano S. A.* en letras de neón. Parecía un almacén.

La detective empujó la puerta metálica y se asomó, cautelosa. Una bocanada de frescor salió del interior; sin duda en el recinto había aire acondicionado, pero parecía un frío especial, lóbrego y húmedo, un frío de tumba. Husky entró y la puerta se cerró a su espalda, cortando la luz del sol. Estaba en una sala rectangular, bastante grande, con dos largos mostradores a derecha e izquierda. El interior también estaba revestido de piedra artificial y el suelo era un feo plastidur de color verdoso. La luz artificial, blancuzca y fría, acentuaba lo desapacible del lugar. Detrás de los mostradores había una media docena de individuos trabajando; fuera de los empleados, ella era la única persona presente. Husky dudó un instante y al cabo se dirigió hacia la derecha, en donde un humano se encontraba acodado sobre la encimera de fibra de vidrio y parecía contemplar las musarañas.

—La venta de piezas, enfrente —dijo aburridamente el tipo cuando la vio acercarse.

—¿Venta de piezas? No, yo... yo vengo a... a informarme.

—La información, enfrente —repitió el hombre con el mismo tono monótono.

Husky dio media vuelta. En ese momento entró en el edificio una mujer que se apoyaba en una muleta y que se dirigió cojeando pero con determinación al mostrador opuesto. Husky cruzó el vestíbulo notando cómo sus pies se pegaban al sucio plastidur y se paró tras la recién llegada. Era una humana de unos sesenta años, la cara redonda y agradable pese a una larga cicatriz que le deformaba el lado derecho. Tenía un brazo artificial metálico, antiguo y barato: sin duda sus movimientos debían de ser muy limitados.

—¡Buenas tardes! —exclamó animosamente la mujer.

Uno de los empleados, un humano joven, se levantó y se acercó al mostrador:

—¡Buenas tardes, Irene! Ya he conseguido lo tuyo. Te lo traigo enseguida.

El chico se alejó hacia una zona de contenedores y archivadores que había al fondo. La mujer se volvió hacia la rep y le dedicó una sonrisa emocionada y luminosa con una boca llena de dientes metálicos.

—¿Tú también vienes a buscar una prótesis?

—¿Una prótesis? No, yo no, yo... Sólo vengo a preguntar algo.

—Lo digo porque las tecnos de combate usáis mucho de eso. ¡Y muy rebién que me está viniendo a mí! Me arrolló el metro, sabes, un destrozo integral. ¡Y no tengo seguro médico! Me aconsejaron la eutanasia. ¡Pero ya ves! Aquí sigo. Ya sabes que la carne y los huesos se queman a novecientos grados. Pero el titanio y el tirix aguantan hasta mil cuatrocientos e incluso mil seiscientos grados. Así que reciclan las prótesis y las venden bastante baratas. Me está costando tiempo y esfuerzo pero, poco a poco, fíjate qué bien estoy ya... —dijo la mujer, llena de orgullo—. Y este chico me ha ayudado mucho, las cosas como son. Me busca y me guarda lo que necesito.

Se escuchó un ruido metálico al fondo de la sala y tanto la humana como Husky dirigieron la mirada hacia allá. En el muro trasero había una entrada en la que la androide no había reparado; por ella acababan de aparecer dos humanas con un mono de trabajo de color vino y la palabra *Moyano S. A.* grabada en el pecho. Delante de ellas avanzaba un carrito motorizado que transportaba una caja rectangular de cartón endurecido de color gris. En un cajón sellado igual que ése se llevaron el cuerpo de Merlín. De su Merlín. Las operarias se dirigieron al mostrador de enfrente e intercambiaron unas cuantas palabras con el hombre que miraba las musarañas. Luego plantaron sus manos sobre un lector de firma digital y colocaron y aseguraron el carro sobre una trampilla que había en el suelo. Sonó un timbre de aviso y la plataforma comenzó a descender llevándose la caja hacia el subsuelo. Esto era lo único en lo que se parecían el crematorio de la Almudena y este sórdido *moyano*: en la bajada de los cadáveres hacia quién sabe qué inframundo.

—Aquí están, Irene, mira.

El empleado había regresado con un saquito de tela

en la mano. Volcó su contenido sobre el mostrador: media docena de gruesos tornillos de unos cinco centímetros de largo tintinearon sobre el vidrio.

—Creo que te servirán porque la rep..., ejem, la tecnohumana era más o menos de tu talla —dijo el chico, echando una ojeada de soslayo a Husky y corrigiendo sobre la marcha la despectiva y coloquial palabra *rep*.

—¡Qué maravilla, Pascal! ¡Qué maravilla! —se entusiasmó la mujer, abalanzándose sobre las piezas como un niño sobre un juguete.

La trampilla del suelo se cerró a sus espaldas, ya vacía, con ruido de mecanismo antiguo. Bruna siguió con la vista a las empleadas, que se dirigían hacia la puerta por la que habían entrado. En el momentáneo silencio se podía oír el chirrido de las suelas de sus zapatillas sobre el pringoso plastidur. Sólo se escuchaba ese ñac-ñac y el entrechocar de los tornillos de alguna androide infeliz a la que nadie acompañó en su final y por la que nadie lloró. Pantomimas de vidas, muertes miserables.

Del *moyano* a su casa había algo menos de cuatro kilómetros y Husky los cubrió al trote en quince minutos. Bajó el ritmo a cien metros de su portal y sintió que un coche se ponía en marcha justo al pasar ella: por el rabillo del ojo entrevió que era oscuro y grande. Una instantánea descarga de adrenalina electrizó su cuerpo: peligro, peligro, era el plasma negro. Iban a dispararle, como hicieron con Yárnoz y con el secretario. Se lanzó de cabeza al suelo, dio una voltereta sobre sí misma y quedó agazapada detrás de un banco. El material del banco, hormigón ligero, no suponía ninguna protección ante el rayo letal, pero por lo menos el asesino no podría verla y eso empeoraría su puntería. Escudriñó el fragmento de acera que acababa de atravesar y no apreció ningún impacto del silencioso y devastador haz de energía. De manera que todavía no habían disparado. Husky aguzó el oído: aparte de los latidos de su propio corazón, no se escuchaba nada. Las pocas personas que iban por la calle habían salido despavoridas en cuanto la vieron brincar, y sin duda el coche se había detenido. Si salían del vehículo para acabar con ella, la rep lo tendría muy difícil.

—¿Bruna Husky? Eres Bruna Husky, ¿verdad? ¿Estás ahí? ¿Me oyes?

Una voz de hombre, educada, algo meliflua. Si era el asesino, usaba métodos muy raros.

—Ejem, soy del ministerio. Te mando mi tarjeta de presentación a tu móvil.

El aparato vibró en la muñeca de la androide: *Ministerio de Industria, Desarrollo Sostenible y Energía. Sede Regional. Antonio Preciado Marlagorka.* Vaya nombre: sólo los imbéciles usaban dos apellidos. O los especistas, para diferenciarse de los tecnohumanos que, como era natural, sólo tenían uno. *Director General de Seguridad Energética.* Un pez gordo. Venía su imagen y el documento parecía auténtico. Husky se arrastró a lo largo del banco y se asomó con cautela por un extremo. La puerta del coche se encontraba replegada y dentro, expectante y algo confuso, estaba el mismo imbécil de la fotografía. La tecnohumana se puso en pie con lentitud y sintiéndose algo ridícula: esa espectacular cabriola, para qué. El tipo sonrió de un modo tan forzado y artificial que su gesto más bien parecía indicar asco. No, a este humano de los dos apellidos no le gustaban los reps, eso seguro. Bruna se estiró para resultar más alta y más amenazante y se acercó con cara de malhumor.

—¿Qué quieres?

—Algo que creo que te puede interesar. Entra, por favor.

La androide entró y se sentó enfrente del tipo.

—¿Te parece bien que demos unas cuantas vueltas a la manzana mientras hablamos?

—¿Tan largo es lo que quieres decirme?

—Círculos de cinco minutos hasta nuevo aviso —ordenó Preciado a la consola automática.

La puerta se cerró y el coche se puso en marcha. El hombre se recostó en el respaldo y la miró. Su cabeza tenía una extraordinaria forma de pera: frente estrecha y mofletes redondos y colgantes. Pelo pajizo y unos ojos de un azul tan claro que casi parecían transparentes. Preciado Marlagorka suspiró.

—Estoy muy preocupado.

A Bruna le entraron ganas de reír. Lo había dicho en un tono íntimo, doméstico, personal, como si fuera a confiarle sus dudas sobre la fidelidad de su cónyuge.

—¿Ah, sí?

—Sé que la niña que tienes tutelada sufre una contaminación radiactiva severa y que presentaste la correspondiente denuncia al ministerio.

—Yo no. Lo hizo el hospital.

—Como debe ser, como debe ser. Es un protocolo obligatorio de actuación. Por la seguridad de todos.

—Ya.

—Y sé que ese informe se perdió. Desapareció. Nunca llegó a mi Dirección General, que era su destino. Estamos investigando en dónde se volatilizó y cómo pudo hacerlo sin dejar ni rastro. Porque no ha dejado ni rastro, ¿entiendes? ¡Y yo estoy encargado de la seguridad!

La última frase la había dicho gritando, súbita e inesperadamente fuera de sí. Respiró hondo, se atusó el pelo de rata y recuperó sus formas blandas y resbaladizas.

—Esto ya es en sí muy preocupante. Pero, como bien sabes, hay más.

Bruna le miró, cautelosa.

—¿Y qué es lo que yo sé?

El hombre agitó la mano en el aire con gesto fatigado.

—No perdamos el tiempo con jueguecitos, por favor. Conozco tu implicación en el caso; la entrevista con la falsa Rosario Loperena y tu presencia en el lugar del crimen de Gand y Yárnoz. Como puedes comprender, por mi cargo tengo acceso a todos los informes policiales.

Un repentino peso oprimió el pecho de la rep y su saliva se volvió amarga: de modo que el miserable de Lizard había puesto en su informe que ella estaba presente cuando Gand murió. Ella se lo había dicho a él, sólo a él. Era un secreto, una confidencia, y él la había traicionado. Intentó que su rostro no reflejara su zozobra.

—¿Y? —preguntó con desplante y soberbia exageradas.

—Y... hay algo más que tú ignoras. Carlos Yárnoz fue un alto cargo de nuestro ministerio. Yo le conocí. Trabajé con él. Era mi jefe; de hecho, yo le sucedí en el cargo. Pero se descubrió que espiaba para los labáricos, que por entonces acababan de fundar su Tierra Flotante. Horas antes de que lo detuvieran, escapó y se exilió en el Reino de Labari. ¿Te das cuenta? Horas antes. ¿Por qué? ¿Cómo lo supo? Alguien le avisó. Tenemos un topo en el ministerio, un agente infiltrado desde hace veinte años. Eso explicaría la desaparición del informe de la niña que tutelas.

Por fortuna, Husky no había tenido tiempo de contarle a Lizard la conversación con el memorista. Y no se la contaría jamás.

—Pues supongo que debe de haber poca gente que lleve trabajando en el ministerio más de veinte años...

—No te creas. Hay exactamente doscientos cuarenta y siete. Y dentro del sector de Energía, setenta y seis. Somos como una gran familia. Y además, tampoco podemos limitarnos a los veteranos. El topo puede haber reclutado y entrenado a otro topo para sustituirle. Es lo que suele hacerse.

—Muy bien. Es verdad: lo que dices me interesa. Pero preferiría saber para qué me estás contando todo esto.

—Quiero que sigas el rastro de Yárnoz. Quiero que vayas a Labari a investigar.

A Bruna le pareció tan ridícula la propuesta que se le escapó una carcajada.

—¿Yo? ¿A Labari? ¡Pero si en las Tierras Flotantes los reps estamos prohibidos!

—Lo que no ha impedido que ya hayas estado allí de forma clandestina..

A Husky se le cortó la risa en seco.

—Veo que estás bien informado.

—Me dedico a eso, Husky. A la seguridad. Mi especialidad es la información. Y soy bueno, aunque por estas desgraciadas circunstancias no lo parezca.

La androide se removió inquieta en el asiento.

—Cierto. Se puede hacer. Me puedo disfrazar. Y puedo entrar en Labari. Pero es un riesgo añadido, una dificultad añadida. Y además, ¿por qué yo? ¿No tienes un escuadrón de agentes trabajando para ti?

—Pongámonos en lo peor. Digamos que te descubren. En el ministerio no nos podemos permitir el envío de uno de los nuestros. No quiero provocar un grave conflicto diplomático. Tú eres detective, estás interesada, de hecho ya estás investigando el caso. Te ofrezco ayuda y colaboración.

—¿Ah, sí? ¿Y qué es lo que vas a aportar?

—Documentos falsos totalmente garantizados, una cobertura creíble para el viaje y el dinero necesario para los gastos.

—¿Sólo para los gastos? Tengo mis honorarios y me temo que en este caso son elevados.

—Y yo tengo una inspección de tesorería a la que rendir cuentas y no puedo pagarte. Es un viaje clandestino y extraoficial. Los gastos los abonaré de mi propio bolsillo. Pero te ofrezco algo a cambio. Algo que creo que es generoso. ¿Serás tú lo suficientemente generosa para apreciarlo?

Husky le miró, intrigada a su pesar.

—Te ofrezco incluir a la niña rusa en mi seguro médico. Lo puedo hacer. Y la curarán.

La propuesta sorprendió y chocó a la detective. Algo se le hizo un nudo dentro de la cabeza: desconfianza en Preciado, angustia por la niña, rabia por sentir angustia por la niña, sensación de haber caído en una trampa, curiosidad, excitación, profunda inquietud. Un desagradable torbellino de emociones.

—Lo pensaré.

—Piénsalo deprisa. Tienes veinticuatro horas. Pasado mañana buscaré otra vía. Para junto al bordillo, desciende un pasajero —ordenó a la consola.

El coche se detuvo y el portón se abrió.

—En mi tarjeta de visita tienes mis líneas privadas. Espero tu respuesta, Bruna Husky.

La androide se quedó plantada en la acera viendo cómo el coche se alejaba. En qué maldito momento se le había ocurrido hacerse cargo de Gabi. Tres años, diez meses y seis días.

—Uy, uy, uy, ¡una tecno de combateeee! —exclamó alguien junto a ella.

Un grupo de jóvenes humanos, chicos y chicas, cuidadosamente acicalados para parecer descuidados, con crestas de caballo ellos, ellas con trencitas de colores o medio cráneo rapado, pasaron a su lado ocupando toda la acera, alegres y arremolinados, turbulentos como una pequeña tormenta de verano. Era el comienzo de la noche del viernes y salían a la caza de vida y de aventura. A la caza de intensidad. Por su aspecto, acababan de cumplir la mayoría de edad y, por lo tanto, de librarse del toque de queda para adolescentes. Probablemente se habían metido alguna píldora empatizante, un poco de oxitocina, la droga del amor, robada del botiquín de sus padres, o quizá incluso algún *caramelo*, oxitocina en dosis masivas e ilegales más otros neuropéptidos sintéticos, un cóctel explosivo que volaba de manera instantánea la cabeza y el corazón. La muchacha que había exclamado lo de la tecno de combate caminaba junto con sus amigos pero se volvía a mirar a la detective cada dos pasos, coqueta, turbada y retadora. Husky sabía que los reps podían resultar muy atractivos para los humanos, sobre todo cuando éstos eran jóvenes y jugaban a ser transgresores, sobre todo cuando los androides eran militares. La falsa épica de la guerra, de la sucia, cobarde y miserable guerra. La niña apenas tendría los dieciséis años reglamentarios, una mocosa, pero eso era ya seis años más de lo que Husky iba a vivir. Uno de los adolescentes que iban con ella le atizó un coscorrón amistoso para que dejara de volverse y de mirar a Bruna y todos los cachorros humanos rieron tontamente, felices de estar vivos. Se movían al unísono, llenos de colores y rápida energía, como un cardumen de peces tropicales. Gabi nunca alcanzaría esa edad. O sí, si Bruna iba a Labari.

Subió a su piso con el desconsuelo de la vida doliéndole en el cuerpo. Dolía en el estómago, en el peso de los hombros, en el cansancio mismo de respirar. La noche caía a toda velocidad y cuando entró en el apartamento tuvo que encender la luz. Toda la ciudad se preparaba para el fin de semana y ella volvía a esconderse en su cubículo, en su agujero, en la rutina de los días y las noches hasta consumir su pequeño plazo y llegar a la nada. Se sirvió una copa de vino y comprobó con malhumor que sólo le quedaba media botella. Se acercó al rompecabezas e intentó concentrarse en los perfiles dentados, en la exactitud de la reconstrucción, en el orden del desorden. Eso, por lo menos, la relajaba. Eso la hacía olvidar. Era un ruido blanco que tapaba el chillido del mundo.

—¿Estás en casa? ¿Podemos hablar?

Era Yiannis. La androide reprimió un gesto de irritación.

—Sí.

El holograma del viejo archivero apareció flotando encima del puzle.

—Gabi está sangrando por la nariz y por las encías —dijo con rostro desencajado.

—¿Ha salido de debajo de la cama?

—¡Nooo! Pero había manchas de sangre en el suelo y le pregunté.

—Bueno... Leí en algún sitio que los niños humanos suelen tener hemorragias nasales.

—¡Pero también le sangran las encías! No, no, no. Es la radioactividad. Empeora. Es inhumano que no la curen sólo porque no tenemos dinero.

Yiannis se retorcía las manos con nerviosa desesperación. A través del holograma traslúcido de sus dedos, Bruna localizó una nueva pieza para encajar en el puzle. Era sorprendente lo compartimentada que podía llegar a tener la cabeza. Suspiró.

—No te preocupes, Yiannis. Se pondrá buena.

Y luego le explicó todas las novedades al archivero. La noticia del trato con Preciado Marlagorka puso al viejo exultante. Su alegría hubiera debido ser contagiosa, pero Bruna seguía sintiéndose llena de oscuridad. Tenía la intuición de que el viaje era una trampa y de que se había metido dentro ella sola.

—¿Qué te pasa, Bruna? Te veo rara.

La androide se encogió de hombros.

—No sé. No le veo mucho sentido a nada.

—¿Salvar a la niña te parece poco?

—Sí, supongo que eso está bien. Aunque yo ni siquiera estaré aquí para comprobar si el tratamiento funciona.

El archivero frunció el ceño.

—Ay, Bruna... ¿Recuerdas quién era Sócrates?

—Claro. Uno de tus sabios de la Antigüedad. El que se tuvo que suicidar.

—Ése, sí. Le condenaron a muerte y le condujeron a la cárcel, con la obligación de beber a la mañana siguiente una dosis letal de cicuta. Sus amigos sobornaron a los guardias para que pudiera escaparse, pero él no quiso hacerlo.

—¿Por qué?

—Decía que su huida le haría parecer culpable. Además no quería vivir lejos de Atenas. Pero no era de eso de lo que te quería hablar. Lo interesante es que pasó esa noche rodeado de sus amigos, pero invirtió la mayor parte de sus últimas horas en aprender a tocar una melodía muy difícil con la flauta. Sus amigos, exasperados, le dijeron que para qué perdía el tiempo en eso, que para qué le iba a servir, si su vida acabaría al amanecer. Y entonces él contestó: «¿Pues para qué va a ser? Para aprender la canción antes de morir.»

El archivero calló, expectante, y Bruna basculó con incomodidad el peso de su cuerpo de un pie a otro. La historia le había interesado y tenía la vaga sensación de que había algo importante dentro de ella, pero no conseguía desentrañarlo. Arrugó la frente.

—Pues me parece una tontería.

—¡Qué bruta eres a veces, Bruna! ¿No lo entiendes? En primer lugar, es que lo único que da sentido a la vida es el conocimiento, el arte, la belleza. Pero, sobre todo, es que da lo mismo aprender la canción diez años o diez minutos antes de morir, porque siempre será un aprendizaje frente a la nada, una construcción frágil y efímera. Somos seres fugaces y lo somos todos, querida mía. Los tecnos, los humanos, los alienígenas.

Ahora sí. Ahora lo había cogido. Pero seguía sin ser lo mismo. Tres años, diez meses y seis días.

En ese momento llamaron a la puerta. Bruna miró la hora proyectada en la pared: las 21:27. En la pantalla principal apareció la cara del sobón. ¡Deuil! Se había olvidado de él. Pero ¿no estaba en la clínica? Se despidió apresuradamente de Yiannis y fue a abrir.

—¿Qué haces aquí?

—Teníamos sesión. ¿No te acuerdas? Vine antes pero no estabas.

—¡Pero si estás herido! Pensé que...

El sobón sonrió y entró en el apartamento cojeando un poco.

—No es nada. Ni siquiera fui al hospital. Me trató un médico amigo. Me han puesto un pequeño implante de tejido artificial.

Estaba pálido. Y guapo. La tensión del dolor aguzaba sus rasgos. Porque era evidente que le dolía.

—Eh, tengo una subcutánea mórfica para darte, si quieres —dijo la androide, maravillada de su propia generosidad, porque atesoraba celosamente su pequeño alijo de analgesia.

El sobón sonrió. Esos dientes blancos y afilados de vampiro joven.

—No. No me gusta perder la consciencia del cuerpo. Mi cuerpo es lo que sé y lo que soy. Lo respeto e intento recibir sus mensajes.

Bruna lo miró con incredulidad, pero guardó silencio. Se sentía demasiado culpable con el táctil.

—Lamento haberte puesto en peligro, Daniel...

159

—No te preocupes. ¿Empezamos?

—¿Podrás?

—Claro.

Bruna volvió a sentarse en el sofá, como el día previo antes de la irrupción de la Viuda Negra. Deuil se instaló otra vez detrás de ella, pero hoy colocó desde el principio las manos en la base de su cuello, con las yemas de los dedos apenas tocando las clavículas. La androide experimentó una levísima, desasosegante descarga eléctrica.

—Daniel, sólo una cosa más. Tienes que ir con cuidado. Esa mujer puede volver. Y es peligrosa.

—Cuéntame por qué. Explícame por qué he perdido un centímetro cuadrado de pie —susurró el sobón desde detrás de su cabeza.

Y la androide se lo contó. Habló lentamente, abiertamente. Habló como si se lo dijera a sí misma, como si estuviera sola. Pero no lo estaba. Los dedos del sobón rozaban su cuello como gotas de lluvia y el mundo iba desapareciendo poco a poco. Bruna cerró los ojos y se concentró en esos dedos, en esas manos que ahora, abiertas, pegaban las palmas a su piel y cubrían de tibieza su garganta. La androide dejó de hablar a mitad de una frase. Cayó dentro de sí misma, dentro de ese cuerpo cada vez más presente, más ligero, más elocuente. La sangre zumbaba en sus oídos y allá al fondo empezó a resonar otro corazón, un latido que se equilibraba con el suyo. Su carne se encendió como una estrella: aún con los ojos cerrados, la rep estaba segura de brillar. Ella era inmensa, era ilimitada, era invulnerable porque ya no era ella, sino que eran dos. En la plenitud de ese tiempo sin tiempo se recordó a la vez en todos los minutos de su pasado y amó la vida como jamás la había amado antes. Sin sombras, sin violencia y sin muerte. Quiso echarse a reír de pura, perfecta felicidad, y se sorprendió cuando se puso a llorar. El sobón apartó suavemente las manos de su cuello y las luces de la carne se apagaron.

Husky abrió los ojos, conmocionada. Las lágrimas rodaban por sus mejillas.

—¿Qué me has hecho? —dijo con la voz agarrotada.

—¿Te ha gustado?

La rep intentó contener el llanto, pero no pudo. Estaba desconcertada, se sentía frágil y desarbolada, pero al mismo tiempo algo parecía haberse desanudado en su cabeza. Por ahí dentro crecía la pequeñísima semilla de una esperanza de serenidad.

—No lo sé.

Deuil dio la vuelta y se sentó en el sillón frente a ella.

—Tranquila. Deja que la vida suceda. Que las emociones se asienten.

La rep le miró. Sombras oscuras rubricaban los ojos del sobón. Su expresión era impenetrable. Parecía la talla de un dios oriental.

—He sentido un atisbo del dolor de la herida de tu pie. Y he sentido tus latidos. Tu corazón también latía por mí —dijo la rep, sobrecogida.

¿Sería esto lo que experimentaban los omaás cuando hacían el amor? Su amigo Maio le había hablado de la unión entre los espíritus cuando, según él lo expresaba, se rozaban los kuammiles. Quedaban tan entremezclados los unos con los otros que, tras ese acto de compenetración, eran capaces de compartir los pensamientos. De hecho, su amigo Maio podía leerle el pensamiento a ella, Bruna... La rep se estremeció. Menos mal que cuando hizo el amor con el alienígena estaba tan borracha que no se acordaba de nada. Apreciaba a Maio, pero la intimidad física con él seguía pareciéndole un poco repugnante.

—¿Se sentirán así los omaás cuando se tocan los kuammiles? —dijo en voz alta.

El táctil sonrió.

—Me parece que lo de los kuammiles es más sexual. Pero sí, hay una relación física especial. He aplicado una técnica que sintoniza las corrientes miofasciales, los biorritmos y las ondas cerebrales. En cierto modo hemos estado orgánicamente unidos. Casi como una madre con su feto.

O como un enano con su gigante, pensó Husky.

—En realidad los seres humanos sintonizan de muchas formas, no sólo a través de la vista, del oído, de la comunicación pautada verbal o visual, del tacto más burdo, un golpe o una caricia... Desde siempre es sabido que si pones a varios humanos conviviendo de forma estrecha y continuada en un lugar pequeño, se crea una atmósfera común, una especie de organismo colectivo que sincroniza hechos físicos. Por ejemplo: las adolescentes de los internados o los correccionales, las mujeres de las cárceles, suelen tener sus menstruaciones a la vez. No sabemos apenas casi nada de nosotros mismos, Husky, y, como completos ignorantes que somos, ni siquiera respetamos lo que no conocemos.

Cuando habla de humanos, ¿estará englobando también a los tecnos?, se preguntó Bruna, de pronto irritada, recelosa, incómoda.

—«Soy un sencillo instrumento por donde la vida se asoma. Mi voz se conjuga con el otro que escucha, que comparte. Corazón abierto dispuesto a la plegaria. Vida, qué hermosa eres» —recitó Deuil—. No es mío. Es de Tanawa. ¿Ves? Por eso no hay que tomar mórficos, ni alcohol, ni otras drogas. El cuerpo tiene su propio lenguaje y es poderoso. No lo amordaces.

La rep frunció el ceño, sintiéndose regañada como una niña pequeña. Había algo demasiado esotérico, demasiado místico en el sobón. A la rep le reventaba la mística humana, sus viciosas y mentirosas pretensiones de trascendencia. Un tecnohumano, puro producto de laboratorio, no podía ser místico. No había más que ver la diferencia entre el sórdido *moyano* y el crematorio de la Almudena. La espiritualidad era un lujo que no todo el mundo podía permitirse. Pero, por otro lado, también era cierto que el táctil le había hecho experimentar algo increíble. Como si el núcleo de hielo de su corazón hubiera empezado a derretirse.

—¿Eres creyente? Lo digo por lo de la plegaria —gruñó Husky.

—¿Creyente en qué? Creo en muchas cosas.

—Yo no creo en dioses ni en almas ni en magias ni en... en nada de eso —dijo la androide con cierta rudeza, porque de algún modo sintió la necesidad de hacer una declaración de principios.

—Me parece muy bien —respondió Deuil con una amplia sonrisa—. Pero ahora quisiera hablarte de otra cosa. Tú has percibido de algún modo el dolor de mi pie, y yo también he sentido tu angustia, tu confusión. Me has contado que te inquieta la oferta de Preciado Marlagorka, que te sientes atrapada por la necesidad de la niña y que tienes un mal presentimiento con este viaje. Te voy a proponer algo que quizá te sorprenda: déjame ir contigo al Reino de Labari.

—¿Cómo?

—Sí, déjame ir contigo. Pasarás más inadvertida si vas con un humano y además puedo serte útil en caso de apuro. Soy un buen judoca.

Bruna le observó con desconfianza:

—¿Y por qué quieres hacerlo?

—Te podría decir que me fastidia quedarme aquí esperando como un cordero atado a una estaca a que la asesina regrese a volarme el resto del pie. O que, ya que estoy metido en ello sin quererlo, me ha picado la curiosidad y me gustaría resolver el misterio. Pero lo cierto y fundamental es que, además de mi trabajo como táctil, soy neoantropólogo. Terminé la carrera hace tiempo pero ahora me estoy sacando el doctorado. Me especialicé en las Tierras Flotantes y el tema de mi tesis es «El dogma como factor de homogeneización y cohesión en comunidades geográficamente limitadas: utopismo versus fe».

La androide le miró, pasmada.

—Nunca he estado en el Reino de Labari y me urge conocerlo. Les he solicitado varias veces un permiso de visita, pero jamás me lo han concedido. Necesito ir. Esta oportunidad es perfecta para mí.

También podría decir que le gusta estar conmigo, pensó Bruna sin poder contenerse; y luego se apresuró a arrojar la idea de su cabeza. Neoantropólogo. Judoca. Este humano era raro. Después de todo, quizá fuera una buena idea que viniera. Su disfraz se vería reforzado.

—Mmmmm... Le diré al del ministerio que voy con mi ayudante. Supongo que no habrá problema. Pero vas a ser eso, mi ayudante. En este viaje mando yo.

—¡Por supuesto! —exclamó Deuil.

Y sonrió. Con cierta sorna, creyó percibir la androide. Los blancos colmillos del sobón brillaron. Ahora le parecieron más afilados.

Los siguientes tres días fueron frenéticos. Bruna recogió los documentos falsos, estudió su nueva identidad, ensayó su disfraz, hizo acopio de dermosilicona para llevarla en caso de apuro, preparó un doble fondo en su equipaje, revisó su arma y recopiló todo el material que pudo sobre Labari y Yárnoz. El sobón y ella serían una delegación de supuestos deportistas enviados por la AATT, la Asociación de Amistad de Todas las Tierras, una organización privada que fomentaba el deshielo diplomático entre el planeta y las plataformas flotantes. La AATT promovía los pocos intercambios culturales, sociales, tecnológicos y científicos que se celebraban entre Cosmos y Labari y la Tierra. Por supuesto que la organización estaba ampliamente infiltrada y manipulada por los servicios secretos de las tres potencias, de modo que servía como una especie de tablero de ajedrez en el que escenificar juegos clandestinos que de otro modo hubieran sido difíciles de justificar. Muchos de los que participaban en la Asociación, no obstante, eran inocentes almas bienintencionadas y crédulas. Ese tipo de perfil un poco pánfilo era el que tenían que representar Deuil y Husky, que, por cierto, ahora se llamaban Fred Town y Reyes Mallo. Entrenador deportivo y baloncestista de élite, respectivamente. A Husky le gustaba el deporte en general y había visto partidos de baloncesto, pero nunca había jugado. No obstante, consideraba que su excepcional forma física le permitiría salir más o menos del apuro si tenía que fingir alguna jugada. Además, esa personalidad ficticia justificaba su altura y su condición elástica y atlética con escaso desarrollo de los pechos. Todas las androides de combate tenían los senos pequeños, porque se había demostrado que eran un engorro en las peleas.

El martes 30 de julio tenían reservadas las plazas en el ascensor espacial de Labari. Había dos ascensores espaciales en el mundo, uno para cada Tierra Flotante. Los dos salían de línea ecuatorial, el de Cosmos de la antigua Indonesia y el de Labari de la región brasileña, de modo que Husky y Deuil volaban el lunes por la noche hacia el ascenpuerto de Manaos. La compañía japonesa Obayashi había construido el primer ascensor en el año 2067; alcanzaba los treinta y seis mil kilómetros de altura por un cable de nanotubos de carbono doscientas veces más resistente que el acero. Ese primer aparato fue utilizado por el Estado Democrático del Cosmos para construir su plataforma. Por entonces el sistema sólo podía transportar un máximo de treinta personas y ascendía a doscientos kilómetros por hora, lo que hacía que el viaje fuera una pesadilla de siete días y medio de duración. Ahora, en cambio, sólo tardaba dos días. Y ya era mucho. La última vez que Bruna lo utilizó, se mareó. Un verdadero oprobio para un rep de combate.

El lunes por la mañana quedó con Lizard en el bar de Oli. El inspector había insistido en verla y Bruna aceptó. No le había dicho que había descubierto su traición; se limitó a redoblar las precauciones y a odiarle en silencio. Llegó al local con cierta anticipación y estaba tomándose su segundo café cuando Paul entró. Su enorme corpachón oscureció la luz solar que se colaba por la puerta.

—Me han dicho que te vas a Labari —dijo en voz baja a modo de saludo.

—Ah, sí. Claro. Tu buen amigo Preciado Marlagorka. Ya veo que compartís todo.

Lizard la miró extrañado.

—No somos amigos. Nunca he hablado con él.

—Claro.

—Y además yo que tú tendría cuidado con él, Bruna. Es un tipo oscuro y muy vidrioso.

—Tú debes saberlo bien.

—Lo digo en serio.

—¡Por el gran Morlay! ¿Y cómo demonios te has enterado de que me voy a Labari si no te lo ha dicho él? —estalló la androide.

—¡Sssssss! Baja la voz. Me lo dijo Yiannis.

¡Malditas fueran todas las especies! La rep se quedó atónita. Seguro que cometió la indiscreción en un momento de subida de su bomba de endorfinas. El viejo archivero era un peligro.

—Me dejas sin palabras —rabió Husky.

—Entonces, ¿a Labari te envía Preciado Marlagorka?

Bruna le miró con incredulidad:

—No te voy a decir nada.

—De acuerdo, de acuerdo. Haz lo que quieras. Preciado estaba en la cremación de la viuda de Gand.

—¿Estaba?

—Sí, igual que tú. Aunque no me saludaste. ¿No viste a Marlagorka? Estás perdiendo facultades, Bruna.

—Bueno. Y aunque estuviera allí, ¿qué indica eso?

—Nada. Por supuesto. Pero se acercó a dar el pésame a los hijos y éstos le ignoraron... Se negaron a darle la mano. Lo dejaron plantado. Y eso sí que me parece interesante.

Husky se mordió los labios con frustración. ¿Cómo se le había podido pasar algo así? Se recordó en la Almudena: estaba demasiado turbada por la ceremonia, demasiado herida, demasiado obsesionada con su propio destino.

—¿Vas a Labari a investigar a Yárnoz? —preguntó el policía.

—No te voy a decir nada.

—¿Estás rompiendo la baraja conmigo, Bruna? ¿Ya no jugamos en el mismo equipo?

La rep apretó la boca.

—¿Fue por lo de la otra noche? ¿Tanto te dolió? —dijo, achulado, señalando con un movimiento de cabeza hacia los baños.

La androide sintió que un hervor de furia subía por su pecho como una lengua de lava. Su visión viró al rojo.

—Eres un imbécil —ladró.

Y se puso en pie para marcharse. Lizard le agarró del brazo y la androide tuvo que contenerse para no arrearle un sopapo.

—Espera... Perdona. Espera. Por favor.

El tono del policía había cambiado por completo. Ahora le rogaba. Humildemente. Bruna se volvió a sentar en el taburete.

—Ya sé que para entrar en Labari tendrás que camuflarte. Irás con otra personalidad y no podrás llevar tu móvil. Y además una vez allí vas a quedarte aislada. Toma —dijo el policía.

Y tendió a la rep una pequeña caja blanca parecida al estuche de una lentilla. Husky la cogió y la abrió; dentro había una especie de telilla áspera y algo rizada, un pequeño pellejo irregular.

—¿Qué es esto?

—Es una baliza de socorro. Es tejido epidérmico sintético. Lleva un nanochip. Se usa así.

Lizard extrajo la sutil brizna de la caja y con un movimiento rápido y preciso se la pegó a la rep en un costado del brazo derecho. El tejido se adhirió inmediatamente a la piel de la androide: parecía una menuda y vieja cicatriz de menos de un centímetro.

—¡Pero qué haces! —protestó la androide.

Intentó quitárselo. Imposible. Era como si formara parte de su cuerpo.

—No te molestes. Sólo se puede despegar utilizando un aparato que tenemos en el laboratorio.

—¡Estás loco! ¡No pienso dejar que me rastrees!

—No te preocupes. No rastrea. No tiene esa capacidad. Como te he dicho, sólo es una baliza de socorro. Si estás en un apuro, actívala. Para hacerlo, tienes que marcar tres veces seguidas sobre la cicatriz la palabra *SOS* en el antiguo código morse. Sabes cómo es, ¿no? Tres toques breves, tres largos, tres breves. Y esto repetido tres veces. Puedes usar la uña: repica en la baliza para los toques breves y arrastras la uña a lo largo de la cicatriz para los largos. Sólo se puede activar una vez, así que resérvala para un momento verdaderamente grave. Entonces la baliza mandará una señal detectable desde la estratosfera y enviará tus coordenadas durante más o menos una hora. Y yo las recibiré. E iré a buscarte.

Lo dijo con una seguridad y una serenidad estremecedoras. Con una naturalidad que hizo que la rep se sintiera desnuda, pequeña, frágil. Que se viera tan perdida que casi sintió el impulso de pulsar la baliza. Husky tragó saliva. O más bien hizo el gesto de tragar, porque tenía la boca totalmente seca.

—Está bien. Sí. No sé. Vale. Supongo que tengo que darte las gracias.

—No estaría mal.

—Pues gracias, pero no voy a utilizarla. Oli, apúntame los cafés. El de Lizard también —dijo Bruna, poniéndose en pie.

Y se marchó del local sin volver a mirarle.

Pasó por casa para recoger a Bartolo; tendría que dejar al tragón en casa de Yiannis. Imprudente Yiannis, archivero loco. Rumió su rabia en el trayecto porque no quería hacérsela pagar al viejo, pero estaba indignada. Iba a emprender una operación de camuflaje e infiltración en un medio hostil y el idiota se lo iba contando a todo el mundo. Bueno, tampoco a todo el mundo... a Lizard. El archivero era un maldito entrometido, un casamentero que intentaba unirla de nuevo con el policía. Y quizá fuera esto lo que más la irritase.

La niña seguía debajo de la cama. En el sándwich medio roído que había en el plato se veían pequeñas marcas de sangre. Mientras no le haya terminado de contar el cuento no puede morirse, pensó Bruna absurdamente. Y se sentó en el suelo. Gabi asomó un instante la churretosa cara por debajo de la cama, una ojeada aguda e inquisitiva de roedor. Luego volvió a replegarse bajo las tripas del mueble.

—Estás asquerosa. ¿Hace cuánto que no te lavas? —gruñó la androide.

—Hace mucho que no vienes —refunfuñó la niña.

—He estado muy ocupada.

—Pues no pierdas tiempo y sigue contando —ordenó la vocecilla.

—Primero hagamos un trato: cuando termine la historia, sales de ahí debajo.

Silencio.

—Si no hay trato, no hay cuento —dijo Bruna, haciendo amago de ponerse en pie.

—¡Vale! Cuando termine salgo. Pero sólo si el final me gusta.

—Te gustará —dijo Husky, con un aplomo que estaba lejos de sentir.

¿Por dónde iba? Había vuelto a perder el hilo del relato.

—Estabas en que los ríos se habían vuelto rojos de sangre y en que la pantera se comió un cabrito. No sé por qué tuvo que comerse al cabrito, la verdad. Me parece muy mal. El cabrito pudo despertarse antes y salir corriendo. Hay cabritos muy listos —gruñó la rusa.

—Pues en mi cuento la pantera se lo comió y ya está. Soy yo la que está contando la historia.

—Vale, pero si no me gusta el final no salgo.

—Ya te digo que te gustará...

Bruna suspiró, intentando colocarse mentalmente en ese mundo que ella misma había inventado. Qué extraordinario pensamiento: ella había inventado un mundo. Ella, que era un puro invento de los demás. De los ingenieros genéticos. De la voluntad de su memorista.

—¿Empiezas o no?

—La vida era tenebrosa. Cuando el tiempo, la memoria y la Muerte entraron en la Tierra, el mundo se convirtió en un lugar triste y terrible. Nuestro enano también se había caído de los hombros de su gigante, por supuesto. Te recuerdo que el culpable de todo había sido él por gritar «quiero que me digas que me quieres». Sus palabras retumbaron en el aire, rodaron por el cielo y crearon la primera tormenta, los primeros truenos. Los truenos son las palabras malditas del enano, que todavía están dando tumbos por ahí arriba sin conseguir respuesta. Porque es una petición imposible de cumplir. Una petición que enmudeció al gigante. Sin embargo, pese a haber perdido la maravillosa intimidad que compartían, el enano y su grandullón se seguían queriendo. No se habían enemistado, como había sucedido con los otros seres dobles. Al contrario; si antes los unía la felicidad, ahora los unía la pena de haberla perdido. Esa dolorosa armonía que aún mantenían llamó la atención de la Muerte. A la Vieja Dama le irritó la tenacidad amorosa de ese ser doble que ya no era doble e hizo de ello una causa personal. Dejó que las demás criaturas se mataran las unas a las otras, pero decidió encargarse ella misma de ese enano y ese gigante tan fastidiosos. Y una tarde en la que ambos estaban vagando como almas en pena por el monte buscando raíces que comer, la Muerte llegó volando desde el Norte con las alas negras extendidas detrás de ella; y a su paso, a medida que avanzaba, caía la noche.

—No se los va a comer. No se los va a comer como la pantera se comió al cabrito. Esta vez no. Haz que corran —protestó la rusa.

—Calla y escucha. En efecto, corrieron. Y corrieron porque el enano encontró una raíz especialmente gruesa y jugosa y buena; y, en vez de comérsela él, se la dio al gigante. Y el gigante se agachó para cogerla y, al enderezarse, observó la línea del horizonte y descubrió que la Muerte venía a toda velocidad hacia ellos. Entonces agarró al enano bajo el brazo y en cuatro zancadas logró llegar a unas cuevas cercanas y esconderse. O sea que gracias al pequeño acto de amor de ofrecerle la raíz pudieron salvarse de momento.

—¿De momento?

—Bueno, aguantaron bastante, aunque su vida empeoró aún más. ¿Tú sabes lo que es estar constantemente perseguido por la Muerte?

Tres años, diez meses y tres días.

—Ya no pudieron volver a dormir juntos, porque siempre se tenía que quedar uno de guardia. Y buscaban la comida por las noches y se escondían de día. Cada vez estaban más pálidos, más delgados, más débiles; se alimentaban mal, no descansaban y jamás paraban, siempre estaban en marcha, huyendo, en el camino. Los consumía la tensión nerviosa: todo el rato mirando por encima del hombro. Siempre aguzando el oído para escuchar el rastrero rumor del avance de la Muerte. Y las demás criaturas no los ayudaban, las demás criaturas los aborrecían, porque había sido su grito el que había acabado con todo. Estaban muy solos. Estaban malditos. Y así transcurrieron tres años, diez meses y tres días. Hasta que una mañana, una bonita mañana, con cielo azul y sol, como las de antes, en un pequeño y plácido valle entre montañas, el enano se despertó de golpe y vio delante de él, justo ante sus ojos, cómo la Muerte se subía de un salto a los hombros de su compañero, cómo le rodeaba amorosamente el cuello con sus brazos y le besaba los labios. Y cómo el gigante palidecía y se tambaleaba, para luego derrumbarse como un árbol tronchado, un borbotón de sangre saliendo de su boca.

—¡No!

—Sí. Y lo dejo aquí. Me tengo que ir de viaje —dijo Bruna.

—¡Pues espero que el viaje te vaya muy mal! —chilló el monstruo llena de ira.

Husky tenía que prepararse, en efecto, para el vuelo hasta Manaos, pero, sobre todo, no sabía cómo demonios salir del embrollo en el que se había metido con el relato. Se puso en pie y advirtió que el archivero estaba apoyado en el quicio de la puerta.

—¿Llevas mucho ahí?

—Lo suficiente. Un cuento muy optimista. Perfecto para una niña tan... tan... tan normal, en fin.

Bruna miró a Yiannis con atención, intentando dilucidar si detrás de sus palabras se barruntaba un enfado o si se trataba de una simple ironía jocosa. Con los altibajos de su amígdala últimamente era muy difícil interpretar su estado emocional. El archivero salió de la habitación con la rep.

—Menos mal que has hecho ese acuerdo con el ministerio, Bruna —susurró el viejo, feliz y emocionado—: me acaban de llamar del seguro médico diciendo que la lleve mañana para la primera consulta.

Husky había exigido a Preciado Malagorka, en efecto, que el tratamiento de la niña empezara ya. Por si acaso ella no regresaba de Labari.

—¿Y cómo vas a conseguir sacarla de debajo de la cama?

El archivero puso cara de susto.

—¡Ah! Sí, claro. Ya me las arreglaré, ejem...

—Yiannis. Estás mintiendo. O sea que la niña ya ha salido.

—Sí... La verdad, abandonó su escondite hace unos días. Lo siento, perdona, pero es que le prometí que no te lo diría. Dice que, si no, no acabarás el cuento —explicó, contrito.

En ese momento entró una llamada en el móvil. Era Mirari.

—Tengo lo que me pediste. Creo que es ella —dijo la violinista, nada más asomar la cara por la pantalla, con la sequedad que le caracterizaba.

Entonces comenzó un vídeo de la Viuda Negra. La calidad era mala y además la asesina estaba tomada desde abajo y sólo ocupaba una pequeña esquina de la imagen. Debían de haberla grabado por casualidad. Se veía a una mujer de pie junto a un árbol; se movía saliendo de pantalla y volvía a aparecer mientras rajaba limpiamente el cuello de un hombre, que caía como un fardo ante el objetivo. El momento en que terminaba de degollarle y lo dejaba ir era cuando mejor se distinguía la cara de la asesina. Apenas se la veía un segundo y llevaba otro pelo, pero sin duda era ella. Bruna se estremeció.

—¿Es ésta, no? —dijo Mirari.

—Sí.

—Una tipa lista. No hay imágenes de ella salvo ésta. Fue grabada por el móvil de un vagabundo que se había ausentado un momento de su lugar y que dejó enchufada la cámara por si le robaban las cuatro malditas basuras que poseía.

Bruna recordó que, cuando había encontrado a la rusa pidiendo en el parque-pulmón, otro mendigo también había dejado el móvil marcando su *puesto de trabajo*. Debía de ser una práctica habitual en el gremio.

—Annia Cuore, también llamada Nichu Nichu, Albertina Dai, Macu Croix, Ingrid Ming, Xime Gayo y media docena de alias más. Entre cuarenta y cinco y cincuenta y cinco años, dependiendo de las fuentes. De origen italiano, francocanadiense, japonés, alemán o sudafricano, también según las fuentes. Como ves, todo es bastante nebuloso. Asesina profesional. Independiente. Dice la leyenda que ha trabajado para Trinity. Pero ya sabes que la existencia misma de Trinity es dudosa.

Supuestamente Trinity era la mayor organización clandestina del mundo, la mafia esencial, un reservadísimo club de magnates con tan sólo treinta y tres miembros que dominaban los tres sectores comerciales más poderosos del planeta: las armas, las drogas (también, y sobre todo, las legales, es decir, toda la industria farmacéutica) y la energía. Decían que sólo se podía entrar al grupo a la muerte de uno de los trinitarios, y sólo por invitación de los otros treinta y dos. También se decía que eran implacables, sin entrañas, sin otra lealtad que la del propio interés. Feroces e indiferentes al dolor humano.

—Zurda, melómana, heterosexual, políglota y una psicópata cruel —seguía recitando Mirari—. Y algo más: parece que ya no está en Madrid. Alguien llamado Nichu Nichu y que coincide con su descripción voló hace dos días a São Paulo.

¡São Paulo! En el antiguo Brasil. La misma región en donde se encontraba el ascenpuerto, que estaba en Manaos. ¿Se dirigiría también la Viuda Negra al Reino de Labari?

—Mirari, por favor, intenta enterarte de si ha cogido el ascensor de Manaos o si tiene alguna reserva con el nombre de alguno de sus alias conocidos.

—Eso está hecho —dijo la violinista, y cortó abruptamente.

Husky se quedó pensativa. No sabía qué era, pero había algo que no funcionaba. Algo chirriante. Un zumbido de amenaza en el ambiente. Y ella estaba siendo demasiado torpe en los últimos meses. Se estaba descuidando.

—¿Qué te pasa, Bruna? Te veo preocupada —dijo el archivero.

—Estoy perdiendo facultades. El otro día, en la cremación de Loperena, no me fijé en que los hijos no saludaron a Preciado Marlagorka. Al parecer se negaron a darle la mano. Y yo estaba allí y no lo vi.

Yiannis suspiró:

—Querida, es que estás demasiado tensa, demasiado

obsesionada. Eres como el tigre aquel de la frase, que lo único que mira son los barrotes de su jaula con tanta fijeza que ni parpadea. Yo que tú intentaría mirar también hacia otros lados, Bruna. Y en este viaje en concreto, ¡mira bien por todas partes! Quiero decir que va a ser peligroso. Cuídate mucho. Te acabo de mandar a tu móvil unos archivos de documentación que te he preparado sobre Labari, Yárnoz y Onkalo. Espero que te sirvan. Vuelve entera.

El archivero se abrazó a ella y Husky se dejó hacer sin poder evitar la rígida incomodidad habitual: no sabía aceptar las caricias con naturalidad. Ni siquiera las de Bartolo, que ahora había saltado a su cuello y la babeaba con amoroso mimo, intuyendo que se iba. El ininterrumpido ir y venir del tigre esperando el instante de su salvación... De nuevo la frase de Yiannis parecía abrir una luz en el fondo de su cabeza, como si pudiera llegar a entender algo esencial. Pero luego todo volvía a diluirse, a escaparse. A confundirse. No, ella no era un tigre, ella no era nada, no era nadie. Demasiado humana para ser tecno pero decepcionantemente tecno para los humanos.

La soledad del monstruo era absoluta.

La dermosilicona, recién licuada, mostraba unas irisaciones oleosas sobre la superficie. Totalmente desnuda y con el cacillo caliente en la mano, Husky se miró en el espejo. A veces le consolaba la contemplación de ese cuerpo ágil y esbelto, de ese organismo poderoso. La mente torturada, el animal hermoso. Empezó a aplicar con mano rápida y experta la sutil grasilla rosada de la dermosilicona por encima de la línea del tatuaje, ayudándose para la espalda de un pincel muy largo. Una vez tapada toda la raya, se colocó debajo de la luz ultravioleta con los brazos y las piernas abiertos, igual que el Hombre de Vitrubio de Da Vinci, cuya reproducción adornaba las paredes de su apartamento. Un regalo de Yiannis. La luz secó y fijó la sustancia en dos minutos, borrando por completo, de manera segura y natural, la línea de tinta que le partía el cuerpo. Ahora sólo podría quitarse esa película invisible utilizando dermodisolvente. Con los restos que quedaban en el cazo, y que ya empezaban a endurecerse, hizo una pequeña pelota y se la modeló sobre la nariz, cambiando la forma del arco. Otros dos minutos de ultravioleta. Tenía que acordarse de meter en el compartimento secreto un pellizco de dermosilicona, la luz portátil y un poco de disolvente, por si acaso.

A continuación se introdujo dos almohadillas de

goma anatómica en la boca para engordar la cara y suavizar sus afilados pómulos; se puso unas lentillas de color castaño y de redonda pupila humana, unas cejas rectas y pobladas, una peluca autoadherente también castaña de pelo corto y natural. Un maquillaje suave en tonos claros que borraba un poco los rasgos. Una ropa cómoda y sencilla: mono elástico de tela vaquera y camiseta blanca. En los pies, botas deportivas. Se miró en el espejo con gesto escrutador: parecía más joven y desde luego parecía inocente. Una jugadora de baloncesto, una buena chica de costumbres sanas y ordenadas. Por último, se colocó la falsa chapa de identidad al cuello colgando de una cadenita de plata adornada con corazoncitos y diminutas flores. Había observado que a menudo las deportistas más hombrunas, más grandes y más rudas solían llevar algún detalle de una femineidad aniñada y cursi.

Se quitó su móvil y se puso el de su nueva personalidad en la muñeca. Los móviles eran extremadamente fáciles de rastrear, así que no podía permitirse el riesgo de llevarse el suyo. Lo dejó con pena sobre la cama. Justo en ese momento entró un mensaje de Mirari: «Casi total seguridad de que no ha cogido el ascensor ni ayer ni hoy. Verifiqué a todos los pasajeros. Ninguna reserva a ningún alias en los dos próximos días, pero eso no es tan fiable. Suerte.»

Bruna suspiró con moderado alivio. No era mucho, pero tuvo la sensación de que constituía una señal de buena suerte. Cogió la maleta y preparó el compartimento secreto, una verdadera joya de la ingeniería clandestina: era una caja que se adosaba por fuera al eje de las ruedas pero que quedaba completamente invisible por medio de un sofisticado trampantojo realizado con un sistema de holografías. La caja era de tirix, impenetrable a cualquier tipo de escaneo, y, vista a través de los rayos detectores, parecía formar parte de la estructura autorrodante de la maleta. El único inconveniente era el poco espacio que ofrecía. Guardó su pequeña pistola de plasma, una Beretta Light reglamentaria de las que usaba la policía secreta por su fácil ocultación, y, tras meter cuatro cargas de láser, sus implantes mórficos, dos pares de lentillas de repuesto, un tarrito de dermosilicona y un tubo de disolvente, ya no le cupo más. No podría llevarse la luz ultravioleta; si necesitaba usar la dermo, tendría que secarse al aire. Mucho más lento pero factible.

Terminó de hacer la maleta teniendo siempre en mente el soso y sano gusto de Reyes Mallo y luego instaló y encriptó los documentos que le había dado Yiannis en el móvil nuevo. Era un riesgo llevar encima datos sobre Onkalo y Yárnoz, pero si se ponían a desencriptarle el móvil las cosas ya tenían que estar lo suficientemente mal como para que eso no importara. Faltaban apenas diez minutos para que llegara el táctil a recogerla para ir al aeropuerto y aprovechó para calentarse en el autochef una sopa de pollo sintético. Que en realidad era medusa, como casi todos los alimentos reconstruidos. Desde que la plaga de medusas hubiera casi acabado con la vida marina, la Humanidad se alimentaba básicamente de esos asquerosos bichos. Claro que en ninguna caja de comida preparada se leía jamás la palabra *medusa*. Como mucho, ponía *cnidario* en letra diminuta en algún lugar recóndito dentro del apartado de los ingredientes.

Bruna estaba soplando y sorbiendo la sopa, que, a decir verdad, había que reconocer que sabía a pollo, cuando llegó el sobón. La androide le recibió con cierta incomodidad; Deuil siempre había mantenido una posición de poder frente a ella, un poder que incluso se había incrementado después de la última sesión, tan turbadora. Pero en este viaje era ella quien estaba al mando, era ella quien ya había visitado Labari y quien tenía experiencia en el camuflaje y en la acción. Y quería dejárselo claro desde el primer momento.

—Hola, Fred. De ahora en adelante es importante que siempre nos llamemos por los nombres de nuestras nuevas identidades. Tienes que vivir dentro de ella, tienes que creerte un poco Fred Town para que la cosa funcione.

—No te preocupes, Bruna, no soy tan idiota... ¡ah!

Deuil se echó a reír ante su propia equivocación y Bruna estuvo a punto de hacerlo, pero la preocupación por la fiabilidad de su compañero pudo más que el buen humor.

—Fred, por todos los sintientes...

El sobón se puso serio.

—De verdad, Reyes, quédate tranquila. Lo haré bien. Sabré cómo hacerme pasar por quien no soy.

Daniel no había alterado su físico, por supuesto, porque no era necesario, pero traía un aspecto muy distinto al suyo habitual. También venía con ropa deportiva, pantalones de chándal, zapatillas y el atinado detalle de una gorrita tapando su moño samurái, tan sofisticado y poco apropiado para un entrenador convencional.

—Me gusta la gorrita. Tu moño resulta muy llamativo. Quizá podrías cortarte el pelo para el viaje.

—¡Eso nunca! —rió Deuil—. Además, a los labáricos les gusta el pelo largo.

—Cierto. En los hombres es signo de pertenencia a la clase alta. Pero es una coleta, no un moño.

—Si nos vemos en apuros, me soltaré el moño.

—Si nos vemos en apuros, espero que sea verdad eso de que eres judoca.

Deuil inclinó graciosa y gravemente la cabeza.

—Es verdad.

—¿Qué cinturón eres?

—Alto.

—Pero ¿qué cinturón eres?

—Rojo.

Bruna lo miró con incredulidad:

—¿Rojo? No es posible... ¿Rojo? ¿Noveno o décimo dan?

—Noveno.

La androide se quedó pasmada. E impresionada. ¿Estaría mintiendo? Pero no. ¿Para qué iba a mentir? La figura del táctil se hizo un poco más compleja, un poco más imponente ante sus ojos. De una manera u otra, Deuil conseguía que Husky se sintiera insegura e ignorante frente a él. No era algo agradable, pero tampoco del todo desagradable.

—No conceden nunca ese grado hasta los sesenta o setenta años. ¿Cómo lo lograste?

Deuil sonrió y sus ojos rasgados quedaron convertidos en dos rajas oscuras.

—Hay muchas cosas de mí que todavía no sabes.

El ascensor era un cilindro de tres pisos atravesado en su eje por el cable. En cada piso, veinte plazas. Husky-Mallo y Deuil-Town estaban en el nivel más bajo en dirección a la marcha. Mala suerte, porque era el que más vibraba con el movimiento y en el que era más probable marearse. Las tres plantas estaba llenas; para ser un medio de transporte entre dos Estados sin relaciones diplomáticas, resultaba sorprendentemente popular. Claro que sólo había un vehículo al día, es decir, dos, uno de ida y otro de vuelta. Como el trayecto duraba dos días, había en total cuatro cabinas haciendo el recorrido al mismo tiempo. Además, diez asientos de cada elevador estaban reservados para usos oficiales. Las plazas estaban vendidas con mucha antelación y la androide supuso que le habían conseguido sus dos billetes recurriendo a la zona reservada.

En la sala de embarque Bruna había podido verificar que la Viuda Negra no viajaba con ellos, lo cual era un alivio. La rep echó una ojeada al sobón; había convertido el sillón en cama y dormitaba plácidamente junto a ella con un antifaz sobre los ojos. Envidió su tranquilidad, esa manera en que parecía plantarse encima del mundo bien equilibrado sobre sus pies, aplomado, sólido y estable. Aprovechó su sueño para observarle con minuciosidad.

Su alta y ancha frente, tan despejada por el recogido de los cabellos en lo alto de la cabeza; las sienes rapadas por encima de las orejas; la nariz fina y recta; los pómulos asiáticos; las manos angulosas y muy grandes; el cuerpo delgadísimo, longilíneo, de músculos suaves; brevísimas caderas; nalgas pequeñas y redondas, como de niño.

—¿Y bien? ¿Qué te parezco?

Las palabras del sobón sobresaltaron a Husky. Deuil se quitó el antifaz. La había pillado justo mientras le miraba el culo.

—¿Cómo? —respondió Bruna.

—¿Qué estás pensando? Llevas un buen rato mirándome detenidamente. De arriba abajo. Un escaneo en toda regla. ¿He pasado el examen?

—¿Cómo lo sabes? Estabas dormido. Bueno, no sé si dormido pero estabas con los ojos tapados por esa cosa.

—Te siento. Ya te dije que los seres vivos emitimos señales de muchos tipos: magnéticas, térmicas, hormonales... Cuando desarrollas la empatía, como hacemos los... entrenadores deportivos, es mucho más fácil descifrar, aprehender al otro. Sobre todo si está tan cerca como tú. La cercanía física es esencial. Así como la cercanía emocional. Y ésa también la vamos desarrollando, ¿no es así?

Husky desvió los ojos.

—Me extraña, Fred. Yo no suelo compartir mis emociones fácilmente —gruñó con sorna defensiva.

—Bien observado. Ése es uno de tus problemas, desde luego. Cuando seas capaz de mostrar tu necesidad de afecto serás mucho más libre. Voy a seguir durmiendo, Reyes Mallo. Tú puedes seguir mirándome, si quieres.

La rep se volvió hacia él irritada por sus palabras, pero el sobón sonreía. Malandrín y coqueto, le guiñó un ojo mientras se colocaba de nuevo el antifaz y se tumbaba de lado, dándole la espalda. Husky se relajó; Deuil-Town era un hombre sorprendente. No sabía si se sentía atraída por él o intimidada. O tal vez ambas cosas.

Se puso en pie para estirar las piernas y al hacerlo se hizo consciente de la constante y leve oscilación de la cabina y se mareó. De pronto la realidad le pareció un velo pintado que podía rasgarse en cualquier momento. El mundo había perdido las coordenadas espaciales y se ablandaba, se deformaba, se derretía. Bruna se sujetó al respaldo del sillón y respiró hondo, con el corazón retumbando en sus sienes, hasta que las cosas volvieron a adquirir su peso específico. Su tranquilizadora solidez. Subían por el cable de nanotubos a una velocidad media de setecientos kilómetros por hora. Intentó visualizar el mecanismo: una maroma fina y larguísima ondeando y perdiéndose en la oscuridad interplanetaria. Porque el ascensor *colgaba* del contrapeso situado a noventa y seis mil kilómetros de la Tierra, casi la tercera parte de la distancia a la Luna, como un hilo que cuelga de su araña. Pensar en todo eso le hizo sentir aún más la menudencia de esta cajita en la que estaba metida, la etérea levedad de su ascenso meteórico. El vértigo volvió a asomar el hocico y la rep decidió sentarse y aprovechar el tiempo repasando la documentación de Yiannis.

Construidas con fondos privados y pobladas a finales de los años ochenta por humanos que huían de la desolación de las Plagas y las Guerras Robóticas, las Tierras Flotantes eran gigantescas estructuras artificiales que mantenían órbitas fijas con respecto a la Tierra. Aunque sus regímenes dictatoriales (un sistema totalitario ultratecnológico en el Estado Democrático del Cosmos, una tiranía religiosa arcaizante en el Reino de Labari) cultivaban el aislamiento político y la más completa opacidad sobre la realidad de sus mundos, se calculaba que en cada plataforma habitaban entre quinientos y setecientos millones de individuos, todos ellos humanos, porque tanto Cosmos como Labari prohibían la entrada a tecnos y alienígenas. Bruna abrió el documento del Archivo Central sobre Labari:

El Reino de Labari recibe su nombre del fundador de la **Iglesia del Único Credo**, el argentino **Heriberto Labari** (2001-2071). Podólogo de profesión, Labari nació el 11 de septiembre de 2001, fecha en que se produjo el famoso atentado de las Torres Gemelas de Nueva York, coincidencia que más tarde consideraría como prueba de su predestinación. Cuando cumplió treinta años, Labari dijo haber recibido un mensaje divino. Abandonó su empleo, fundó la Iglesia del Único Credo y se dedicó a predicar el **Culto Labárico**, que, según él, era la religión original y primigenia, traída a la Tierra por los extraterrestres en tiempos remotos y luego deformada y fragmentada, por ignorancia y codicia, en las diversas creencias del planeta. El Culto ofrece una mezcla sincrética de las religiones más conocidas, especialmente del cristianismo y el islamismo, así como ingredientes de los juegos de rol y de fantasía, con la evocación de un mundo medievalizante, jerárquico, sexista, esclavista y muy ritualizado. Para divulgar sus enseñanzas, Heriberto Labari escribió una veintena de novelas de ciencia ficción que pronto se hicieron muy populares: «Mis relatos fantásticos son las parábolas cristianas del siglo XXI.» Hay que tener en cuenta que la fundación de la Iglesia del Único Credo coincidió con los terribles años de las Plagas, una de las épocas más violentas y trágicas de la historia de la Humanidad, y el mensaje de Labari parecía ofrecer seguridad y una posibilidad de salvación. Cuando el profeta murió en 2071, asesinado por un fanático chií, los **únicos** ya sumaban cientos de millones en toda la Tierra y entre ellos había grandes fortunas, desde jeques árabes del Golfo a importantes empresarios occidentales.

Pocos años antes de su muerte, Labari había empezado a hablar de la construcción de un mundo estratosférico, no sólo para huir de una Tierra cada vez más convulsa, sino también para crear allí la sociedad perfecta, según los rígidos parámetros del Culto Labárico. Su novela póstuma, *El Reino de los Puros*, especificaba detalladamente cómo sería ese lugar. Labari tiene la forma de un grueso anillo o más bien de un enorme neumático. Según todos los indicios fue generado por unas bacterias semiartificiales capaces de autorreproducirse en el espacio a velocidad vertiginosa, formando una materia semiorgánica porosa, ligera, indeformable y prácticamente indestructible. Las claves de esta técnica sumamente innovadora siguen siendo un secreto. Resulta llamativo que una sociedad oficialmente antitecnológica haya sido capaz de un hallazgo científico de tal calibre, si bien es cierto que todos los procesos empleados son naturales o parecen mimetizar a la naturaleza de algún modo. Los habitantes del Reino viven dentro de las paredes del anillo; en el hueco central, un inmenso reservorio de agua y algas liberadoras de hidrógeno proporciona la energía necesaria.

La androide ya había viajado una vez a Labari, en uno de sus primeros casos tras licenciarse de la milicia obligatoria. Duró dos días y tuvo que salir corriendo porque estuvieron a punto de descubrirla: se había llevado su propio móvil, un error de principiante que ya no cometía. Por fortuna la gestión de los ascensores era independiente y pertenecía a un consorcio terrestre; cuando vinieron a detenerla, ella ya estaba dentro del cilindro y el ascensor se había despegado del ascenpuerto. Legalmente se encontraba en territorio internacional y la comandante de trayecto se negó a entregarla. Le salvó la vida: sin duda habría sido torturada y después ejecutada como espía. Puede que el hecho de que la responsable del ascensor fuera ese día una mujer favoreciera a Bruna: las mujeres terrícolas solían llevar bastante mal el extremo machismo de Labari. Ahora la rep recordaba que la comandante no podía dirigirse directamente al empleado labárico del ascenpuerto, sino que tenía que hablarle a través de su segundo, un varón. De hecho, el actual Rey de Labari era un sobrino nieto de Heriberto, Javierundo, en vez de su propia hija, que aún seguía con vida y debía de andar por los setenta años. Pero las mujeres no heredaban en Labari. Las mujeres no eran nadie, no eran nada. Menos que los reps en la Tierra. Qué atormentada y patológica manera tenía el hombre labárico de relacionarse con el vientre que le había creado, que le había gestado. Cuánto miedo le tenía a su gigante.

Los magníficos documentos falsos proporcionados por Preciado Marlagorka pasaron por el control del ascenpuerto sin ningún problema. A la salida del edificio los esperaba un hombre que blandía sobre su cabeza un arcaico cartel con sus nombres escritos a mano: «Fred-Town, Reyes Mallo.» El sobón y la rep se acercaron a él y se identificaron.

—Que el Principio Sagrado sea vuestra Ley —se apresuró a decir el tipo, inclinando ritualmente la cabeza—. ¿Han tenido los señores una subida agradable?

Por supuesto, recordó Bruna: en el Reino de Labari todavía se utilizaban el usted y las antiguas fórmulas de cortesía.

—Sí, todo bien —dijo la androide.

El hombre ni la miró.

—Ha sido aburrido pero cómodo —dijo Daniel-Fred.

—Me alegro, señor. Estoy aquí para conducirlos a sus aposentos. Mi nombre es Tin.

Era uno de los hombres más feos que Bruna había visto en su vida, aunque el uso habitual de la cirugía estética en la Tierra había reducido radicalmente el abanico de variedades fisonómicas y por consiguiente la tolerancia ante lo inarmónico. Debía de ser aún joven, pero tenía un aspecto muy deteriorado, con los ojos huidizos y saltones, la nariz larga y blanda, la piel pálida punteada de eccemas y de manchas rosadas. Vestía una saya informe de un color incierto entre el morado y el marrón. Llevaba el pelo corto y una larga barba de chivo partida en dos y con dos cordelitos anudando las puntas.

Salieron del ascenpuerto y tanto Bruna como el táctil se pararon a mirar alrededor. Sabían que estaban dentro de una enorme rosca, de un gran neumático que giraba sobre sí mismo para crear la gravedad artificial; pero el movimiento no se advertía y el espacio era tan amplio que mimetizaba con bastante eficiencia un paisaje terrestre. La superficie pisable recorría el interior del neumático por la zona más distante del eje; el cielo estaba arriba, con fingida luz solar, con amaneceres, atardeceres y noches, la rep lo recordaba bien de cuando estuvo, y el entorno era un decorado semirrural y arcaizante, con árboles, chozas, pueblos seudomedievales y castillos. Si te fijabas bien, advertías que el horizonte estaba más cerca que en el planeta, y que se curvaba hacia arriba, en vez de hacia abajo. Y cuando mirabas no a lo ancho, sino a lo largo de la rueda, el suelo y el cielo se juntaban de una manera extraña.

—Formidable —dijo Deuil—. Es bonito.

—¿Te parece?

A Bruna le recordaba un rancio decorado de ópera, de las tres o cuatro óperas que había visto con Yiannis. Pero no lo dijo en voz alta, porque una baloncestista como Reyes no habría ido a un espectáculo tan decadente.

La temperatura era más bien fresca, dieciocho grados constantes. Y, para el fino olfato de Bruna, lo peor era el olor, un leve pero penetrante tufo a podredumbre: todo ese aire hermético e infinitamente reciclado. Resopló; en un par de horas se habría acostumbrado.

—Por aquí, por favor. Éste es nuestro vehículo.

Se trataba de un ligero carro de madera con cuatro asientos y cuatro ruedas, dos grandes y dos pequeñas. La lanza contaba con seis varas transversales a las que estaban uncidos seis hombres jóvenes y fornidos que sólo vestían un taparrabos. Tenían la cabeza rapada y unas cadenillas de hierro unían sus orejas con las aletas de la nariz, cayendo flojamente sobre el pecho.

—El ascenpuerto está en la capital, Oscaria; por eso nuestro trayecto será breve. Para ir a ciudades más lejanas utilizamos el Dedo de Heriberto —explicó Tin, señalando una especie de oscura tubería que atravesaba el paisaje y se perdía a lo lejos.

Bruna sabía, por los documentos de Yiannis, que dentro de ese túnel circulaba un tren bala que recorría todo el anillo. Y también sabía que no había solución de continuidad entre las llamadas ciudades, que todo el Reino estaba igual de habitado y que la densidad de población era muy alta: meter de quinientos a setecientos millones de personas en una plataforma artificial no dejaba de ser una proeza.

Colocaron las maletas en el asiento sobrante y se subieron al carro. Tin dio una palmada y los esclavos echaron a andar, se incorporaron al transitado camino y al poco cogieron un pequeño trote regular. Había otros vehículos, de uno, de dos, de cuatro y de seis esclavos, algunos transportando mercancías y otros personas, pero la mayor parte de la gente iba andando. Todos llevaban los mismos ropajes feos e informes, sólo que de distintos colores; llegaban hasta la altura de las espinillas e iban atados a la cintura con un cíngulo.

—El color indica la casta —dijo Deuil—. Mira, nuestro Tin es un siervo. Esos ropones azules son de los artesanos. Los verdes, comerciantes. Los negros, soldados.

Verás que las túnicas de los soldados son más cortas. Y hay unas ropas de mejor calidad rayadas de amarillo y marrón que abundan poco... Mira, allá al fondo hay uno. Ésos son los burócratas. Secretarios del Reino. Ejem, bueno, todo esto según he leído. Me he estudiado los archivos antes de venir —añadió, para disimular ante Tin el origen de su conocimiento.

—Sí, señor. El señor se lo ha aprendido muy bien —alabó el hombre.

Gracias a sus estudios de antropología, el sobón sabía mucho más sobre Labari que ella, tuvo que reconocer Bruna con desasosiego. Le mortificaba la superioridad que ello le daba, pero no pudo contener su curiosidad:

—¿Y de qué color van los médicos, por ejemplo? ¿Y los intelectuales? ¿Y los deportistas, Fred?

—Los médicos, si no me equivoco, pertenecen a la casta de los comerciantes. Los deportistas son interclasistas; pueden salir de cualquier estrato. Las personas que se desclasan durante un tiempo por una causa u otra son los albos. Llevan túnica blanca. En cuanto a los intelectuales, depende de qué entiendas por eso. La sabiduría, el conocimiento, el verdadero arte, el refinamiento, todo eso es detentado aquí por la aristocracia. Que se divide en dos ramas: Amos y Sacerdotes. Menos el Rey, que es al mismo tiempo el Sacerdote Máximo. Mira... creo que ahí viene un Amo.

Era inconfundible, desde luego. Empezando porque iba a caballo y estaba flanqueado por dos grandes perros, los únicos animales que la rep había visto hasta ese momento. Era un hombre de unos cincuenta o sesenta años, sin operar, con un rostro arrugado y orgulloso de expresión tan primitiva y fiera que a Bruna le recordó al gorila que había visto en el salón virtual. Llevaba el pelo canoso y muy largo cogido en la nuca en una coleta lacia que le rozaba el culo y su atuendo era de indescriptible colorido y riqueza: chaqueta ajustada verde tan intrincadamente bordada en oro que apenas se distinguía el terciopelo; camisa de seda naranja asomando abullonada por la pechera y las mangas, chaleco rojo oscuro que sólo enseñaba las puntas y calzas también verdes con pasamanería de seda en naranja y oro. Parecía un abejorro tornasolado en medio de los tristes sayones de la plebe. La gente se apartaba respetuosamente a su paso y el carro en el que ellos iban también se orilló. El Amo los miró con una curiosidad no exenta de desprecio y siguió adelante. Entonces Bruna advirtió que detrás del caballo no sólo iban los dos grandes mastines, sino también una muchacha casi desnuda, con el pecho al aire y un breve faldellín de piel, con el consabido cráneo afeitado y las cadenillas, esta vez de oro, uniendo las orejas y las narinas. Además la chica llevaba al cuello un collar de cuero con remaches dorados y una larga traílla que la ataba a la grupa del ruano.

—La esclava favorita del Amo, sin duda —dijo Tin con blanda admiración—. Tiene suerte.

El sobón miró a Bruna con una expresión cargada de intención y la rep consiguió contenerse y no decir palabra. La mayoría de las mujeres se cubrían por completo la cabeza y el rostro con velos semitransparentes del mismo color que sus ropajes y algunas llevaban los tobillos unidos por una traba de tela trenzada que apenas les permitía separar las piernas unos cuarenta centímetros, de modo que se veían obligadas a caminar con pasitos cortos.

—¿Y eso? —señaló Husky; ya le habían llamado la atención en su breve y calamitoso viaje anterior.

—Eso indica que son mujeres casadas —respondió su acompañante.

—¿Todas las mujeres casadas llevan atados los tobillos?

—Oh, no, no. Es prerrogativa del marido. Como es natural, si la mujer tiene que efectuar alguna actividad laboral, el marido la suele llevar destrabada.

Bruna le observó, alucinada. Cuando Tin se dirigía a ella, contestaba con los ojos bajos, sin mirarla. Entre las puntas abiertas de su barba de chivo se veía claramente el tatuaje que llevaba en el hueco del cuello: una letra S muy entintada, pesada, retorcida, con los bordes vueltos hacia dentro. La grafía de poder labárica, reconoció Husky con un escalofrío. Un tatuaje maligno de humillación y posesión. Miró a las demás personas: todos tenían su letra en la base del gaznate, y además la llevaban bien a la vista: los hombres o bien iban rasurados o bien se ataban las barbas, como Tin, para dejar el hueco; y hasta los velos de las mujeres se acortaban un poco bajo la barbilla, dejando el cuello al aire. La E de esclavo, la A de artesano, la C de comerciante, la M de milicia, la B de burócrata...

—Ese tatuaje que llevas es la S de siervo, ¿verdad? Es un tatuaje de poder.

El hombre inclinó más la cabeza:

—Esta letra es mi esencia. Gracias a ella sé el lugar que ocupo en el mundo. Esta letra me hace puro y me protege. Bendito sea el Principio Único.

—Bendito sea —dijo el sobón, haciéndole una seña de advertencia a Bruna.

La rep le miró con cierta irritación: probablemente Deuil quería indicarle lo inadecuado que resultaba en Labari que una mujer se dirigiera a un varón, pero ella decidió seguir interrogando al siervo: al demonio con los prejuicios.

—Vale, bendito sea, pero ese tatuaje te lo ha hecho un sacerdote, ¿no?

Tin se dobló aún más; la frente casi le rozaba las rodillas.

—Al alcanzar la pubertad, los varones pasamos tres días de ayuno y aislamiento en las Casas de la Edad. En ese tiempo sólo bebemos agua y sólo leemos los Libros Sagrados del Fundador. La tercera noche, a las doce en punto, somos llevados ante el Sacerdote de nuestra diócesis y él nos marca con su sabiduría y su poder y nos hace hombres plenos.

—¿Y las mujeres?

—Igual, sólo que esa misma noche, después de ser tatuadas, son desfloradas por su Amo... Ah, ¡ya hemos llegado! —exclamó el siervo con evidente alivio, y se arrojó del carro aun antes de que se hubiera detenido del todo.

—Reyes Mallo, eres muy imprudente —susurró Deuil a la androide—. Aquí las mujeres no hablan con los hombres, salvo que éstos se lo permitan. Pero claro, nuestro pobre siervo se veía en la obligación de contestarte, dado que eres una invitada del Reino. ¡Y encima tenía que compartir contigo los detalles de sus rituales más respetados! Creo que al pobre estaba a punto de darle una apoplejía, jajaja.

Bruna se encogió de hombros, malhumorada. Descargaron las maletas y, con ellas rodando detrás como dóciles perros (cosa que maravilló a los labáricos que andaban por allí), entraron en una casa de piedra con ventanas góticas de cristal emplomado.

—Es la Posada del Reposo Debido. Uno de los mejores establecimientos de la ciudad —dijo Tin con orgullo.

Estaban en una sala de medianas dimensiones con

una gran chimenea de piedra con el fuego encendido. Un par de largas mesas de madera, bancos corridos. Todo limpio y sombrío. En una de las mesas almorzaba una pareja, hombre y mujer. Artesanos, a juzgar por los ropones azules. Un dintel bajo se abría hacia lo que parecían las cocinas. Por ellas asomó un tipo vestido de verde, pelirrojo, barrigón y con un ojo medio cerrado. Otro feo espectacular, se dijo Bruna. Llevaba la C tatuada en la garganta.

—Burgués Chemón, aquí le traigo a unos invitados del Reino. Fred Town, entrenador deportivo, y Reyes Mallo, deportista.

—Bien, bien, bien. Sí, los esperaba. Sus aposentos están arriba. ¡Las maletas! —ordenó Chemón a dos siervas sin velo ni trabas que habían salido del interior.

Las mujeres agarraron los bultos y se apresuraron a subirlos por unas escaleras de piedra que había al fondo. Tin se despidió de ellos; tenían el resto del día de asueto, para descansar de la subida. El siervo vendría a buscarlos a las ocho de la mañana para llevarlos a una reunión con el Burócrata de Deporte de Oscaria, y por la tarde acudirían a un encuentro de Juego Menor en un lugar llamado Campo Real. El Juego Mayor y el Juego Menor, había explicado el siervo, eran los deportes patrios.

Cuando Tin se marchó, el posadero les ofreció un refrigerio:

—Si se sientan, puedo servirles algo de comer. Seguramente estarán desfallecidos.

—Sí, es verdad. Muchas gracias —dijo Bruna.

El sobón la miró.

—Muchas gracias, burgués Chemón; aceptamos gustosos —dijo Deuil, inclinando la cabeza.

Se sentaron a la mesa vacía, lo más lejos posible de la pareja de artesanos.

—Déjame hablar a mí. Te recuerdo que no están acostumbrados a que las mujeres se dirijan a ellos directamente. Te lo aceptarán porque eres extranjera, pero los colocas en un lugar incómodo —insistió el táctil en voz baja.

—Está bien. ¡Está bien! Lo intentaré —refunfuñó la androide.

Las siervas trajeron pan, queso, cebollas dulces partidas, patatas hervidas, un cuenco de arroz con tropezones de origen indescifrable y una jarra de agua y otra de vino tinto. Bruna preguntó si había vino blanco, pero no, no había. Todas las viandas tenían un aspecto muy logrado, estaban servidas en rudos platos de loza y parecían comida verdadera; pero el gusto era ríspido, monótono y desagradable, peor que los platos terrícolas confeccionados con medusa. Obviamente se trataba de alimentos sintéticos, y a saber de dónde los sacaban en esta Tierra Flotante de limitados recursos. Este ensueño de autenticidad medieval era un puro artificio.

—Me temo que mañana vamos a estar pillados todo el día con las actividades oficiales del viaje. Deberíamos aprovechar esta misma tarde para intentar encontrar alguna información sobre Yárnoz. Ni siquiera sabemos si vivía en Oscaria —dijo la androide, desalentada.

—No es tan difícil. Por lo que me dijiste, Yárnoz llevaba coleta. Era Amo. Y Amos hay pocos. Y son orgullosos, no se ocultan, al revés. Habrá dejado huellas, ya lo verás.

En ese momento, la pareja de artesanos se levantó y se dispuso a irse. El hombre se internó en la cocina, probablemente para pagar; la mujer se quedó esperando de pie, paciente y discreta. Se encontraba muy cerca del rincón de la mesa en la que estaban instalados Deuil y

Husky, y la androide pudo observarla con detenimiento; no llevaba velo, pero sus tobillos estaban trabados. Tenía un rostro inteligente y agradable, el pelo corto con caracolillos sobre la cara, quizá cincuenta años. Los ojos de la rep y de la mujer se cruzaron y la artesana sonrió con amable modestia.

—Perdona, ejem, perdóneme la pregunta, amiga. Soy extranjera y no sé. Pero ¿no se siente mal teniendo que llevar los pies atados?

El sobón dio un respingo y la mujer miró a Husky atónita. Luego irguió la cabeza con arrogancia.

—Nada de eso, señora. Al contrario. La traba indica que mi marido me mantiene. Que no tengo que trabajar. Muchas quisieran llevarla. Es un orgullo.

El artesano regresó y la mujer le siguió a la calle muy ufana caminando con pasitos de paloma. Deuil miró a la androide y suspiró.

—No entiendes nada, Reyes.

—No creo que haya mucho que entender, Fred.

—Ése es tu primer problema, precisamente.

Tras acabar la insípida comida, subieron al primer piso a colocar someramente su equipaje en las habitaciones, que eran dos minúsculos cuartos gemelos, con suelo de tablones, una cama pequeña y alta, un arcón para guardar las pertenencias, una balda, una mesa con una jofaina y su correspondiente jarra. Esto último se reveló tan artificioso y tan de utillería seudomedievalista como todo lo demás, porque los dormitorios compartían un cuarto de baño integral y moderno con ducha de vapor y sistema de reciclaje automático. Una Tierra Flotante hiperpoblada no podía permitirse una mala gestión del agua y de los residuos orgánicos.

Salieron de El Reposo Debido dispuestos a aprovechar lo que quedaba de la tarde. No sabían hacia dónde dirigir sus pasos y el posadero les aconsejó que se acercaran a la plaza Mayor:

—Hoy es Pertenencia y es el día del Gran Mercado. Es un buen lugar para observar cómo es nuestro Reino.

—¿Pertenencia?

—Sí. En nuestro mundo los días se agrupan en decenas, no en semanas. El primer día del decenario es Obediencia; luego vienen Pertenencia, Certeza, Humildad, Aceptación, Devoción, Pureza, Reverencia, Sacrificio y por último el día de la Gran Fe, que es jornada de fiesta.

Son los hitos de nuestro credo Único. Las grandes verdades —explicó con cierta solemnidad el burgués Chemón.

Era un decenario algo espeluznante. Lo del mercado parecía un plan tan bueno como cualquier otro, así que se dirigieron hacia allá. Nada más abandonar el edificio, Bruna advirtió que los estaba siguiendo un esclavo enorme de piel tan negra que casi azuleaba. Se lo señaló al táctil.

—¡Qué torpes! El tipo no hace nada por ocultar que nos está espiando y además su aspecto es tan imponente que no le ayuda a camuflarse, desde luego... —comentó Deuil.

—Es que no pretende pasar inadvertido. Los labáricos quieren que sepamos que nos están vigilando.

Será más difícil rastrear a Yárnoz, pensó la detective. Aunque al aceptar el trato ya sabía que iba a ser un encargo peligroso. Husky reprimió un escalofrío; le desasosegaba profundamente la siniestra sociedad labárica, y su mala experiencia anterior no hacía sino aumentar su inquietud. Pero no transmitió sus prevenciones al sobón; tenía la sensación de que a Daniel-Fred no le incomodaban tanto los *únicos* como a ella. Claro que, tras invertir tantas horas de su vida en estudiar un tema, quizá resultara inevitable terminar sintiendo cierta proximidad.

La plaza Mayor era enorme y cuadrada y el mercado resultó ser una construcción circular fija que ocupaba el centro de la plaza. Sucesivas hileras de columnas de falsa madera iban creando circunferencias concéntricas cada vez más pequeñas; tapices bordados tendidos entre ellas servían de paredes, dividiendo el mercado en una serie de anillos cuyo tamaño disminuía progresivamente, como en una cebolla. El techo era un entoldado de muselina de color arena que tamizaba la luz. Los sectores se comunicaban por estrechos espacios sin tapices; en cada uno de esos pasos había dos soldados. Los que se encontraban guardando la puerta exterior los miraron desconcertados cuando intentaron entrar.

—¿De qué casta sois? —preguntó el de mayor edad, lanzándoles una ojeada confusa de pies a cabeza.

Deuil posó una mano en el antebrazo de Bruna, instándola a callar.

—No pertenecemos a ninguna casta. Somos de la Tierra. Somos invitados del Reino de Labari —contestó el sobón.

—¿Y eso cómo puedo saberlo yo? Aquí no entraréis si no podéis acreditar hasta dónde llega vuestro derecho de paso —gruñó el tipo, agarrando el asta de su lanza con las dos manos y colocándola horizontalmente a modo de barrera.

El otro soldado se apresuró a hacer lo mismo. Bruna les echó un rápido vistazo profesional; el mayor de cincuenta, el menor de unos treinta; más bajos que ella los dos, pero fornidos; además de la lanza, una espada corta y un hacha doble colgando del cinto. El más peligroso sin duda el de más edad, lleno de cicatrices que demostraban una buena capacidad de supervivencia. La rep consideró que podría con ellos, aunque el exotismo de la Tierra Flotante podría estar haciendo que ella ignorara datos relevantes para el combate. Además, si la baloncestista Reyes Mallo se enzarzara en una pelea con los soldados, su camuflaje se iría al garete de inmediato. Suspiró e intentó relajarse. En cuanto había el menor indicio de enfrentamiento físico, la adrenalina se le disparaba.

—Mira, somos Fred Town y Reyes Mallo, entrenador deportivo y baloncestista. Estamos alojados en El Reposo Debido. Puedes llamar y preguntar al burgués Chemón, el posadero —dijo el sobón, persuasivo y amable.

—¿Llamar? ¿Cómo llamar? ¿A gritos? —se mofó el soldado.

—Sí, claro. Perdona. Olvidé que aquí no tenéis móviles. Puedes enviar a alguien a la posada...

En ese momento, el enorme esclavo negro se acercó a la puerta y, juntando las manos delante de su pecho de titán, hizo una profunda inclinación, mostrando la nuca desnuda y pelada al militar.

—Que el Principio Sagrado sea vuestra Ley. Señor, pido humildemente permiso para hablar.

—Habla.

—Soy Lobaño, esclavo de Gumersindo. Mi Amo me ha ordenado que sea la sombra de estos extranjeros. Sé que se llaman como dicen y que son invitados del Reino. Éste es mi anillo de libre circulación —dijo, todavía mirando al suelo, pero mostrando un peculiar aro de hierro trenzado que llevaba en una de sus manazas.

El soldado frunció el ceño.

—Está bien. Puedes irte.

El negro se enderezó y se retiró caminando hacia atrás con la cabeza un poco inclinada. El hombre de las cicatrices miró a Husky y a Deuil con el claro rencor de quien se ha sentido desautorizado.

—Poneos esto en el cuello —dijo, lanzándoles de malos modos dos aros de fieltro anaranjados que cogió de una pila de aros de diversos colores que había en el suelo—. ¡Y devolvédmelos al salir!

Se echó a un lado, furioso, y Bruna y Daniel entraron en el recinto. Pequeños puestos comerciales abarrotaban el primer anillo vendiendo frutas, quesos, piezas de algo que parecía carne, aunque la androide dudaba mucho que lo fuera; manojos de hierbas, sandalias, grandes cucharones de la misma madera artificial omnipresente en todas partes, toscos taburetes, tazas de latón y un sinfín de artículos más, muchos de ellos difícilmente reconocibles al primer vistazo. Todos los vendedores eran siervos y además varones. Un río de gente circulaba de manera incesante de un puesto a otro y la muchedumbre parecía compuesta por individuos de todas las castas, incluyendo unos cuantos esclavos con grandes cestos de mimbre haciendo la compra.

—Ven, vayamos al siguiente círculo a ver qué hay —dijo Deuil.

Los soldados que vigilaban el paso echaron un vistazo a sus collares y ni se movieron. Los dos terrícolas entraron en el anillo adyacente, en donde dominaba el color azul, tanto en los tapices que hacían las veces de pared como en las túnicas de los vendedores. Artesanos. Aquí volvía a haber utensilios domésticos, pero eran de evidente mejor calidad; tenedores de madera pulida finamente tallados, tazas de cerámica vidriada y pintada. Salvo los alimentos, que no había, parecían vender lo mismo que en el sector anterior, sólo que en una versión más refinada. Por ejemplo, ofrecían botas y botines, mientras que en el primer recinto sólo había rústicas sandalias y pesados zuecos.

—Aquí no veo siervos... Ni esclavos —comentó Bruna.

—Mira, allí hay un siervo, precisamente. Pero sí, lleva un aro de fieltro al cuello como nosotros, sólo que azul —respondió Daniel.

—¿Mis señores son la delegación deportiva de la Tierra?

Estaban al lado de un pequeño puesto de cinturones. El artesano que los vendía, un tipo larguirucho de unos cincuenta años, les sonreía obsequioso enseñando unos dientes caballunos, largos y amarillos.

—¿Cómo lo sabes? —preguntó Deuil.

—Mi hijo es un albo. Es deportista y juega el Juego Menor. Me habló de su visita y de que mañana irán a verle jugar al Campo Real. Yo también iré —dijo con orgullo.

—Cierto, estás bien informado.

El artesano sonrió aún más. Sus incisivos eran enormes. ¿Cómo haría para meter todos esos dientes en la boca cuando la tuviera cerrada?, se preguntó Bruna.

—He oído a los señores y me ha parecido que quizá les interesaría saber algunas cosas sobre el mercado...

—Sí, por favor...

—Bien; el mercado no puede ser recorrido en su totalidad por todos los habitantes de Labari, sino que cada individuo tiene su lugar. Como ordena armoniosamente el Principio Sagrado: el primer anillo es el único que está abierto a todo el mundo; al segundo, que es éste, ya no pueden entrar ni los siervos ni los esclavos, salvo que se los autorice de modo especial a acceder hasta aquí; en ese caso se les proporciona un collar de fieltro. Dependiendo del color del fieltro, pueden llegar hasta un anillo u otro.

El artesano sólo miraba a Daniel mientras hablaba, y Bruna, sumida en la invisibilidad femenina labárica, se dedicó a curiosear el puesto del hombre. Había cinturones de cuero pintados, repujados o labrados; cintos artísticamente tejidos con tiras de esparto; anchos fajines de lino bordado. También había trabas; algunas eran de cuero fino y flexible y otras de tela trenzada, como la que llevaba la mujer de la posada. Bruna cogió una: los puños estaban forrados de un tejido suave y esponjoso para proteger los tobillos.

—Veo que mis señores delegados tienen el fieltro naranja, que indica acceso total. Pueden llegar hasta el corazón del mercado, que es el círculo de los Amos y los Sacerdotes. Nunca he estado allí. Yo ya no puedo pasar de este anillo, aunque un par de veces haya accedido al siguiente para alguna encomienda. ¿Mi señora desea una traba? La que tiene en la mano es la mejor. Muy buena elección, si se me permite el comentario.

—No, no, no —se apresuró a decir Bruna, dejando la mercancía en su lugar—. Muchas gracias.

—Es una pena. Es muy buena. Elegante, confortable y ligera. La hice yo mismo.

Y enseñó de nuevo su manchada sonrisa de caballo.

Deuil y Husky dieron las gracias al artesano y se despidieron de él. La rep vio que el esclavo negro estaba parado a unos metros de distancia, con su correspondiente salvoconducto naranja al cuello, dispuesto a seguirlos al siguiente anillo, y pensó con cierta satisfacción que, gracias a ellos, Lobaño quizá tuviera la oportunidad de llegar por vez primera hasta el círculo interior y visitar así el privilegiado reducto de los Amos.

El recinto vecino lucía el color verde de los comerciantes. Aquí los objetos a la venta no se exhibían sobre mantas o lienzos tendidos en el suelo, sino sobre mesas y mostradores. Había bellísimos tapices bien tensados en sus bastidores para mostrar con claridad el dibujo; joyas de extraño e intrincado detalle en plata y oro, jubones de terciopelo acuchillados en raso, velos tan sutiles como un pensamiento. Había pinturas de paisajes, laúdes incrustados de madreperla, platos de porcelana traslúcida que, colocados ante una vela, dejaban entrever la silueta fantasmal de Heriberto Labari, el fundador de la secta. Los vendedores eran todos comerciantes y entre los compradores había burócratas, Amos y también algunos Sacerdotes, perfectamente reconocibles por sus sayas violetas, parecidas en su diseño a las de los plebeyos, pero mucho mejor cortadas, ceñidas con cíngulos de hilo de oro y confeccionadas en lana fina y seda. Una mujer noble, con un velo de muselina color melocotón cayendo como una sombra de verano sobre su rostro, se detuvo a mirar unas pulseras de bronce que parecían argollas. En el mercado se veían pocas mujeres y casi todas eran siervas y estaban en el primer anillo.

—Qué extraño, Fred; todos estos objetos preciosos son sin duda la obra de grandes artesanos. ¿Por qué los venden los comerciantes? ¿Por qué los pocos artesanos que veo por aquí llevan todos un collar de fieltro al cuello?

Deuil recapacitó unos segundos.

—Creo que se trata de esa obsesión que tienen los labáricos con la aceptación del propio lugar. Su manera de ver el mundo no es como la nuestra; ellos se contemplan como una pirámide, siendo los pocos individuos superiores quienes dan forma a la sociedad y son los garantes de la perpetua armonía y del perpetuo orden. Así que supongo que lo que importa aquí es quién va a adquirir estos bienes. A quiénes pertenecen, en definitiva. Quiénes son aquellas personas que, con su mera existencia, permiten y alientan que se alcance este refinamiento. Es decir, los nobles. Por otro lado, los comerciantes juegan un papel esencial: ellos son los encargados de traer de todos los confines del mundo, también de la Tierra, las materias primas exquisitas con las que se confeccionan estos productos. Estas obras de arte existen en primer lugar porque hay un noble que las merece; después, porque hay un comerciante que las procura; el artesano que las ejecuta se encuentra evidentemente en un escalón más bajo.

—Fred, a veces me parece que los entiendes demasiado bien.

El táctil la miró enarcando burlón las cejas y redondeando sus achinados ojos.

—Pero, mi querida Reyes, ¿qué comentario es ése?

Daniel agarró el antebrazo de Bruna y, estirándose un poco, depositó un beso en la mejilla de la rep y luego arrimó la boca a su oreja. El susurro llegó envuelto en su cálido aliento.

—Te recuerdo que soy antropólogo... Y eso es lo que hacen los antropólogos... Esforzarse por comprender la colectividad que estudian.

Dio un paso hacia atrás y se la quedó mirando con seriedad.

—Pero entender no implica justificar. Aunque, de todas formas, ¿de qué estamos hablando? ¿Te repugna el sistema de castas? De acuerdo, a mí también. Y en la Tierra, ¿qué sucede? No tenemos castas, claro; somos mucho más demócratas, más civilizados. Pero hay ciudadanos de primera y de segunda y hasta infraciudadanos que malviven en territorios tan contaminados que los tóxicos ambientales los están matando porque no pueden pagar los impuestos de las zonas de aire limpio. Por no hablar de la marginación de los tecnohumanos y de los alienígenas. Pensé que tú, amiga Reyes, serías más empática con todo esto.

Bruna apretó los puños.

—Está bien. No quiero discutir. Pasemos al próximo sector —zanjó con brusquedad.

El siguiente segmento del mercado mostraba el colorido marrón y amarillo de los burócratas. Tras dar una vuelta entera al circuito, Deuil y Husky comprobaron con cierta estupefacción que sólo vendían dos tipos de productos: armas y libros. Por un lado, lanzas, picas, hachas dobles, mazos de púas de aspecto aterrador, espadas tan finas y tan adornadas de arabescos y filigranas que más parecían una joya que un útil de combate. Y, enfrente de esta erizada, punzante y amenazadora ferretería, largas mesas llenas de volúmenes. Eran libros impresos y sin duda recientes pero simulaban ser antiguos, con cubiertas de pergamino o de cartón y capitulares primorosamente ornamentadas. Husky se acercó a mirar: por supuesto estaban las obras completas de Heriberto Labari, así como textos que, por sus títulos, parecían ser de contenido religioso: *El camino de la perfección, La Única Verdad y la Verdad del Único, Razón y Revelación*... Pero también había libros de historia, científicos, filosóficos... Detrás de los mostradores, tanto en la armería como en la biblioteca, un puñado de burócratas de ropajes rayados se afanaban como abejorros laboriosos.

—Curiosa combinación de mercancías, Fred —dijo la androide, pensando en lo que diría Yiannis al ver sus preciados libros junto a las hachas.

—En realidad no tanto... Si te fijas, todos ellos son utensilios de poder. Te recuerdo que en el Reino de Labari la mayor parte de los ciudadanos son analfabetos. Además de los Amos y los Sacerdotes, sólo saben leer y escribir los burócratas. Un libro puede ser tan peligroso como una espada, y supongo que por eso están bajo la custodia de estos secretarios de la ropa a rayas.

Bruna le miró con suspicacia, insegura sobre cómo tomarse las palabras del sobón.

—Ven. Vamos a ver cómo es la zona de los Amos —dijo Deuil.

El acceso al último recinto estaba cegado por unas colgaduras. A ambos lados se aburrían los consabidos guardias, que una vez más permanecieron impávidos mientras el sobón abría las cortinas y pasaban. De algún lado venía un tenue sonido de laúd y el aire estaba perfumado. El círculo interior era bastante grande; desde la entrada partía un camino recto alfombrado de rojo que constituía el diámetro de la circunferencia; a ambos lados, en primer término, dos cuadrados también alfombrados en los que algunos comerciantes con aros naranjas al cuello vendían sus mercancías. Después, perfectamente simétricos a derecha e izquierda del camino, se iban alzando unos estrados rectangulares, de modo que los segundos eran más altos que los primeros y los terceros eran los más elevados, permitiendo abarcar la geometría de todo el conjunto desde la entrada. Y en los estrados, ahora lo veía la androide, había esclavos. Hombres, mujeres, niños. Centenares de ellos.

—Es un mercado de esclavos —susurró Husky.

Los objetos expuestos a la venta en las zonas alfombradas guardaban todos ellos alguna relación con los cautivos. Cadenillas de orejas y nariz en diversos materiales y medidas, algunas de oro y con vistosas gemas; faldellines, taparrabos, correajes diversos. Y también: látigos, torniquetes de pulgares, hierros para marcar. Bruna se estremeció.

—¡Claro! Esto es un mandala —dijo Deuil, excitado.

—¿Un qué?

—Un mandala. Me acabo de dar cuenta. Todo el mercado, esta circunferencia dentro del cuadrado de la plaza Mayor, es un mandala, que es una representación geométrica del macrocosmos y del microcosmos, común en el hinduismo y en el budismo. Cada parte del mundo, desde lo diminuto a lo inmenso, está representado aquí ritual y simbólicamente. Todo tiene su exacto y preciso lugar. Y es fascinante que justo en el sanctasanctórum, en el corazón de este mercado, se unan los señores y los esclavos, lo más elevado y lo más bajo. No es casual. Porque además en el Reino de Labari sólo pueden tener esclavos los Amos y los Sacerdotes.

La androide miró a Daniel de hito en hito.

—Es terrible, Fred.

—Cierto, es atroz. Pero muy interesante —contestó el sobón con sonrisa feliz.

Y echó a caminar pasillo adelante. Tras un instante de duda, la rep le siguió.

Los primeros estrados estaban ocupados por niños y niñas de apenas diez años; todos llevaban ya sus cadenitas de hierro y permanecían en cuclillas, con la cabeza baja, modosos y callados. Cuando un comprador se interesaba por alguno, el comerciante le hacía levantarse, alzar el rostro, dar una vuelta sobre sí mismo. En el estrado siguiente estaban las mujeres, hileras e hileras de ellas, todas jóvenes y agraciadas, lo mismo que los cautivos varones que se vendían en la tarima más alta. Tanto las chicas como los chicos permanecían de rodillas, sentados sobre sus talones y con las piernas ampliamente separadas, como ofreciendo sus sexos apenas cubiertos por los taparrabos y los faldellines, en una postura de claro contenido erótico. La androide sintió que se le revolvía el estómago.

—Mira esto, Reyes.

El sobón estaba contemplando una gruesa columna truncada de piedra que parecía marcar o adornar el centro justo del mercado. La rep se acercó; las paredes de la columna estaban cubiertas de inscripciones realizadas en la pesada y retorcida caligrafía de poder labárica: Hermógenes, Constantino, Cunderiano, Belarmino...

—Son los nobles del Reino. Amos y Sacerdotes. Como te dije, no hay muchos, apenas un par de miles. Éste es el registro de todos ellos. Mira, los que tienen una cruz han muerto. En honor del fundador, Heriberto Labari, todos los nobles llevan su mismo apellido, todos son Labari, así que lo único que los distingue es el nombre de pila, que siempre es un nombre largo y poco común que jamás puede repetirse. Y mira quién aparece aquí.

Bruna se agachó para ver el lugar que Deuil le señalaba: Carloyarnoz, decía. Y tenía una cruz. Se levantó.

—Bueno. Algo es algo, Fred —bufó.

A pocos metros de ellos, el gigantesco esclavo negro aguardaba pacientemente. ¡Y ella que había creído que le mostrarían por primera vez el círculo interior!, se dijo Husky, cuando en realidad la vida cautiva de ese hombre, su miserable existencia encadenada, habría empezado justamente en este mercado, quizá incluso de crío. Pobre Lobaño.

El Burócrata de Deporte de Oscaria era un hombre de unos cuarenta años y tan grueso que debajo de la inexistente barbilla se desplegaba una pequeña catarata de papadas que retemblaban gelatinosamente con cada movimiento. La última lorza de carne, que hubiera debido caer sobre su pecho, estaba recogida con una muselina que, atada con un nudo en lo alto de la cabeza, impedía que tapase el tatuaje labárico, la B rechoncha y entintada de su casta. Ni con la mayor imaginación del mundo se le podía identificar con ninguna actividad deportiva.

Su despacho era un cubo desangelado y vacío de paredes grises. Una mesa de madera, grande y pesada, tras la que se desparramaba el secretario, y cuatro feas e incómodas sillas puestas en hileras delante de ella eran los únicos muebles del lugar. Tras esperar bastante en la antesala, el siervo Tin los hizo pasar y los instó a ocupar dos de las sillas mientras el Burócrata movía papeles como si no los hubiera visto. Al fin el hombre levantó la cabeza con su faldón de carne y los miró.

—Que el Principio Sagrado sea vuestra Ley —dijo rutinariamente.

Y luego se detuvo y boqueó unos segundos antes de proseguir. Al parecer su enormidad corporal le hacía asfixiarse si soltaba más de una frase seguida, de manera que sus intervenciones estaban punteadas de afanosas pausas.

—Bien, bien, Fred Town y Reyes Mallo, entrenador... deportivo y jugadora de baloncesto... —leyó en un documento mientras resoplaba—. De la Asociación de Amistad de Todas las Tierras... Amigos queridos... Que demuestran que el Reino de Labari está siempre a... abierto a la gente de buena voluntad... No somos nosotros, humildes servidores del... Principio Único quienes impedimos... las provechosas y fructíferas y ho... nestas relaciones entre nuestras Tierras.

El hombre calló.

—Muchas gracias, señor Burócrata de Deporte de Oscaria por... —empezó a decir Deuil, dispuesto a soltar otra ristra de lugares comunes.

Pero al parecer el ballenato no había acabado, sólo estaba tomándose un respiro, porque, ignorando al sobón, volvió a la carga con su estereotipado discurso.

—Que esta visita sirva para ensan... char el entendimiento entre nuestros mundos y... para demostrar nuestra buena... fe. Esperamos que al regresar a la Tie... rra sean ustedes embajadores de nuestra amistad. El... siervo Tin se encargará de que no... se pierdan en nuestro humilde y hermoso mundo. Esto es... todo.

Dicho lo cual, el Burócrata hundió la cara en una resma de papeles que había sobre su mesa, y Tin, que había permanecido de pie a sus espaldas, les indicó que se levantaran y los pastoreó con cierto nerviosismo hasta la salida.

—Qué buena suerte, ¿no es así, mis señores? ¡Haber sido recibidos por el mismísimo Burócrata de Deporte! Es un privilegio... —dijo el siervo, ya en la antesala, transido de una emoción que parecía genuina, para consternación de la rep.

—Sí, sí, sí, ha sido un momento inolvidable —dijo el sobón, risueño.

El siervo tenía dispuesto un apretado programa para ellos, de modo que los hizo salir con cierta premura de esa especie de colmena de celdillas grises que era la sede de los secretariados burocráticos de Oscaria. Primero dieron una breve vuelta por la ciudad y después dejaron a Bruna en un edificio cuyo interior estaba ocupado por un gran cuadrado de arena, como los picaderos de caballos tradicionales. Allí fue recibida por una docena de mujeres jóvenes, todas vestidas con sayas cortas blancas. Las albas de las que hablaba Deuil.

—Son jugadoras de Rencor, el único juego de mujeres de nuestro mundo. Esta tarde actuarán antes del Juego Menor. Yo no debo estar aquí. Os dejo con ellas para que disfrutéis de un entrenamiento y el señor Fred y yo volveremos a recogeros dentro de unas horas —explicó Tin.

Y allí quedó la rep, rodeada de una docena de mujeres de apariencia recia que la miraban con cara de pocos amigos.

—Vamos a la arena —ordenó la más alta, una rubia casi albina de ojos muy claros y un poco bizcos, la piel de una palidez casi irreal. En el hueco de su cuello llevaba tatuada la A de artesana.

Entraron todas en el cuadrilátero y las muchachas se dispusieron en círculo en torno a ellas dos.

—Tú eres baloncestista. No sé lo que es eso. He nacido en el Reino de Labari —dijo la rubia con orgullo.

Dado el absoluto aislamiento de los *únicos*, todo aquel que no hubiera tenido una vida anterior a la constitución de la Tierra Flotante ignoraba por completo lo que era el mundo exterior.

—Pero se supone que eres una buena deportista... —añadió la chica, que era sin duda la líder, mientras empezaba a caminar alrededor de la rep—. Eres alta. Y fuerte. Estás en forma. Tu carne está en forma. Vamos a ver si tu espíritu también. Sabemos que los terrícolas sois todos muy débiles. Sois corruptos e ignorantes. Estáis perdidos porque os negáis orgullosa y neciamente a aceptar la Verdad.

Bruna suspiró e intentó que su rostro no reflejara el fastidio que sentía.

La rubia seguía dando vueltas despacio en torno a ella mientras hablaba, lo cual colocaba a la androide en una situación de incomodidad, porque hubiera tenido que estar girando sobre sí misma para no perderla de vista. Era un viejísimo truco de poder, una pequeña bravuconada cuartelaria. Una nadería, comparada con sus dos años de milicia obligatoria. Husky cruzó los brazos sobre el pecho y se quedó quieta, mirando aburrida al frente.

—Rencor es un juego espiritual. Yo represento al Amo. Esta tarde habrá un Amo de verdad, quizá un Sacerdote. Pero esto es un entrenamiento. Tienes que obedecer en todo lo que te diga. Tienes que conseguir hacer lo que te pida, pase lo que pase. ¿Estás preparada?

Husky se encogió de hombros.

—Muy bien. Mírame.

La rubia inspiró hondo, cerró los ojos, expiró con lentitud. Sus brazos cayeron a lo largo de los costados y su cuerpo pareció tensarse y relajarse al mismo tiempo, un estado de alerta serena que Bruna conocía bien y que ella alcanzaba fácilmente antes de los momentos de combate.

La muchacha alzó los párpados, aunque su mirada seguía en algún lugar de su interior; balanceó el cuerpo y, con elegante facilidad, hizo el pino sobre la arena, aunque no fuera el suelo más adecuado. Sus cortas sayas dejaron ver unos pantaloncitos también albos y unos muslos largos y lívidos, más blancos que la ropa que llevaba. Una vez recta, levantó el brazo izquierdo y quedó en equilibrio sobre el derecho. Sus movimientos eran tranquilos, suaves, naturales, en apariencia libres de todo esfuerzo. Entonces su puño derecho se cerró en la arena y la rubia se sostuvo sobre los nudillos. Una vibración del cuerpo, una sutil tensión y la muchacha se elevó de forma asombrosa sobre las segundas falanges. Y un instante después, ante la sobrecogida mirada de Husky, ese monstruo del control físico extendió la mano y se sostuvo sobre un triángulo formado por la punta del índice, del corazón y del anular. Se mantuvo así unos segundos eternos y luego dejó caer con gracia las piernas y se puso en pie. Un leve rubor encendía sus espectrales mejillas pero estaba fresca y sin fatiga aparente.

—Quiero que hagas eso —dijo la chica.

—Sinceramente, no creo que pueda.

—Tú inténtalo.

El quedar sobre una sola mano fue por supuesto sencillísimo. Bruna respiró un par de veces, se concentró, tentó la tierra debajo de sus dedos, procuró visualizar paso por paso el movimiento que tenía que hacer. Poniendo todos sus sentidos en ello, cerró la mano en la arena, logró apoyar el puño, osciló hasta recuperar el equilibrio, recolocó los dedos y, para su pasmo, se encontró haciendo el pino sobre sus nudillos. Un golpe de gozo semejante a la risa empezó a calentarle el pecho, pero en ese momento, antes de poder disfrutar de su pequeño triunfo, recibió un empujón en las piernas y cayó todo lo larga que era sobre la arena.

Se revolvió furiosa, levantándose de un salto:

—¿Por qué has hecho eso? —increpó a la rubia.

—Porque así es el ejercicio. Repítelo —ordenó la muchacha.

La androide sintió que le hervía la sangre, pero intentó calmarse. Respiró un par de veces y volvió a hacer el pino. Esta vez fue empujada en cuanto se puso en equilibrio sobre un solo brazo. Cayó estrepitosamente y se quedó mirando a la muchacha desde el suelo, demasiado furiosa para hablar.

—Repítelo.

Husky estaba tan cargada de adrenalina que hizo el ejercicio demasiado deprisa y cuando intentó cerrar la mano para quedar sobre los nudillos, se cayó ella sola sin necesidad de ayuda. Se puso en pie y paseó por el cuadrilátero intentando descargar su irritación, ante la mirada silenciosa e impávida de las otras jugadoras.

—Repítelo.

La hubiera aporreado. Pero se contuvo. Y, además, volvió a hacer un esfuerzo ímprobo de concentración y consiguió repetir su logro anterior y hacer equilibrio en los nudillos. En esta ocasión, la rubia le barrió el brazo con el canto de su mano y la androide cayó de cara sobre la arena. Se puso en pie de un brinco, pero los granos habían raspado su frente y su mejilla y Bruna temió que se hubiera levantado la dermosilicona que cubría el tatuaje. Borracha de rabia, la rep saltó sobre la albina y le agarró el cuello con sus manos. La chica ni se movió: la miraba burlona con sus ojos pálidos y helados. Husky se contuvo con dificultad; sentía subir y bajar por sus venas sucesivas oleadas de agresividad y de hipercontrol, un espasmo de fuego y un escalofrío. Soltó el cuello de la mujer.

—Malena —llamó la rubia sin dejar de clavar la mirada en Bruna.

Una de las chicas, de las más pequeñas, tal vez dieciséis años, dio un paso adelante y repitió con toda facilidad el ejercicio que antes había realizado la líder. Cuando estaba sobre los nudillos, la albina apoyó un pie en su estómago y le dio un empujón tal que la niña voló un par de metros. Imperturbable, se levantó y recomenzó el ejercicio, precisa, calmada y exacta, siempre con los mismos movimientos. Lo intentó cuatro, cinco, seis veces; en cada ocasión, la líder le hacía perder el equilibrio con mayor o menor violencia. Al fin permitió que la niña completara el ejercicio y quedara en ese milagroso, imposible equilibrio sobre los tres dedos.

—El juego de Rencor se gana cuando prescindes de tu furia individualista e ignorante; cuando obedeces lo que te mandan con total pureza, con la mente limpia de dudas y de ira; cuando aceptas plenamente que la Verdad no puede ser entendida por medio de la razón y que en tu completa docilidad está tu fuerza.

Mientras decía esto, la rubia se había ido acercando a Malena, que se mantenía en posición. Entonces sacó del cinto una fina varilla metálica de unos treinta centímetros de longitud y, agachándose, descargó un golpe rápido y brutal en el dedo corazón de la muchacha. Se escuchó un estremecedor crujido, el ruido de los huesos al romperse; Malena gimió, osciló y por un instante pareció a punto de derrumbarse. Pero luego se recuperó y logró estabilizarse durante un segundo sobre el dedo anular y el índice. A continuación se dejó caer sobre sus pies, casi tan pálida como la albina pero con el rostro calmo, y se agarró la mano como quien sostiene un pequeño pájaro junto al pecho. Un logro espantoso, una gesta imposible.

—¿Ves? —dijo la líder con sonrisa cruel y victoriosa—. Ésta es la fuerza del espíritu. El poder de la Verdad
Única es invencible. Y ahora cuéntame qué hacéis las ba-
loncestistas.

El Campo Real era una versión aumentada del local de entrenamiento de las chicas: un enorme cuadrado arenoso, en este caso sin techo, bajo el curvado cielo artificial. El espacio de juego estaba rodeado de gradas; desnudas y sin respaldo en tres de sus lados; con cómodos sillones y cojines en el cuarto, que era la zona de la nobleza. Husky y Deuil fueron instalados entre los plebeyos; la aristocracia nunca hubiera condescendido a mezclarse con ellos y hasta el Burócrata de Deporte había dejado bien claro que los consideraba unos seres muy inferiores, casi en el resbaladizo límite de lo deleznable.

El lugar estaba abarrotado de gente y las gradas mostraban un disciplinado reparto de colores dependiendo del rango de las castas. Las filas de abajo, que eran las mejores, ostentaban la rayadura de los burócratas; luego venía una franja verde, a continuación la azul, después el pardo indefinido de los siervos. Los terrícolas estaban justamente ahí, en la servidumbre, es decir, arriba, muy arriba, viendo el terreno de juego a considerable distancia. Por encima de ellos sólo había una pasarela sin asientos a la que trepaban los pocos esclavos que habían sido autorizados a asistir al evento. En cuanto a los soldados, se distribuían regularmente por el campo formando rayas negras. Todos ellos estaban de servicio; podían ver el juego, pero su prioridad consistía en mantener el orden.

En el centro de la zona noble estaba el palco real. El evento no empezó hasta que no hizo su entrada el monarca, Javierundo. Pese a su vista reforzada, a Bruna le costó apreciar su aspecto desde tan lejos. Parecía delgado y alto, más alto aún por lo elevada que llevaba la cola de caballo sobre la nuca, como si la tuviera recogida por un largo tubo metálico. Quizá fuera un postizo, una peluca. Por el color, también parecía vestir una túnica de sacerdote, pero centelleaba cuando se movía, de modo que debía de estar recamada en oro o piedras preciosas. A la llegada de Javierundo todo el campo se puso en pie y se hizo un silencio absoluto. Sonó un tañido agudo, y a esa señal los cientos de sacerdotes presentes dijeron:

—Que el Sagrado Principio sea Nuestra Ley.

A lo que el campo entero contestó:

—Obediencia.

Y parecía que todas las palabras salían de una sola garganta, así de acompasadas y de claras resonaban. Los sacerdotes volvieron a decir:

—Que el Sagrado Principio sea Nuestra Ley.

Y el pueblo cantó:

—Pertenencia.

Así fueron recitando uno tras otro los nueve primeros puntos que recogía el decenario. La unanimidad sobrecogió a Bruna; era al mismo tiempo aterradora y bella. El peligroso, embriagador atractivo de la masa humana, ogro de mil cabezas, feroz y protector.

Cuando acabó el ritual y se sentaron todos, aparecieron las chicas de Rencor, teloneras del evento. Malena no estaba y la líder fulguraba de blancura, era un chillido de luz, una llama traslúcida. El Amo que comandaba el juego las hizo reptar por el campo, embarrar sus trajes impolutos, colocarse a cuatro patas y servir de silla a la primera fila de nobles. Comparado con el entrenamiento, a Husky le pareció bastante liviano. En el descanso, Bruna echó una lenta ojeada a la apiñada multitud y se preguntó si la Viuda Negra estaría por ahí. El siguiente ascensor tenía que haber llegado hacía varias horas. La idea de que esa peligrosa mujer pudiera estar en el Reino de Labari puso un pequeño peso en su cabeza, un ligero, constante tono de alerta, una sorda inquietud. En realidad, se dijo Husky, era como en su cuento. La Muerte, cazadora invisible, siempre reptando a sus espaldas.

Al cabo dio comienzo el Juego Menor. Dos equipos de treinta hombres cada uno, ataviados de rojo y de amarillo, salieron a la arena y se colocaron en lados opuestos del cuadrilátero. Cada equipo llevaba cinco banderolas con sus colores y, según contó el siervo Tin, el juego consistía esencialmente en lograr clavar las cinco enseñas propias en la casa enemiga, es decir, justo en los extremos del campo, en las franjas de color rojo o de color amarillo que, ahora lo advertía la androide, recorrían los dos lados opuestos del cuadrado. Sonaba sencillo, pero el enfrentamiento debía de regirse por reglas o bien demasiado complejas o bien demasiado simples, porque la mera observación del juego no aportaba ninguna clave sobre ellas, sino que parecía una contienda bárbara carente de sentido.

—Es fácil, es fácil —explicó Tin enfervorecido—. Mientras permanezcas dentro de tu casa, los Aporreadores no pueden aporrearte; pero, al salir, están obligados a atacarte, y mientras sigas moviéndote no pueden dejar de golpearte. Entonces los equipos hacen salir de uno en uno a sus Sacrificiales; mientras los Aporreadores están entretenidos machacándolos, los Veloces intentan alcanzar la línea enemiga y clavar la bandera. Pero si los Aporreadores acaban con el Sacrificial, entonces les está permitido aporrear al Veloz. Los Veloces son muy importantes porque sólo hay cinco y son los únicos que pueden llevar las enseñas. Cinco Veloces, cinco Aporreadores y veinte Sacrificiales en cada equipo. Mirad, ese Veloz rojo está intentando regresar a su casa porque no le ha dado tiempo de clavar la bandera. Ayayay, que llega, que llega... ¡¡¡¡¡Uyyyyyyyyyy!!!!! Por qué poquito...

Atónitos, Husky y Deuil contemplaron cómo cinco energúmenos fuertes como bueyes deshacían a patadas a un muchacho flaquito enroscado fetalmente sobre sí mismo. Acababan de demoler a otro jugador rojo que ahora unos auxiliares estaban sacando, desmayado y ensangrentado, del terreno de juego. Bruna recordó al artesano del puesto de cinturones del mercado: esperaba que ninguno de los dos fuera su hijo.

Era el turno de los amarillos, y otro jugador salió disparado como una flecha por la arena, perseguido por cinco gorilas rojos. El Sacrificial hacía regates, volatines, increíbles saltos acrobáticos, uno de ellos por encima de su perseguidor. Un porrazo le derribó, pero se puso en pie y consiguió zafarse; sin embargo, el golpe le había atontado y había perdido gran parte de su agilidad. Le atraparon una vez más, lo golpearon. Se levantó de nuevo, tambaleante. Duró erguido segundos. Lo machacaron. Un rugido atronador estalló en el aire: el Veloz amarillo había clavado bandera. El Sacrificial había aguantado mucho.

—¡Qué hermosa jugada! —se arrobó Tin con los ojos enturbiados de emoción—. Cuanto más resisten, más los golpean. Es admirable. Ese Sacrificial es siervo de origen.

Ya se lo estaban llevando del campo, desmadejado como un muñeco roto.

—A esta velocidad de linchamientos el partido se va a acabar en cinco minutos —comentó sombrío Deuil.

—Sí, esta tarde el juego ha empezado muy fuerte... Pero no siempre es así. A veces los Sacrificiales consiguen volver a su casa sin que los atrapen y lo mismo sucede con los Veloces.

—Supongo que morirán bastantes jugadores... —dijo Bruna.

—Bueno, sí, en ocasiones hay algún percance fatal, o algún chico que se queda lisiado o que pierde un ojo... Pero es lo que nos enseña el Principio Único: el individuo debe sacrificarse por el grupo. No hay mayor honor que ser un Sacrificial. Son los héroes del Reino. Son los más queridos, los más famosos.

¡Y esto era el Juego Menor!

—¿Cómo es el Juego Mayor? —preguntó la androide, casi con miedo.

—Es igual, igual. Todo es lo mismo, sólo que en el Juego Mayor el capitán del equipo perdedor es decapitado al acabar el partido, mientras que el capitán del equipo vencedor asciende a la casta inmediatamente superior. Fuera de las magnánimas concesiones de nuestro Rey, ésta es la única manera posible de ascender de casta en Labari. Porque el Juego Mayor es considerado un Juicio Sagrado, una prueba litúrgica; de modo que el resultado está dictado por el Principio Único. Sólo hay cuatro Juegos Mayores al año y vienen de todas partes del Reino a jugarlos. Los contendientes son los dos mejores equipos de cada temporada.

La androide recordó a una antigua sierva de Labari que conoció en la Tierra. Había sido expulsada del Reino porque era mutante; trabajaba en las minas de Potosí y, a fuerza de teleportarse, le había salido un tercer ojo ciego y amorfo en una sien. Se sabía con total certidumbre que, a partir del undécimo salto, el desorden TP atacaba a todos los seres vivos; por eso los Acuerdos de Casiopea habían prohibido que se realizaran más de seis teleportaciones. Pero los *únicos* no habían firmado los acuerdos, y además, según le explicó aquella sierva del ojo neblinoso, consideraban que el Principio Único te defendía de todo mal. Si eras una persona lo suficientemente pura, jamás sufrirías una mutación. Al parecer, incluso se utilizaba el desorden TP en los Juicios Sagrados para dirimir las querellas graves entre los nobles. Los litigantes comenzaban a tepearse hasta que uno de ellos se convertía en mutante, y eso se consideraba una inapelable sentencia divina. Teniendo en cuenta que incluso la aristocracia era así de ignorante y fanática en Labari, a Husky no le extrañó que los jugadores se sometieran con tanta docilidad a la ordalía.

El partido continuó su curso con idéntica brutalidad, con igual saña, con una monótona repetición de Aporreadores aporreando y Sacrificiales y Veloces regando con su sangre la arena, que de cuando en cuando era removida por los auxiliares para ocultar las manchas. A veces, tal y como había dicho el siervo Tin, los jugadores regateaban y escapaban de las zarpas de sus perseguidores y regresaban a la casa indemnes, pero eso solía acarrearles una inmensa pitada de la muchedumbre. Al fin el juego acabó cuando el equipo amarillo perdió a todos sus Veloces, de manera que la heroica resistencia del Sacrificial que tanto había conmovido a Tin no sirvió de nada. Ganaron los rojos, aunque sólo habían llegado a clavar cuatro banderas.

La rep se levantó ahíta de violencia, con un embotamiento parecido al que solía experimentar cuando estaba en la milicia, una suerte de desconexión defensiva de la empatía. Definitivamente, Labari no era uno de sus rincones favoritos del Universo. Se sintió frustrada y descorazonada; sólo les quedaban dos días más en el Reino y no sólo no habían descubierto nada todavía sobre el caso, sino que además Husky no sabía ni por dónde buscar. Saliendo entre la multitud hacia los grandes vomitorios, Tin quedó un poco rezagado. Era la primera vez que tenía cierta privacidad con Daniel desde que el siervo y él habían pasado a recogerla por el campo de entrenamiento de Rencor. El táctil se arrimó a su oreja:

—Tengo la dirección de Yárnoz. Sé dónde vivía. Y es en Oscaria.

Bruna dio un respingo y miró el sonriente y satisfecho rostro de Deuil con una mezcla de admiración e inquina: maldito sobón, capaz de triunfar allí donde ella fracasaba. Pero inmediatamente sintió la excitación, la alegría, la voracidad del perseguidor ante su presa. Y la cabeza se le disparó haciendo planes.

—Durante el día será más difícil escabullirse —susurró sin aliento—. De manera que iremos esta noche.

Cenaron en la posada la misma comida abominable mientras Deuil le explicaba cómo había conseguido la dirección de Yárnoz.

—Pasamos por delante de la Asamblea de Nobles, que es donde se reúnen todos los Amos una vez al mes para debatir los temas de gobierno que luego elevan a la firma del Rey. Los Sacerdotes hacen lo mismo en otro palacio que está enfrente, el Colegio Sacro. Y el caso es que le dije a Tin que el edificio era hermoso y que me encantaría poder visitarlo; yo sabía que es un espacio público; que, cuando no hay asamblea, permiten la entrada de plebeyos de todas las castas para empequeñecerlos con su lujo. Así que allá fuimos y, en efecto, es un palacio o más bien un castillo imponente, una fantasía medievalista, un lugar diseñado para impresionar... Con techos altísimos, esculturas gigantescas y oscuras pinturas murales iluminadas aquí y allá con un toque de oro. Un sitio algo lóbrego, pero hermoso. Ya sólo las dimensiones tienen que dejar sin aliento a los plebeyos, acostumbrados a las estrecheces de este mundo hiperpoblado. La sala de la Asamblea es enorme y está llena de sillones colocados en círculo; y en el centro de ese círculo hay una mesa redonda; y en el centro de esa mesa, en fin, ya sabes que es una sociedad muy ritualizada y que le da una importancia simbólica a las formas geométricas, en el centro de esa mesa, digo, hay un libro gigantesco de falso pergamino que es el registro de todos los Amos, con sus árboles genealógicos, sus títulos y sus tierras, que en realidad es donde habitan. Hice como que lo hojeaba y busqué Carloyarnoz. Era Señor de la Colina Azul. Ahí es donde vivía.

—¡Por el gran Morlay! ¿Cómo demonios vamos a encontrar eso? ¿Y cómo sabes que es en Oscaria?

El sobón se echó a reír.

—Porque esto es una Tierra Flotante, no una Europa remota y desploblada por la Gran Peste de 1348. Quiero decir que una plataforma artificial como ésta se encuentra en el límite de la sostenibilidad, y la gestión de los espacios tiene que ser rígida y exacta, no un producto del azar como en la vieja Tierra.

—Sigo sin entender.

—¡Todo el Reino de Labari está dividido en sectores! Y éstos a su vez en subsectores, en delgados segmentos del anillo que van ordenados numéricamente. ¿No has visto las cifras que hay por todas partes? Oscaria abarca los sectores uno, dos y tres. Y en el libro traducían las direcciones legendarias a esta malla geográfica real. Debajo de la Colina Azul ponía *3, 127, N.* O sea, sector 3, subsector 127, Norte. Pueden ser Norte, Centro o Sur.

Cierto. Ahora Bruna recordaba haber visto inscripciones con cifras y letras como ésa en los muros de adobe, en los troncos de los escasos árboles, en postes de madera o monolitos de piedra. Le habían llamado vagamente la atención, pero había tantas cosas llamativas en Labari que no había llegado a concentrarse en eso.

—¿Y nosotros estamos ahora en...?

—Sector 2, subsector 12, Centro. La señal está fuera,

justo escrita en la fachada de la posada. Me temo que nos queda bastante lejos.

—Pues entonces tendremos que correr. ¿Qué tal corres, Fred? —preguntó la rep algo burlona.

—Creo que no me las arreglo mal.

—¿Y la herida del pie?

—Está prácticamente curada. Por cierto, antes has usado una exclamación un poco rara... Has dicho «por el gran Morlay» y, si no me equivoco, ésa es una expresión tecnohumana. ¿No fue Morlay el venerado líder de la revuelta tecno? ¿Y no es chocante que una humana como tú, mi querida Reyes, una buena chica baloncestista, utilice una frase así?

Los ojos le chispeaban de malicia, esos ojos rasgados de color azul noche que ahora, a la luz de los hachones, parecían negros y brillantes como escarabajos. Husky se sintió mortificada por su evidente error, aunque sabía que nunca lo habría cometido si de verdad hubiera comprometido su seguridad. O eso esperaba, al menos. El resplandor vacilante de las antorchas hacía bailar las sombras en el rostro del sobón, en su alto moño samurái y sus sienes rapadas. Era evidente que Labari, pese a sus veleidades arcaizantes, dominaba una avanzada tecnología; de hecho, alteraban su mundo artificial para fingir amaneceres, días soleados y noches de luna. Pero luego, al imponer la oscuridad ficticia, sólo utilizaban métodos de iluminación tradicionales: teas, velas, lamparillas. Todo era un teatro, un decorado. Este mundo era la apoteosis de la mentira.

Aunque había que reconocer que los hachones creaban una atmósfera cálida e íntima. Los afilados dientes de Deuil eran tan blancos que no parecían de hueso, sino más bien de un vidrio duro y opalino. Tenía las manos apoyadas sobre la mesa. Grandes y delgadas, pero fuertes. Unas muy bellas manos de sobón. Poseer unas manos tan extraordinarias, ¿le habría predispuesto para la profesión de táctil? ¿O el trabajo habría afinado y fortalecido sus largos dedos? Recordó que esas manos habían estado rodeando su cuello y sintió que la piel se le encendía. Un ansia urgente de que esos dedos se metieran por todos los rincones de su cuerpo le estalló en la carne. Fue una necesidad repentina, algo parecido al hambre impostergable de un famélico, y su violencia inesperada le sorprendió.

—¿Qué estás pensando? —dijo Daniel.

—¿Yo?

—Me observas y piensas. ¿Qué?

Bruna le miró, todavía ardiendo. Y sonrió.

—Estoy intentando calcular hasta qué punto serás de verdad un buen corredor. Subamos a los cuartos. Tenemos que irnos.

Ya en su habitación, Bruna se puso una camiseta y unos pantalones de entrenamiento negros y, tras un minuto de duda, sacó la pistola de plasma de su escondite y la guardó en su pequeña bolsa de bandolera. Pasó a buscar al sobón; le encontró aún a medio cambiar, con el torso desnudo. Era un hombre de extraordinaria delgadez, estrecho y filiforme; pero su cuerpo no era huesudo sino suave y delicado, zangolotino. Era como el cuerpo de un adolescente inmediatamente después de haber dado el estirón, con los brazos y las piernas aún descompasados, demasiado largos, casi plegables. No tenía un solo vello en el pecho pero llevaba tatuados dos grandes ojos sobre las tetillas. Unos ojos inquietantes llenos de pestañas y con las pupilas de un denso color azul, como las suyas.

—¿Qué? ¿Sigues intentando deducir si sabré correr bien? —se burló Daniel, atento a su mirada.

Pero su voz ansiosa y un poco ronca traicionaba la ligereza del comenario.

Bruna no contestó; se dirigió al ventanuco de vidrio emplomado y lo abrió. Ya se había fijado, el día anterior, en que la ventana del cuarto de Deuil daba a la parte trasera de la posada, mientras que la suya se abría sobre la fachada.

—Saldremos por aquí —dictaminó.

Se volvió. El táctil se había puesto una camisa deportiva de lastina de color violeta oscuro. Se acercó a la ventana y miró hacia abajo.

—Es un poco alto pero creo que podré bajar.

—El problema no es bajar ahora, sino subir luego. Tenemos que volver a entrar por aquí. ¿Tú crees que podrás conmigo? ¿Que podrás impulsarme, levantar mi peso? —preguntó la rep.

El táctil inclinó la cabeza hacia un lado y la observó zumbón achinando aún más sus rasgados ojos.

—O sea que piensas que soy físicamente poca cosa...

—¿Podrás o no?

—No conoces la fuerza del espíritu... —rió.

Bruna suspiró:

—Vaya, justo dijo eso mismo esta mañana una jugadora de Rencor. Y me hizo una demostración espeluznante. Con que llegues a la mitad de eso nos valdrá. Bajaré yo primero.

Con tranquila facilidad, la rep se sentó a horcajadas en la ventana y, tras pasar la otra pierna, se descolgó sosteniéndose del marco con las manos. Luego se soltó y rodó flexible por el suelo hasta ponerse en pie. Mientras se erguía vio caer al sobón, que parecía casi tan ágil de movimientos como ella. Cosa que le produjo una rara satisfacción.

De noche, Oscaria tenía mucho menos movimiento, algo comprensible porque era un mundo muy oscuro. Tras orientarse y establecer mentalmente una ruta, los dos terrícolas se pusieron a correr con un trote corto y sostenido. Los ojos felinos de Husky estaban adaptados para ver en las sombras y el sobón se mantenía cerca de ella y en ocasiones, si las tinieblas se espesaban o el lugar era difícil, encendía por un instante la antorcha del móvil. Habían acordado que, si tenían que dar explicaciones a alguien, dirían que habían salido a entrenar: a fin de cuentas eran deportistas. Pero las pocas personas con las que se cruzaban en la ciudad sombría los miraban de refilón, casi con miedo, con la mansedumbre y la pasividad habitual de los pueblos acostumbrados a la tiranía. De cuando en cuando, los terrícolas comprobaban que avanzaban en la buena dirección consultando las cifras posicionales. Los segmentos iban pasando con exasperante lentitud y Husky apretó el paso; con el rabillo del ojo observó que Daniel la seguía imperturbable y que su respiración aún no estaba agitada. Sí, era un buen corredor. Tampoco resultaba tan sorprendente, porque su cuerpo filiforme era la estructura más adecuada para la larga distancia.

Tardaron hora y media en llegar a 3, 127, N. Debía de ser una zona limítrofe de Oscaria, porque se trataba de un lugar feo y miserable: llevaban varios subsectores pasando sólo por hileras e hileras de chozas de siervos. Aquí, en cambio, además de las pobres construcciones de adobe se veía una pequeña casa cuadrangular de piedra con un patio. Sin duda era la Colina Azul, aunque no había ninguna colina. Todo Labari era plano, es decir, curvo, siguiendo el perfil de esa especie de gran rueda que era esta Tierra Flotante. De nuevo la circunferencia, pensó Husky: en este mundo todo era circular.

Se acercaron lentamente y atisbaron con cautela por las estrechas ventanas, que en realidad no eran más que unas troneras sin cristales que perforaban el espeso muro. Para su sorpresa, dentro había luz. Y no luz de velas, sino un resplandor artificial. Husky siguió dando la vuelta a la casa y al fin atinó con una tronera que le permitió ver algo, es decir, ver a alguien. Se trataba de un anciano con unas greñas blancas y alborotadas que nimbaban su cara. Vestía unas ropas terrícolas bastante raídas y estaba sentado en una silla junto a una mesa escribiendo en un papel a la luz de la antorcha de un móvil. Dejó el lápiz sobre el papel y se levantó, desapareciendo de la ventana. Regresó al instante con algo en la mano: un viejo magitonal, el pequeño teclado capaz de mimetizar los sonidos de un centenar de instrumentos.

—Le conozco —susurró Bruna—. ¡Le conozco!

No había caído antes porque el hombre estaba muy avejentado y ella le había tratado siendo joven y guapo. Pero recordaba la fascinación que sentía en su infancia —en su falsa infancia, en sus falsos recuerdos— cuando este músico se ponía a tocar su magitonal, que probablemente fuera el mismo aparato que ahora tenía entre las manos, pues saltaba a la vista que se trataba de un modelo muy antiguo.

—Es... era el amante de Yárnoz. Su pareja.

—¿Cómo lo sabes? —se extrañó Deuil.

—Lo sé. Está en mis recuerdos. En mi memoria artificial. Es largo de contar. ¿Cómo se llamaba, maldita sea?

Había sido un músico bastante famoso. Tecleó en su móvil varias combinaciones de búsqueda: músico, compositor, Madrid, siglo XXI, Carlos Yárnoz, Pablo Nopal. Aparecieron decenas de artículos, decenas de nombres diferentes. Cuando lo vio, se acordó. Frank Nuyts.

Movida por un impulso, la rep salió corriendo, dio la vuelta a la casa y golpeó la pesada aldaba de la entrada. El sobón fue detrás, desconcertado:

—Pero ¿qué haces?

—Tranquilo. Déjame hablar a mí.

Se oyeron pasos, ruidos. La puerta se abrió apenas una rendija y por ella asomó media cabeza del hombre. Un ojo desconfiado que los miraba. Más abajo, una vela encendida. Parecía haber apagado la antorcha del móvil.

—Frank... Frank Nuyts —dijo Bruna.

El hombre sacó la vela por la abertura y la levantó un poco para verles las caras. No debieron de gustarle porque no dijo nada.

—Frank, venimos de la Tierra. Queríamos hablar contigo de Carlos Yárnoz.

La vela tembló.

—¿Está bien? ¿Dónde está? ¿Y cómo podéis demostrarme que venís de su parte? —dijo el hombre con una voz estrangulada por la emoción.

La rep se quedó atónita.

—Frank... Frank, Yárnoz ha muerto. Lo asesinaron en Madrid el 24 de julio. Hace nueve días.

Blam. La puerta se cerró con estrépito. Husky corrió a la tronera más cercana y arrimó la cara al agujero:

—Frank, por favor, escúchame, déjanos entrar... Tengo cosas muy importantes que decirte pero no te las puedo contar a gritos. Te conozco, os conocí en la infancia... Tú ibas con Yárnoz hace más de veinte años a visitar a un hombre apellidado Nopal, erais amigos... Recuerdo que una noche, antes de la cena, le regalaste una sonata a Nopal. Él se emocionó mucho. La tocaste en ese magitonal que usas ahora... Era su cumpleaños.

El último cumpleaños de su padre antes de que lo

asesinaran, pensó con angustia Husky. Cuánto dolía su maldito padre de mentira. Tres años, nueve meses y treinta días.

La voz del hombre salió desde dentro de la casa:

—¿Cómo sabes todo eso?

—Yo... yo era la hija de Nopal.

La cara del músico apareció en la tronera.

—Nopal sólo tenía un hijo. Un varón.

—Te lo puedo explicar. Déjanos entrar, por favor.

El rostro desapareció de la abertura y se hizo el silencio. Segundos después, la puerta se abrió. Bruna y Daniel se acercaron y empujaron la hoja entornada. Nuyts había vuelto a sentarse en el sillón y los miraba a la luz incierta de unas velas. Entraron, cerraron y se acercaron a él. El dolor desencajaba sus facciones: tenía expresión de loco y la barbilla se le movía sola. No podía ser tan viejo como aparentaba, pensó Bruna; ella le recordaba joven, guapo, rubio, con una gruesa trenza de dorado cabello descendiendo hasta la mitad de su espalda. Ahora debía de tener poco más de cincuenta años. Pero estaba destrozado. Era el rostro de alguien que había sufrido mucho.

—¿Habéis venido a matarme a mí también? —dijo Nuyts con voz temblorosa pero serena—. No me importa. Ya no le tengo ningún apego a esta asquerosa vida.

—¡No! ¡No! —exclamó la androide, conmovida—. No venimos a matarte. Al contrario. Queremos averiguar quién asesinó a Yárnoz, y por qué. Mira.

Husky inclinó un poco la cabeza y se quitó las lentillas, mostrando sus ojos de pupila vertical, el distintivo de los androides.

—¿Ves? Soy tecnohumana. Me acuerdo de ti porque mi memorista, el verdadero hijo de Nopal, implantó sus propios recuerdos en mi memoria artificial. Al revelarte quién soy me estoy poniendo en tus manos, Frank. Sabes que en este mundo los reps estamos prohibidos. Si me descubren, me matarán. Tienes que confiar en mí como yo estoy confiando en ti ahora.

Nuyts la miró con interés. Asintió con un leve movimiento de cabeza.

—Habla.

Entonces Husky le explicó cómo había muerto Yárnoz y le contó todo lo que sabían. Lágrimas redondas y pesadas empezaron a caer por las mejillas de Nuyts.

—Es culpa mía. Es culpa mía —gimió—. Cuando descubrieron en la Tierra que Carlos era un espía, nos refugiamos aquí. A él le hicieron noble para pagar sus servicios; pero este mundo repugnante, primitivo y fanático es tremendamente machista y patriarcal. Odian a las mujeres; y odian el amor homoerótico. Aunque los Amos y también algunos Sacerdotes, pese a sus votos, abusan de sus esclavos varones cuanto quieren. Pero eso no lo consideran homoerótico, porque para ellos los esclavos no son hombres, sino objetos.

Se quedó callado, con los ojos vidriosos, sumido en quién sabe qué pensamientos.

—Decías que a Yárnoz le hicieron noble... —apuntó con suavidad la rep para traerle de nuevo a este mundo.

—Sí. Pero a mí me despreciaban. Me clasificaron como siervo. ¡Me tatuaron!

Nuyts se arrancó el pañuelo que llevaba al cuello y mostró su siniestra S grabada en la carne con la grafía de poder.

—Carlos no pudo hacer nada. Él no estaba. Me vinieron a buscar. Me llevaron a la fuerza. Me marcaron con su asquerosa escritura. Y cortaron mi trenza. En este mundo sólo los nobles pueden llevar el pelo largo.

—Lo siento.

Frank se enjugó los ojos con la manga.

—Carlos era labárico de corazón. Había espiado en la Tierra por ideología, por principios. Creía en este mundo. Pero después de lo que me hicieron fue perdiendo la fe. Como siervo, no me estaba permitido tocar música. No me dejaban componer. Intenté seguir haciéndolo, escondido en casa. ¡Lo sigo intentando todos los días! Pero he perdido el talento. He perdido la inspiración. Estoy seco. Estoy mudo.

—Es la pena por todo lo que te ha sucedido, Frank, pero lo podrás superar —dijo la rep.

—¡Noooooooooo! Es esta maldita letra... ¡Es este tatuaje! Me posee... ¡Tiene de verdad poder! Me encierra... ¡Me obliga!

Diciendo esto, el hombre se arañó con furia la base del cuello, allí donde estaba el signo. La piel se rasgó, la sangre empezó a correr. Nuyts dejó caer blandamente las manos sobre sus rodillas. Sus uñas estaban rojas.

—Carlos trabajaba aquí para el núcleo de los reactores. Era el encargado de conseguir el material radiactivo en la Tierra, pero en los últimos años...

—Un momento, un momento —le interrumpió la detective con excitación—. ¿Qué es eso del núcleo de los reactores?

—Es la fuente de energía de Labari.

—¿Cómo? ¡Pero eso no es posible! La energía atómica está prohibida en la Tierra, y tampoco permitiríamos que se utilizara en una plataforma orbital. Se supone que la energía de esta Tierra Flotante viene de un reservorio de agua que ocupa el centro del anillo y que está lleno de algas liberadoras de hidrógeno.

—Ésa es la versión oficial. Pero no es verdad. En el

corazón de este mundo hay una gigantesca central nuclear.

—¿Y lo del material radiactivo de la Tierra? —preguntó el sobón.

—El combustible nuclear se compra en la Tierra. Ilegalmente, por supuesto.

Callaron unos instantes, digiriendo la enormidad de la información. Luego Nuyts retomó su relato.

—En los últimos años, Carlos me veía tan mal que ya no sabía qué hacer para ayudarme. Y un día su contacto en la Tierra, Alejandro Gand...

—¿Gand?

—Sí, él era como Carlos aquí. Eran los dos ejes del trato, los dos intermediarios. Carlos era el agente de Labari y Gand el del vendedor terrícola. Y un día Gand le propuso independizarse. Gand abandonaría la organización para la que trabajaba y Carlos abandonaría Labari y se convertirían en proveedores independientes, ganando cantidades fabulosas de dinero. Al parecer, la extrema clandestinidad de todo el negocio había hecho que, por seguridad, muy pocas personas conocieran los datos. Sólo Carlos y Gand sabían todos los detalles del proceso. Y cuando se fueron, se llevaron ese conocimiento. Querían obligar a Labari a comprarles directamente a ellos.

—Pero no lo entiendo. ¿Y Yárnoz te dejó aquí? Te podrían haber torturado, ejecutado...

—¡Noooo! Carlos pensó en todo. ¡Carlos lo hizo por mí! También se llevó pruebas suficientes para demostrar que el Reino de Labari usa energía nuclear y amenazó con hacerlas públicas en la Tierra si me pasaba algo. Yo iba a reunirme con él ahora, cuando me avisara. Carlos se marchó antes para evitarme peligros. Sabía de una organización que podía conseguirnos los mejores documentos falsos de la Tierra. Muy caros, pero permanentes y no rastreables. Dos identidades a estrenar. Íbamos a empezar una nueva vida.

Las lágrimas volvieron a rodar por su cara quieta e inexpresiva.

—Pero cuando él murió te quedaste desprotegido... —insistió la rep.

—Yo no lo sabía. Nadie me dijo que había muerto, aunque llevaba días con un presentimiento aterrador. Supe que algo iba muy mal cuando vinieron a registrar la casa y a interrogarme. El pasado Aceptación llegaron dos Amos con un montón de soldados. Pusieron todo del revés buscando no sé qué y luego me preguntaron si Carlos había dicho algo, si había dejado algo.

—¿Y qué les dijiste?

—La verdad. Esta maldita letra me obliga, y ellos lo saben. No puedo mentir a un Amo. Pero no sé nada. No sé nada más de lo que os he dicho.

Bajó la cabeza y sollozó un rato. Luego se sorbió los mocos y volvió a mirarlos.

—Sin embargo, sí me dejó algo. Me dejó un rollo envuelto en tela. Me dijo: «Si muero, esto será tuyo. Ábrelo entonces, pero sólo entonces. Cuídalo porque es muy importante. Aquí está todo.» Eso dijo. Me acuerdo muy bien. «Aquí está todo.»

—¿Y no hablaste de eso a los Amos?

—¡Yo no sabía que estaba muerto! Así que él todavía no me había dejado nada. El rollo era suyo y sólo suyo. Por eso pude callar y evitar el mandato del tatuaje —dijo Frank con una pequeña sonrisa triste y victoriosa—. En el registro encontraron el rollo, por supuesto. No estaba escondido, sino encima de la mesa, en un lugar claramente visible. Donde Carlos lo había dejado. Lo abrieron, pero no le dieron mayor importancia. No lo entendieron. A decir verdad, yo tampoco lo entiendo.

Nuyts se levantó de la silla, caminó hasta una gran mesa que había al fondo y volvió con un paquete tubular de unos sesenta centímetros envuelto en tela negra y atado con un cordel. Se lo tendió a Husky. La androide desató el nudo con nerviosismo y abrió el paquete; era una cartulina enrollada con un dibujo. Una obra muy rara. Un hombre fantasmal y medio derretido con las manos a ambos lados de la cabeza, los ojos vacíos y la boca abierta en una especie de alarido. Parecía una calavera. Debía de estar en un puente de madera o en un malecón y al fondo se veía el mar. Todo estaba pintado de una manera imprecisa, furiosa, con colores brutales y un cielo rojo arremolinado y asfixiante. Era un cuadro aterrador, horrible.

—Me suena de algo —dijo el sobón.

—Frank, ¿me lo puedes prestar? Intentaremos descifrar qué es lo que hay aquí que no vemos. Te lo devolveré, te lo prometo.

—Llévatelo. Si sirve para atrapar al asesino de Carlos... Y haré algo más. Os puedo llevar a ver el núcleo de los reactores. No podremos entrar en la central, naturalmente, ni acercarnos mucho. Pero hay un lugar del anillo desde el que se ve el núcleo. Carlos me llevó un día. La gente no sabe lo que ve y está bastante lejos, pero, si lo filmáis, quizá los expertos de la Tierra puedan reconocer que es una central nuclear. Podría ser una prueba contra Labari.

—Me parece una buena idea. Nos marchamos pasado mañana. ¿Podemos ir ahora? —dijo la rep.

—Está bastante lejos; tenemos que coger el Dedo de Heriberto y viajar durante casi dos horas... Y de dos a seis de la madrugada el Dedo no funciona. No nos da tiempo a ir y volver.

—Cierto. ¿Y mañana por la noche? Podemos venir más temprano.

—Mañana os espero a las ocho —decidió Frank.

Y acarició suavemente el dibujo con la punta de sus dedos antes de envolverlo en la tela para dárselo.

Regresaron mucho más veloces de lo que habían ido; era tarde y Bruna se sentía insegura con la pintura encima. Para su satisfacción, el táctil era en efecto un corredor admirable y aguantó con facilidad el ritmo acelerado. Subir a la habitación de Deuil fue también sencillo; el sobón impulsó a Bruna, que trepó y entró por la ventana sin problemas. Después la rep se quitó sus pantalones de entrenamiento, que estaban confeccionados en un ligero, transpirable y resistente polistán, y los tendió al vacío desde el alféizar. El sobón saltó y se agarró a las piernas de la prenda, y la androide le izó.

Cerraron la ventana y encendieron un par de velas con el chisquero que había sobre el arcón. No habían hablado nada en todo el camino.

—¿Qué opinas? —preguntó Husky.

El sobón se encogió de hombros.

—Supongo que es cierto lo que cuenta de la central nuclear. Eso explicaría muchas cosas. Entre ellas, la radiactividad de Gand y Yárnoz. Pero no me gustan. Ni él, ni su famoso Carlos. Ese Carlos que tanto le quería —se burló ácidamente.

La rep le miró intrigada.

—¿Por qué?

—Yárnoz es el prototipo del perfecto traidor. Primero

traicionó a la Tierra; luego al Reino de Labari, que le acogió de buena fe. ¡Y lo hizo por dinero! Nuyts puede contar lo que quiera, pero a mí me parece evidente que Yárnoz volvió a ser desleal por simple avaricia. Era un delincuente, un tipo sin escrúpulos. En cuanto a Nuyts, no acabo de decidir si es un cínico o un imbécil. Dice que Carlos espió en la Tierra por ideología. ¿Y él? ¿Por qué fue cómplice?

—Por amor —respondió la rep; y se asombró de oírse decir eso.

—¿Por amor? ¿Crees en ese amor que nos ha contado? Yárnoz se lo trae, permite que le hagan siervo sin protestar, viven en esas condiciones durante años y años, y luego se va a la Tierra, lo deja aquí tirado, lo abandona, ¿y sigue siendo su gran amor? Yo creo más bien que Nuyts es un chiflado. Mira lo que ha dicho del tatuaje que lleva. ¡Dice que le posee! ¡Que tiene poder! Es un estúpido.

Y ahí la androide tuvo que darle la razón.

—¿Y el dibujo?

—Creo que lo he visto antes en alguna parte —dijo el sobón—. Es inquietante.

—Habrá que analizarlo con cuidado. Quizá tenga un nanochip.

Bruna calló. Ya estaba todo dicho y era muy tarde. Era el momento de irse a su cuarto. Pero ninguno de los dos se movía.

—Bueno...

Estaban de pie, mirándose en silencio. Los labios del sobón. Sus pómulos. Esos ojos intensos e implacables. Y la tibieza de su cuerpo, tan cercano. La rep tomó conciencia de que estaba sin pantalones, sólo con las breves bragas azules. Un golpe de deseo le apretó el estómago y luego descendió líquido y caliente hasta su sexo. Sin querer, sin pensar, animalmente, separó un par de centímetros las piernas.

—Entonces, ¿tú no crees en el amor? —dijo con voz grave. Era lo primero que le había venido a la cabeza para romper el tenso silencio y se sintió una estúpida.

—Claro que creo. Para mí es esencial. ¿Y tú?

—No sé.

—¿No sabes si crees?

—No sé si creo y no sé si sé amar y no sé si quiero aprender —jadeó la rep.

Deuil cerró un instante los ojos con una expresión casi de hastío o enfado. Luego los abrió y eran duros y negros. Estiró los brazos y, agarrando con ambas manos las nalgas de la androide, la atrajo de un tirón seco contra él.

—Vamos a probar —susurró.

Su boca fue una sorpresa para Bruna; unos labios mullidos y ardientes, una lengua poderosa capaz de llenar toda la boca de la rep. Era un hombre que sabía besar. Cuando se desengancharon, un eón después, se miraron con la maravillada incredulidad de haber podido sentirse tan cerca. Abrasados por la urgencia de más, se soltaron y se desnudaron con agitada torpeza. Bruna arrojó sobre el lecho a Daniel cuando a éste todavía le faltaba por quitarse una pernera de los pantalones y una zapatilla. El táctil rió, pellizcó y se defendió, y acabó levantándose para terminar de desvestirse. Husky le contempló desde la cama con ese placer goloso que producía el descubrimiento de un nuevo cuerpo: el torso tatuado largo y niño que ya conocía, pero unas piernas fuertes y un culo perfecto de melocotón. Deuil se volvió hacia ella; sonrió, o quizá tan sólo enseñó sus dientes afilados, sus colmillos de vampiro dispuesto a morderla y a beberla entera. Luego se tumbó sobre la androide, piel contra piel, intrincadamente juntos, y su cuerpo era de una suavidad extraordinaria. Encendida, la androide intentó tumbar al táctil, encaramarse a él, acelerar el clímax, pero Daniel se resistió y se sentó a horcajadas sobre ella. Agarró con firmeza el cuello de Bruna con una de sus grandes y sabias manos de sobón, y con la otra le cubrió la cara y se la giró hacia un lado, empujándola con suavidad contra la almohada:

—Quieta... quieta... tranquila... Ahora yo soy el cazador... y tú eres mi presa. Déjate hacer... Te gustará...

Y sí. Le gustó.

Bruna despertó sobresaltada en la cama de Deuil. Estaba sola. Echó una ojeada al móvil: las 11:10. A las 12:00 vendría a recogerlos Tin para ir a un almuerzo con jugadores del Juego Menor. Se levantó de un brinco, tomó una rápida ducha de vapor y pasó a su habitación, que también estaba vacía, por supuesto. Tenía en la cabeza un torbellino; la conversación con Nuyts la noche anterior; el sabor del sobón; la aterradora pintura de ese fantasma gritando; la voz ronca de Daniel susurrando en su oído; la necesidad de encontrar una manera de ocultar la pintura para sacarla de Labari; el cuerpo del sobón entrando en ella. La garganta se le cerró. ¿Dónde estaría Deuil? Se vistió con un mono deportivo limpio y se cambió las lentillas: desde que se las había vuelto a poner en casa del músico le molestaban un poco. Encendió una vela y quemó cuidadosamente las lentillas desechadas. A continuación, envolvió el rollo del dibujo en su ropa sucia y lo depositó en el fondo del arcón: no era muy sutil pero el tiempo apremiaba y todavía tenía que encontrar al táctil. Bajó al primer piso: repartidos por las dos grandes mesas había una docena de comerciantes y artesanos charlando y comiendo. Se asomó a las cocinas.

—¿Han visto a Fred Town, el otro invitado de la Tierra, el hombre que viaja conmigo? —preguntó a las siervas que se afanaban en los fogones.

Una de ellas señaló con la mano hacia el exterior sin decir nada. La rep fue hasta la puerta y miró; el táctil estaba sentado en posición de loto frente a la posada, en un pequeño retazo de tierra, bajo un árbol raquítico, con las manos sobre las rodillas y los ojos cerrados. Husky le contempló un momento, tan quieto y relajado, como ofrecido a ella, y sintió que se le volvía a despertar el deseo. Pero lo reprimió rápidamente y se acercó.

—Fred...

El táctil no se movió.

—¡Fred!

Seguía sin responder, así que Husky se inclinó junto a él y susurró:

—Daniel... ¡Daniel!

Le meneó un hombro con suavidad. Deuil abrió los ojos de golpe, ahora muy azules, un fuego frío. Una mirada tan lejana e insondable que, de pronto, Bruna sintió una punzada de inexplicable miedo. Pero Daniel ya estaba sonriendo y en su gesto hacia ella había hasta ternura. La rep resopló y se avergonzó de su sobresalto. De su temor irracional hacia los hombres.

—Hola, Reyes.

—Hola, Fred.

—Estaba meditando un poco.

—Ya veo. El siervo Tin viene a buscarnos ahora.

—Ya lo sé. Estoy listo.

El táctil se puso en pie y recogió su mochila, que estaba en el suelo.

—Por cierto, mira lo que tengo.

Sacó de la bolsa un fieltro doblado en cuatro y lo desplegó. Tenía bordado un dibujo geométrico de colores.

—Es un mandala. Lo vendía un artesano por aquí cerca.

Bruna lo miró desapasionadamente.

—Muy bonito.

—Está muy bien hecho. Incluso tiene forro, para que no se vean los nudos del bordado.

Diciendo esto, el sobón mostró la parte de detrás, protegida por un tejido grueso y áspero, y le señaló una esquina descosida. Bruna abrió los ojos: era perfecto, perfecto. Ahí podrían meter la cartulina con el dibujo que les había dado Nuyts.

—¡Muy bonito! —repitió, con mucho más entusiasmo.

El táctil rió y se encaminó hacia la posada.

—Voy a dejarlo en la habitación. Mira, ahí viene Tin.

—Fred, cojeas.

—Sí. Después de todo, parece que el pie no estaba tan curado para nuestra sesión de entrenamiento.

Esta vez fueron al campo del equipo de Juego Menor de Oscaria, que era parecido al de las chicas aunque más grande. Estaba en la ciudad pero bastante lejos, así que cogieron el Dedo de Heriberto, que tenía trenes bala de larga distancia, sin apenas paradas, y también vagones de cercanías. El Dedo era un método de transporte eficaz y limpio; no contaba con los últimos avances de la tecnología, pero era lo suficientemente moderno como para resultar por completo anacrónico con el resto del Reino. Una contradicción más dentro de las innumerables incongruencias de ese mundo.

La reunión con los jugadores hubiera podido resultar interesante, pero tanto la comida como el entrenamiento que les ofrecieron fueron de una falta de naturalidad absolutas. Todos repetían las mismas frases, todos loaban la armonía suprema del Principio Único, siempre justo y magnánimo aunque los humanos, en su pequeñez, no alcanzaran a comprender sus vastos y enigmáticos designios. El fanatismo empequeñecía sus mentes. Y lo mismo sucedió después cuando se reunieron con los siervos del Burócrata de Deporte encargados de reclutar alevines para los Juegos: todos aseguraban con fervor que era el Principio Sagrado el que les indicaba a qué niño escoger. Por último, visitaron las escuelas de alevines, y eso fue lo más desolador: decenas de chavales con sus túnicas albas respondiendo las preguntas a coro y cantando píldoras del dogma que taladraba sus mentes.

Fue un día muy largo. Tras la intensa noche anterior estaban agotados, y la preocupación por la próxima cita con Nuyts los tenía en tensión. Deuil se mantuvo amable y lejano, como si no hubiera pasado nada entre ellos; pero ésa era también la actitud de Bruna. Regresaron a las 19:00 a la posada, se cambiaron y volvieron a salir inmediatamente, esta vez por la puerta, porque era todavía demasiado pronto y la luz violácea del falso atardecer iluminaba el mundo: hubiera sido demasiado llamativo descolgarse por la ventana. Trotaron lo más deprisa que pudieron hacia la Colina Azul, pero Deuil estaba cada vez más cojo. Llegaron en torno a las 21:00, con cerca de una hora de retraso. Ya era noche cerrada y por las troneras se veía el aleteo de la luz de las velas.

—Frank estará preocupado. Creerá que no venimos —dijo Bruna mientras daban la vuelta a la casa para alcanzar la fachada principal.

En cuanto la rep vio la puerta entreabierta, imaginó lo peor.

—Fred, ponte detrás de mí —siseó, sacando su pequeña Beretta de plasma.

Empujó la hoja y ahí estaba el músico caído en el suelo, en mitad de la sala. Entraron con cautela, silenciosos. No hacía falta acercarse mucho para saber que estaba muerto:

la raja de su cuello era tan profunda que la cabeza se encontraba casi seccionada y había quedado colocada en una posición forzada e imposible. Tenía un aspecto artificial, grotesco; el ejemplo perfecto de la derrota del cuerpo. Estaba tendido sobre un gran charco de sangre coagulada, una lámina gelatinosa que procuraron no pisar. Sin dejar de sostener la pistola, Husky ordenó al sobón que no se moviera e inspeccionó con rápida eficiencia la pequeña casa. No había nadie. Regresó junto al cadáver y se agachó para tocarlo.

—Frío y rígido. Hace horas que está muerto. Mira esas velas... Son las de ayer.

En efecto, los grandes velones de la noche anterior estaban casi consumidos. Pobre Nuyts. Tres años, nueve meses y veintinueve días. La androide se levantó y guardó la Beretta.

—Lo mataron después de que nos fuéramos —dijo Deuil.

—Nos siguieron, Daniel. Nos siguieron. —Ante la gravedad de la situación, a la rep se le escapó el nombre verdadero del táctil.

—Pero, entonces, ¿por qué no nos detienen? ¿Por qué no nos han quitado el dibujo?

Bruna frunció el ceño.

—No lo sé. Quizá quieran que lo tengamos nosotros, por alguna razón. Quizá necesiten saber algo más. O quizá nos detengan al volver a la posada. En cualquier caso, vámonos de aquí cuanto antes.

Salieron sigilosos dejándolo todo como estaba y emprendieron el regreso con un Deuil cada vez más renqueante. La posada parecía tranquila y dormida; la puerta estaba cerrada y la calle vacía. Subieron por la ventana de atrás, que habían dejado previamente abierta. El sobón se dejó caer sobre la cama con un pequeño gruñido mientras la detective encendía las velas.

—Espera. Voy a ver si está el dibujo —dijo la rep.

Volvió un minuto después con él en la mano y con una pequeña bolsa.

—Aquí sigue la pintura. Muéstrame el pie, Fred.

—No. No te preocupes. No es nada.

—¡Muéstramelo!

El sobón soltó los cierres de la zapatilla y se descalzó. El pequeño implante sintético se había abierto en uno de los costados y sangraba un poco.

—Sí, supongo que correr con un implante reciente no es lo mejor que se puede hacer. Pero no tiene mal aspecto. Aparte del desgarro y de la hinchazón —dijo la rep.

Sacó un aerosol desinfectante de la bolsa y luego cerró la pequeña herida con un punto adhesivo y le colocó un parche antiinflamatorio.

—Ya está —dijo.

Levantó la cara y sonrió al táctil. Deuil la miraba con concentración, callado y pensativo, con una expresión inescrutable. Husky se sintió incómoda, insegura.

—Si quieres te doy un mórfico. Si te duele mucho.

El sobón negó con un lento movimiento de cabeza.

—No. No quiero drogas. Mi cuerpo es mi templo. Vamos a dormir. Estoy reventado —dijo, mientras se dejaba caer hacia atrás en la cama.

¿Su cuerpo era su templo? El sobón a veces decía unas paparruchadas que ponían a Bruna de malhumor.

—De nada, Town —gruñó la rep, recogiendo sus cosas.

Y se marchó a su cuarto.

Cuando vino a recogerlos a la mañana siguiente, Tin les dijo que, antes de ir al ascenpuerto para bajar a la Tierra, estaba previsto un pequeño acto público en el que se esperaba que hablaran brevemente de lo bien que se lo habían pasado en el Reino de Labari. Una cosa informal y amistosa, explicó el siervo. A Bruna no le hizo mucha gracia la perspectiva, pero comprendió que no tenía más remedio que aceptar.

—Mejor lo haces tú, Town. —Hoy lo sentía lejos, así que sólo le salía llamarle por su apellido.

Al final todos los humanos parecían rechazarla. Se acostaban con ella y luego se alejaban.

—Sí, por supuesto. Yo me encargo. No te preocupes.

Subieron al coche tirado por los esclavos y, tras una media hora de trayecto, empezaron a escuchar un rumor creciente, un fragor de gentío; al dar la vuelta a una esquina desembocaron en una gran explanada repleta de gente. Individuos de todas las castas y de todas las edades hablaban, cantaban, jugaban y reían, como si se hubieran reunido para una gran fiesta.

—Un pequeño acto público... —resopló Deuil.

En un extremo de la explanada había un escenario construido a unos tres metros de altura y hacia él se dirigieron los esclavos.

—Por aquí, mis señores —les dijo Tin cuando bajaron del carro, conduciéndolos hacia las escaleras.

La tarima era rectangular y muy grande, y al fondo había una larga fila de asientos vacíos. En una esquina estaba el Burócrata de Deporte instalado en una silla de manos posada sobre el suelo. El corpachón del hombre rebosaba por ambos costados del sillín y las lorzas de carne se confundían con las colgaduras de terciopelo que adornaban el vehículo. Cuando los vio aparecer sobre el tablado, el Burócrata dio un par de palmadas y cuatro esclavos de cuerpo hercúleo levantaron el palanquín con doloroso esfuerzo y se aproximaron.

—Acabemos cuanto antes —dijo el Burócrata sin dignarse a mirarlos—. A mi lado.

El tipo dirigió su silla al centro del escenario y ahí se detuvo; Husky y Deuil se pararon junto a él. En ese momento, doce heraldos albos que estaban a ambos lados del tablado levantaron a la vez unas trompas larguísimas y produjeron un sonido destemplado y ensordecedor que tuvo el efecto de silenciar instantáneamente a la muchedumbre. Toda la explanada se quedó tan quieta y tan callada como si estuviera vacía.

—¡Pueblo del... Reino de... Labari! —intentó gritar el Burócrata; su esfuerzo por elevar la voz le asfixiaba aún más—. ¡Estos... invitados... terrícolas... deportistas... quieren agra... agradecer... generosidad... Labari!

Se detuvo boqueando como pez en tierra y, mientras se afanaba en respirar, les hizo una señal con la mano indicando que pasaran adelante y hablaran. Justo ante ellos había un pequeño estrado cuadrangular al que se accedía por medio de dos escalones, y Bruna subió a él. De pronto, toda la plaza soltó un hondo suspiro, y luego comenzaron a reírse, a hablar, a señalarla. La rep estaba desconcertada.

—Me parece que no tendríamos que habernos subido a esta tarima —susurró Daniel a su lado.

Las trompetas volvieron a agujerear los oídos con ese sonido que parecía de hierro y de nuevo el gentío enmudeció. Desasosegaba ver tanta quietud.

—¡Pueblo de Labari, pueblo del Reino de Labari! —dijo el sobón—. Somos deportistas de la Tierra, pertenecemos a la Asociación de Amistad de Todas las Tierras, somos una delegación deportiva que ha venido a Labari para demostrar que nuestros pueblos pueden vivir en paz. Y hemos sido recibidos con toda la generosidad y la grandeza de los *únicos*. Y ya lo intuíamos antes, pero ahora lo sabemos por experiencia, sabemos que esta sociedad es hermosa, es equilibrada, es justa, es verdadera. Nos iremos con ese aprendizaje a la Tierra e intentaremos propagar el respeto a la Palabra Sagrada. Muchas gracias.

La multitud rompió en vítores y aplausos mientras Husky le miraba asombrada. Daniel le guiñó un ojo:

—Era lo que se esperaba de nosotros. Vámonos cuanto antes —susurró agarrándola de un brazo y abandonando la tarima.

El Burócrata ya estaba descendiendo con su litera del escenario sin siquiera haberse despedido y, junto a las escaleras, Tin los apremiaba por medio de gestos para que se apresuraran a salir.

—Pero este gentío no puede haberse reunido sólo por nosotros ¿no? —preguntó la rep mientras bajaban.

—¡Oh, no, claro que no! Simplemente hemos aprovechado la ocasión. Mirad, el espectáculo va a comenzar ahora. No podremos marchar hasta que acabe, para no hacer ruido —dijo el siervo.

El estridente sonido de las trompas cortó de nuevo el aire y, cuando el silencio cayó sobre el lugar, por el fondo del escenario apareció una solemne fila de Amos y Sacerdotes que se fueron instalando en los asientos. A continuación entró una decena de soldados. Dos de ellos traían prácticamente a rastras a un joven vestido con una corta y sucia túnica gris. La comitiva se detuvo delante de la pequeña tarima. Un Sacerdote se levantó de su silla y se acercó con lentos y majestuosos andares hasta ellos.

—Que el Principio Sagrado sea vuestra Ley —tronó con voz de barítono—. Hermanos *únicos,* este hombre que veis aquí se olvidó precisamente del Principio Sagrado, se olvidó precisamente de la Ley, se olvidó de la belleza de vivir en comunión con tus hermanos, de servir a la Verdad, de aceptar con modestia el orden inmutable de las cosas. ¡Hermanos! ¡Hagamos que escuche nuestra voz! ¡Hermanos! ¡Fue rebelde!

Toda la explanada gritó con un único aliento: «¡Obediencia!»

—¡Fue individualista!

—¡Pertenencia!

—¡Fue incrédulo!

—¡Certeza!

—¡Fue arrogante!

—¡Humildad!

El joven tenía las piernas y los brazos ensangrentados y los tobillos retorcidos de un modo tan atroz que sin duda estaban rotos, de ahí que no pudiera tenerse en pie. Colgaba de los brazos de los guardias como un pelele, medio desvanecido, más muerto que vivo. Era evidente que lo habían torturado.

—¡Fue curioso!

—¡Aceptación!

—¡Fue impío!

—¡Devoción!

—¡Fue impuro!

—¡Pureza!

—¡Fue irrespetuoso!

—¡Reverencia!

—¡Fue egoísta!

—¡Sacrificio!

Al llegar a la novena invocación se detuvieron, igual que había sucedido en el Campo Real.

—Hermanos, por sus grandes pecados este hombre ha sido condenado a ser crucificado —continuó el Sacerdote—. Pero la Verdad Única le ha iluminado en sus últimos momentos y ha comprendido la gravedad de su falta. Se ha arrepentido, y gracias a eso y a la magnanimidad del Principio Único, se le decapitará antes de clavarlo en la cruz. Habla, desgraciado.

Un guardia agarró al joven de los cabellos y le levantó la cabeza. El reo dio un chillido escalofriante y agudo, un gañido como de perro apaleado, y luego empezó a farfullar:

—¡Erré! ¡Me equivoqué! ¡Fui ciego y arrogante! ¡Perdón por todos mis pecados! ¡Perdón por favor por favor perdón!

—Sea —dijo el sacerdote.

El condenado parecía haberse vuelto a desmayar tras el esfuerzo de su confesión. Los guardias lo subieron a rastras al pequeño estrado e intentaron ponerlo de rodillas, pero resultó imposible, dado su estado. Al final optaron por dejarlo boca abajo en el suelo. Entonces apareció un hombrecillo flaco que, vestido con la túnica blanca de los albos, arrastraba con dificultad un hacha enorme de doble hoja. El verdugo saludó reverencialmente a la fila de nobles con una profunda inclinación de espalda y luego hizo otro saludo menos pronunciado hacia la audiencia. Las trompetas chillaron. El hombrecillo tuvo claros problemas para levantar el hacha; al fin consiguió elevarla sobre su cabeza, pero trastabilló, casi se desequilibró y la hoja cayó mal, sesgada, hiriendo el omóplato del reo. La audiencia entera exhaló un sentido *ayyyyyyyyyyyy*. El albo volvió a alzar su pesada herramienta de muerte, pero ya fue incapaz de subirla más allá de sus hombros; el filo rebanó una oreja de la víctima. Nuevo gemido del público. Desesperado, el verdugo agarró el arma más cerca de las cuchillas y, gritando por el esfuerzo, consiguió levantarla una vez más y precipitarla sobre el condenado. Esta vez acertó: en el silencio anhelante de la explanada se pudo escuchar el ruido de las vértebras al partirse. Cuchillo en mano, el albo se inclinó y recortó los pellejos que quedaban y luego, agarrando la cabeza por los cabellos, la levantó en el aire. Un estallido de gritos y palabras rodó como un viento caliente por la plaza. De repente todo el mundo parecía tener algo que decir. Los nobles se pusieron en pie dispuestos a marcharse, mientras el verdugo caía de rodillas en el escenario y se echaba a llorar.

—Ahora ya podemos irnos —dijo Tin—. Será mejor apresurarse, el ascensor saldrá dentro de poco.

Bruna miró a Daniel: estaba lívido, grave, con la boca apretada en una fina línea.

—Pero ¿qué delito había cometido ese desgraciado? —preguntó la rep.

—Oh, parece que se había enamorado de una esclava. De la esclava se encargaron sin más problemas, pues ya sabemos que son propiedad privada; pero el joven era un hermano labárico, un artesano, y era menester celebrar un acto público —dijo Tin.

—¿Y el verdugo? ¿Un albo puede ser verdugo?

—Claro. Los albos son los individuos desclasados durante un periodo de tiempo para ejercer una función social. En Labari, la Ley es sagrada. Nos regimos por normas dictadas por el Principio Único. Por consiguiente, se considera que el cumplimiento de las leyes es un honor y una prueba. Todos los varones del Reino, excepto los nobles, claro está, pueden ser elegidos verdugos por sorteo. Y hacerlo mal, como ha sucedido hoy, es una muestra de su impureza, puesto que el Principio Sagrado no ha dirigido su mano. Su torpeza indica que no es un buen *único*.

—¿Qué le va a pasar al verdugo?

—Nada; no se le va a castigar, si es eso lo que preguntáis. Pero su desgracia ha sido contemplada por toda Oscaria. De ahora en adelante será un apestado; incluso es posible que sea repudiado por su mujer. Las esposas pueden hacerlo, si sus maridos no muestran suficiente pureza. Por eso lloraba.

No dijeron más en todo el camino hasta el ascenpuerto y se despidieron con seca premura del siervo Tin, porque llegaban tarde. Pasaron los controles sin problemas y nadie detectó el dibujo camuflado bajo el forro del mandala. Se dejaron caer en sus sillones del segundo nivel del ascensor emocionalmente agotados.

—Debo decirte algo. Cuando estaba hablando ahí arriba, vi a la Viuda Negra entre la gente —soltó Daniel con gesto taciturno.

—¿Cómo? ¿La Viuda Negra? ¿Estás seguro?

—No sé. Me pareció. Sí. Creo que estoy seguro. Estaba cerca del escenario. Era ella.

La androide se quedó pensando.

—Entonces fue la Viuda quien mató a Nuyts. Nos siguió. Y le degolló. Además, es su estilo.

—Sí. Supongo que sí.

El sobón suspiró y se recostó en el respaldo. Tenía el rostro tenso y grandes ojeras se remansaban como un agua negra bajo sus ojos.

—Fred, en cuanto a la ejecución...

—No quiero hablar de eso.

La brusquedad de su tono irritó a la androide, que se sintió la destinataria de una ira apenas contenida.

—¿Por qué? ¿Qué quieres decir con eso de que no quieres hablar?

Deuil la miró.

—Muy bien. Sí. Ha sido terrible. Pero no te sientas tan satisfecha de lo que eres. No te sientas tan superior. En la Tierra también se mata. Y por razones menos simbólicas, menos rituales, menos espirituales. Por puro y simple dinero, por puro y simple poder. En la Tierra se mata todos los días en las fronteras de las Zonas Cero, por ejemplo.

Bruna sintió como si la hubieran golpeado en el estómago. Qué atinadas las palabras del sobón. Y qué golpe tan bajo: porque ella le había contado cómo rescató a Gabi. Pero no. Ni aun así era lo mismo.

—Es cierto lo que dices, pero no es lo mismo. Aquí el infierno forma parte de la estructura de este mundo. No hay manera de librarse de él. Ese simbolismo, esa espiritualidad de la que hablas, es puro fanatismo. Aquí no sólo te encadenan, te aprisionan y te torturan físicamente; también lo hacen psíquicamente. No eres ni siquiera libre de pensar. Recuerda los gritos rituales de la ejecución. ¡Condenan la curiosidad! Si fuéramos *únicos,* no podríamos estar manteniendo esta conversación. Si fuéramos *únicos*, nos torturarían y matarían como a ese pobre desgraciado por el simple hecho de habernos acostado... porque yo soy impura, yo soy un monstruo, ¿recuerdas,

Fred Town? En cuanto a lo que dices del poder, ¿qué te crees, que el Reino de Labari no se mueve por el poder? Muchísimo más aún, muchísimo más, de una manera más excluyente, más humillante y más brutal. Esa nobleza que aplasta y tiraniza a todo el mundo... Mientras que en la Tierra, cierto, hay un sistema injusto y feroz para los débiles, soy la primera en saberlo. Pero es un sistema que permite la crítica, la lucha, la denuncia, la mejora. Es un sistema en el que cabe lo mejor y lo peor de los seres sintientes. Y en esa batalla nos movemos. En esa esperanza.

¡Ella hablando de esperanza! A veces temía que las soflamas humanistas de Yiannis le hubieran afectado más de lo que creía.

—Muy bien. Muy bien. De acuerdo —dijo Daniel; más que darle la razón, parecía querer evitar la discusión.

El ascensor tembló y se desencajó del ascenpuerto en medio de una cacofonía de chirridos metálicos. El cilindro ya estaba libre; técnicamente habían abandonado el Reino de Labari. La androide suspiró aliviada.

—Pero escucha una cosa, Bruna Husky. Tú también has matado. Lo sé. Te he sentido. Piensa en tus muertos; espero que encuentres razones suficientes para justificarlos —dijo el sobón con brusquedad.

Y después le dio la espalda a la rep y se tumbó a dormir, mientras la cabina se desplomaba a velocidad vertiginosa sobre la Tierra.

—Este dibujo que has traído es una copia de *El grito*, un famoso cuadro de Edvard Munch, un pintor noruego de finales del siglo xix y principios del xx —explicó Yiannis con su minuciosidad habitual—. Bueno, mejor sería decir de los cuadros, porque hizo cuatro versiones casi iguales. La primera, considerada la mejor, está pintada al óleo y pastel sobre cartón, y si no recuerdo mal es de 1893. Luego hay otras dos de témpera sobre cartón y sobre madera, y un dibujo a lápiz sobre cartón. Este vuestro también es óleo y pastel sobre cartulina. Una reproducción muy buena, diría yo. Tengo que cotejarla con todos los originales, pero me parece que se inspira en el primer cuadro.

Con la ayuda de Lizard y de sus modernísimos aparatos de la Brigada Judicial, Bruna había analizado la pintura exhaustivamente en busca de nanochips, microinscripciones, dibujos previos ocultos bajo la capa exterior, perforaciones o cualquier otro sistema de cifrado de mensajes, sin conseguir ningún resultado. Descorazonada, le había llevado la cartulina a Yiannis para ver si el archivero era capaz de encontrar algo.

—¿Y el significado de la escena?

—Bueno, el propio Munch dijo que iba paseando con unos amigos al atardecer y... Lo escribió en su diario. Espera que lo busco.

Manipuló su móvil y enseguida lo encontró.

—Aquí está: «Paseaba por un sendero con dos amigos —el sol se puso— de repente el cielo se tiñó de rojo sangre, me detuve y me apoyé en una valla muerto de cansancio —sangre y lenguas de fuego acechaban sobre el azul oscuro del fiordo y de la ciudad— mis amigos continuaron y yo me quedé quieto, temblando de ansiedad, sentí un grito infinito que atravesaba la naturaleza.» Esto lo escribió en 1892.

Así que era un sendero, no un puente ni un malecón, pensó Bruna. Un grito que atravesaba la naturaleza. ¿Qué podía atravesar la naturaleza de un modo tan pavoroso?

La rep contempló a Yiannis con desaliento; un cansancio infinito se abatió sobre ella. Había llegado de la Tierra Flotante la noche anterior y, tras dormir apenas cuatro horas, se había sumido en una actividad frenética; primero estuvo analizado la pintura con Lizard durante largo tiempo y luego, antes de traerle el cuadro al viejo archivero, se había acercado a ver a Preciado Marlagorka. La reunión había tenido lugar en su despacho oficial y Husky encontró muy desmejorado al director general de Seguridad Energética. Sus mejillas de pera colgaban más fláccidas que nunca, un fruto demasiado maduro a punto ya de caer del árbol, y se frotaba constantemente las manos con un tic que denotaba su nerviosismo. Cuando le contó que Nuyts había sido asesinado, montó en cólera.

—¿Asesinado? ¿Cómo que asesinado?

—Sí. Estoy casi segura de que fue la Viuda Negra, la asesina de Rosario Loperena, la misma que nos atacó a Daniel Deuil y a mí...

—¿La Viuda Negra? ¡Pero cómo la Viuda Negra! ¡Eso

es imposible! ¡Es indignante que haya mandado a dos personas a la Tierra Flotante y que no hayan sabido defender al único testigo! ¿Sabes lo que me han costado vuestros documentos? ¿Y conseguir los vuelos? ¡Y lo he tenido que pagar todo de mi bolsillo, maldita sea!

—Sí. Lo siento. Debieron de seguirnos. Fue un error nuestro —masculló la rep.

—¿Y dónde está ese famoso Deuil, tu ayudante? ¡Debería haber venido contigo! ¡Quiero conocer a ese inútil!

—Se lo diré.

Llegados a ese punto, Marlagorka tragó saliva varias veces y pareció hacer un esfuerzo por serenarse.

—Bien. De todas maneras la información que habéis recogido es importante. Muy importante. Y no debe salir de este despacho: recuerda que tenemos un topo y aún no sé quién es. ¿Quién más conoce lo del núcleo de reactores de Labari?

—Sólo lo sabemos Deuil y yo —mintió Bruna con impavidez, borrando a Yiannis de su memoria. A Lizard no se lo había contado porque no había vuelto a confiar del todo en él.

—Pues así debe seguir. Y quiero que me mandes ese dibujo inmediatamente.

Bruna lo llevaba consigo en la mochila, pero antes de dárselo a Preciado quería que lo viera Yiannis.

—Todavía tengo que hacerle algunas pruebas.

—¡Lo quiero aquí mañana a primera hora! Yo soy tu cliente, te he costeado y conseguido el viaje a Labari y ese cuadro es mío. Yo he cumplido con mi parte del trato, Husky; cumple tú con la tuya.

Y con esas palabras había dado por concluida la conversación y la había echado. Marlagorka, en efecto, había cumplido su parte; al regresar de Labari, Bruna se

263

había encontrado con que Gabi no estaba. La niña había sido internada en el mejor hospital de Madrid, o, al menos, el más caro, para someterla a la terapia antirradiación. La rusa había sido aislada porque su sistema inmunológico se encontraba bajo mínimos, pero al parecer el tratamiento estaba yendo muy bien. Eso le había contado el archivero, henchido de esperanza. Bruna observó a su viejo amigo, tan entusiasmado con el análisis del dibujo, y suspiró. Iba a ser como quitarle un juguete a un niño:

—Yiannis, sólo podrás tener el cuadro unas horas. Mañana temprano se lo llevaré a Preciado Marlagorka.

El hombre frunció el ceño con gesto de honda decepción.

—¡Ooooh! Vaya. Bueno. Así me pones el trabajo muy difícil. Mmmmmm... ¿Sabes lo que voy a hacer? Voy a bajar a la copistería de la esquina a que me hagan la mejor copia holográfica que tengan. O incluso una copia hiperrealista, si pueden. ¡O mejor las dos!

Nervioso y excitado, metió el dibujo entre dos trozos de cartón y se marchó corriendo y sin despedirse. En ese momento entró una llamada de Deuil.

—Quiero verte.

No había sabido nada de Deuil desde que se separaron en el aeropuerto tras regresar de Manaos.

—Estoy en casa de Yiannis.

—Estoy cerca —dijo con sequedad el sobón, y cortó.

Tenía que ser cerquísima, porque cinco minutos más tarde ya estaba en la puerta. En cuanto Bruna le vio, supo que el táctil venía mal, mudo, retador, endurecido. A veces el sobón era un hombre afectuoso y extraordinariamente empático, y a veces mostraba una altivez helada de príncipe nipón. Ahora parecía poseído por esta segunda personalidad, a juzgar por el modo en que dejaba resbalar la mirada por debajo de sus largas pestañas negras.

—¿Y bien? —dijo Bruna, alzando también pecho y barbilla y cortando sus palabras con un filo de acero.

Pero no le dio tiempo a añadir más, porque el móvil sonó. Era una llamada del hospital en donde estaba Gabi.

—¿Sí?

Una mujer madura con bata blanca apareció en la pantalla.

—Soy Carmen Francis, directora del equipo médico que está tratando a Gabi Orlov, la niña a quien tutelas. Porque supongo que tú eres Bruna Husky. Pero antes de proseguir, querría que intercambiáramos un protocolo de autenticación, porque tengo que comunicarte información muy reservada.

Intrigada, la rep puso el móvil en modo reconocimiento digital y colocó su palma derecha sobre el registro. Al instante recibió la autenticación de su interlocutora; estaba hablando, en efecto, con la doctora Carmen Julia Francis Carlavilla, hematóloga, regenerista, especialista en Reconstrucción Celular.

—¿Cómo está la niña? —preguntó la rep.

—Oh, por su salud no te preocupes, Husky. Gabi Orlov está respondiendo muy bien al tratamiento; creo que puedo asegurarte que quedará curada de las secuelas de la radiación. Pero hay otras secuelas que no puedo sanar...

La doctora Francis llevaba las cejas rasuradas, siguiendo la última moda de los mestizos de clase alta, y eso dejaba su rostro extrañamente desprovisto de expresión.

—¿Qué ocurre? —se inquietó Bruna.

—Gabi no es virgen. Hay signos de que fue forzada

de forma violenta; existe evidencia de desgarros que han cicatrizado sin cuidados médicos.

La androide se quedó sin aire.

—¡Por todos los malditos sintientes! ¡Pero si acaba de cumplir diez años!

—Las heridas son viejas. Por lo menos un año, quizá dos. Hemos interrogado a la niña, pero no contesta nada. Absolutamente nada. Como si no escuchara la pregunta. En fin, he considerado que deberías saberlo.

Husky cortó la comunicación anonadada. Gabi. La niña. El monstruo. No era de extrañar que a veces fuera tan feroz, tan incomprensible, tan imposible. Qué infierno tendría a sus espaldas. Se miró el brazo: aún se veían las huellas de sus dientes. Del mordisco de Gabi. Una cicatriz reciente. Sin duda mucho menos dolorosa que las de la niña. La androide intentó tragar pero se había quedado sin saliva. No sabía qué pensar. No sabía qué sentir. Su interior era una oquedad llena de viento.

—Bruna... —dijo Daniel.

La rep pegó un respingo: se le había olvidado la presencia del táctil.

—¡Qué quieres! —respondió, con rabia, dando un paso hacia atrás.

Deuil apretó los puños.

—Ya ves... A esto me refería el otro día en el ascensor. También hay mucha oscuridad en esta Tierra.

—Te juro por el gran Morlay que alguien va a pagar por eso que le hicieron.

Y, mientras lo decía, la androide se dio cuenta de que era una bravata sin sentido, un juramento probablemente imposible de cumplir. Ella era una androide de combate y luchar era lo único que sabía hacer, lo único en lo que era de verdad buena. Pero ni siquiera peleando hasta la muer-

266

te podía borrar, podía vengar todo el dolor del mundo. Se llevó las manos al pecho y apretó, porque le pareció que el corazón se le rompía.

—Bruna... —repitió Daniel; pero ahora su voz era un susurro.

El táctil avanzó lento y suave, con la misma cautela con la que se aproximaría a un animal asustado. Cuando estuvo cerca de ella, demasiado cerca, en realidad, Bruna le miró a los ojos. Para su sorpresa, le pareció que estaba conmovido.

—Bruna...

Deuil alzó los brazos y la agarró de los hombros. Esas manos grandes y calientes, esas manos maravillosas de sobón. O de amante. ¿Estaba intentando proporcionarle un apoyo terapéutico? ¿O, por el contrario, buscaba apoyarse en ella? Ahora se encontraban tan juntos que Husky podía oler su aliento. Y escuchar su levísimo jadeo de ansiedad. Las manos del táctil tiraron de ella y la rep cayó dentro de la boca de Deuil; chocó con sus dientes, se enredó con su lengua. Acabadas las palabras todo era carne. No eran más que un hombre y una mujer. Aunque fueran una androide y un humano.

Bruna se despertó con el martilleo de la resaca, una vieja amiga a la que no había visto mientras permaneció en Labari: ahí arriba apenas bebió. Cuatro punzantes latidos de jaqueca más tarde ya se sintió lo suficientemente despabilada como para advertir que un cuerpo cálido se abrazaba a su espalda desnuda. Dio media vuelta en el enredo de sábanas y se dio de bruces con Bartolo, con los ojitos felices de Bartolo, con sus narizotas y su aliento algo fétido. Sí. Cierto. Ahora se acordaba. El sobón se había marchado de madrugada. Husky apartó al bubi de un empujón y se sentó en el borde de la cama a esperar que la habitación dejara de moverse. Lo hizo enseguida, cosa que infundió en la rep la loca esperanza de no haber bebido tanto, después de todo. Reflexionó un momento sobre Deuil y no consiguió llegar a saber si le había decepcionado o aliviado que quien estuviera aferrado a su espalda fuera el tragón y no él. Se puso en pie; la jaqueca parecía disminuir. Abrió el armario de la cocina, sacó un vaso de café, lo agitó para calentarlo, le quitó la tapa y se lo bebió de golpe. El amargo brebaje penetró en su estómago como una tuneladora. Llenó de comida el cuenco de Bartolo (había que evitar que, cegado por el hambre, devorase cualquier parte de la casa) y se metió en el cuarto de baño. Cuando estaba saliendo de la ducha de vapor escuchó el tintineo de un mensaje holográfico. Provenía de la pantalla principal y sin duda pedía permiso para descargarse: sólo Yiannis estaba autorizado para mandar holos. Mientras se secaba, miró su móvil: la petición era de Carnal, la fastidiosa activista del Movimiento Radical Replicante. Estuvo a punto de rechazarla, pero entonces se fijó en que era un envío rebotado desde una central de mensajería. Habían intentado entregarle el holo tres veces antes mientras estaba en Labari. A Husky le pareció extraño que la rep usara un servicio de mensajería y sintió que se le despertaba la curiosidad. Se envolvió en una toalla y salió del baño.

—Pantalla, abre holo —ordenó, agitando otro vaso de café.

El aire vibró, se oscureció y pareció condensarse y en décimas de segundo apareció la imagen de Carnal a tamaño natural delante de ella.

—¡Mierda! —exclamó Husky, dando un paso atrás. El vaso resbaló de entre sus manos; ya había despegado media tapa, de modo que el café corrió por el suelo y salpicó y le quemó una pierna.

La androide apenas resultaba reconocible. Era una criatura en su agonía, un ser destrozado. Cuando grabó el mensaje holográfico, la activista del MRR se encontraba en plena eclosión del TTT. En las horas finales de su Tumor Total Tecno.

—¿Te he asustado, mi Bruna? ¿Te doy miedo? ¿Te repugno? —dijo Carnal con voz sibilante y fatigada.

La holoimagen abarcaba poco más que la silueta de la rep, pero parecía encontrarse en una cama y recostada sobre un cerro de almohadas. Estaba descalza y casi desnuda; unos pantalones cortos y una camiseta sin mangas dejaban ver su organismo emaciado, pavorosamente descarnado, devorado por el cruel incendio tumoral. La macilenta piel estaba cubierta de pústulas y las encías le sangraban, manchando sus pálidos labios de estrías oscuras. Los ojos brillaban febriles al fondo de la cueva de sus cuencas. El abdomen, muy hinchado, parecía un añadido grotesco, una broma cruel en su cuerpo esquelético.

—Cuando recibas este holo supongo que ya habré muerto... Vaya, qué frase famosa... Parece sacada de una película de espías —susurró, sarcástica.

Un ataque convulsivo de tos cortó sus palabras. Pequeñas gotas de sangre salieron disparadas por el aire. Husky se echó hacia atrás en un gesto instintivo, aunque las gotas no fueran reales.

—Morir es obsceno... es indecente... perdóname por darte este espectáculo... —jadeó Carnal al cabo, con la barbilla y el pecho moteados de rojo.

Tres años, nueve meses y veinticinco días. Tres años, nueve meses y veinticinco días, repitió Bruna mentalmente, hipnotizada, como quien recita una jaculatoria o un conjuro protector.

—Pero creo que la impresión de verme así hará que obedezcas mi petición... No, no, me he expresado mal... Quiero decir que hará que cumplas mi deseo. Por favor.

Volvió a toser durante un tiempo que se hizo interminable. Luego sonrió con esfuerzo. Una sonrisa sucia, desvaída. Una sonrisa de loca.

—Tienes que ir a la calle Doctora Amalia Gayo 27... Apartamento 930... Ve allí... y habla con la inquilina. Preséntate. Ella sabrá. Hazlo, por favor. Es mi última voluntad.

Carnal calló y se quedó mirando fijamente a la cámara. Es decir, a los ojos de Husky. El pecho huesudo de la enferma subía y bajaba con doloroso esfuerzo.

—Te lo dije, Bruna... Te lo advertí. Yo tampoco puedo suicidarme.

Un sollozo seco recorrió la cara de la activista, contrayendo sus rasgos en un relámpago de dolor que duró un instante. Luego regresó la impasibilidad. Ese cuerpo torturado por la muerte.

—Nunca me creíste, pero cuando te dije que me gustabas era verdad. Qué pena, mi Bruna... No haber tenido más tiempo...

Algo se enterneció en el rostro afilado de la rep y, por debajo de los duros rasgos ya cadavéricos, asomó el recuerdo pícaro y burlón de la pequeña androide de cálculo que lamió el cuello de Husky. Una sombra fugitiva de lo que fue.

—No lo olvides, Doctora Amalia Gayo 27, apartamento 930... No dejes de ir... Te cambiará la vida. Esa breve vida que te queda.

Dicho esto, Carnal alargó el brazo y cortó la holografía. Su imagen se deshizo en briznas de nada, como una nube que se evapora en un cielo azul. También la verdadera Carnal habría desaparecido a estas alturas, dentro de una caja de cartón endurecido, en el crepitante horno de un siniestro *moyano*. Ya no quedaría rastro de su paso por la Tierra. Cenizas y energía.

Tres años, nueve meses y veinticinco días.

Cinco horas más tarde, Bruna estaba apostada delante del 27 de Doctora Amalia Gayo. La calle pertenecía al barrio de la Columnata, uno de los nuevos centros comerciales de la ciudad. El 27 era un edificio colmena, microapartamentos de doce metros cuadrados parecidos a los habitáculos de los cohetes espaciales. Con ayuda de una habilidosa tecnología, ahí dentro cabía todo, aunque el lugar se pareciera más a uno de los rompecabezas de Husky que a una verdadera vivienda. Por lo general, los edificios colmena acogían a gente más o menos marginal, empobrecida y sin recursos. Pero este bloque se encontraba en una zona buena de la ciudad y era de construcción sólida y reciente, con cierta pretensión de calidad. Los inquilinos parecían ser una mezcla heterogénea de estudiantes, gente de paso, jóvenes emprendedores con ambiciones e incluso amantes adúlteros deseosos de un rincón discreto en el que encontrarse. O, al menos, ésa era la impresión que había sacado Husky tras permanecer un par de horas viendo el trasiego del portal. Había mucho movimiento en el edificio porque tenía mil doscientos microapartamentos. Cien por planta, doce pisos. No paraba de entrar y salir gente. En realidad, la androide no sabía muy bien qué estaba haciendo ahí. No sabía qué debía buscar. Su prudencia profesional le hacía estudiar el terreno previamente, eso era todo. Pero en algún momento tendría que abandonar su puesto de observación, cruzar la calle, subir al noveno piso y llamar al cubículo 930. Tal vez no hubiera nadie.

Bruna suspiró y basculó el peso de un pie a otro. Al hacerlo, sintió el roce de la pequeña pistola de plasma contra su cadera. La androide cogía el arma en muy raras ocasiones, pero desde que había vuelto de Labari la llevaba siempre consigo. Le inquietaba la presencia fantasmal de la Viuda Negra, el rastro de cadáveres que iba dejando. Casi le parecía escuchar el batir de sus alas de buitre. Nichu Nichu rondando con pasos de fieltro en la oscuridad, Nichu Nichu acercándose letal e inevitable como la misma Muerte.

La rep frunció el ceño. Estaba muy tensa, en parte por la amenaza latente de la Viuda Negra y en parte por el encargo póstumo de Carnal, que casi la amedrentaba e inquietaba más que la asesina. En realidad, se dijo, podía pasar de cumplirlo. Podía marcharse ahora mismo a su casa y borrar de su memoria las palabras de esa chiflada. Husky se sacudió para descargar la adrenalina que endurecía su espalda. Qué tontería: ¿cómo iba a poder olvidarse? No tenía más remedio que ir al apartamento.

—Acabemos de una maldita vez con esto —gruñó a media voz.

Caminó hasta el portal y entró en el enorme vestíbulo, en el que se alineaban unos treinta ascensores. Aun así, había gente esperando en casi todos. Corrió para entrar en uno que se estaba cerrando; tuvo que hacerse un hueco con un empujón, y la decena de humanos que ocupaban la caja la miraron furiosos. Sí, furiosos pero no asustados, registró mentalmente Bruna con cierta sorpresa. Ella fue la única persona que salió en el noveno y se quedó mirando el largo pasillo con desaliento. El corredor se extendía a derecha e izquierda de la línea de ascensores y estaba lleno de puertas casi pegadas las unas a las otras. Eran metálicas y blindadas; el barullo incesante de personas que entraban y salían y la falta de control en el portal debían de compensarse con estos cierres de caja fuerte. Parecía una morgue.

—Qué sitio tan horrible.

Un elevador se abrió cerca de ella y salieron dos tecnohumanas.

—Hola —saludaron, y se perdieron pasillo adelante.

Husky miró los números que parpadeaban en verde encima de los umbrales. En el centro justo del pasillo coincidían el 999 y, a su derecha, el 900. Sin duda el corredor daba la vuelta y el 30 estaba hacia la derecha, el lado contrario al que habían tomado las reps. Dobló la esquina al llegar al 913; el 930 caía hacia la mitad del nuevo tramo. Husky se plantó delante de la puerta. El acero de la hoja era mate, un poco deslucido, con algunos rayones, como de vieja cámara frigorífica. He llegado hasta aquí, se dijo la rep. He llegado hasta aquí. Carnal había hablado en femenino. ¿Una humana, una androide? Respiró hondo y pulsó el timbre. La puerta se abrió al instante de un furioso tirón: obviamente la inquilina había visto su imagen en la mirilla virtual.

En el umbral, contemplándola con cara de estupor, estaba ella.

Ella misma. Bruna Husky.

—Por el gran Morlay... —exclamaron a la vez con voces idénticas.

El efecto de espejo resultaba chistoso, pero no les hizo gracia a ninguna de las dos. Inmóviles, se observaron con detalle y en silencio. La nueva también llevaba el cráneo rapado, también tenía la cabeza y probablemente el resto del cuerpo cruzado por una línea tatuada, aunque, en su caso, era un poco más gruesa y simulaba el dibujo de una cremallera cerrada. Pero descendía justo por el mismo sitio: por la mitad del párpado izquierdo. La desconocida alargó la mano e intentó tocar la mejilla de Bruna, allí donde pasaba la raya; la detective reaccionó de forma automática y dio un violento manotazo a la androide, que a su vez respondió también con rapidez y aferró el brazo de Husky con su mano izquierda. De modo que, en cuestión de medio segundo, las dos tecnohumanas se habían quedado trabadas, Bruna agarrando la muñeca derecha de la rep y ésta agarrando a Bruna con su otra mano, las dos bufando y temblando, adrenalínicas y belicosas como perros de pelea. Se miraron así, perfil contra perfil, durante unos segundos; y luego la profunda identidad de lo que veían en sus ojos de tigre hizo que la agresividad se evaporara como una gota de agua en el desierto. Se soltaron, sacudieron los hombros, removieron los pies, carraspearon. Las dos haciendo lo mismo. Una pequeña sonrisa se pintó en los labios de la nueva, y Husky la imitó.

—Es alucinante —dijo Bruna.

—Sí.

—Me llamo Bruna Husky.

—Yo soy Clara Husky.

Callaron unos segundos, sopesando la información.

—Pasa —dijo Clara.

No había mucho a donde pasar, pero lo hizo. La rep pulsó un botón y la litera que ocupaba casi todo el espacio disponible se replegó ingeniosamente y terminó convirtiéndose en una mesa estrecha con un pequeño banco pegado a la pared. Se sentaron en el escaño. Era ergonómico y mucho menos incómodo de lo que parecía.

—¿Quieres tomar algo?

Bruna iba a contestar que no, pero luego tuvo una idea:

—¿Quizá vino blanco?

—¡Desde luego! —contestó Clara, echándose a reír.

Abrió una pequeña nevera incrustada en el muro y que parecía estar sólo llena de botellas de vino; sacó una medio vacía y repartió su contenido en dos vasos. Unos vasos horribles que debían de formar parte de la dotación del microapartamento. Bruna prefería beber en copa, pero el vino estaba bueno. Clara vestía ropa de faena de la milicia; probablemente estuviera recién licenciada, de ahí que viviera en esta colmena como destino de paso. Por lo demás, era idéntica a Husky. La misma altura, el mismo peso, parecida forma física. Tenía una cicatriz en el cuello que ella no tenía. Una herida fea y todavía tierna. La rep dio un buen trago a su vaso y luego miró a Bruna, expectante.

—¿Qué haces aquí?

—No lo tengo claro. Carnal, una tecno del MRR, me mandó un holograma diciendo que viniera a esta dirección y que tú sabrías... Ignoraba que fueras como yo.

—¡Ah, sí, por supuesto, la tipa esa! —dijo Clara, aliviada, como si ahora lo entendiera todo—. Hará unos diez días contactó conmigo esa rep. Me contó que se iba de la ciudad y que tenía que darle un recado a una amiga. Me mandó una bola holográfica y dijo que antes o después vendría una androide a buscarla. Que no viera el mensaje hasta entonces. Y me pagó mil ges sólo por eso.

—¿Y no te pareció un encargo extraño?

—Sí. Pero me acabo de licenciar, ando pelada, estoy buscando trabajo... Los mil ges me vienen genial y parecía muy fácil...

—¿Y no viste el holograma?

La rep entornó los ojos y sonrió.

—Claro que me hubiera gustado. Pero tiene una doble llave digital. Tu huella y la mía. Cuando me entregó el holo me hizo poner el dedo.

Se miraron las manos, pensativas.

—¿No serán iguales? —dijo Bruna.

—Probablemente sí —contestó Clara, excitada—. Pero no se me ocurrió probar.

Se levantó, abrió otra puertecilla oculta en el muro que dejó al descubierto un armario con baldas y sacó una bola holográfica que depositó sobre la mesa.

—Mira, es ésta. Vamos a probar...

Los dos polos de la bola estaban marcados con círculos rojos. Clara aplicó su dedo pulgar derecho sobre uno de ellos y lo mantuvo ahí hasta que se escuchó un pitido; luego dio la vuelta a la pequeña esfera y volvió a poner la huella en el otro círculo. La holografía se desplegó con un siseo y Carnal apareció frente a ellas. Demasiada gente para un cuarto tan pequeño.

—Si todo ha funcionado del modo previsto, ahora tenéis que estar ahí las dos, Husky B y Husky C... —dijo Carnal, y luego soltó una maliciosa, tintineante carcajada.

Bruna se estremeció: en este holograma la activista estaba todavía sana, todavía bien, sin signos aparentes del TTT.

—¡Vaya, no me digáis que no es un buen comienzo para un mensaje! Suena a serie de aventuras de la pantalla pública —siguió ironizando la sonriente androide de cálculo—. Pero un poco de seriedad, un poco de seriedad, ejem... Empecemos de nuevo. Si todo ha funcionado del modo previsto, ahora tenéis que estar ahí juntitas, Husky B y Husky C. ¿Os ha sorprendido? Seguro que sí. ¿Os ha molestado quizá no ser las únicas? Mmmmmmm... ¿Y si os dijera que hay muchas más? De cada modelo hacen doce. Así que faltan diez. Desde Husky A hasta Husky L.

Ahora Carnal se había puesto muy seria.

—Como podéis comprender, a los fabricantes les resulta mucho más rentable repetir el producto... porque eso es lo que somos: un maldito producto. Pagan una sola vez a los ingenieros genéticos y a los memoristas y obtienen doce copias. Un negocio redondo. Y ni siquiera es ilegal, porque se aprovechan de un vacío administrativo. Pero, claro, saben que lo que están haciendo no es algo ni muy aceptable ni muy ético, y por eso lo ocultan con el mayor cuidado y hacen firmar cláusulas de confidencialidad a los ingenieros, a los obreros, a los memoristas... Además, tienen programada la cadena de fabricación de tal modo que los modelos no pueden coincidir jamás. Sólo puede activarse el siguiente cuando el anterior muere, y por añadidura los insertan en sitios geográficamente muy lejanos para minimizar el riesgo de que sean reconocidos por terceras personas.

—Pero, entonces... —saltó Clara, que, anonadada por las noticias, parecía haber olvidado que Carnal era tan sólo una holografía no interactiva.

El mensaje grabado de la rep se superpuso a sus palabras:

—Y ahora vosotras os estaréis preguntando: y, en ese caso, ¿cómo es posible que ahora estemos las dos aquí?

Carnal calló y volvió a sonreír, ufana y alegre como una niña, regodeándose en las expectativas que estaba segura de crear.

—Pues porque yo saboteé el programa de producción de TriTon, la mayor empresa de androides del mundo. Vuestra empresa. Por desgracia, no es la mía. Me hubiera gustado encontrarme conmigo misma. Hubiéramos podido montar un buen escándalo. En fin, que yo sepa, en TriTon todavía no se han dado cuenta, porque aún no se han encontrado dos tecnos iguales... Vosotras sois las primeras. Es que el trabajo fue muy complicado, os lo aseguro. Además de cambiar las fechas de activación, para que coincidieran en el tiempo el modelo actual y el siguiente, anulé la deslocalización de los reps de combate. Hubiera querido anular la de todos, pero estuvieron a punto de pillarme y tuve que salir corriendo del programa. Fue una pura casualidad que empezara por los de combate; pero fue una jodida casualidad para mí, porque, al ser enviados a cumplir sus dos años de milicia obligatoria a los más diversos confines de la Tierra, naturalmente todavía no han coincidido. Hasta ahora. Porque los dos años ya han pasado. Ahora están apareciendo decenas de reps de combate en los mismos destinos que sus yoes anteriores. Va a ser una catástrofe para TriTon, jajaja —rió Carnal con carcajadas salvajes que al final fueron interrumpidas por un golpe de tos demasiado largo.

Cuando recuperó el aliento, la pequeña rep de cálculo levantó la cabeza y miró a la cámara con expresión ansiosa y desvalida. Con cara de miedo.

—Pero me temo que la fiesta ha llegado demasiado tarde para mí. Yo ya no estoy invitada. Mierda para los humanos. Ojalá revienten.

Y con esas palabras llenas de rencor y de dolor, Carnal se apagó y desapareció para siempre.

—¿Qué le pasa? —se extrañó la rep.

Bruna la miró con incredulidad. Claro que, por otro lado, era más joven. Y venía de la milicia, rodeada de reps recién nacidos. Todavía no había visto morir del TTT a nadie.

—Cuando tosió, se dio cuenta de que se le había disparado el Tumor Total Tecno. De hecho, a mí me ha mandado otro holograma, no una bola sino una llamada por mensajería, y estaba muriéndose. Destrozada. Debió de grabarlo tres o cuatro días después de esto.

Clara torció el gesto.

—Puf. Vaya mierda el TTT. Menos mal que todavía me quedan años.

Bruna se extrañó. Ella jamás hubiera dicho algo así. Todo su tiempo siempre le pareció demasiado poco. Una vida robada desde el primer momento.

—¿Cuánto tiempo tienes por delante? —preguntó Husky.

Clara la miró como si estuviera sospechando que, pese a la semejanza, Bruna quizá fuera un poco idiota.

—¿Qué voy a tener? Ocho años. Ya te digo que acabo de licenciarme.

Tres años, nueve meses y veinticinco días.

—¿Tú no llevas la cuenta decreciente de los días que te faltan para el TTT?

Clara la miró atónita.

—¿La cuenta decreciente?

—A mí hoy me quedan tres años, nueve meses y veinticinco días.

Hasta que llegue esa tos extemporánea, hasta el pinchazo taladrador en un costado, hasta el mareo que te hace caer redonda al suelo. Los heraldos de la agonía.

—¡Qué bárbaro, tía! ¿Vas bajando día a día? Pareces una jodida rep de cálculo.

Bruna la miró con curiosidad.

—Y, sin embargo, somos iguales. ¿Por qué te hiciste ese tatuaje? ¿Y por qué te rapas la cabeza?

—¿Y tú? A mí me gusta así. Además, mi tatuaje es más bonito que el tuyo. Lo de la cremallera es un puntazo.

Bruna observó con atención la raya.

—Es verdad. La cremallera es mejor. Y está muy bien hecha —reconoció Bruna—. A mí no se me ocurrió.

—Bueno, a mí tampoco. Se lo vi a un tío y se lo copié. Pero él lo llevaba sólo en un brazo, eh... No alrededor del cuerpo, como nosotras.

Nosotras. La palabra *nosotras* quedó flotando y vibrando en el aire entre ellas como un ectoplasma.

—Doce —resopló Bruna con amargura—. Como doce sillas, como doce coches... somos productos en serie. Malditos sean los humanos.

—Sí, tienes razón, son unos cabrones, pero, la verdad, Bruna, a mí... a mí me ha hecho cierta gracia que existas, ¿no? Eres lo más cercano a una familia auténtica que podemos tener, ¿no?

Bruna la miró, impactada. Era verdad.

—Además, no somos tan parecidas, yo creo —dijo Clara—. Lo de la cuenta atrás y eso. Debe de ser cosa de la edad. De lo que tú has vivido y yo no.

Lo que habían vivido.

—¿A tu padre lo asesinaron?

Clara se tronchó de risa.

—Bruna, qué rarita eres. Somos tecnos. No tenemos padre.

—Ya lo sé, borrica. En tu memoria artificial —rió también Husky. Su otro yo se lo tomaba todo de modo literal.

—Ah, no, claro que no. ¿Un padre asesinado? ¿Dónde se ha visto eso? Ponen siempre memorias felices e insípidas. Mis padres de mentira me querían mucho, me regalaron un perro por mi décimo cumpleaños, los fines de semana nos íbamos a pasear por el monte con el perro y mi hermana. Ya ves, eso es lo que más echo de menos.

A mi maldita falsa hermana y a mi jodido falso perro. A veces me acuerdo de ellos. Y me irrita haberlos perdido.

En la furia, Clara se parecía aún más a ella. Era una sensación un poco espeluznante. Emocionante, pero vertiginosa.

—Dices que estás buscando trabajo...

—Sí. De guardia de seguridad, de gorila de un rico, algo así.

—Yo soy detective privado.

—Suena bien. Pero también suena complicado. Ya he tenido bastantes complicaciones en la milicia —dijo Clara, señalando el costurón que le cruzaba el cuello—. Quiero algo tranquilo y hasta aburrido. Las diversiones ya me las montaré yo en el tiempo libre.

—¿Dónde te lo hiciste?

—En el Norte. En el jodido Norte. Por aquí no sabéis lo que está pasando. Hay hordas de energúmenos agitando banderas. Los que llevan banderas distintas se matan entre ellos, pero luego siempre acaban juntándose para matarte a ti, o sea, para matarnos a los de los Estados Unidos de la Tierra. Hay grupitos así por todas partes. Antes estuve en el Este y es lo mismo. Quieren hacer naciones independientes. Pero en el Norte es peor.

—¿De qué zona estás hablando, exactamente?

—De todo el Norte. Pero el cuello me lo rajaron en la región escandinava. Llevaba bioglue, por eso no me desangré.

Bioglue, un pegamento biológico capaz de cerrar los bordes de una herida hemorrágica durante algunas horas. Formaba parte del equipo básico de los reps de combate, pero había que estar muy desesperado para ponérselo, porque abrasaba como el infierno y además destruía los tejidos en los que se aplicaba. Luego tenían que ser extirpados quirúrgicamente. No era de extrañar que la cicatriz tuviera ese aspecto tan horroroso.

—Hay un sitio por ahí arriba, Onkalo, en la antigua Finlandia, que quizá tenga que ver con el caso que estoy investigando.

—Pues mejor investiga por otra parte, Bruna. No conozco dónde está ese Onkalo que dices, pero esa parte del mundo no es un buen lugar ni para morir. Y a ti todavía te quedan más de tres años.

—Eres un miserable.

Habían quedado, como tantas veces antes, en el Pabellón del Oso, el símbolo de Madrid, y Melba, la osa polar recreada genéticamente después de que todos los osos se ahogaran al fundirse los hielos, hacía perezosas piruetas submarinas en su enorme tanque de agua azul.

—Eres un cerdo.

Pablo Nopal siguió contemplando impertérrito la danza de Melba, sin dar señales de sentirse ni siquiera rozado por sus insultos.

—Eres un hijo de puta y no voy a volver a hablar contigo nunca más —insistió Bruna, intentando parecer más y más indignada, aunque lo cierto era que la rabia se le iba diluyendo con cada exabrupto.

Pero no, no quería ponérselo fácil a su memorista. Ya le había perdonado demasiadas cosas.

—Eres un... —Calló, buscando algo horroroso que decirle.

—Bruna, no podía contártelo. Te obligan a firmar un acuerdo de confidencialidad tremendo. Decirlo hubiera supuesto pasarme diez años en la cárcel, porque infringir el secreto lo consideran incitación al odio entre especies.

—¿Cómo? ¡Pero qué desfachatez! Ellos sí que incitan

al odio. ¡Nos tratan como objetos! Puras mercancías. Nos han robado hasta la identidad, hasta la individualidad. ¿Cómo has podido prestarte a algo así? Ni contrato de confidencialidad ni nada. Nadie te obligaba a ser memorista. Eres tan cerdo como ellos.

—Pues sí, es posible, de acuerdo, no digo que no, pero tú, precisamente tú, no tienes que preocuparte por tu identidad. Tú eres única. Gracias a mí.

Bruna lo miró asombrada: Nopal hablaba en serio. Se le veía radiante y satisfecho de sí mismo.

—¿Te tengo que dar las gracias? ¿Por haberme puesto tus memorias reales? ¿Por darme un padre asesinado y una infancia desgraciadísima? ¿Por hacerme un monstruo entre los monstruos?

—Pero ¿no hablabas antes de la individualidad? ¿No querías ser distinta? Pues lo eres. Escoge de qué parte te quieres quejar, de lo de ser diferente o de lo de ser igual. No te puedes quejar de todo al mismo tiempo —dijo Nopal con sorna.

—Ni siquiera estoy segura de eso. Ni siquiera estoy segura de ser única. ¿Cómo te puedo creer, después de haberme mentido? Hay diez Huskys más por ahí, aparte de Clara. Alguna puede tener mis memorias, es decir, las tuyas. O a lo mejor ni siquiera es una Husky. A lo mejor es otro tecno cualquiera.

Pablo la miró. Muy serio. Clavó sus ojos negros en los ojos de tigre de la rep.

—Bruna. Te lo juro. Sólo he hecho una vez en mi vida esta locura. Era peligroso repetir: los de TriTon podrían haberse enterado. Y, además, hubiera sido abaratar mis propios recuerdos, ¿no te das cuenta? Por favor, créeme. Sólo estás tú.

Y Husky le creyó, porque no se podía hablar con más

sinceridad. Guardaron silencio un par de minutos mientras observaban los retozos de Melba. E inmediatamente empezó a crecer otra vez dentro de la rep el moho pertinaz de la desconfianza. Porque había gente capaz de hacer de la mentira una obra de arte. Como aquel exministro que había robado novecientos millones de gaias y que, meses antes de ser descubierto, había hecho una entrevista en televisión alardeando de su ética y jurando con irresistible encanto que jamás habían intentado comprarle porque la gente sabía que no se dejaba comprar. Tan modesto, tan sincero, tan verosímil como Nopal hacía un momento. ¿Y no era su memorista, además, un monumento a la falsedad? Si ni siquiera se sabía con certidumbre si era o no un asesino. Husky frunció el ceño y decidió no creerle y no quererle nunca más.

—¿Cómo es ella? —preguntó Nopal.

—¿Clara? —dijo Bruna.

Sintió una punzada de celos.

—Igual que yo. Pero distinta. Es curioso; también se rapa el cráneo, también tiene un tatuaje que le da la vuelta al cuerpo exactamente como el mío y en el mismo sitio, aunque el suyo es una pequeña cremallera... Queda muy bonito. Y también le gusta el vino blanco. Y beber demasiado. Pero luego es... cómo decirte. Mucho más simple. No es idiota, al contrario. Dice cosas que me sorprenden. Pero es... más sana, menos angustiada, menos obsesiva.

—Y más aburrida, menos imaginativa, menos refinada... —añadió Pablo.

La androide recordó uno de los comentarios de Clara; ella había dado por sobreentendido que la rep estaba en el microapartamento como lugar de paso, pero Clara había respondido que no, que el sitio le encantaba, que no necesitaba una vivienda más grande, que se veía viviendo toda su vida ahí. En ese sarcófago industrial sin ventanas. A Bruna le había impresionado.

—Es interesante. En realidad seríais un tesoro para los científicos. Clones perfectos que sólo se diferencian en la memoria... es decir, herencia contra ambiente, la vieja dualidad. Lo que hablábamos el otro día. ¿De dónde sale ese cuento que le cuentas a la niña rusa? ¿Tú ves a Clara capaz de inventar una historia así?

¿Con ese sentido directo y literal de la vida que parecía tener? No. Probablemente no, se dijo Bruna.

—No creo.

—Dices que es más sana que tú. ¿Te cambiarías por ella?

Bruna se lo pensó.

—No.

Nopal sonrió.

—Ya lo suponía. Aunque eso tampoco significa mucho, porque hay un principio psicológico de equilibrio mental que hace que, pese a todo, prefiramos ser como somos.

—Yo no quiero ser como soy —dijo Bruna, rencorosa.

—Sí, yo a menudo tampoco —comentó Nopal con ligereza—. Me gusta esa Clara Husky. Me la tienes que presentar.

—¿Piensas acostarte con ella? —preguntó Bruna con más agresividad de la que pretendía.

Nopal rió.

—Noooo... Aunque Clara no es como tú, por supuesto. Quiero decir que lo nuestro sería mucho peor... Lo nuestro sería incestuoso. Con Clara el tabú no es tan fuerte, pero, a fin de cuentas, también le escribí su memoria. Aunque fuera una vulgar memoria profesional. Y, además, se parece demasiado a ti. Me sentiría muy incómodo.

La androide apretó los labios, intentando no traslucir la satisfacción que las palabras de Nopal le producían. Era lo más cariñoso que el memorista le había dicho nunca. Lo más amoroso.

—¿Has pensado en que Merlín debe de estar por ahí? Claro que ya no se llamará Merlín, sino algún nombre que empiece por ene —añadió Nopal.

Husky se quedó sin aliento. No había caído en eso. No había querido pensar en eso. Merlín, su amado Merlín, con quien convivió dos años y al que vio morir de su TTT. Sí, Merlín también era de TriTon. Por algún lugar del mundo tenía que haber un tecno de cálculo con sólo dos años de activación y exactamente igual que Merlín. Un confuso incendio emocional arrasó la cabeza de Husky. Pensó: voy a dedicar el resto de mi vida a buscarle. Pensó: tengo que olvidarme de que existe. Pensó: no me quiero morir.

Tres años, nueve meses y veinticuatro días.

Ella era un lobo sin manada; más aún, ella era un oso, como le había dicho, meses atrás, aquel tatuador esencialista; un oso gruñón y solitario, una criatura que rehúye el contacto con los demás; ella era como Melba, única en su especie, nadando en el vacío inmenso de su tanque de agua, se dijo Bruna Husky mientras contemplaba cómo amanecía desde el ventanal de su apartamento: eran casi las seis de la mañana y sobre el perfil negro de los edificios se pintaba una línea refulgente de color violeta. La rep dio un sorbo a su enésima copa de vino blanco. Y si ella era así, tan arisca, si tenía el fugitivo desapego de un cometa errante, ¿cómo era posible que ahora su vida estuviera tan atestada de gente? ¿Qué había hecho mal? ¿Dónde se había equivocado? Yiannis y su bomba de endorfinas, ese pobre animalillo herido que era Gabi, el cínico Nopal, el arisco Lizard y, sobre todo, Daniel, que le gustaba y le inquietaba a partes iguales. Que irrumpía en su vida lleno de pasión y después desaparecía misteriosa y abruptamente, como si el sobón quisiera hacerle pagar su cercanía. Como si deseara demostrarle que la intensidad de sus encuentros no significaba nada. Y ahora, por añadidura, estaba Clara, Clara Husky, su otro yo resbaladizo, su doble desdoblada, su otra manera de ser ella misma. La rep se sentía atrapada.

—¡Brunitaaaaaaa! —chilló una vocecilla irritante.

Y una bola de pelo áspero saltó a los brazos de la rep y se empotró contra su pecho, tirando sin querer la copa de vino al suelo. El cristal se hizo trizas. El bubi la miró con expresión amedrentada y culpable:

—Bartolo bonito, Bartolo bueno... —farfulló.

El que faltaba, se dijo la androide desesperada. No sabía quién había tenido la maliciosa idea de enseñarle al tragón a llamarla Brunita, pero cada vez que le escuchaba al bubi el diminutivo le daban ganas de tirarlo por la ventana. El animal se abrazaba a ella como una lapa y su dura pelambre le raspaba el cuello. Sí; y además de todos los demás estaba el tragón.

Recogió los cristales rotos con una mano y sin soltar a Bartolo; sólo faltaba que ahora ese bicho imbécil se cortara una pata. Una vez despejado el suelo, arrojó sin miramientos al bubi sobre la colchoneta en la que dormía. O más bien en la que debía dormir, porque la mitad de las noches amanecía en la cama de la rep. Bartolo soltó un pequeño chillido de protesta y se quedó mordiéndose con nerviosismo las uñas de un pie. La androide se sirvió una nueva copa de blanco y retomó su lugar frente al ventanal, aunque la serenidad de ese momento mágico del amanecer ya se había perdido. El cielo era ahora de color gris sucio y la luz aumentaba por momentos. En algún lugar de esa apretada ciudad que veía al otro lado de la ventana tenía que estar la Viuda Negra, pensó Husky: la imaginó volando hacia ellos desde el Norte con una capa de oscuridad a las espaldas. Le inquietaba no haber vuelto a tener noticias de ella. ¿Cómo era posible que no hubiera intentado repetir el ataque? ¿Una profesional como ella? Quizá hubiera conseguido el diamante por otro lado. O quizá hubiera muerto: los asesinos mostraban una fatal tendencia a ser asesinados. Claro que también podía ser que ahora a la Viuda Negra no le interesara atacarla, sino seguirla. Obtener información de la información que ella obtenía. Así fue como asesinó a Nuyts. Bruna se estremeció. No podía evitar sentirse culpable.

Un rayo del temprano sol encendió de un chispazo las ventanas del edificio de enfrente. En algún lugar de ese vasto mundo también estaría un androide como Merlín.

—¡No, no, no! —exclamó Bruna en voz alta, sobresaltando al bubi.

En ese momento sucedió algo que le ayudó a olvidar a Merlín: la imagen del archivero apareció flotando en mitad de la sala.

—Yiannis, son las seis y media de la mañana, te voy a quitar el permiso de las llamadas holográficas... —empezó a gruñir la rep. Pero inmediatamente se detuvo: el viejo la miraba con una cara rarísima—. ¿Qué pasa?

—Creo que he destripado, desfrizado el mensaje. Descifrado. Estoy muy nervioso.

—¿Qué mensaje?

—El cuadro, el grito, la pintura.

Bruna dio un brinco.

—¡Calla! No digas ni una palabra más. Voy a tu casa. Espera.

Cortó la comunicación, tiró lo que quedaba de vino en la copa, cogió su pistola y un vaso de café y salió a toda prisa del apartamento. Esprintó hasta la casa del archivero. Yiannis le abrió la puerta con la misma expresión que tenía en el holograma: parecía que se hubiera tragado una gran bola de pelos de gato y ahora estuviera a punto de vomitarla. Bruna le miró con inquietud:

—Yiannis... No te estarás equivocando, ¿verdad? No

estarás demasiado alterado con la cosa esa que llevas en la amígdala, ¿verdad?

—¡Nooo, noooo! Anoche desconecté la bomba. Me di cuenta de que no conseguía pensar bien con toda esa droga en mi cabeza. No, no. Pasa. Ven.

El viejo condujo a la rep a la pantalla central, en donde podían verse las cuatro versiones de *El grito*. Al lado había una copia hiperrealista del dibujo que les había dado Nuyts.

—Mira... Vuestro dibujo sigue el modelo del primer cuadro de Munch, el pintado en 1893. Bueno, no es que siga el modelo: es que es exactamente igual, tan igual que ha tenido que ser copiado sobre una plantilla. Igual en cada una de las pinceladas, en fin, menos en una porción de la imagen. En la parte media del cuadro, como ves, está pintado el mar, que es azul oscuro a la derecha y luego, en el centro, muestra esta mancha ondulada y luminosa por el reflejo del sol. Bien, pues toda esa parte es diferente. Ese mar es distinto no sólo al de ese cuadro en concreto, sino también al de las otras tres versiones. Ese mar es único. De primeras no se advierte; pero cuando te fijas y, sobre todo, teniendo en cuenta la exactitud del resto del dibujo, la diferencia resulta notoria.

El archivero calló, quizá para excitar la curiosidad de Bruna o quizá para dejarle apreciar lo que estaba diciendo. En efecto, el fondo marino mostraba unas intrincadas ondulaciones que parecían distintas.

—Ésta es una ampliación de esa parte —dijo el archivero.

La pantalla central se llenó con el fragmento del fondo marino. Centenares de líneas de diversos colores se curvaban y apretaban como en un laberinto.

—Estaba seguro de que el mensaje tenía que estar

ahí, pero no sabía por dónde meterle mano. Anoche me pasé horas mirándolo. Horas. Y de pronto vi algo. Observa esta zona, donde la parte azul se junta con la parte luminosa. En lo luminoso hay un barquito. Tú olvídate del cuadro general, mira sólo esta imagen, entorna los ojos, relájate y dime qué es lo primero que te sugiere.

Bruna miró e intentó no pensar. Miró e intentó decir lo primero que le vino a la cabeza, como en sus sesiones con el psicoguía.

—Es una costa. La parte azul del mar no parece el mar, sino la tierra. Y lo iluminado sería el agua.

—Eso es. Es un mapa.

Yiannis se inclinó hacia delante, tocó la pantalla y arrastró un carta geográfica semitransparente encima del fragmento del dibujo.

—Entonces tuve una intuición genial, y perdona la inmodestia... Se me ocurrió coger el mapa de la costa occidental finlandesa en donde está Onkalo. Por supuesto que en el amplio mapa que descargué de TerraVisión hay un espacio en blanco como de unos cuarenta kilómetros cuadrados que corresponde justamente a Onkalo y que, como sabes, es una zona ciega. En fin, me pasé un buen rato agrandando y achicando la escala de la carta y buscando hitos geográficos que pudieran casar con los perfiles del dibujo, y al fin lo conseguí. Mira...

El archivero ajustó el tamaño del mapa e hizo que coincidiera con exactitud con las líneas del cuadro. En el dibujo de Nuyts, además, estaba también cartografiada la zona no recogida en el plano. La zona ciega. Yiannis aumentó otra vez esa porción.

—Éste es el mapa de Onkalo. ¿Lo ves? Y mira este barquito... En el cuadro original hay dos barcos, no uno, están más lejos y son mucho más grandes. Este barquito forma parte del mapa. Hay que coger un barco para llegar.

—¿Para llegar a dónde?

—No lo sé, pero está aquí, en este remolino de líneas sobre la zona azul... Parece una pequeñísima isla... Y verás que todas las líneas convergen aquí, como si fuera el ojo de un huracán. Ése es el destino de este mapa. Quizá sea una mina de uranio, o... la antigua central nuclear que por lo visto había allí.

Husky se quedó mirando esa tormenta de líneas torturadas.

—Habrá que ir.

—Será peligroso, Bruna. Tú misma dijiste que quizá fuera la entrada del infierno.

—El infierno ya está aquí, Yiannis —dijo Bruna, pensando en el lento suplicio de Loperena, en Nuyts asesinado y, sobre todo, en esa Gabi bárbaramente violada. Tenía la intuición de que todos los episodios de radiactividad estaban relacionados. Desentrañar este misterio sería su manera de vengar a la pequeña rusa.

—Aún hay algo más. Cuando acoté el fragmento del cuadro y lo reduje a la zona de Onkalo y sus alrededores, me di cuenta de que había unos mensajes escritos en cifrado francmasón.

—¿En qué?

—Es un cifrado clásico que usaba la sociedad secreta de los francmasones a principios del siglo XVIII para escribir sus cartas y que nadie pudiera enterarse de lo que decían. Las letras del alfabeto se convierten en rayas, ángulos y puntos. Cuando caí en lo que era me costó poco desentrañarlo. Es una clave sencilla; lo difícil era poder verla, en medio del bosque de líneas del dibujo. Pues bien, como te digo hay dos mensajes; el primero está justo al lado del remolino, es decir, en el punto exacto del destino del mapa, y evidentemente son las coordenadas geográficas del lugar: 61.23513ºN21.4821ºE. El otro mensaje está aquí, mira, en la parte del mapa visible, fuera de la zona ciega de Onkalo pero muy cerca. En la ciudad de Pori, para ser exactos. La frase está escrita al lado. Y, una vez descifrada, dice así: «Pori. La Flecha Negra. Mai Burún. Tranquilidad.»

—¿Qué es eso de Mai Burún?

—¿Un nombre propio? No sé.

—¿Y la Flecha Negra? ¿Y Tranquilidad?

—El mar de la Tranquilidad es el lugar de la Luna en donde aterrizaron los humanos por primera vez. Yo qué sé. Ni idea.

—Pero es en Pori, en cualquier caso. Hay que ir a esa ciudad y descubrir quiénes son o qué significan la Flecha Negra, Mai Burún y Tranquilidad. Ahora sólo es preciso encontrar el dinero suficiente para hacer todo esto.

Tardó cuatro días en organizarlo todo para poder marcharse. Fue un tiempo confuso y contradictorio. Como había augurado la pequeña Carnal, el asunto de las copias de los tecnohumanos había saltado al aire y se había convertido en un tremendo escándalo. Cuando Clara y ella iban juntas por la calle, la gente las señalaba y hacía corro con impúdica curiosidad. Por no hablar de la incesante persecución de los periodistas, sobre todo de los reporteros del programa de Enrique Oveje- ro, una de las estrellas de la pantalla, un tipo sensacio- nalista y miserable. Pero las dos Huskys eran igual de refractarias a los medios de comunicación y juntas re- sultaban triplemente amenazadoras, como si la suma de ambas fuera mayor que el mero añadido de sus dos individualidades, de manera que, cuando se negaban a contestar, los periodistas tendían a desaparecer a toda velocidad.

La joven androide mostraba una sorprendente que- rencia a estar gran parte de su tiempo con Bruna.

—Es utilísimo encontrarte a ti misma pero mayor. Puedo aprender bastante —decía, con ese limpio sentido común que poseía y que Bruna quizá también tuviera, pero que en todo caso debía de estar sepultado entre sus ansiedades, sus angustias y sus recovecos.

Clara estaba de visita en su casa cuando apareció inesperadamente Lizard.

—Ah... ya me habían llegado noticias de que te habías encontrado con otra Husky —comentó al ver a la rep, echándole una descarada y lenta ojeada de arriba abajo.

Los brazos de Paul, su olor a cedro, su peso contra ella en el frío, desdichado, despiadado polvo en los retretes del bar de Oli. Bruna sintió que una cuchillada de acérrimos celos le rajaba el estómago. Hubiera tirado a Clara por la ventana. O, mejor, a Lizard.

—¿Qué quieres? —le preguntó al inspector con aspereza.

—Hablar del caso. No vienes a verme. Así que vengo yo.

—De hecho, pensaba ir. Quiero que me quites esta estúpida baliza de socorro que me pusiste. Y dijiste que sólo se puede levantar con una máquina que hay en la Judicial —dijo Bruna, señalando la falsa cicatriz pegada a su brazo derecho.

—Cierto. Me alegro de que no la necesitaras.

La androide rascó la cicatriz con indolencia:

—¿Sabes qué? Estoy segura de que es mentira. Estoy segura de que no es una baliza de socorro sino un marcador de localización. Estoy segura de que me lo has puesto para tenerme controlada.

El inspector suspiró.

—Te aseguro que no. Wikea la baliza y lo verás. Se llama Instantsos. ¿Por qué no me crees?

Bruna le miró. En realidad parecía tan sincero. Tan sincero como todos los mentirosos, por otra parte.

—No consigo creerme que mi seguridad te importe tanto.

—Siempre he cuidado de ti. Ponme a prueba.

—Ya te he puesto y has suspendido.

Lizard resopló. Empezaba a cabrearse.

—Bueno. Dejemos esto. Sé por Preciado Marlagorka cómo os fue a ti y al sobón ese que te llevaste a Labari.

El corazón de Bruna dio un pequeño salto de malvada alegría:

—¿Qué pasa? ¿Tienes celos del táctil?

El carnoso y sólido rostro del inspector enrojeció de furia.

—No me busques porque me encontrarás, Husky...

—Eh, eh, que yo también soy Husky y no he dicho nada... —dijo Clara.

Lizard la ignoró.

—Marlagorka me ha dado el cuadro que trajisteis. No le he dicho que ya lo habíamos analizado tú y yo. Estamos volviendo a estudiarlo a ver si encontramos algo, pero por ahora no tenemos suerte.

Bruna apretó los labios.

—Si tú supieras algo lo dirías, ¿no? —dijo Paul.

—Ajá.

—Lo contrario sería obstrucción a la justicia...

—Claro.

El inspector volvió a suspirar.

—Está bien. Preciado Marlagorka está haciendo una investigación en el ministerio para intentar encontrar a un topo. Pero que sepas que él mismo no está libre de sospechas. No me parece un tipo de fiar.

En ese mismo momento Bruna decidió pedirle dinero a Marlagorka para ir a Finlandia.

—Ya hablaremos. Me gustabas más cuando colaborábamos —dijo Lizard, taciturno. Y se marchó dando un portazo.

—Está muy bueno tu inspector —comentó Clara, y luego levantó las manos en son de paz—. Tranquila, tranquila, no me mires así, si ni siquiera te puedes fiar de mí, que soy tú, ¿de quién te vas a fiar? ¿Qué te ha pasado en la vida? Mira que eres complicada, para ser yo...

Al final, en efecto, fue a ver a Marlagorka al ministerio y le contó lo del mapa, aunque no lo del mensaje secreto. Y el director general decidió contratar de manera oficial a Bruna como detective y costear el viaje. Bruna, a su vez, contrató a Clara de guardaespaldas: la rep ya conocía el Norte y las dos juntas formaban un tándem poderoso. Y en el último momento se volvió a sumar Deuil.

—Hicimos un buen equipo en Labari... y le he cogido el gusto a esta aventura. Pero además me importas. Quiero estar a tu lado —dijo el sobón.

Y sonaba profundamente sincero, tan sincero como los grandes mentirosos, de modo que Bruna, con imprudente impulso, le dijo que sí. Además, no vendría mal contar con un tercer aliado si de verdad iban a entrar en el infierno.

Al día siguiente, jueves 15 de agosto, tenían los billetes de avión para Jyväskylä, la ciudad principal de la región finlandesa. Bruna sabía que la zona había sufrido mucho con el deshielo de los Polos; al ser en gran parte baja y llana, una buena porción de la antigua Finlandia había quedado sepultaba por las aguas; la antigua capital, Helsinki, se había deteriorado mucho, de ahí el cambio administrativo a Jyväskylä. Al parecer no existían vuelos regulares a Pori. Tendrían que encontrar su camino hacia Onkalo una vez allí.

—Ya te dije que aquello es una mierda, Bruna —gruñó Clara—, yo no he estado ahí a donde vamos, he estado al otro lado del golfo de Bothnia, en la región sueca, y te aseguro que es un asco. Pura guerra de todos contra todos.

Esa noche, víspera del viaje, Bruna fue con Yiannis y Clara a visitar a Gabi, que ya había sido bajada a planta en el hospital y que sería dada de alta en pocos días. Era la primera vez que la androide la veía desde que la internaron, la primera vez desde que sabía lo que le había pasado, y la niña parecía la misma de siempre, malhumorada, impertinente y feroz. A Bruna le enterneció tanto que tuvo que reprimirse para no darle un abrazo.

—Uf, ¿y ahora sois dos? —dijo Gabi, poniendo cara de asco—. Pues vaya un horror. Y encima ésta va a tardar mucho más en morirse.

Su abundante pelo oscuro y rizado, normalmente una maraña sucia e impenetrable, se veía ahora limpio y bien peinado. Husky admiró el temple del enfermero o enfermera capaz de haber llevado a cabo semejante proeza.

—Mirad, estáis en la tele —dijo la niña.

En efecto, en la pantalla del cuarto estaban ellas, filmadas ahora mismo, hacía unos minutos, cuando estaban entrando en el hospital. Las cámaras las seguían a prudente distancia a todas partes.

—Bah. Ya se les pasará.

Sí, ahora era un gran escándalo, pero la memoria de los medios y de los ciudadanos era fina y deleznable como costra de hielo en el desierto. Bruna lo sabía, ya le había ocurrido; seis meses atrás había estado colgada en todas las pantallas públicas, primero como delincuente peligrosa y después como heroína, y todo terminó evaporándose sin dejar ni rastro y ahora nadie se acordaba de eso. La vida pública era un enredo, un diluvio, un barullo; los acontecimientos sociales se escribían sobre arena húmeda y las olas del tiempo los borraban.

—Termíname el cuento —dijo la rusa—. No se me ha olvidado. Estaba en un momento muy emocionante.

Pero a Bruna sí se le había olvidado. Bueno, no del todo; pero ahora no se sentía con ánimos para seguir.

—No, hoy no. Tenemos que irnos. Ya te dije que mañana nos vamos de viaje. Te lo contaré cuando regrese.

—¡No vale! Ahora te matarán ahí a donde vas y yo me quedaré sin saber el final —se enfurruñó la niña.

—No, tranquila, eso no pasará. No puedo morir hasta que no acabe de contar el cuento. Es mi talismán —dijo Bruna.

La rusa la miró. Esos ojos tan serios, tan intensos. Dos botones duros en su cara redonda. Sin dejar de observar a la rep, la niña agarró un pequeño mechón de su propio pelo y lo arrancó de un tirón.

—Dame la mano derecha —ordenó.

Bruna obedeció, intrigada, y Gabi rodeó el dedo corazón de la androide con la media docena de cabellos, anudándolos con la veloz facilidad de quien ha hecho algo parecido muchas veces. Luego se quedó mirando el anillo de pelo con satisfacción.

—Esto *sí* que es un talismán —sentenció la niña enfáticamente—. No hagas tonterías y vuelve pronto.

Jyväskylä era una ciudad que parecía haber vivido tiempos mejores. Tenía edificios monumentales de dos y tres siglos de antigüedad, pero se encontraban sucios y mal mantenidos. La mayor parte de la superficie urbana estaba compuesta por bloques de realojo, las típicas construcciones modulares baratas y urgentes que tanto proliferaron en los años de las Plagas, concebidas para ser utilizadas de modo provisional para acoger a los desplazados y que después las Guerras Robóticas se encargaron de convertir en ruinosas viviendas permanentes. Se encontraban en una Zona Dos, es decir, más contaminada que las Zonas Verdes, y, pese a contar con una universidad importante, la población se veía bastante envejecida. Paradójicamente, sin embargo, la ciudad alardeaba de una vida nocturna trepidante que en realidad era también diurna, porque los centros de diversión, discotecas, salones virtuales, cabarets y hedonés funcionaban las veinticuatro horas seguidas; en las grandes y destartaladas avenidas del centro se apretaban los locales del placer uno junto al otro, como soldados alineados hombro contra hombro. La noche que llegaron se alojaron en un hotel modesto pero limpio cercano a la estación. Bruna y Daniel acabaron en la cama, aunque discutieron y el sexo no fue gran cosa; Clara se tomó un *caramelo* de oxitocina y salió a surcar la ciudad, puede que sin bragas, intuyó la detective. Era extraño saberse tan iguales. En cualquier caso se alegró de que se marchara, porque no podía evitar sentirse celosa de ella con el sobón.

A la mañana siguiente Clara apareció puntual y ojerosa a la cita del desayuno. Más ojeroso y taciturno estaba Deuil, que, tras la discusión, había acabado marchándose a dormir a su cuarto. Querían partir cuanto antes hacia Pori. Todos a los que habían preguntado, tanto en el aeropuerto como en el hotel, se habían mostrado extrañamente ambiguos sobre la manera de ir hasta allá. Lo primero que hicieron fue intentar alquilar un vehículo en el aeropuerto, pero la empleada se puso bastante nerviosa y se limitó a repetirles una y otra vez que los coches de alquiler no podían salir de Jyväskylä y que les recomendaba que fueran a la estación de tren. Como los automóviles de los que disponían eran sólo automáticos y no admitían la conducción humana, no cabía la posibilidad de contratarlo y luego abandonar la ciudad de modo subrepticio. Tuvieron que resignarse.

Pero en la estación no les fue mucho mejor. Las máquinas expendedoras se negaron a venderles billetes para Pori, aunque el destino estaba marcado en la memoria del aparato. Consultaron la información de trenes y no parecía haber ninguno que parara allí.

—Ya te digo. Seguro que en Pori todos se están matando unos contra otros —repitió Clara.

Pero Bruna no podía creer que a tan sólo doscientos kilómetros de esa gran ciudad se acabara el mundo. Además, se recordaba a sí misma de joven y recién licenciada, y los reps de combate solían tener cierta tendencia a magnificar sus experiencias.

Pidieron hablar con un controlador y al cabo de diez

minutos de espera consiguieron escuchar la voz de un hombre, sin imagen, a través de una de las pantallas de información.

—Mi nombre es Antonio Sarabia, ¿en qué puedo ayudaros?

—Queremos ir a Pori, pero no encontramos ningún tren.

Silencio.

—¿Hola? ¿Estás ahí? ¿Hola?

—No se puede ir a Pori.

Bruna empezó a irritarse.

—¿Quieres decir que no hay tren? ¿Nunca? ¿Y entonces cómo vamos?

Un carraspeo.

—Mmmm, no se puede ir a Pori.

—¡Por todos los malditos sintientes! ¿Qué mierdas quiere decir eso? ¿Pori no existe más? ¿Ha quedado sumergida? ¿Es que en esta jodida ciudad nadie sabe contestar con claridad? —estalló la detective.

—Mira, yo estoy hablando educadamente. No estoy dispuesto a consentir estos modos —dijo la voz con gelidez.

La lucecita verde que parpadeaba se apagó. Había cortado la comunicación.

—No importa. Llegaremos a Pori, eso os lo aseguro —rugió Bruna.

Y se puso a estudiar el mapa y la red ferroviaria en su móvil. Cuando estaba furiosa, su capacidad de trabajo parecía multiplicarse. Un minuto más tarde dijo:

—Iremos a Tampere. Está a ciento cincuenta y un kilómetros de aquí y a cien de Pori, y es un importante nudo ferroviario. Es imposible que no haya tren hasta allí.

Así que intentaron comprar billetes para Tampere.

Pero cuando marcaron el destino en la máquina expendedora apareció un letrero luminoso informando que los interesados en ir a ese destino debían acudir al centro de seguridad de la estación.

Acudieron. Había una pequeña sala de espera en la que aguardaban dos humanos. Hombres, mayores. Pasaron primero ellos, uno tras otro. Luego les tocó el turno. Un pequeño despacho desvencijado y, tras la mesa, un rep de combate. Esto era algo extraordinario: era la primera vez que Bruna veía a un rep en un cargo burocrático que, como éste, parecía medianamente alto. Más extraordinario aún: era la primera vez que Bruna se daba cuenta de ello. Esta parte del mundo era sin duda un lugar muy especial.

El androide echó una larga e interesada ojeada a las dos Huskys.

—Vaya... Sois de ésos, ¿eh? —comentó, admirado.

—Supongo que sí.

—Yo no soy de TriTon. Menudos hijos de puta. Bueno. Entonces, ¿queréis ir a Tampere?

—Queremos ir a Pori.

—No se puede ir a Pori. Está más allá de la frontera.

—¿De la frontera?

El androide suspiró.

—Ya lo veréis. Se supone que no debemos hablar de ello por motivos de seguridad o yo qué sé. Bueno, entonces vais a Tampere. Desde allí quizá podáis pasar al otro lado. Ya no tenemos trenes de pasajeros con ese destino porque casi nadie quiere ir. Pero hay dos convoyes de mercancías al día. El próximo sale dentro de una hora. Se puede viajar en ellos y cuesta cien gaias por persona, pero tenéis que firmar un documento asumiendo los riesgos.

—¿Qué riesgos?

—Bandoleros y esas cosas. Nada que vosotras dos no hayáis visto. No es para tanto.

—Está bien —dijo Bruna.

Pagaron a través del móvil y firmaron el documento en la pantalla de reconocimiento digital.

—¡Suerte! Si volvéis, pasad por aquí a saludarme, chicas... —dijo el rep con una pequeña sonrisa a medias seductora y a medias cínica.

Puede que no fuera para tanto, pero el tren estaba blindado y protegido por una decena de tecnos de combate armados con fusiles de plasma. Bruna se alegró de llevar consigo su pequeña pero eficaz Beretta Light: ni el sobón ni Clara poseían armas de fuego. Subieron a un vagón que tenía una docena de sillones atornillados al suelo y en donde ya estaban instalados los otros dos humanos de la sala de espera. El resto del espacio estaba ocupado por pequeños contenedores metálicos. Un rep demasiado musculoso se sentó en uno de los sillones vacíos con el fusil apuntando al techo y se dedicó a devorar golosamente a las Huskys con la mirada. A Bruna le pareció que Clara era más receptiva al soldado que ella.

Salieron enseguida de la ciudad y en un primer momento el paisaje que se veía a través de la ventana enrejada no tenía nada excepcional: un terreno llano, lagos, edificios. Poco a poco, sin embargo, la tierra fue estando más y más anegada, las casas más diseminadas. Luego empezaron a ver viviendas abandonadas y a menudo derruidas. Los campos de labor inundados. Las carreteras comidas por el agua. No era de extrañar que no se pudiera salir en coche de Jyväskylä.

Llegaron a Tampere en poco más de una hora pero el ambiente había cambiado tanto que bien podrían haberse bajado del ascensor espacial. La estación estaba rodeada de sacos terreros, como si esperaran un asedio. La ciudad, patrullada por el ejército, parecía tristísima. Había muy pocas personas por la calle, aparte de los soldados (casi todos reps) y largas colas de gente sombría ante los supermercados.

—¿Qué? ¿Ya me vas creyendo? —dijo Clara.

La mayoría de los hoteles que había cerca de la estación estaban cerrados y abandonados. Al fin encontraron un establecimiento abierto. Estaba cochambroso y a la mujer que lo regentaba le salía una pequeña tercera mano del cuello, por debajo de la oreja izquierda. Una mutante. Cuantos más mutantes se veían en un lugar, más desprestigiado y marginal era ese sitio. Era una regla de oro de la sociología aplicada.

—¿Así que queréis ir a Pori? —dijo la mujer, agarrando con ávida naturalidad la propina de cincuenta ges que Bruna le había dejado sobre el mostrador—. Bueno, ya sabéis que está al otro lado de la frontera. Y que para pasar la frontera hace falta un salvoconducto. Y que es muuuuuy difícil conseguirlo.

Dicho esto, la mujer calló, redonda y sonriente como un buda. La tercera manita era tan pequeña como la de un bebé y estaba cubierta por un guante de perlé blanco primorosamente tejido a ganchillo. Bruna dejó otro billete de cien ges. La sonrisa de la mutante se amplió un centímetro.

—Pero da la casualidad de que yo conozco a la persona que necesitáis. Id al hedoné de la calle Maarit Verronen y preguntad por Mikael el Matemático. Siempre está allí. Él os lo arreglará todo.

¡Un hedoné! No era de extrañar que estuviera allí siempre, pero ¿en qué estado? Aunque tal vez fuera el dueño del local. La legalidad de los hedonés era una prerrogativa regional; en Madrid, por ejemplo, estaban prohibidos. Pero Bruna había visto la devastación que producían; había perdido a algún compañero de milicia en el aniquilante placer de esos infiernos. Su bien entrenada memoria le hizo recordar lo que Yiannis le había explicado sobre estos lugares; estaban basados en unos experimentos que habían hecho unos investigadores en una universidad de Canadá en torno a 1950. Implantaron electrodos en una zona determinada del cerebro de una rata, la metieron en una caja y le pusieron una palanca que ella misma podía pulsar. Cada vez que lo hacía, recibía una breve y pequeña descarga que activaba esa zona del cerebro. Que era la zona del placer. La rata llegó a pulsar siete mil veces la palanca en una sola hora. Implantaron más electrodos en más ratas. No comían, aun estando hambrientas; no bebían, aun estando sedientas; las madres abandonaban a sus camadas; los machos ignoraban a las hembras en celo. Sólo se dedicaban a apretar la palanca hasta morir. Los hedonés aparecieron a finales del siglo XXI cuando se desarrolló la tecnología de los nanoimplantes cerebrales automáticos. La facilidad y seguridad del método de inserción permitía que cualquier imbécil se disparara un nanoelectrodo en el cerebro a través de las fosas nasales. En el hedoné te facilitaban la pistola sembradora y, una vez insertado el electrodo en tu cabeza, luego podías quedarte en el local apretando el botón del placer tantas veces como quisieras o como tu crédito te lo permitiera. Cada veinticuatro horas los vigilantes te desconectaban, te cambiaban los pañales, te daban de comer y de beber, te lavaban someramente y te volvían a dejar enchufado. Lo único que salvaba a esos pobres desgraciados era el hecho de que se trataba de un vicio bastante caro. No todo el mundo podía pagarse una semana en el hedoné. Cuando dejabas de estar conectado, el implante quedaba bloqueado: no se podía utilizar en otro sitio. Pero más de un colgado se había reventado el cerebro intentando activarlo caseramente.

Encontraron con facilidad la calle Maarit Verronen, pequeña y oscura en el atardecer, y el hedoné era el único local público y con luz que había en la zona. La puerta, pintada de verde, estaba cerrada. Un foco despiadado te iluminaba desde arriba como un reflector de la policía. Llamaron y la hoja se entreabrió y apareció un niño esmirriado, mulato, de pelo sucio y enredado, vestido con unos vaqueros y una camiseta que le quedaban enormes. El chico se apoyó en el quicio retadoramente y los miró:

—Qué —dijo con lacónica hostilidad.

Era demasiado pequeño; no debía de tener ni diez años. ¿Qué hacía un crío así en un lugar como ése? Bruna recordó a Gabi y el oscuro pasado de Gabi. Niños rotos, infancias violadas de infinitas maneras.

—Venimos a ver a Mikael el Matemático.

—¿Para qué?

—Necesitamos sus servicios.

—A ver el dinero.

Era tan imperativo como un pequeño matón en miniatura. Bruna gruñó y le enseñó un fajo de gaias. El chico asintió y los dejó pasar a un pequeño recibidor oscuro en el que estaban sentados, estólidos, impávidos y enormes, dos humanos de mediana edad con dos grandes fusiles de plasma sobre las rodillas. El niño cerró la puerta y les indicó con un gesto de la cabeza que le siguieran. Los tipos ni se menearon: parecían dos rocas.

Fueron tras el mulato por un estrecho corredor, cruzaron un patio y entraron en una amplia sala iluminada tenuemente y con una veintena de camastros a ambos lados. La mitad de las camas estaban ocupadas por hombres y mujeres que, echados por completo vestidos encima de ellas, parecían dormir salvo por el movimiento espasmódico de sus manos apretando los botones.

—Es como un fumadero de opio —murmuró Deuil.

Bruna no había estado nunca en un fumadero de opio, pero sí en un hedoné intentando sacar a un compañero. No pudo. Eran lugares que le ponían enferma.

—Eh, Matemático —dijo el niño acercándose a uno de los camastros y levantando una pequeña palanca que había en la pared.

El tipo que estaba tumbado en la litera en posición fetal dio un respingo y se puso a apretar más y más deprisa el mando que tenía entre las manos. Empezó a gemir y se sentó en la cama, pulsando el botón como enloquecido. Era un hombre de unos sesenta años de largo pelo canoso, tan sucio y enredado como el del niño.

—Aviva, tío, que tienes trabajo —dijo el mulato; y, sacando del bolsillo de su pantalón un aplicador de subcutáneas, le disparó al tipo una dosis de algo en el antebrazo.

El Matemático se puso rígido, dio dos o tres estertores como si se estuviera ahogando y luego empezó a relajarse y a recuperar poco a poco el ritmo de la respiración. Pareció volver en sí.

—¿Veis? Ya casi está bien. Lo hago porque me lo pide él, ¿eh? —explicó juiciosamente el niño—. Necesita el dinero para pagarse el hedoné.

Aún sentado en la cama, el hombre levantó la cabeza y los miró con ojos enrojecidos y cara de cansancio, como si hubiera regresado de un viaje extenuante.

—Es un poco de trinalina —dijo con voz ronca, aún jadeando un poco—. Un estimulante neuronal. Para despertar el resto del cerebro. Se queda como aletargado.

El niño se colocó a su lado y el Matemático se apoyó en su hombro y se levantó del camastro con esfuerzo; era una coreografía muy ensayada, un movimiento que sin duda habían repetido muchas veces. El tipo era muy delgado y bastante alto. Un cuerpo que debió de parecerse al de Deuil, pero que había sido derrotado por la vida. De pie, su espalda se curvaba penosamente como un girasol al caer la tarde. Apoyándose en el niño como en un bastón atravesó la sala, abrió una puerta que había al fondo y entró en otra sala más pequeña que parecía el almacén de un supermercado, porque estaba atestada de garrafas de agua, latas de comida en conserva, cajones de patatas, cajas de embalaje, bidones de aceite, mantas. En medio de ese caos había una vieja mesa de oficina con su sillón y un par de sillas. Mikael el Matemático se dejó caer en el sillón. Los demás permanecieron de pie.

—Está bien. Contadme qué queréis.

—Queremos ir a Pori.

—De acuerdo. Tres salvoconductos.

—Y necesitamos transporte hasta allí. Tengo entendido que está a ciento once kilómetros —añadió Bruna.

—Mmmmm... eso es fácil. Os puedo meter en un camión del ejército. Es decir, es fácil si tenéis dinero.

—Tienen —dijo el niño.

—Tres salvoconductos y el transporte serán... siete mil gaias.

Husky suspiró: se estaban comiendo el dinero de Marlagorka demasiado deprisa.

—Tenemos, sí. Siempre que esos salvoconductos sirvan también para volver.

—Servirán, descuida. Si es que volvéis.

—Muchas gracias por los ánimos —dijo Clara con sorna.

—No me importa nada la razón por la que deseáis ir a Pori y no quiero conocerla, pero no sé si sabéis a dónde vais. Estamos en guerra. El Gobierno de los EUT no lo dice, no lo reconoce, lo intenta tapar, pero estamos en guerra. Es una guerra sucia, múltiple, confusa, desesperada. Grupos ultranacionalistas y ultrarreligiosos están incendiando el planeta con el anhelo de volver a crear mil pequeñas naciones. Es un sueño feroz y excluyente, porque se envuelven en esos trapos de colores que llaman banderas y se degüellan los unos a los otros, como si encontraran su identidad, precisamente, en el hecho de poder odiar a alguien. Son unos tipos irracionales y retrógrados pero los entiendo, porque yo también comparto el desencanto de este gobierno planetario, de esta nación universal de los Estados Unidos de la Tierra, tan hipócrita, tan corrupta, tan ajena a las verdaderas necesidades de la gente; la diferencia es que yo no creo que la solución sea regresar a la tribu primitiva.

—¿Y cuál sería la solución? —preguntó Bruna, atrapada a su pesar en el discurso de este sorprendente personaje, capaz de transmutarse en cinco minutos de un guiñapo humano en un orador.

Mikael el Matemático se encogió de hombros.

—Si la hay, supongo que sería dentro de los EUT. Dentro del sistema democrático, porque es el único que permite la autocrítica, la demolición y la reconstrucción. Pero aquí es muy difícil creer en nada... Los EUT es una nación joven, frágil y asustada... Controla el centro, pero el sistema se le desmorona en los confines... Y entonces mienten, fingen que no hay problemas, censuran la información, ocultan los movimientos ultras... Yo era rector de la universidad. Cuando empezó la guerra en 2097, justo después de la Unificación, me negué a aceptar el código de silencio que se nos impuso. ¡Por la seguridad del Estado, me dijeron! ¡Por el carácter extremadamente contagioso del ultra-nacionalismo! Pero yo era el rector de la universidad. Yo era un científico. ¿Cómo iba a mentir de manera tan indecente a mis alumnos? Me negué a colaborar. Y me echaron. De todas maneras al final dio igual. El año pasado cerraron la universidad. Demasiado subversiva, por lo visto.

—Hay otras soluciones, hay otras vías —dijo Deuil abruptamente, casi con agresividad—. Tú lo has dicho: los EUT son hipócritas, cínicos, mentirosos, materialistas. Hay que volver a la pureza. Hay que volver a recuperar la fe. Hay que creer en el espíritu.

Mikael le miró entornando sus ojos enrojecidos.

—Ah. Un creyente. Un necesitado de respuestas. Muy bien. A mí siempre me han dado miedo los que tienen más respuestas que preguntas. Pero quizá sea una deformación científica. Perdonad este discurso que os he soltado. Es un viejo tic de profesor. Y aquí, como comprenderéis, tengo muy pocas oportunidades para conversar... Sólo cuando viene algún cliente.

Contente, Bruna, se dijo la androide. A ti qué te importa. No vas a volver a verlo jamás. Pero, de alguna manera, el viejo le recordaba a Yiannis y no pudo evitarlo:

—¿Por qué te cuelgas del hedoné, Matemático? Tienes cabeza, tienes conocimientos. Podrías vivir en vez de vegetar.

—¿Y tú qué sabes de mi vida, androide? No importa lo que se tiene; lo jodido es lo que se añora. Dame los siete mil. Mañana a las doce tendréis los salvoconductos. Os los entregará el niño. Para entonces yo ya estaré refugiado en el interior de mi mente. Y seré feliz.

El mulato les había dicho que fueran a las 14:00 al mercado central y preguntaran por el sargento Fajardois. Llegaron a las 13:30; un enorme gentío se agolpaba ante la puerta principal, guardada por tecnos de combate. Bruna les preguntó por el sargento.

—No ha llegado todavía —respondió uno, apresurado; y luego se puso a gritar a la muchedumbre—: ¡A ver, atención, hacedme ahora mismo una buena cola! ¡El que no guarde cola no podrá comprar nada!

Cuando al fin se organizó, tras diez minutos de empujones y discusiones, la formidable cola se perdía tras dar la vuelta a la esquina. Las Huskys y Deuil se quedaron esperando a un lado de la puerta, discretamente apartados pero siendo asaeteados por las miradas suspicaces y fieras de los que aguardaban y que quizá temieran que fueran a colarse. Por fin a eso de las 14:10 apareció una larga fila de camiones del ejército, grandes trastos blindados con ruedas de oruga. Eran diez. Exclamaciones de furor y desolación recorrieron la cola.

—¿Tantos? ¡Es una vergüenza! ¡No va a quedar nada!

Los camiones aparcaron en batería en un lado de la plaza y los soldados bajaron y entraron en el mercado. Como siempre, la mayoría de los soldados rasos eran tecnos y todos los oficiales y suboficiales eran humanos. Bruna se acercó al humano que estaba en la entrada dando órdenes.

—¿El sargento Fajardois?

—Soy yo. Ah. Vosotros debéis ser los del Matemático. A ver los salvoconductos...

La androide se los entregó: eran unas anticuadas tarjetas plastificadas con un chip de información incrustado en ellas. El cabo leyó rutinariamente los chips con el lector de su móvil.

—Vale. Subid a la parte de atrás del tercer camión. Subid ya. Saldremos enseguida.

El tercer camión, ocupado por varias filas de bancas corridas, era para transporte de tropas. Ahora no había nadie, porque todos los soldados se afanaban llenando los otros vehículos con cajas y cajas de alimentos que al parecer estaban ya preparados y empaquetados dentro del mercado. La gente de la cola cada vez se agitaba más y los gritos subían de diapasón.

—¡Miserables! ¡Quieren matarnos de hambre! ¡No quedará nada! ¡Llevamos desde las seis de la mañana!

El camión empezó a llenarse de soldados: la carga había terminado. Los vehículos arrancaban y salían zumbando, mientras los tecnos que guardaban el mercado se esforzaban en contener la furia ondulante de la gente. Aunque el suyo era el tercer coche, salieron los últimos, sin duda para que la tropa pudiera defender las espaldas del convoy. Cuando se alejaron lo suficiente, los soldados suspiraron y se relajaron. En ese momento se pusieron a mirar con curiosidad a los tres nuevos.

—Eh, vosotras, sois de ésos, ¿no? —dijo un cabo humano.

—Sí, somos de ésos —contestó de mala gana Bruna.

—Sí, señor, sí, señor. Muy parecidas.

Pero, para alivio de las androides, no añadió más. En-

315

seguida salieron de la ciudad y los soldados volvieron a ponerse en tensión. Este trayecto no va a ser fácil, se dijo la tecno.

No llevaban ni veinte minutos cuando pararon.

—La maldita frontera —musitó una androide de bellos ojos color lila que estaba sentada junto a Bruna—. Cada día está más cerca de Tampere.

Una oficial humana subió a la caja, verificó las chapas de identidad de los soldados y revisó sus tres salvoconductos. Luego se bajó y prosiguieron camino. Entonces la detective lo escuchó por primera vez. Aguzó el oído. Sí. Recordaba ese retumbar de la época de su servicio militar en Potosí.

—Lo oyes, ¿verdad? —dijo la rep de los ojos bellos—. Los cañonazos. Los humanos tienen suerte. Como son medio sordos. Pero nosotros... No hay manera de dejar de escucharlos.

Bum, bum, bum. Cada vez más alto, cada vez más cerca. En poco tiempo también lo captarían los humanos. La rep de los ojos lilas tenía una mano biónica. Por fuerza tenía que llevar menos de dos años en el frente y ya le habían volado una mano. Mala suerte. La prótesis parecía buena, pero no era estética: el metal brillaba con un tono azulón. Probablemente se la cubrirían con biosilicona cuando se licenciara.

Por la trasera abierta del camión se veían campos destrozados, anegados, con cráteres de bombas llenos de agua. De cuando en cuando, durante unos cientos de metros, porciones de tierras verdes y plácidas que hubieran permitido soñar con una vida mejor de no ser por el lejano tronar de los cañones. Bruna vio aparecer un pequeño dron de los informativos revoloteando por encima de ellos: vaya, tal vez al fin fueran a dar noticias de lo que estaba pasando por estos confines.

—¡Mosca! ¡Mosca a las doce menos diez! ¡Moscaaaa!

De pronto los soldados se habían puesto a gritar como locos y, echando mano de sus fusiles de plasma, estaban disparando al dron. Pero, antes de que le acertaran, el avioncillo teledirigido cayó en picado sobre el camión que iba delante de ellos. Bummmm. La explosión los dejó momentáneamente ciegos y sordos y los golpeó como una bofetada de aire duro. El vehículo en que iban se salió del camino, subió por un terraplén y se quedó clavado en la tierra húmeda. Salieron tosiendo y lagrimeando de la caja en medio de un humo negro y picante; el camión que iba delante de ellos estaba volcado, destripado, ardiendo. Por fortuna los cuatro soldados que viajaban en él sólo parecían estar un poco chamuscados, un poco machucados, levemente heridos.

Con el esfuerzo de todos consiguieron liberar el camión del montón de tierra en donde había encallado, bajarlo del terraplén y retomar la marcha. Los heridos se subieron con ellos: el vehículo estaba abarrotado porque ahora llevaba siete personas de más.

—¡A ver esas armas, que no queremos un accidente! —gruñó una suboficial.

Los soldados mantenían los fusiles apuntando hacia el techo. El costado izquierdo de Bruna estaba empotrado en la sólida cadera de la rep de los ojos bellos, y su costado derecho en la breve osamenta de Deuil. Intentó no pensar que Deuil estaba a su vez pegado a la nalga de Clara.

—Esos hijos de puta, esos cobardes... —siseaba uno de los heridos, un humano, mientras se sostenía mimosamente un brazo quizá roto—. Siempre matando a escondidas y desde lejos.

—¿Quiénes habrán sido? —preguntó otro soldado.

—A saber. Los verdes, los rojos, los morados... Son todos iguales. Así revienten.

—Es una guerra muy sucia —le explicó a Bruna en voz baja la androide de la mano metálica—. Una guerra de guerrillas. De emboscadas. Bombas en drones y francotiradores. Nunca vienen abiertamente. Casi nunca los ves. A veces, a lo lejos. Pequeños grupos agitando sus enseñas de colores. Sus banderas y sus dioses los vuelven locos. También se matan entre ellos. Pero nunca lo suficiente, porque además a menudo se alían para atacarnos. Y si te pillan vivo... Si te pillan vivo estás bien jodido.

La tecno levantó la mano metálica.

—A mí me la quemaron con ácido —dijo, taciturna—. Si quieres que te diga la verdad, no creo que haya en este camión una sola persona que tenga ni idea de qué coño estamos haciendo aquí.

Pori era una ruina. Más de la mitad de los edificios habían sido bombardeados. Había calles enteras destruidas y escombreras tan vastas como ríos de lava. El convoy militar los dejó en lo que había sido el centro de la ciudad y ahora era un cerro de cascotes por el que escarbaban niños y perros famélicos. A menudo las ruinas olían a podredumbre: no quedaban vivos suficientes para poder rescatar los cadáveres atrapados. Era un lugar desolador que más bien parecía un no lugar. No sólo tendrían que buscar la Flecha Negra y a Mai Burún, sino también un sitio donde dormir y algo que comer. No parecía fácil ninguna de ambas cosas. Eran las 17:00 y en tres horas se haría de noche; a juzgar por las farolas reventadas, no iba a haber mucha luz cuando el sol se pusiera.

—Los cañones se han callado. Menos mal —dijo Deuil.

Cierto: habían dejado de tronar hacía unos minutos. Era un pequeño alivio. Frente a ellos estaba un edificio derruido del que sólo quedaban en pie dos paredes que formaban un ángulo. Debía de haber sido una biblioteca, porque esos dos muros se encontraban cubiertos de estanterías aún llenas de libros, libros tradicionales de papel. Una mujer y un hombre, los dos humanos, los dos de mediana edad, estaban subidos en precario equilibrio sobre el montón de detritus que el colapso del techo había dejado y, tras sacar un libro cada uno de las estanterías, leían con concentrada fruición, ajenos al pequeño apocalipsis que los rodeaba. Bruna trepó por los cascotes y se acercó a ellos.

—Hola. Perdonad que os moleste. Acabamos de llegar a Pori. No sabemos dónde alojarnos, dónde conseguir comida. ¿Se os ocurre algo?

Los humanos levantaron la mirada de las páginas como si salieran de un sueño, pero no se mostraron sorprendidos ni por la pregunta ni por la insólita presencia de dos reps idénticas y un tipo con moño de samurái. Probablemente ya estuvieran más allá de toda sorpresa.

—Casi todos los supervivientes estamos en la Torre Aalto. Ya sabes, la construida por Sofi Aalto... —explicó el hombre con exquisita cortesía.

En la memoria de Bruna resonó un pequeño eco.

—¿No era el edificio más alto del mundo?

—Exacto, era y es —dijo la mujer con una sonrisa radiante de orgullo, como si estuviera dando una información turística, como si no se encontraran en medio de un mundo hecho trizas; qué profunda, qué pertinaz era la fijación tribal por el terruño, pensó Bruna—. Tiene trescientos pisos y mil quinientos metros de altura.

—Sofi Aalto inventó un material nuevo, el basalto sintético. Muy ligero y muy resistente. Lo desarrolló para poder levantar un edificio tan grande, pero ha resultado tan duro que las bombas no lo destruyen. Así que ahora estamos casi todos allí. Es como una ciudad vertical. Y allí hay de todo. Bueno, todo de lo poco que nos queda, quiero decir. Es ése —explicó el hombre. Y señaló hacia un lugar del cielo.

Las Huskys y Daniel se volvieron: al fondo, por encima de las ruinas, de las columnas de humo y del caos, una torre oscura, afilada e inacabable parecía hincarse en las nubes.

—La Flecha Negra —dijo la mujer con arrobo—. Sigue siendo bella, ¿verdad?

¡De manera que ésa era la Flecha Negra! Dieron las gracias intentando disimular su excitación y se pusieron en camino hacia la torre. Las sombras de la noche caían con rapidez. Una patrulla de soldados los detuvo y, tras estudiar sus salvoconductos, los dejó seguir. En las calles ya no quedaba casi nadie; sólo esos niños pequeños que se movían entre las ruinas como ratas y que se escondían asustadizos a su paso. Estaban llegando ya a la torre cuando escucharon el silbido de un disparo de plasma; Clara y Bruna se arrojaron instantánea y simultáneamente al suelo; el sobón tardó unas décimas de segundo.

—¿De dónde ha salido? —susurró Bruna.

—Creo que de allí —señaló Clara.

De unas ventanas ciegas, reventadas. Esperaron un par de minutos, pero no parecía que el ataque se repitiera.

—Un francotirador —dijo Bruna—. Ya nos lo dijeron. Seguro que ya se ha marchado.

De todas formas tomaron la precaución de acercarse al pie del edificio desde el que supuestamente habían disparado para seguir avanzando hacia la Torre al amparo de su pared. Entonces le vieron: a unos metros, en mitad de la plaza, el cuerpo desmadejado sobre los cascotes. Un niño de ocho o nueve años con media cabeza volada por el plasma.

—¡Malditos sean todos los sintientes! Pero ¿por qué le dispara a un niño ese cabrón? —rugió Clara.

—Por crueldad. Por odio. Porque vio algo que se movía y no supo que era un niño hasta después. O para infundir terror. Siempre hay mil razones —respondió Bruna con voz impávida y tranquila.

Pero pensaba en Gabi. Y en la vida que habría malvivido Gabi en su confín.

—Y luego decía el viejo del hedoné que la solución tenía que estar en los EUT. Pues bien, éstos son los estupendos Estados Unidos de la Tierra —dijo Daniel con ácido sarcasmo.

Bruna se sintió extrañamente irritada por sus palabras. Una emoción chocante, porque en el fondo opinaba como él.

—Cierto, y tú dijiste que había otras vías. ¿Como cuáles?

El sobón frunció el ceño.

—Si quieres que te diga la verdad, hasta las Tierras Flotantes me parecen mejor que esto.

—¿Cómo? Daniel, tú y yo hemos estado allí. Tú has visto lo que es Labari.

—¿Acaso es peor que esto? Necesitamos creer en la vida espiritual. Necesitamos algo trascendente que dé sentido al caos del mundo.

—¿Vamos a seguir aquí diciendo estas chorradas hasta que llegue otro francotirador y nos reviente? —dijo Clara.

Y eso acabó la discusión.

De cerca, la Flecha Negra se veía muy maltratada. El basalto artificial tenía una capa de polvo y mugre, la mayoría de los cristales estaban rotos y muchos de ellos habían sido reemplazados por tablones o paneles de duroplast. En la entrada, un rep de combate con una escarapela de guardia privado les pidió que se identificasen.

—¿Dónde podemos comer y encontrar alojamiento? —preguntó Bruna.

—Si tenéis dinero, en los centros comerciales —contestó el androide.

—¿Y dónde están?

—Hay uno en cada barrio. Cada veinte plantas, más o menos.

—¿Te suena de algo Mai Burún?

—Ni idea. ¿Tenía que sonarme?

—¿Y Tranquilidad?

—Por aquí, muy poca —contestó el tecno burlón devolviéndoles los salvoconductos—. Adelante.

Entraron en el enorme vestíbulo, sucio y caótico, lleno de gente tumbada en sacos de dormir o en roñosos colchones, o sentados en el suelo en torno a pequeñas hogueras. Parecían vagabundos y quizá lo fueran. Los vagabundos de la ciudad vertical. Sortearon los grupos e iban camino a los ascensores de la pared del fondo cuando un penetrante silbido resonó a sus espaldas.

—¡Eh, novatos! Por las escaleras. No hay electricidad —les gritó el androide de la puerta, muerto de risa.

Así que se dirigieron a las escaleras. Bruna miró por el hueco hacia arriba: se perdía en las sombras. Trescientos pisos. No estaba nada mal.

Bum, bum, bum. Habían recomenzado los cañonazos. Ahora se escuchaban muy cerca. A veces el suelo vibraba con las explosiones. Las plantas eran todas idénticas y estaban igual de sucias y de caóticas que el vestíbulo. Algunas puertas de lo que en algún tiempo debieron de ser oficinas o apartamentos se encontraban abiertas, otras estaban cerradas y reforzadas con candados o listones de metal. La gente entraba y salía de los habitáculos, subía y bajaba por las escaleras. Se oían risas, conversaciones, llantos de niños, gritos. En un pasillo había un tipo vendiendo agua. La anunciaba con una salmodia monocorde:

323

—Agua potable, diez ges el litro; agua potable, diez ges el litro...

Tenía a sus pies, prendida, una lamparilla de aceite, porque ya no se veía casi nada. Encendieron las antorchas de sus móviles y la escalera se iluminó con un resplandor azuloso. La gente con la que se cruzaban los miraban con interés: pese a la larguísima duración de las baterías de los móviles, pocas personas debían de permitirse el lujo de usar las antorchas por miedo a no poder recargar el terminal. Algunos hombres y mujeres parecían servir de taxi y subían y bajaban con personas trepadas a la espalda y sentadas en una tablilla que colgaba de los hombros del porteador. También se cruzaron con una especie de silla de manos adaptada a la escalera y llevada entre dos. Como siempre, la necesidad agudizaba el ingenio.

En el piso 21 había un gran letrero en la pared escrito con letras fluorescentes que decía Centro Comercial. Se asomaron por la primera puerta abierta: era una especie de almacén de víveres y útiles diversos. Había un pequeño mostrador iluminado por un foco enchufado a una batería de manivela. Un hombre menudo leía algo en su móvil.

—Ah. Buenas noches. ¿Nuevos en la ciudad? ¿Puedo ayudar en algo? —dijo amablemente cuando los vio.

—Queríamos comida, agua y alojamiento.

—Perfecto. Tengo de todo.

En ese momento entraron dos humanos, chico y chica, como de once años.

—Perdonadme un momento —dijo el hombre a Deuil y las Huskys—. Los despacho enseguida. ¿Qué me traéis?

Los niños abrieron una mochila, sacaron siete cajas de medicamentos y las pusieron sobre el mostrador.

—¿A ver? Mmmm... Un antidiarreico, otro antidiarreico, vitamina C, más vitaminas. ¡Y un estuche de subcutáneas de Pandol! Esto es lo mejor. No está mal. ¿No había más?

—Mañana iremos y buscaremos más. Eran las ruinas de una farmacia. Pero se hizo de noche —dijo la niña.

—Muy bien. Tomad —dijo el hombre, y les dio dos cartones de leche de soja y dos latas de medusa en conserva—. Aquí os espero.

Los chicos sonrieron y se marcharon felices.

—Lo que me han traído no vale tanto, pero qué queréis, me dan pena —dijo el hombre, suspirando—. Bueno, vamos a lo nuestro.

Una bomba estalló tan cerca que el almacén se iluminó con resplandores de llama y todo trepidó. Las reps y el sobón se agacharon instintivamente. El hombre siguió impertérrito.

—No os preocupéis. La Flecha resiste. No hay cañón que pueda con ella. A veces entra metralla por las ventanas. Pero yo las tengo cubiertas con una red de acero muy tupida. Ya os acostumbraréis. Os puedo vender la comida o podéis cenar en el restaurante; también es mío; está a dos puertas de aquí. Y os puedo alquilar... ¿cuantas habitaciones? ¿Una, dos, tres?

—Tres —dijo el sobón.

Bruna le miró. Era absurdo gastar el dinero en tres cuartos. Claro que hubiera deseado pedir dos y dormir con él. Pero si el sobón pedía tres era porque no quería acostarse con ella. ¿O tal vez porque quería acostarse con Clara? ¿Por qué Clara no decía que era un derroche pedir tantas habitaciones? ¿Una rep de combate acostumbrada a los barracones? Por el gran Morlay, ¡pero si vivía en un maldito microapartamento! Seguro que estaban de acuerdo en verse. Bruna apretó los puños, asqueada de su propia paranoia, de su obsesión, de su estupidez.

—Cenaremos en el restaurante —dijo.

—Muy bien; pues tres habitaciones y tres cenas serán... novecientas gaias. El pago por adelantado.

—Es caro —gruñó la detective.

—Hay poco —contestó el hombre.

La androide separó el dinero y se lo dio. Seguía sintiéndose una imbécil.

—Otra cosa: ¿te suena de algo Mai Burún?

El hombre se sobó la mejilla.

—La verdad es que sí, pero no sé de qué.

—¿Y la palabra *tranquilidad*?

—No. Eso no. Pero lo otro...

—Intenta recordar, por favor. Es importante.

—Voy a preguntar en los otros centros comerciales de la Torre. Tenemos una red y nos ayudamos.

Pulsó su móvil y habló hacia la pantalla.

—Soy Chirousse del 21, Chirousse del 21. ¿A alguno de vosotros os suena Mai Burún? Repito, Mai Burún. ¿Os suena?

Hubo un expectante minuto de silencio y luego se oyó la voz de una mujer.

—Hola, Chirousse, aquí Ramírez del 159. Mai Burún es la mujer de los niños. Vive en la planta 163.

—¡Claro, la mujer de los niños! Se dedica a recoger chavales de la calle. De eso me sonaba.

Eran las 20:10. Bruna lanzó una rápida ojeada a los demás y vio que todos pensaban lo mismo.

—¿Hasta qué hora podemos cenar? —preguntó.

—No hay problema. Hasta las dos de la madrugada o más. El restaurante también es cabaret.

Así que decidieron subir sin perder más tiempo. Tardaron más de media hora a buen paso en salvar los ciento cuarenta y dos pisos que los separaban de la planta 163, y cuando las Huskys llegaron el sobón estaba todavía en la 158. Le esperaron cortésmente mientras analizaban el entorno. Habían observado que, a medida que subían, las condiciones del edificio parecían mejorar. Había menos puertas rotas, menos gente tumbada en los pasillos. La planta 163 estaba muy tranquila. Tan tranquila que no había nadie a la vista y tuvieron que llamar a una casa.

—¿Qué queréis? —preguntó una voz de mujer desde dentro.

—Buscamos a Mai Burún.

—Al fondo del pasillo, frente a los ascensores. La 33 o 34, creo.

Frente a los ascensores había varias puertas y ninguna tenía número. Estaban decidiendo cuál probar cuando se abrió una y apareció una mujer de unos sesenta y pico años, delgada y ágil pero muy arrugada. Es decir, arrugada de modo natural; era evidente que no estaba operada. Impresionaban los surcos de su piel. Su pelo canoso caía en lacios mechones sobre su rostro. La mujer se sobresaltó al encontrarlos.

—¿Mai Burún? —se apresuró a preguntar Bruna antes de que volviera a cerrar la puerta.

La humana se los quedó mirando.

—Soy yo... —dijo, dudosa.

—¿Podemos pasar?

—No.

—Mai, venimos de parte de Frank Nuyts.

—No sé quién es.

—Era la pareja de Carlos Yárnoz. A Carlos sí le conocías, ¿no? Y quizá a Alejandro Gand. Todos están muertos. Pero nos dieron un mapa. Y nos dijeron que preguntáramos por ti.

Mai los miró ceñuda, cautelosa.

—No estáis hablando de la manera apropiada. No os reconozco.

—Mai, hemos venido de muy lejos. Tienes que confiar en nosotros.

—No estáis hablando de la manera apropiada. No puedo confiar. Voy a cerrar.

Entonces a Bruna se le abrió la mente, como un cielo encapotado que deja pasar de repente un rayo de sol, y supo qué debía decir.

—Tranquilidad. La contraseña es «tranquilidad».

La mujer suspiró y se relajó.

—Eso sí. Pasad.

Entraron a una amplia sala iluminada por velas, llena de colchonetas tendidas por el suelo y con las ventanas cegadas con paneles de madera. Una treintena de niños entre los cinco y los catorce años estaban sentados en los colchones o en sillas y sillones viendo películas en el móvil, leyendo o charlando. Armaban poquísimo barullo para ser tantos y tan pequeños, y el lugar estaba tan pulcro y ordenado como un barracón militar.

—Venid conmigo.

La siguieron hasta un diminuto dormitorio vacío, seguramente el de la propia Mai. La mujer prendió dos gruesos velones y se sentó en la cama. No había otro sitio donde instalarse, así que los demás se quedaron de pie.

—Venís a buscar el descodificador de Onkalo, ¿no?

Bruna dudó un instante y luego decidió dejarse llevar por su intuición y decir la verdad.

—No sabemos qué venimos a buscar. Somos detectives privados. Venimos de Madrid, en la región hispana. Estamos investigando el asesinato de Carlos Yárnoz, de Alejandro Gand y de Nuyts, pareja de Yárnoz. Fue el propio Nuyts quien nos dio el mapa que nos ha traído hasta ti. Nos lo dio antes de que lo mataran. Sabemos que tenemos que ir a Onkalo, pero no sabemos nada más. Ni siquiera conocemos qué hay en ese lugar. Dicen que es una zona maldita. No viene en los mapas. Salvo en el del Nuyts, por supuesto.

La mujer los miró atónita.

—Vaya... No sé. Esto no es lo que yo me esperaba. Yárnoz me dijo que volvería él o que vendría alguien. Que vendría su pareja, sí, eso dijo. Creo que dijo Frank. Y que diría la palabra clave. Y vosotros habéis dicho la contraseña, pero no sabéis nada. A lo mejor hasta sois los asesinos... Pero no, no creo. Seríais unos asesinos bastante estúpidos. Y, además, estoy harta de guardar esa cosa. Vivo muerta de miedo. Os lo daré.

Se puso de pie, se acercó a la mesilla de noche, agarró un bote de crema cosmética, metió los dedos dentro y sacó algo pequeño y embadurnado que limpió concienzudamente primero con las manos, aplicándose la crema sobrante en la cara, y después con un pico de su camiseta azul oscuro. Cuando lo juzgó presentable se lo dio a Bruna.

—Es vuestro.

La rep lo miró: era un rectángulo de goma dura negra de unos tres centímetros de largo por dos de ancho y medio de alto, con una pequeña pantalla que se transparentaba bajo la goma y cuatro teclas ciegas empotradas. Un descodificador, y además un aparato bastante sofisticado, calculó. Estanco, impenetrable.

Mai se había vuelto a sentar en la cama y se masajeaba la crema en las mejillas para su completa absorción.

—Onkalo. Onkalo. ¿Por dónde empezar? Bueno. Vosotros sabéis que el problema de la energía nuclear son los residuos. Son letales. Son muy peligrosos y muy destructivos. Su radiactividad no se ve, no se siente, no se huele. Pero es capaz de acabar con la vida del planeta. Cuando Becquerel y los Curie descubrieron la radiactividad a principios del siglo XX no sabían que le estaban abriendo la puerta a un engendro infinitamente más grande que nosotros. Porque la peligrosidad de los residuos nucleares puede perdurar muchas decenas de miles de años. ¿Entendéis lo que os digo? Nosotros, los humanos, apenas si hemos vivido esa cantidad de tiempo sobre la Tierra. Las primeras pinturas rupestres sólo tienen treinta mil años, y la toxicidad de algunos residuos dura tres veces más que eso. Y una especie tan débil, tan ignorante y tan joven creó este demonio de longevidad impensable. Para peor, cada día el demonio era más grande; cada día llenábamos más el mundo de ese horrible e inmanejable peligro. Cuando el Protocolo del Átomo prohibió la energía nuclear en 2059, había cerca de ochocientas toneladas de residuos radiactivos. Es una bestia letal y enorme y ahí está todavía con nosotros. Convivimos con ella. Con nuestra criatura.

Mai guardó silencio un momento y pasó su inquisitiva mirada de uno a otro, quizá para comprobar si la seguían, si estaban lo suficientemente atentos. Lo estaban, desde luego.

—Por lo general los residuos nucleares se guardaban en almacenes provisionales, en grandes tanques sumergidos en piscinas de agua, porque el agua es capaz de aislar la radiactividad. Pero, claro, teniendo en cuenta que esa basura tóxica se mantiene letal durante tantísimos años, esos almacenes no eran una solución. Exigían un gran mantenimiento; podían ser asaltados y destruidos en una guerra, o por un terremoto. Y, además, ¿cómo saber que alguien va a estar aquí dentro de setenta mil años para seguir llenando de agua esos tanques? Entonces los finlandeses, que en aquella época eran una nación independiente, estoy hablando de finales del siglo xx, tuvieron la grandiosa idea de crear el primer cementerio de residuos nucleares permanente del mundo. Un lugar que no necesitara mantenimiento. Que se ocupara por sí solo de conservar a la bestia aislada y apresada. En realidad era una iniciativa muy generosa: fue la única sociedad que intentó asumir la responsabilidad casi eterna de los tóxicos que producía. Y así nació Onkalo, que originalmente en finés quiere decir «caverna», aunque ahora le hayan inventado el significado de «peligro de muerte».

—¿Entonces Onkalo es un cementerio de residuos nucleares? —se admiró Bruna.

—No: Onkalo es EL cementerio de residuos nucleares de la Tierra. No hay otro. Es el sepulcro del ogro. O más bien su prisión subterránea, porque sigue ahí abajo y está muy vivo. Al principio la idea era hacer un depósito sólo para los residuos de las centrales nucleares finlandesas; se escogió una pequeña isla, Olkiluoto, que tiene un lecho de roca muy viejo y muy estable, sin riesgos de temblores ni erupciones. De hecho, es un terreno tan estable que en la misma isla, a unos cinco kilómetros, ya hubo antes una central nuclear. El cementerio consiste en una rampa en espiral de cuatro kilómetros de largo que desciende hasta quinientos treinta metros de profundidad; y ahí, a ese nivel, se encuentra el almacén, cientos y cientos de cilindros horadados en la roca; en cada alvéolo está el material radiactivo en un depósito de acero bórico, sellado dentro de una cápsula de cobre y todo ello envuelto en bentonita. Capas y capas defensivas para apresar al demonio. En fin, el caso es que Onkalo se empezó a construir en el año 2004 y en 2020 se enterraron los primeros cilindros radiactivos. En el plan inicial estaba previsto que Onkalo siguiera recibiendo los cilindros de las nucleares finlandesas hasta el año 2120, es decir, hasta dentro de once años. En ese momento se sellaría la entrada del cementerio con toneladas de hormigón y se haría desaparecer la carretera y los accesos.

—¿Desaparecer? ¿Por qué? —dijo Clara.

—Los constructores de Onkalo estuvieron pensando durante mucho tiempo cuál sería la mejor manera de advertir a las generaciones futuras sobre el peligro del lugar. Primero se les ocurrió poner señales, pero ¿qué señales vas a usar, en qué idioma, cómo vas a saber qué tipo de humanos va a existir dentro de cincuenta mil años, por ejemplo? El mayor riesgo que amenaza a Onkalo es la curiosidad y la avaricia de nuestros descendientes. Si, dentro de miles de años, descubren una construcción tan bien cerrada, seguro que querrán abrirla a toda costa, querrán entrar para ver qué hay allí. Y será como abrir la caja de Pandora. El mal y la muerte se apoderarán del mundo. Así que, tras mucho reflexionar, los promotores del depósito llegaron a la conclusión de que lo más seguro era intentar borrar todas las huellas; intentar que el mundo se olvidara de Onkalo; e incluso crear cierta leyenda de lugar sagrado o maldito. Los mitos pueden perdurar a través de milenios.

—Pero has dicho que el sellado de Onkalo tenía que hacerse dentro de once años, y sin embargo ya han borrado los datos, ya han intentado construir esa leyenda de zona no transitable —dijo Bruna.

Mai Burún suspiró.

—Sí... Porque los humanos hacen planes pero luego la realidad se encarga de desbaratarlos. Fue un conjunto de circunstancias; el hecho de que se prohibieran las nucleares en el 59, y luego, todo el horror y la violencia del siglo XXI. Las Plagas. Las Guerras Robóticas. No sé si lo recordaréis, pero durante las Guerras Robóticas asaltaron un almacén provisional de residuos nucleares situado en los antiguos Estados Unidos de América, uno de esos lugares con tanques de agua. Y, además de crear una catástrofe radiactiva en la zona, tan sólo minimizada porque el almacén se encontraba en el desierto de Nevada, con aquel material robado se fabricaron varias bombas nucleares que luego los terroristas utilizaron en la India, en China y en Italia... Fueron años atroces. Pero, claro, no lo vivisteis. Vosotras no existíais y tú debías de ser muy pequeño.

—Nací en 2079, el mismo año que empezaron las Guerras Robóticas. Y no, no recuerdo gran cosa —dijo Deuil.

—Yo, sin embargo, lo recuerdo todo muy bien. Soy ingeniera nuclear. Y trabajé en Onkalo desde 2085 hasta 2098. Tras el ataque al almacén del desierto de Nevada, las potencias nucleares comprendieron que tenían que hacer algo urgente con los residuos. Aunque algunas de las potencias estaban enfrentadas en las Guerras Robóticas, el riesgo era demasiado grande para todos y decidieron hacer un acuerdo secreto, el Tratado de Keops. Y el único lugar a mano factible y seguro para deshacerse de los desechos era Onkalo. Para entonces, y tras el cierre de las nucleares en el 59, Onkalo ya había empezado a aceptar residuos de otras partes del mundo, obteniendo grandes beneficios con ello, por cierto. Pero en el Tratado de Keops se aspiraba a la solución final: enterrar toda la basura radiactiva. Así que decidieron ampliar a la mayor velocidad posible el espacio de almacenamiento de Onkalo, trasladar allí los residuos planetarios y sellar el cementerio cuanto antes. Yo participé en esa megalómana, frenética carrera. Fue agotadora, aunque emocionante. Al final, cuando, después de la Unificación, empezó a surgir en esta zona el terrorismo ultranacionalista, se decidió adelantar aún más el cierre y eso fue un desastre. Onkalo se selló en 2098. Toneladas y toneladas de cemento cegaron la entrada al túnel. Rompieron y levantaron el asfalto de la carretera, removieron la tierra, nivelaron el suelo, trasplantaron árboles. Y, al mismo tiempo, se borró Onkalo de los archivos centrales, de la memoria pública, de las enciclopedias, de los mapas. Se creó la leyenda de su maldición y se encargó a periodistas y escritores que la difundieran...

—Pero está claro que algo no funcionó... —dijo Bruna, pensando en todo el material radiactivo que parecía estar dando vueltas por el mundo.

—No funcionó lo de siempre. La debilidad, la improvisación, la desesperación, la codicia humana. El cierre estaba siendo tan prematuro, tan precipitado, tan chapucero, que varios de los ingenieros nucleares, entre ellos yo, considerábamos que los últimos depósitos no habían sido bien aislados y que podrían acabar contaminando toda la zona. Tras un enconado debate se llegó a una solución salomónica: se sellaría Onkalo como estaba previsto, pero se dejaría un pequeño acceso a la última zona de almacenamiento; un estrecho túnel vertical con un ascensor y una escalera. Y así se hizo. Yo no la vi terminada, pero sé que la entrada está ahí. Es un acceso prácticamente invisible desde el exterior y se mantendría abierto durante unas décadas para poder verificar si la radiactividad del depósito aumentaba. Luego también se cegaría.

Mai calló y enterró el rostro entre sus manos. Permaneció más de un minuto sin moverse, mientras las Huskys y Deuil se miraban inquietos sin saber bien qué hacer. Al cabo, Burún levantó la cara y suspiró.

—Yo no formo parte del pequeño equipo que debe descender periódicamente a hacer las mediciones. Dejé de trabajar en Onkalo en 2098, cuando lo sellaron, pero, a diferencia de la mayoría de mis compañeros, me quedé en Pori por razones que no vienen al caso. Hace ocho años me vino a buscar Gand. Quería que le enseñara dónde estaba la entrada del túnel de verificación; me ofreció mucho dinero y yo lo acepté. Me avergüenza decirlo, pero lo necesitaba para los niños. De modo que lo llevé hasta allí. Y no tuve que hacer nada más: él tenía el descodificador y sabía cómo entrar. Después de eso no supe de él hasta hace unos meses. Apareció aquí con Carlos Yárnoz. Me pidieron que me quedara con el descodificador. Me dijeron que vendrían a buscarlo. Y me volvieron a pagar muy bien. Esto es todo lo que sé, en fin, y prefiero no saber más. Cuando os llevéis de mi casa esa maldita cosa me quedaré mucho más tranquila.

Tardaron veinte minutos en descender hasta el piso 21 y en todo el trayecto no dijeron ni una palabra. Impresionaba saber que apenas a treinta kilómetros de distancia en línea recta estaba sepultada la bestia, el engendro creado por los humanos, ochocientas toneladas de muerte invisible. Onkalo, en efecto, era la puerta del infierno.

Tampoco dijeron mucho más durante la cena; el restaurante resultó ser un lugar abigarrado y ruidoso, un cabaret lleno de gente alborotada con un *show* erótico de mujeres y hombres, entre ellos un par de reps y varios mutantes, sin duda para fomentar la atracción morbosa. La comida era el consabido sucedáneo de filete a base de medusa, un plato bastante malo pero abundante, y las Huskys se lo acabaron hasta la última miga, sabedoras de que necesitaban acumular energía para lo que les esperaba al día siguiente. El sobón, en cambio, apenas probó la ración. Deuil estaba de un humor tenebroso, tenso, hermético. Estaba tan raro que incluso bebió vino, cosa que Bruna jamás le había visto hacer.

Conversando con Chirousse, el dueño del restaurante, le habían sonsacado que, en efecto, la zona en la que estaba Onkalo era un territorio abandonado, inundado y malsano que nadie deseaba pisar. La única manera de ir allí era andando, así que decidieron salir a las siete de la mañana. Compraron agua y vituallas en el almacén y se retiraron pronto. Cada cual a su habitación. A ese derroche de cuartos. Como si estuvieran haciendo turismo.

Bum, bum, bum. El cañoneo arreciaba. Tras cerrar la puerta de su pieza, Bruna apoyó la espalda en la hoja y la sintió vibrar con las explosiones. La habitación era estrecha y larga. Estaba iluminada por un pequeño neón que, conectado a una batería de manivela, difundía una luz escasa y lívida. Había una cama grande llena de bultos en un extremo del cuarto, y a los pies, colocado de manera perpendicular, un camastro pequeño. Un par de sillas bastante machacadas, una de madera y otra de metal, hacían las veces de mesillas. La ventana estaba tapada por una gruesa tabla de duroplast. En una de las sucias y desconchadas paredes había un cuadro. Era una de esas estampas holográficas baratas que se compraban en los mercados, una manada de caballos con las crines al viento; si movías la cabeza, galopaban. Era un cuadro horrible y una de las habitaciones más deprimentes que Bruna había visto en su vida. La androide maldijo mentalmente a su memorista por haberle dado el don envenenado del conocimiento de la belleza; seguro que Clara estaba tan encantada en una habitación igual de horrible. Encantada y tal vez en brazos del sobón. Esa mañana, pese a sus cuidados, se le había roto el anillo de cabellos que Gabi le había puesto en el dedo. Lo consideró un presagio nefasto.

Tomó los dos primeros golpes como sacudidas de las bombas, pero luego se dio cuenta de que estaban llamando a la puerta. Se despegó de la hoja y abrió: era Daniel. Entró sin decir nada y fue como si la habitación se oscureciera. Traía una botella de vino blanco y dos copas y venía cargado de algo, de furia o de miedo, de odio o de amor, una emoción intensa que lo anegaba todo. Miró a la rep y le mostró los vasos.

—Vamos a celebrar que nos hemos conocido —dijo con voz ronca.

—Creí que no tomabas alcohol. Lo del cuerpo es sagrado y todo eso.

—Contigo he traicionado muchos de mis principios —dijo el táctil llenando las copas.

Brindaron y bebieron. Luego Deuil agarró a la rep por la cintura con el brazo libre y la empujó hasta aplastarla contra la pared, los perfiles apenas separados por unos milímetros, los alientos enredados.

—Quiero desnudarte. Quiero abrirte esas piernas de guerrera y entrar dentro de ti —susurró, embriagado, y no sólo de alcohol.

Y, al oírle, un incendio arrasó el cuerpo Bruna. Se separaron con ansiedad de náufragos a punto de ahogarse, dejaron los vinos en cualquier sitio y se quitaron la ropa, cada uno la suya, a toda prisa. Se irguieron ya desnudos sobre el montón informe de sus vestimentas y el táctil volvió a abalanzarse sobre Husky y cayó abrazado a ella sobre la cama. Una de las copas se volcó y empapó el colchón y el cuerpo de Bruna.

—¡Ah! El vino de la celebración... y del sacrificio —dijo Deuil.

Y, sentándose a horcajadas sobre los muslos de la androide, empezó a lamer el vino que había en su pecho.

—Quizá sea la última vez que hacemos el amor —susurró; y después pasó su lengua delicadamente por el borde de la axila de la rep.

—¿Por qué?

—Tal vez muramos mañana. ¿No es una zona maldita?

Bruna agarró la cara de Deuil entre sus manos y le forzó a alejarse de ella para poder mirarlo.

—¿Qué te pasa, Daniel?

Los ojos del sobón eran abismos. Como si no hubiera nadie al otro lado. Pero los ojos tatuados en su pecho parecían arder y contemplarla. De pronto, el táctil metió sus brazos entre los brazos de la androide y se los abrió de un golpe seco, apartando las manos de Bruna de su cara; y luego encadenó hábilmente el movimiento con una presa, de modo que Husky se encontró inmovilizada por Deuil, con las piernas del táctil enroscadas en las suyas y las manos del hombre sujetándole las muñecas contra la cama por encima de su cabeza.

—Te puedo —jadeó el sobón.

Bruna percibió la inesperada firmeza del agarre de Daniel, su sabio uso del peso de su propio cuerpo para trabarla. Aun así, podría liberarse sin demasiado problema. Pero no quería.

—No creo —contestó Bruna.

—Te puedo porque me quieres y eso te debilita —susurró él.

—No creo.

Bum, bum, bum. Los cañonazos sonaban más lejos, latidos de la noche que el viento traía. Bruna contempló el rostro de Deuil como si fuera la primera vez que lo veía. Sus hermosos, aguzados pómulos asiáticos. Sus ojos rasgados como dos cuchilladas. Las pequeñas orejas, las sienes rapadas. Los colmillos traslúcidos. Y esos labios finos pero bien dibujados, esos labios poderosos que ella conocía tan bien. Nunca le había parecido tan guapo.

—Me vuelves loco, Bruna —musitó Daniel, aflojando la presa.

Y la miró con una expresión de desolación y de derrota. Pero entonces su cara cambió y se encendió de furia. De un manotazo se arrancó la goma que sujetaba su moño y su largo y lacio cabello negro cayó como una lluvia espesa sobre ellos: la rep nunca le había visto con el pelo suelto. Volvió a sujetar las muñecas de Bruna contra la cama y, abriendo con sus piernas las piernas de la androide, se abismó de un empujón en las profundidades de su carne.

—Dime que me quieres —le ordenó, mientras la poseía.

Bruna apretó los labios.

—¡Dime que me quieres!

El cabello del sobón los envolvía como una cueva, era una cascada de sedosa oscuridad que acariciaba los hombros de la rep en cada envite. Bruna no había dicho nunca a nadie que le quería, Bruna no se lo había dicho ni siquiera a Merlín. La piel de los dos amantes resbalaba, sus cuerpos bailaban, sus cuerpos se fundían, Daniel entraba cada vez más dentro de ella y estaba a punto de alcanzar su corazón.

—¡Dime que me quieres! —repitió con ansia feroz y una desesperación rayana en la violencia.

Bum, bum, bum. Las bombas estallaban dentro de las venas de la rep. Tormentas de lágrimas, torbellinos de sangre. Los caballos galopaban en la pared, el mundo se acababa y un placer tan agudo que parecía un dolor subió por el pecho de Bruna, rajando su garganta hasta llegar a su boca.

—¡Te quiero!

Gritó.

Y era verdad.

Y era mentira.

No era cierto lo que decía el Archivo Central sobre la zona maldita: no había ni géiseres ni emanaciones de azufre. Eso sí, el terreno estaba parcialmente inundado por la subida del nivel del agua, pese a los diques que se construyeron décadas atrás. A medida que se alejaban de Pori, se alejaban también del frente de batalla, del tronar de los cañones y de las casas o ruinas de casas. Se diría que el plan de borrar de la memoria los alrededores de Onkalo estaba funcionando, porque, cuanto más se acercaban a su destino, más vacío y desolado estaba el territorio. Al principio siguieron la vieja carretera, aunque a menudo tuvieran que dar un rodeo al encontrar un tramo sumergido. Pero llegó un momento en que el asfalto desapareció por completo: fue cuando entraron en la parte ciega de la carta oficial, la terra incógnita. El paisaje era triste, inhóspito; un constante, monótono bosque húmedo de árboles ennegrecidos y ralos, un suelo de redondas moles de granito recubiertas de líquenes amarillentos, balsas de agua turbia de cuando en cuando. Grises las rocas, negros y crispados los árboles pelados, blanco sucio el cielo. El único color era el desmayado y enfermizo pardo de los líquenes.

Y el silencio. Ese silencio irreal. Sin pájaros. Sin viento. Sólo se escuchaban los pasos de ellos tres y, de cuando en cuando, el crujir de un árbol. Un chirrido de madera vieja que parecía un lamento. Deuil iba delante; luego Bruna; luego Clara. Pero Bruna se volvía a menudo; tenía la sensación de que los seguían. Una percepción tal vez absurda, aunque inquietante. Tocó su Beretta con alivio: la tenía en el bolsillo derecho del pantalón. En una pequeña bolsa que colgaba de su cuello llevaba una carga de plasma de recambio, sus preciados mórficos subcutáneos y un vial de bioglue. El equipo de emergencia para el combate. A veces un mórfico te permitía seguir luchando, a pesar del dolor, y salvar la vida.

Nuevos chasquidos a la espalda, nuevo escalofrío. Bruna se volvió una vez más. El mismo panorama de troncos oscuros y ramas espantadas. Es la Muerte, pensó; la Muerte que me persigue, como en mi cuento. Tres años, nueve meses y catorce días.

—¿Qué te pasa, Bruna? —preguntó Clara, emparejándose con ella.

—Nada. Tengo la sensación de que nos siguen.

—Sí. Yo también estoy inquieta, pero creo que más por lo que hay delante que por lo que hay detrás. No sé. Tengo como un mal presentimiento.

Callaron y caminaron juntas un trecho. Llevaban horas de marcha por ese paisaje desalentador. Un trayecto monótono, tedioso, crispante.

—¿Qué era ese cuento que te pedía la niña rusa que le contaras? ¿Ese que dijiste que terminarías al volver?

Bruna sonrió. A menudo le sucedía con Clara que parecían tener las mismas ideas en la cabeza al mismo tiempo.

—Una historia que me inventé. Aunque no te lo creas, me inventé un cuento. Y precisamente estaba pensando en eso ahora. Pensaba que la Muerte nos persigue, como en mi relato.

—¿Ah, sí? Cuéntame la historia, anda...

Bruna suspiró:

—Mmm... Es larga.

—No importa.

—Te haré un resumen: imagina un mundo feliz en donde no existe la memoria y por lo tanto tampoco el tiempo...

—¿Por qué? ¿Por qué no hay tiempo si no hay memoria?

—Porque si no recuerdas el pasado, sólo existe el presente... Si me vas a interrumpir no te lo cuento.

—Vale, vale.

—Bien. Es un mundo feliz en donde la muerte tampoco existe. Los lobos comen fruta y los tigres duermen con los cervatillos. Y en ese lugar vive un pueblo de criaturas dobles compuestas por un gigante y un enano. Cada gigante lleva a su enano a caballo sobre los hombros y se aman tiernamente; estas criaturas son mudas, no hablan, pero se quieren y se entienden a la perfección.

—¿Y por qué no hablan? Perdón, perdón, sigue.

—Se comprenden tan bien que no necesitan palabras entre ellos. Pero entonces un día a uno de esos enanos le entró la obsesión de que amaba tanto a su gigante que le apenaba no poder acordarse de los momentos dulces que pasaban juntos.

—Porque olvidaban todo, claro.

—Eso es. Entonces, para fijar los momentos, se puso a dibujar las escenas de lo que vivían sobre la piel del gigante. Dibujaba bien y el truco funcionó, porque, en efecto, recordó; pero al recordar empezó a angustiarse, porque se puso a comparar los instantes felices vividos, y le pareció que en los tiempos pasados se habían amado más, que ahora su gigante ya no le amaba del mismo modo. Y se obcecó de tal forma con esto, que un día ya no pudo más y se agarró a los pelos del coloso y...

—¿Qué es un coloso?

—El gigante, maldita sea. Se agarró a los pelos del gigante y gritó: «Quiero que me digas que me quieres.» Y entonces la Tierra tembló, el cielo se rajó, el tigre se comió al cervatillo y los pájaros cayeron fulminados en pleno vuelo. Porque con esas palabras se acabó el paraíso y entraron el tiempo, la memoria y la Muerte en el mundo.

—¿Por qué?

—Porque el cuento es así. Entonces las criaturas dobles se deshicieron, y ahora los gigantes iban por un lado y los enanos por otro, y todos odiaban a nuestros amigos, porque habían sido la causa de que el Mal inundara el mundo. Pero nuestro gigante y nuestro enano se seguían queriendo, aunque estuvieran separados. Y huyeron juntos, porque la Muerte les perseguía, celosa de que aún se quisieran. Y así pasaron, fugitivos, más de tres años. Hasta que un día la Muerte por fin los alcanzó y besó en los labios al gigante, que cayó fulminado, ahogado en su propia sangre.

—¡No!

—Sí.

—¿Y entonces?

—Ahí me quedé. Todavía no me he inventado el final.

—¿Y ése es el cuento que le has contado a la niña? Es terrible.

—Esa niña es más dura que yo.

—Sí. Lo sé. Lo vi. Por eso, justamente, necesita un final feliz.

Bruna miró a la rep con sorpresa: eran tan parecidas y al mismo tiempo tan distintas... La literalidad de Clara, su falta de capacidad metafórica. Y, al mismo tiempo, la aguda lucidez con que diseccionaba las situaciones más complejas, la profunda y certera sencillez de su pensamiento. La claridad de Clara.

La oscuridad de Bruna.

—¿Qué vamos a hacer cuando lleguemos a Onkalo?

—Entrar. Tomar imágenes. Reunir pruebas que podamos llevar a Madrid. Hay que descubrir quién es el topo. Quién ha pagado a la Viuda Negra —dijo la detective.

—Bueno. Pues intentemos no despertar a la bestia. Porque puede ser como lo de tu cuento. Como meter a la Muerte en el paraíso.

Vaya, Clara ha usado una metáfora, pensó Bruna. Sólo necesitaba un poco de aprendizaje.

—Mirad. El golfo de Bothnia —exclamó el sobón.

En efecto, entre los árboles ya se veía el mar. Se acercaron a la orilla y contemplaron las aguas mercuriales. Pero, si te fijabas bien, por debajo de la superficie gris plateada se veía palpitar la masa gelatinosa de las medusas. Gigantescos bancos de medusas espesando los océanos y vaciándolos de otras formas de vida.

—La isla de Olkiluoto está más hacia el Sur —dijo Deuil, verificando el mapa que Yiannis había extraído de la pintura de Munch y que los tres habían cargado en sus móviles.

Pasaron varias islas e islotes, muchos ramales de agua, algunos diques medio derruidos: se veía que la zona estaba muy afectada por la subida del nivel del mar. Casi una hora después llegaron a una choza de piedra construida en la orilla y a una pobre barca de quilla casi plana atada junto a ella. Cuando se acercaron, un perro salió ladrando. Era un engendro blanco y negro que apenas levantaba dos palmos del suelo y que tenía tres cabezas, dos casi iguales de tamaño y una más pequeña. Un animal mutante. Enseguida salió también un hombre. Viejo, harapiento, encorvado, con una joroba sobre el omóplato derecho, quizá también producto del desorden TP. Los dos grupos se miraron, el perro ahora callado pero rugiendo sordamente por sus tres hocicos. Eran las seis de la tarde y la luz se escapaba. Resultaba irreal encontrar a alguien así en esa soledad, en ese paisaje.

—Éste tiene que ser el barquito dibujado en el mapa —dijo Bruna.

Y se acercó al hombre.

—Queremos ir a la isla de Olkiluoto. ¿Es ésa? —dijo, señalando la costa cercana al otro lado de la lengua de agua.

El jorobado asintió con la cabeza y extendió la mano con la palma hacia arriba.

—¿Cuánto cuesta cruzar? —preguntó la rep.

El viejo levantó tres dedos de la otra mano.

—¿Treinta ges?

Negó.

—¿Trescientos?

Asintió.

La androide le pagó y el jorobado soltó la barca y se subió junto con su perro. Daniel y las Huskys se apresuraron a saltar dentro. El viejo remó con inesperada energía, mientras el perro apoyaba sus patas delanteras en la borda, jadeaba con sus tres lengüecillas y meneaba la cola feliz. Al monstruo le gustaba navegar.

—¿Cómo vamos a hacer para volver? —dijo Bruna cuando llegaron y se bajaron.

El hombre rebuscó en su bolsillo y le dio a la rep un tubo estrecho: era una pequeña bengala de señales. Luego indicó su choza, claramente visible en la orilla de enfrente, y a continuación apuntó con un dedo hacia su propio ojo.

—Disparamos la bengala, tú lo ves y vienes a buscarnos... —interpretó la androide.

El jorobado asintió y comenzó a remar de regreso a su casa. Bruna le miró alejarse con gesto de duda. En el peor de los casos, siempre podrían nadar, no estaba tan lejos. El mayor problema eran las urticantes medusas.

Se internaron en la isla por el mismo paisaje de granito, troncos negros y líquenes. Iban buscando las coordenadas que descifró Yiannis: 61.23513ºN21.4821ºE. El lugar parecía intocado desde el principio de la creación; resultaba inimaginable que ahí se hubiera estado excavando y construyendo una obra tan descomunal como Onkalo durante cerca de un siglo. Sin duda hubo carreteras, puentes con tierra firme, probablemente dormitorios para los obreros. De todo eso no quedaba ni rastro. El camuflaje era perfecto.

—Aquí es —dijo Deuil.

—¿Aquí? ¿Dónde? —se extrañó Clara.

No había más que árboles, no había más que piedras. Y sombras que empezaban a remansarse.

—Busquemos con atención. Tenemos que estar al lado. Mai Burún comentó que apenas se veía —dijo Bruna.

Empezaron a dar vueltas escudriñando el suelo hasta que Daniel soltó un grito sofocado.

—Creo que lo he encontrado —exclamó, con la voz apretada por la emoción.

Las reps corrieron junto a él. Unas cuantas rocas de granito disimulaban una escalera descendente de cuatro o cinco escalones que daba a una puerta metálica incrustada en la piedra y del mismo color gris. Sin duda era la entrada. Bruna dejó escapar el aliento: escalofriaba pensar que estaban justo encima de ochocientas toneladas de residuos radiactivos.

—Bueno. Vamos a entrar —dijo la detective.

Sacó el descodificador y lo colocó sobre la puerta. El aparato se activó inmediatamente con el contacto y en la pequeña pantalla empezaron a pasar a toda velocidad largas combinaciones de números y signos, mientras que las cuatro teclas ciegas se encendieron de color rojo y comenzaron a parpadear. Aguardaron a que el aparato descubriera el código. Pasó un minuto. Pasaron dos. A los tres minutos el aparato se apagó. La puerta seguía cerrada.

—Algo no funciona —dijo Bruna, escrutando el descodificador por delante y por detrás.

Volvió a colocarlo sobre el metal y se activó de nuevo y repitió la misma rutina de antes. La detective pulsó al azar una de las teclas ciegas; se escuchó un sonido discordante que indicaba error y siguió parpadeando en rojo. Pulsó las otras y sucedió lo mismo.

—Creo que nos falta una clave. Una clave que habría que marcar en estas teclas...

En ese instante entró una llamada en su móvil. Era Lizard, y mostraba un pequeño indicativo de alerta. No era el mejor momento para hablar con él, pero la alerta no era una señal desdeñable.

—¿Qué pasa?

El rostro del inspector se veía color sepia y nubes informes de píxeles pasaban por encima de él como bandadas de pájaros. La calidad de la comunicación era muy mala.

—Tengo que hablar contigo ahora mismo. En privado. Ahora mismo, Bruna.

La rep frunció el ceño.

—Déjame probar mientras a mí —dijo el táctil extendiendo la mano.

La rep le pasó el descodificador al sobón, subió los escalones y se alejó de las rocas una veintena de metros.

—Cuenta.

—Ha aparecido el cadáver de Daniel Deuil.

—¿Cómo dices?

—¡Del táctil!

—¡Es el padre de Daniel! ¿Ha muerto?

—Bruna, el táctil Daniel Deuil no tenía hijos.

—No es cierto, estás equivocado.

—¡No tenía hijos! De hecho, por eso se ha tardado tanto en encontrar su cadáver. Divorciado, sin hijos, sin muchos amigos... le han descubierto por el olor. Lleva tres semanas y media muerto, Bruna. La forense cree que lo mataron entre el 22 y el 23 de julio. ¿No fue cuando empezaste tú con él?

¡El 23 de julio! El corazón se le detuvo un instante entre dos latidos porque supo que Lizard tenía razón. Justamente ésa fue la fecha de la primera cita. Escuchó un ruido a lo lejos, como un golpe metálico, y miró hacia la entrada de Onkalo, pero los árboles le impedían ver. Sacó la Beretta de su bolsillo.

—¿Dónde estaba el cadáver?

—En su consulta.

¡En su consulta! Por eso nunca volvieron a tener las sesiones allí, pensó Bruna mientras sentía que un sudor frío le inundaba las sienes. Cuando conoció a Deuil, el verdadero Deuil ya debía de estar muerto. Quizá detrás de aquella puerta que había en el vestíbulo.

—Bruna, no sé quién es ese hombre con el que estás, pero ten mucho cuidado.

Bruna se erizó. Había percibido una presencia a su espalda. Cortó la llamada y se volvió empuñando el arma. No se sorprendió al encontrar al sobón, y tampoco al descubrir que la estaba apuntando con una pistola de plasma que ella no sabía que tuviera.

—¿Y Clara? —preguntó la rep.

—Está bien... por ahora. Está encerrada en el acceso a Onkalo. Abrí la puerta, ella se entusiasmó y entró, y la atrapé.

—¿Quién eres?

El hombre levantó la barbilla con altivez.

—Soy Berrocalino, hijo de Burgonando. Amo y Señor en Labari.

Bruna lo miró atónita:

—Pero cómo es posible... Cómo has podido...

—Sirvo a mi Reino. Sirvo a mi fe. Necesitamos el combustible nuclear para poder seguir vivos. El sistema funcionó a la perfección durante años. Siempre trabajamos bien con Marlagorka. Hasta que el miserable de Carlos Yárnoz nos traicionó por dinero. Los intermediarios creyeron que podrían independizarse. Se ganaron la muerte que tuvieron.

—¿Tú los mataste?

—A Yárnoz lo mató la Viuda Negra por encargo de Marlagorka. Yo maté a Nuyts.

—¡A Nuyts!

—¡No me mires así! Cumplí con mi deber. Iba a darte pruebas de que el Reino usaba energía nuclear. Regresé y lo degollé. Hice bien.

—Por eso estabas tan cojo al día siguiente...

—Mereció la pena. Era un traidor. Y un sodomita, un pervertido. ¡Y también maté a Gand! Y me enorgullezco. Te seguí, y cuando reconocí en el parque a Yárnoz, supuse que Gand estaría en el piso franco que tenía en Madrid. Yo sabía dónde era. Por eso llegué antes que vosotros. Maté a Gand y le cogí el diamante.

—De modo que todo este tiempo tú tuviste el maldito diamante.

—¡Nos pertenecía moralmente! Era nuestro. En el diamante estaban encriptadas las pruebas de que Labari usa energía nuclear. ¡Nos quisieron hacer chantaje con ello!

—Y supongo que es el diamante lo que te ha servido para abrir la puerta, ¿no? Ahí vendría también la información sobre la clave que faltaba...

—Muy lista. Así es. El diamante proporciona un algoritmo capaz de deducir la clave, que cambia cada día.

—Pero si estáis asociados con Marlagorka, ¿por qué nos atacó la Viuda Negra?

—Ya no estamos juntos. En Labari consideramos que era demasiado arriesgado volver a depender de alguien ajeno a nuestra fe y decidimos gestionar el suministro radiactivo directamente. Y supongo que a Marlagorka esto le pareció mal y entonces contrató a la Viuda Negra. Cuando Nichu Nichu nos atacó en tu casa, venía a por mí, no a por ti.

Bruna le miró. Ese hermoso rostro que ella había acariciado, esos labios que ella había besado.

—¿Por qué me estás contando todo esto?

Los ojos del hombre llamearon.

—Porque quiero que me entiendas antes de morir.

—Daniel, o Berrocal, o como te llames. Yo también te estoy apuntando con una pistola. Tienes tantas posibilidades de morir como yo. Probablemente más. Soy una rep de combate.

Él sonrió. Una sonrisa feroz y amarga.

—Mira bien tu pistola, Bruna. Mira el indicador de rendimiento.

La rep le echó una ojeada y se quedó sin respiración: estaba en rojo.

—Le he quitado la batería central. La destruí. Tu pistola no sirve para nada. No es bueno confiar tanto en la gente. Te lo dije: puedo contigo porque me quieres y eso te debilita.

La androide bajó el brazo lentamente. La noche anterior ese hombre había estado dentro de ella. Sintió la pena como un dolor físico, un dolor en el pecho.

—¿Por qué yo? ¿Por qué asesinaste al verdadero Deuil?

—Por el incidente nuclear de Gabi. Pensamos que tendrías que ver con Gand y Yárnoz. Y supongo que Marlagorka también lo pensó. Luego no ha sido así, pero has resultado muy útil.

—¿Me vas a matar?

El hombre apretó las mandíbulas.

—Es mi obligación. Es la Ley. Debo obedecer el Principio Único Sagrado.

—Ayer estuviste en mis brazos. Y me has hecho el amor. A una rep. A un ser impuro, según tu religión.

Un estremecimiento agitó la cara del hombre. Pasó pronto.

—Pequé. Debo hacer penitencia. Y ésta es mi penitencia. Matarte.

—¡Por el gran Morlay! ¿De verdad tienes el cerebro tan machacado por el dogma? ¿No sientes ni una pequeña duda?

—«Turbado por las palabras caes en el abismo. En desacuerdo con las palabras llegas al callejón sin salida de la duda» —recitó con voz engolada—. Y es así, Bruna.

La duda es un callejón sin salida y tus palabras ni me rozan.

Y, en ese momento, la cara del hombre desapareció. Se evaporó. Se hizo trizas. Durante una milésima de segundo sus largos cabellos negros flotaron en el aire, sueltos y hermosos, abiertos como una anémona marina. Después, la cabellera y el cuerpo descabezado cayeron pesadamente al suelo. Detrás apareció Nichu Nichu, pequeña y compacta, con una pistola de plasma negro en la mano.

—Novatos. Esto pasa por ponerse a hablar en vez de disparar —dijo, despectiva.

Y apretó el gatillo justo un instante después de que Bruna hubiera iniciado un salto lateral. El haz devastador del plasma negro pasó a milímetros de la cadera de la rep e impactó en un árbol. Bruna rodaba todavía por el suelo cuando vio que el árbol se precipitaba sobre ella. Primero escuchó un ruido horrendo, los crujidos de los huesos al estallar, e inmediatamente le llegó una ola de un dolor tan atroz que estuvo a punto de perder el sentido. Miró hacia la izquierda: estaba boca arriba en el suelo y el tronco le había aplastado el antebrazo. Aulló como un animal mientras la Viuda Negra se acercaba.

—Mmmm... Bravo. Muy bien. Mucho mejor así —comentó, inspeccionando el destrozo.

Y desapareció del campo visual de Bruna. Jadeando, rechinando los dientes, intentando no perder la conciencia, la rep escuchó a lo lejos voces, ruidos, un grito. Poco después volvió a aparecer Nichu Nichu. Clara venía delante con las manos colocadas sobre la cabeza. La asesina llevaba la pistola pegada a la nuca de la rep.

—¿Ves? Está atrapada y sufre mucho. Si haces lo que te digo, le daré un tiro de gracia. Si no, me parece que lo pasará muy mal. Mira, el peso de esa rama sirve como de torniquete. No está sangrando mucho. Mala suerte para ella. Tardará en morir.

—No la creas... —farfulló Bruna entrechocando los dientes.

Clara no dijo nada. La miraba impertérrita con esa serenidad y esa absoluta concentración en el combate que Bruna conocía tan bien.

Nichu Nichu empujó a la androide con su arma, y las dos volvieron a desaparecer del espacio visual de la detective. Allí quedó Bruna, encerrada en la absoluta soledad que producía el extremo sufrimiento físico. Sintió la imperiosa tentación de usar los mórficos que llevaba colgando del cuello, pero con gran esfuerzo decidió no hacerlo: quería mantenerse lo más alerta posible. De modo que se concentró en respirar y no desmayarse. En respirar y seguir respirando el minuto siguiente. En respirar y no enloquecer de puro dolor.

Después de todo debió de perder el sentido durante algún tiempo, porque de pronto Bruna advirtió que se había hecho de noche. La luna creciente, sin embargo, inundaba el escuálido bosque de un resplandor lívido y helado.

—Bruna... Bruna...

Era la voz de Clara. Probablemente había sido esa voz lo que la había sacado de su desvanecimiento. Intentó levantar la cabeza para ver más y un dolor atroz subió por el brazo y se clavó en su cerebro. Escuchó un alarido estremecedor y le costó un instante comprender que ese ruido salía de su boca.

—¡Bruna!

Un bulto irregular venía hacia ella. Bamboleante. Alguien con dificultades para caminar. Era Clara. Sí, ahora Bruna la veía bien bajo la plateada luz de la luna, Clara dando tropezones y avanzando con torpeza a cuatro patas. Llegó muy cerca de la detective y se dejó caer al suelo de medio lado. Respiró afanosa.

—Bruna... —repitió la rep, y sonrió.

Sus dientes perfectos brillaron como joyas bajo la luz lunar.

—Bruna, la he... matado. La maté. Pude con... ella.

—Clara, ¿qué te pasa?

—Rompí su cuello... Lenta... mente...

Clara sonrió con fatigado orgullo y, levantando la mano, le enseñó un móvil. Lo dejó sobre la tierra, entre ellas.

—Le quité el... móvil. Aquí debe de estar todo. Yo sería una buena... detective, ¿eh?

—Clara...

La androide comenzó a sangrar por la nariz.

—Me hizo entrar... a la cámara... coger eso... me irradié.

La dosis tenía que haber sido altísima, pensó Bruna. Cien mil *milisieverts*. Se había informado un poco cuando lo de Gabi. Con cien mil *milisieverts* morías en menos de una hora por colapso del sistema nervioso. De hecho, ahora la rep estaba sufriendo una convulsión. Sus dientes rechinaron. Cuando las sacudidas remitieron, abrió mucho los ojos.

—Qué rápido va esto —suspiró.

Se volvió hacia Bruna y, alargando con esfuerzo el brazo izquierdo, le agarró la mano. Las mismas manos, la misma cara, los mismos ojos atigrados y dorados. Clara sonrió, apretó suavemente los dedos de Bruna y la miró con ternura.

—Hermana... —susurró.

Y todo acabó.

Nos atrapó la Muerte, pensó Bruna. Nos atrapó la Muerte.

También pensó: por lo menos se ha librado de su TTT.

Después chilló y chilló, aulló de dolor y de horror en la soledad de esa luna indiferente.

Cuando ya no pudo gritar más soltó a Clara, rebuscó en la bolsa que tenía sobre el pecho y se metió un mórfico subcutáneo en el cuello. Luego volvió a agarrarse a la aún tibia mano de la rep y, antes de que la droga la atontara demasiado, reflexionó sobre su situación. Todavía llevaba en el brazo derecho la baliza de socorro que Lizard le había puesto días atrás, esa pequeña cicatriz falsa. Pero no podía lanzar la llamada de auxilio porque no tenía mano con la que marcar el código morse. Para una vez que hubiera servido de algo el invento del inspector, no conseguía activarlo. Sonrió, y advirtió que el espantoso dolor de la herida remitía. Cuando un sufrimiento físico agudo se atemperaba, había algo parecido a la felicidad. Bruna contempló la luna. Un delicado gajo de plata. Pero el mórfico no duraría mucho. Tenía dos dosis más. Aunque se las pusiera todas juntas, no moriría. Y, con su resistencia colosal, probablemente seguiría con vida después de haber acabado con la analgesia. Tenía que encontrar una forma de matarse. Suspiró. Entre los árboles pelados asomaba el cielo, y si miraba para el lado contrario de la luna, resultaban visibles las estrellas. Chispas titilantes en la lejanía. Una noche muy bella.

Entonces se dio cuenta de que la mano derecha de Clara sostenía algo. Una pistola. El plasma negro de Nichu Nichu. Eso era lo que había intentado hacer Clara... Venir y matarla. Pero la pistola no estaba al alcance de Bruna; tendría que arrastrar el cuerpo de la rep, tendría que ir subiendo el cadáver hasta poner el arma a la altura de su mano. Dio un pequeño tirón del brazo de la muerta y la pistola se bamboleó peligrosamente. Era un artefacto grande y pesado y era probable que, al mover el cadáver, se soltara de la mano de Clara. Tenía que esperar al rígor mortis. Tenía que aguardar a que los dedos de la androide se cerraran en torno al metal.

Así que esperó. Agarrada de la mano de Clara, esperó.

En el cielo apareció una franja de color verde manzana. Una línea de luz que empezó a curvarse sobre sí misma, a ondear, a adquirir un tono más intenso, un verdor de fuego fabuloso, cada vez más acaracolado y agitado, cada vez más hermoso y cegador, hasta que el cielo entero fue una llamarada. Era una aurora boreal. Partículas del Sol chocando contra la atmósfera de la Tierra. Eso sí que era poderoso. Eso sí que era radiactivo. Bruna estaba tumbada sobre la bestia creada por los humanos, ochocientas toneladas de muerte y destrucción. Pero encima de ella ardía toda la potencia del Universo, el deslumbrante y cegador misterio del mundo.

Advirtió que la mano de Clara ya estaba medio rígida. Se soltó con cierta dificultad y empezó a tirar del cuerpo de la rep. Muy poco a poco. Con un solo brazo era difícil, y además el esfuerzo le provocaba latigazos de dolor a pesar del mórfico. Al fin consiguió alcanzar la pistola de plasma: tuvo que abrir uno a uno los dedos de Clara para soltar el arma. Agotada, dejó que su mano y la pistola reposaran un momento sobre su pecho. Ya estaba tranquila. Ahora podría matarse. Recordó a Carnal, la activista del Movimiento Radical Replicante. Ahora le iba a demostrar a Carnal que los androides podían suicidarse. Siguió contemplando hipnotizada la bellísima danza de la aurora boreal. Un remolino de polvo de estrellas. Hermana, había dicho Clara. De alguna manera Bruna se sintió vagamente confortada por la idea de que habría otras Huskys. La D, la E, la F... Quizá fuera el mismo consuelo que sentían los humanos al mirar a sus hijos. El tenaz empeño de los genes. La ciega obstinación de la vida en vivir. Bruna levantó la pistola y la colocó sobre su sien. La ventaja del plasma negro era que una no podía errar. Su cabeza entera quedaría pulverizada. Como la cabeza de Daniel. Que no era Daniel. Sus largos cabellos de noble labárico flotando en el aire. Sus negros cabellos de amante traidor cayendo como una cascada sobre ella. Ahí arriba, en el cielo, el Universo seguía danzando su magnificente danza eléctrica. Bruna estaba segura de que sus ojos reflejaban el fulgor verdoso de la aurora. Sus ojos de tigre, como los ojos de Clara. Era hora de morir. Pero no, todavía no, a ella todavía le quedaba algún tiempo. Tres años, nueve meses y catorce días. Poca cosa. Pero ¿no era toda vida, también la de los humanos, muy poca cosa, comparada con la eterna belleza de este cielo de fuego? No había salvación para el tigre a través de los barrotes, pero quizá pudiera aprender a vivir dentro de la jaula. Depositó la pistola sobre su pecho y buscó el selector de modo. Estaba en impulso explosivo 2; lo cambió a haz 00, el más pequeño y concentrado. Luego agarró el arma, apretó los dientes y se cortó el brazo por encima del codo con el rayo luminoso. Tardó veintisiete segundos.

El dolor fue tan grande que tuvo que aplicarse inmediatamente otro mórfico, aunque hubiera querido reservarlo para más adelante. Jadeó todavía tumbada hasta que la droga empezó a distribuirse por su organismo en oleadas plácidas. Estaba aturdida, pero sabía que no tenía un momento que perder. Apoyándose en el brazo que le quedaba consiguió ponerse en pie. Aguantó con las piernas separadas unos minutos de vértigo; luego el mundo pareció empezar a detenerse. Estaba helada; no se había dado cuenta hasta ahora. Rebuscó en la mochila, sacó un poncho térmico tan fino como un papel y se lo puso por encima. Lo bueno del plasma negro era que cauterizaba la herida; no sangraba y no necesitaba usar el repugnante bioglue. Guardó en la mochila el móvil de la Viuda Negra y la pistola, echó una última mirada a Clara y se puso en marcha. Trastabilló hasta el embarcadero. La lancha estaba allí, atada a un árbol; al lado, los cadáveres del viejo y del perro. La estela letal de Nichu Nichu. Cuando se acercó a soltar el amarre, vio que la cabeza pequeña del animal todavía parpadeaba. Sacó el plasma negro y lo remató.

Se tumbó dentro de la barca, incapaz de remar, con la esperanza de que la corriente la llevara hasta la orilla contraria. Tuvo mucha suerte; no sólo la llevó, sino que lo hizo sesgadamente en la dirección que a ella le convenía. En dirección a Pori. Cuando la quilla golpeó las rocas, Bruna se arrastró hasta la proa y desembarcó. De pie en la orilla, miró alrededor desalentada. No tenía móvil: se había quedado bajo el árbol. Por un instante pensó en intentar hackear el de la Viuda Negra, pero se sintió incapaz de penetrar en el sistema sin las contraseñas: sólo conseguiría que se autodestruyera. De manera que carecía de mapas y de brújula. Todos los reps de combate disponían de un sentido de la orientación muy bueno, genéticamente mejorado. Pero Bruna estaba drogada y destrozada. La vida ama vivir, pensó. Y se internó en la espesura.

Abrió los ojos y estaba caída en el suelo del bosque. Se levantó gimiendo y siguió andando. Era de día.

Abrió los ojos y era de noche y estaba helada. Y desorientada. Avanzó unos cuantos metros a cuatro patas. Al final consiguió agarrarse a un árbol y ponerse en pie.

Abrió los ojos y vio a una humana y un rep que la miraban. El rep se inclinó sobre ella y dijo algo, tranquilaestásenunhospitaldecampañaenporicómotellamas, que Bruna no consiguió entender.

Abrió los ojos y se encontró dentro de los brazos de Paul Lizard. Pensó: esto es un delirio. Ardía en fiebre. Pero Paul olía a cedro, olía a él. Lizard la acunaba y susurraba: mi Bruna, mi Bruna, mi pequeña Bruna. Eso sí lo entendió.

Abrió los ojos y vio entrar al enfermero con el desayuno.

—¿Qué tal todo, Bruna?

—Muy bien. Como nueva. Deseando irme.

—Hoy es el gran día, ¿eh?

—Espero que lo sea.

Husky acababa de salir de aislamiento. Se había sometido a un breve tratamiento de regeneración celular porque en Onkalo recibió una dosis de radiactividad no demasiado elevada, pero suficiente para poder crear problemas en el futuro. La isla de Olkiluoto estaba contaminada; al manipular los cilindros para robar los residuos, los ladrones redujeron el aislamiento y provocaron una fuga radiactiva. Por eso quedaron afectados Gand y Yárnoz. En cuanto a Gabi, tras analizar el móvil de Nichu Nichu y detener a Preciado Marlagorka y su red, se sabía que habían estado vendiendo parte de los residuos nucleares a los grupos terroristas ultrarreligiosos y ultranacionalistas de los confines; una información escalofriante, ya que esos locos podrían disponer de cabezas nucleares en cualquier instante. Además la manipulación del material parecía haber sido muy poco rigurosa; se estaban haciendo mediciones en las zonas en las que se compraron los residuos y varios lugares ya habían dado niveles de radiactividad preocupantes. Entre ellos Dzerz-hinsk, la ciudad de la niña. Todo el asunto había saltado por los aires y creado un inmenso alboroto, un terremoto político. Labari se había visto obligado a reconocer el uso de la energía nuclear y, tras unos primeros días de insostenible tensión en los que estuvo a punto de estallar una guerra, ahora tanto el Reino como la Tierra estaban intentando encontrar soluciones. La presidenta de los EUT, Amalia Ming, había tenido que convocar elecciones anticipadas y probablemente las perdería. Todo el mundo conocía ahora la existencia y el peligro de Onkalo, pero Bruna estaba segura de que eso no sería duradero. Bastaría con que pasaran un par de generaciones humanas para que la bestia volviera a sumergirse en las tinieblas. En cincuenta años ya nadie sabría que todo ese veneno latía ahí enterrado, bajo el viejo bosque de Ol-kiluoto.

Bruna se levantó de la cama y desayunó en la pequeña mesa. Estaba rico. El hospital era uno de los mejores de Madrid; su seguro médico era formidable. Qué atinada había estado al escoger el seguro en vez de la paga de inserción. Clara, naturalmente, también había hecho lo mismo que ella, por eso había andado tan mal de dinero tras licenciarse. Pensó un instante en Clara; y la echó mucho de menos.

Se pasó la mano por la cabeza y sintió una vez más la extrañeza de tocar todo ese pelo. No había podido rasurarse desde que salió de Pori camino de Onkalo. Y eso había sido quince días antes. Fue al cuarto de baño y se miró en el espejo: estaba muy rara. Casi parecía humana. Agarró la maquinilla.

—¿Bruna?

Era Lizard. A la rep le sorprendió la alegría con que

363

escuchó su voz. Salió del baño con la rasuradora en la mano.

—Hola, Paul. Estaba a punto de afeitarme la cabeza.

—Ah. Si quieres lo hago yo. Con una sola mano te será más difícil.

—Vale. Genial.

Paul se sentó en la cama, la sentó a ella entre sus piernas en la banqueta del baño y comenzó a pelarla.

—Ya tengo el informe de los especialistas que entraron en Onkalo. Nichu Nichu tenía el cuello roto. Clara le partió el cuello, en efecto. A una asesina profesional muy peligrosa y armada con un plasma negro. Sois duras, las Huskys.

Bruna sonrió.

—También había un maletín de plomo con material radiactivo dentro, Clara debió de contaminarse al recoger esos residuos. No sé si era un encargo de Marlagorka, pero más bien creo que Nichu Nichu pensaba hacer negocio por su cuenta... Te ha crecido el pelo muchísimo, Bruna, casi he llenado el depósito. Y, ¿sabes? Hay quien dice que detrás de todo esto está la mafia de los trinitarios, que Marlagorka no era más que un peón de Trinity... si es que Trinity existe.

Lizard había ido a buscarla. Lizard había llegado a Pori y la había encontrado en un maldito hospital de campaña, sin identificar, con una atención médica lamentable. La recogieron y atendieron porque todos los reps de combate eran del ejército de los EUT, los rebeldes no disponían de androides; pero carecían de medios para cuidarla adecuadamente. Lizard la había traído a Madrid. Y la había abrazado, la había acariciado, le había dicho lindezas. La rep se fingió más enferma de lo que estaba para seguir recibiendo sus muestras de afecto. Cuando ya no pudo seguir fingiendo, se acabó el cariño. Pero se acordaba.

—Ya está. Vuelve a verse el tatuaje.

Bruna se tocó el cráneo. Suave y liso. De nuevo era ella.

Los brazos de Lizard la rodearon y la cabeza del inspector se apoyó en el hombro de la rep.

—¿Necesitas que te rasure algo más? —susurró en su oído.

Estar dentro de sus brazos, cobijada en su pecho, era como estar en un nido. La androide rió. En ese momento se sentía increíblemente bien. Se sentía en paz.

—No. Creo que no.

Gabi entró en la habitación como un torbellino seguida por un Yiannis jadeante. Lizard soltó a la androide y ambos se levantaron.

—¡Hola, Bruna! —dijo la rusa.

—Hola, Gabi.

Era la primera vez que veía a la niña desde el día que fue a despedirse de ella al hospital, pero el pequeño monstruo mantenía su apariencia de desapego de siempre. Yiannis le había dicho que había empezado los trámites para adoptarla legalmente. Era un alivio que el archivero se hiciera cargo de ella.

—¡Tengo una buenísima noticia, Bruna! Bueno, tengo dos buenísimas noticias —exclamó el viejo con expresión dichosa.

Demasiado dichosa, de hecho. Había vuelto a conectar la bomba de endorfinas y tenía todo el aspecto de estar en un subidón. La rep le miró con recelo.

—Ah. Qué bien... ¿Y cuáles son?

—Pues, la primera, que la Fundación Internacional para la Transparencia Democrática te ha concedido su premio anual de treinta mil gaias por contribuir a divulgar la existencia de los conflictos bélicos en los confines.

¡Vaya! Pues sí que era una buenísima noticia.

—¿Y la segunda?

—¡Que ya he invertido veintiséis mil ges en la creación de un movimiento político!

—¿¿Cómo??

—¡Sí! Se va a llamar *Un Paso Más* y vamos a exigir que se cambien aquellas leyes o situaciones manifiestamente injustas y antidemocráticas, como, por ejemplo, que dejen morir a los niños pobres por la radiactividad cuando hay remedio para ello. He informado a la Fundación del uso que vamos a hacer de su dinero y están encantados. Ya lo han anunciado en los medios.

Bruna le miró estupefacta y de pronto le entraron unas ganas absurdas de reír.

—¿Me quedan por lo menos los otros cuatro mil ges? —preguntó, dudosa.

—Sí. Ésos sí te quedan.

Bueno, y qué más daba. Por fortuna le habían devuelto la licencia: aunque no hubiese podido completar el tratamiento con el sobón, la Administración consideró que había hecho méritos suficientes. Así que podría trabajar. Además, hasta un minuto antes no sabía que tuviera nada. Viejo chiflado. Todavía con esperanzas de cambiar el mundo. Claro que era un loco perseverante, así que a lo mejor hasta lo lograba.

—Cuéntame el final de la historia ya, Bruna. Me lo prometiste. Te toca —ordenó Gabi.

Sí, se lo prometió. Estaba bien, mejor acabar con eso de una vez.

—Vale. ¿Recuerdas por dónde íbamos?

—La Muerte los había alcanzado y le había dado un

beso en los labios al gigante y entonces el gigante se había caído al suelo vomitando sangre. Yo creo que estaba muerto —dijo la niña.

—Claro. Sí. Lo estaba. Y entonces la Muerte se volvió hacia el enano, dispuesta a acabar con él también. Pero el enano se puso de rodillas y le pidió por favor por favor un último deseo. De hecho, la tradición de los últimos deseos para los condenados a la pena capital empezó ahí. El enano le dijo que, como le gustaba tanto pintar y era bueno haciéndolo, quería dibujar esta escena final: el gigante caído, el paisaje, la Muerte esperando y dominándolo todo... Y la Muerte, que era soberbia y vanidosa, se sintió halagada con la idea de ser la protagonista de un cuadro, y concedió el deseo. Entonces el enano cogió una ramita, la mojó en la sangre del gigante, y empezó a pintar en una gran piedra caliza vertical. Primero pintó el valle en el que estaban, las montañas y los árboles; y sus trazos eran tan realistas que las hojas parecían mecerse con la brisa. A continuación se puso a dibujar un río con una barquita oscura que flotaba a lo lejos; pero, en la pintura, el río iba muy crecido; tan crecido que empezó a desbordar los límites de la piedra caliza, y un chorro de agua roja como la sangre salpicó los pies del enano y comenzó a acumularse unos metros más abajo, donde la Muerte estaba. El nivel subió tan rápidamente que enseguida ocultó el cadáver del gigante e hizo que la Muerte perdiera pie. La Muerte, sorprendida, intentó nadar, pero no conseguía flotar en el agua de sangre. Mientras tanto la barquita del dibujo se había estado acercando y acercando, venía navegando por el río y ahora se veía que había alguien dentro. El agua estaba ya tan alta que al enano le llegaba por la mitad del pecho; pero en ese momento llegó la barca junto a él y en ella venía el gigante, vivo y sonriendo, junto con un perrito de tres cabezas que iba con las patas delanteras apoyadas en la borda y meneando alegremente el rabo, porque era un perro muy marinero. Entonces el gigante alargó el brazo, agarró al enano por el cogote y, levantándolo con facilidad, lo sentó en el barquito a su lado. Y luego dieron media vuelta y se alejaron remando, tan felices, por su río de agua roja como la sangre. Así acaba la historia.

Bruna calló. La niña juntó las manos y suspiró.

—Ahhhhhhh... Me gusta. Me gusta tu cuento —exclamó, radiante.

—Precioso —dijo Yiannis.

—Gracias.

—¿Y la Muerte se ahogó? —preguntó la rusa.

—Me temo que no.

—¿Y por qué hay un perro de tres cabezas? —volvió a preguntar.

Bruna reflexionó un instante.

—Porque los monstruos son hermosos.

Gabi asintió con naturalidad, como si Bruna acabara de decir algo evidente. Luego levantó su pequeño índice en el aire y dictaminó en tono concluyente:

—Y el perrito iba atado a la barca.

—Sí. Claro que sí. Llevaba una bonita correa con un buen nudo —dijo Husky.

Nunca había visto a la rusa tan contenta. Clara tenía razón, pensó la rep: necesitaba un final así.

—Se te da bien lo de contar mentiras —dijo Lizard, sonriendo—. Debe de habérsete pegado de tu memorista.

—Mira quién fue a hablar —se burló juguetona la rep.

Y, de pronto, una sospecha irrumpió en su cabeza.

Una evidencia en la que hasta ese momento no había caído. La sonrisa se le congeló.

—Paul... ¿Cómo me encontraste?

—¿Qué?

—Sabes bien lo que te estoy preguntando. Yo no tenía móvil, o sea que no podías rastrearlo; carecía de identificación, podía estar en cualquier parte. Pero, por lo poco que tardaste en localizarme, fuiste directo a ese hospital. ¿Cómo lo hiciste?

Lizard resopló y se pasó la manaza por el cogote. Bruna sintió que dentro de ella empezaba a borbotear la indignación.

—La supuesta baliza de socorro que me pegaste al brazo... No era una baliza de socorro, ¿no es cierto? Era un chip de rastreamiento, como yo te dije. Y tú lo negaste y lo negaste... Cabrón.

El inspector se frotó la cara y luego la miró con gesto dolorido y cansado:

—Es verdad. Era un chip de rastreamiento. Lamento haber mentido, pero si te lo hubiera dicho no te lo hubieras dejado poner. Y yo me preocupo por ti. Y eso es verdad. Te dije: «si me necesitas iré a buscarte». Ésas son las palabras importantes. Por favor, quédate con la parte importante. Si te hubiera mentido en eso, comprendo que me llamaras cabrón. Pero te fui a buscar.

Bruna le observó, todavía agitada por la furia. Esos ojos verdes y punzantes bajo los carnosos párpados; esa mirada profunda y herida con la que parecía ser capaz de atravesarla. Sí. Había ido a buscarla. Se recordó en sus brazos, protegida por su pecho poderoso. Mi pequeña Bruna, había dicho. Sólo un tipo tan enorme como Lizard podía llamarla pequeña. Paul era su gigante y había venido en la barca a buscarla para rescatarla de la Muerte.

—Sí, viniste —susurró la rep, mientras su agresividad se evaporaba.

Y en ese momento no sólo deseó intensamente a Lizard, sino que también sintió por él algo que no sabía definir. Algo más turbador, más sedoso, más tierno. Algo que la dejaba desvalida.

—¿Lista para el gran día? —exclamó entusiasta el doctor Tatu entrando en el cuarto con su habitual exceso de energía.

Fue saludado por un coro de voces. Era el médico que le había hecho el implante del brazo biónico a Bruna. Por lo visto era una eminencia, aunque todavía fuera joven y pareciera un poco chiflado. La prótesis había sido insertada diez días antes, pero el recubrimiento de biosilicona y las nuevas terminaciones nerviosas habían tomado todo este tiempo para fundirse con el resto del brazo. Si hoy el implante estaba bien, Bruna se iría a casa.

—Vamos a ver —dijo el doctor Tatu, abriendo los cierres del rígido estuche acelerador que rodeaba el miembro herido de Bruna y retirándolo con cuidado.

La rep siguió con el brazo doblado sobre el pecho, tal como lo había tenido durante todos esos días, y se lo escudriñó con atención. Era perfecto. Resultaba prácticamente imposible advertir que era una prótesis.

—¿A ver? ¿Extiéndelo? ¿Muévelo? —pidió Tatu.

Bruna lo movió. Respondía a sus órdenes mentales sin problemas, aunque lo sentía un poco raro. El doctor tocó y pinchó las yemas de los dedos y comparó los estímulos con el brazo sano.

—Noto todo pero como al sesenta por ciento de lo que lo noto en mi mano real —dijo la rep.

—¡Perfecto, perfecto! —celebró Tatu—. Un éxito absoluto. En un par de meses, cuando terminen de madurar las conexiones nerviosas, recuperarás toda la sensibilidad. Es un brazo muy bueno. El último modelo.

La tecnología era un milagro, se admiró Bruna. Pero claro, ella misma era hija de esa milagrosa o tal vez maldita tecnología. Un monstruo nacido de la manipulación genética. Cuando se cortó el brazo allí en Onkalo en vez de reventarse la cabeza con el plasma, ¿lo hizo porque verdaderamente los reps no podían suicidarse, como decía Carnal? ¿Sería cierto que no tenía opción? ¿Que los ingenieros le habían robado la libertad de decidir su propio fin? ¿O quizá es que resultaba imposible morir bajo un cielo tan bello como el de aquella noche?

En cualquier caso, estaba viva, y estaba contenta de seguir viva, y tenía la mejor prótesis biónica del mercado. Entonces se acordó de su amiga Mirari, la violinista, tan desesperada por la nefasta calidad de ese brazo ortopédico que se atrancaba siempre y que le impedía tocar su hermoso violín, y cogió el móvil, que estaba extendido sobre la mesilla, y la llamó. El rostro nimbado de cabellos tiesos de la mujer apareció enseguida.

—Eh, Mirari, te llamo para comunicarte que dentro de poco heredarás el mejor brazo biónico del mundo. Espera, ¿qué día es hoy? —preguntó alrededor.

—2 de septiembre —contestó Lizard.

Bruna hizo mentalmente el cálculo a toda velocidad.

—Pues que sepas, Mirari, que, como muy tarde, tendrás tu flamante prótesis en tres años, ocho meses y treinta días.

Y soltó una carcajada. Era la primera vez que Bruna Husky se reía tras hacer la cuenta; se sentía tan ligera que hubiera sido capaz de echarse a volar. Era prodigioso comprobar lo poco que pesaba un corazón feliz.

APÉNDICE DOCUMENTAL

CRONOLOGÍA

2017-2028: Guerras terroristas.

2028-2031: Guerra de la Media Luna: la coalición de Occidente con el islam moderado acaba con la derrota total de la coalición fundamentalista califal.

2040-2050: Las Plagas. La subida del nivel del mar a causa del Calentamiento Global sumerge un catorce por ciento de la superficie terrestre, inundando las costas más fértiles del planeta y provocando éxodos masivos, hambrunas, enfermedades y violentos enfrentamientos que acaban con la vida de cerca de dos mil millones de personas.

2053: La empresa Vitae crea los primeros modelos de tecnohumanos.

2059: El Protocolo del Átomo prohíbe la energía nuclear por fisión.

2060: Revuelta de Encelado: los tecnohumanos que trabajan en las minas de una de las lunas de Saturno, Encelado, se rebelan contra sus duras condiciones de vida y matan a todos los humanos de la colonia.

2060-2062: Guerra Rep. Enfrenta a los humanos y los tecnohumanos.

2062: Pacto de la Luna entre humanos y tecnohumanos. Lo promueve el gran líder androide Gabriel Morlay y acaba con la guerra rep a cambio de la obtención de derechos civiles para los tecnos.

2067: Descubrimiento del astato, esencial en el desarrollo de la tecnología de teleportación.

2073: La profesora Darling Oumou Koité es teleportada desde Bamako (antiguo Mali) al satélite saturnal Encelado. Es la primera vez que se tepea a un humano.

2073-2080: Fiebre del Cosmos: escalada de tensión mundial en la exploración del Universo a través de la teleportación. Llegan a morir el noventa y ocho por ciento de los exploradores.

2079-2090: Guerras Robóticas, llamadas así porque al principio se intenta que sean dirimidas sólo por robots. Sin embargo, terminan causando ingentes pérdidas humanas y tecnohumanas.

2085: Tratado Secreto de Keops para regular la solución final de los residuos nucleares.

2087: Creación de la Tierra Flotante denominada Estado Democrático del Cosmos. Su sistema de gobierno es un régimen hipertecnológico totalitario.

2088: Creación de la segunda Tierra Flotante, el Reino de Labari. Su sistema de gobierno es una tiranía fundamentalista religiosa.

3 DE MAYO 2090: DÍA UNO. Fecha del primer encuentro de los terrícolas con una civilización alienígena. Ese día una nave gnés, procedente del planeta Gnío, aterriza en sector chino de la colonia minera de Potosí, remoto planeta que, al igual que Gnío, orbita la estrella Fomalhaut. A partir de entonces, ese 3 de mayo se conoce con el nombre de Día Uno.

6 de mayo 2090: Firma de la Paz Humana que acaba

con las Guerras Robóticas. Esta paz es la inmediata consecuencia del encuentro con los alienígenas.

2096: Unificación del gobierno planetario y creación del sistema federal de los Estados Unidos de la Tierra.

2096: Acuerdos Globales de Casiopea. El primer tratado interestelar de la Historia regula un sinfín de materias, como la utilización y copyright de las tecnologías, el intercambio mercantil, el tipo de divisa, el uso del teletransporte, las condiciones migratorias, etcétera. Las Tierras Flotantes, Cosmos y Labari fueron los únicos pobladores conocidos de este Universo que se negaron a suscribir el tratado.

2098: Se promulga la primera Constitución de los Estados Unidos de la Tierra. La Carta Magna otorga plenos derechos a los tecnohumanos.

2101: Ley de la Memoria Artificial, que regula el uso de las memorias artificiales en los tecnohumanos.

2109: El Tribunal Constitucional prohíbe la venta del aire.

Archivo central de los Estados Unidos de la Tierra

Tecnohumanos
Etiquetas: historia, conflictos sociales, guerra rep, Pacto de la Luna, discriminación, biotecnología, movimientos civiles, supremacismo. #376244

A mediados del siglo XXI, los proyectos de explotación geológica de **Marte** y de dos de las lunas de **Saturno**, **Titán y Encelado,** impulsaron la creación de un androide que pudiera resistir las duras condiciones ambientales de las colonias mineras. En 2053 la empresa brasileña de bioingeniería **Vitae** desarrolló un organismo a partir de células madre, madurado en laboratorio de manera acelerada y prácticamente idéntico al ser humano. Salió al mercado con el nombre de **Homolab**, pero muy pronto fue conocido como *replicante*, un término sacado de una antigua película futurista muy popular en el siglo XX.

Los replicantes gozaron de un éxito inmediato. Fueron usados no sólo en las explotaciones mineras del espacio exterior, sino también en las de la Tierra y en las granjas marinas abisales. Comenzaron a hacerse versiones especializadas y para 2057 ya había cuatro

líneas distintas de androides: minería, cálculo, combate y placer (esta última especialidad fue prohibida
años más tarde). Por aquel entonces no se concebía
que los homolabs tuvieran ningún control sobre sus
propias vidas: en realidad eran trabajadores esclavos
carentes de derechos. Esta abusiva situación resultó
cada día más inviable y acabó por estallar en 2060,
cuando se envió a Encelado un pelotón de replicantes
de combate para reprimir una revuelta de los mineros,
también androides. Los soldados se unieron a los rebeldes y asesinaron a todos los humanos de la colonia. La insurrección se generalizó rápidamente, dando
lugar a la llamada **guerra rep**.

Aunque los androides estaban en clara desventa-
ja numérica, su resistencia, fuerza e inteligencia eran
superiores a la media humana. Durante los dieciséis
meses que duró la guerra hubo que lamentar muchas
bajas, tanto de humanos como de tecnohumanos. Por
fortuna, en octubre de 2061 asumió el liderazgo de
los rebeldes **Gabriel Morlay**, el gran filósofo y reforma-
dor social androide, que propuso una tregua para ne-
gociar la paz con los países productores de replicantes. Las difíciles conversaciones estuvieron a punto
de naufragar innumerables veces; entre los humanos
había una facción radical que rechazaba toda concesión y abogaba por prolongar la guerra hasta que los
replicantes fueran muriendo, dado que en aquella
época sólo vivían alrededor de cinco años. Sin embargo, también había humanos que condenaban los
usos esclavistas y defendían la justicia de las reivindi-
caciones de los rebeldes; conocidos despectivamen-
te por sus adversarios como *chuparreps*, estos ciudadanos partidarios de los androides llegaron a ser muy
activos en sus campañas en pro de las negociaciones. Esto, unido al hecho de que los rebeldes hubie-

ran tomado el control de varias cadenas de producción y estuvieran fabricando más androides, acabó por cristalizar en la firma del **Pacto de la Luna** de febrero de 2062, un acuerdo de paz a cambio de la concesión de una serie de derechos a los insurrectos. Se da la circunstancia de que el líder androide Gabriel Morlay no pudo firmar el tratado que había sido su gran obra, ya que pocos días antes cumplió su ciclo vital y falleció.

A partir de entonces los replicantes fueron conquistando progresivamente derechos civiles. Estos avances no estuvieron exentos de problemas; los primeros años tras la **Unificación** fueron especialmente conflictivos y hubo graves disturbios en diversas ciudades de la Tierra (Dublín, Chicago, Nairobi), con violentos enfrentamientos entre los movimientos pro-reps **antisegregacionistas** y los grupos de **supremacistas** humanos. Por último, la **Constitución de 2098**, la primera Carta Magna de los **Estados Unidos de la Tierra**, actualmente en vigor, reconoció a los tecnohumanos los mismos derechos que a los humanos.

Fue también en dicha Constitución en donde se utilizó por primera vez el vocablo *tecnohumano*, puesto que la palabra *replicante* está cargada de connotaciones insultantes y ofensivas. Hoy *tecnohumano* (o, coloquialmente, *tecno*) es el único término oficial y aceptado, aunque en este artículo se haya usado también la voz *replicante* por razones de claridad histórica. Por otra parte, hay grupos de activistas tecnos, como el MRR (**Movimiento Radical Replicante**), que reivindican la denominación antigua como bandera de su propia identidad: «Ser rep es un orgullo, prefiero ser rep a ser humana, ni siquiera tecnohumana» (**Myriam Chi**, líder del MRR).

La existencia e integración de los tecnohumanos ha creado un fuerte debate ético y social que está lejos de haberse solventado. Algunos sostienen que, puesto que, en su origen, la creación de replicantes como mano de obra esclava fue un acto erróneo e inmoral, simplemente deberían dejar de fabricarse. Esta posibilidad es rechazada de plano por los tecnos, que la consideran una opción genocida: «Lo que una vez ha existido, no puede regresar al limbo de la inexistencia. Lo que se inventa, no puede desinventarse. Lo que hemos aprendido, no puede dejar de saberse. Somos una nueva especie y, como todos los seres vivos, anhelamos seguir viviendo» (Gabriel Morlay). Actualmente, las cadenas de producción de androides (hoy llamadas *plantas de gestación*) son dirigidas al 50 % por tecnos y por humanos. Un androide tarda catorce meses en nacer, pero cuando lo hace tiene una edad física y psíquica de veinticinco años. Pese a los avances tecnológicos, sólo se ha conseguido que viva una década: más o menos en torno a los treinta y cinco la división celular de sus tejidos se acelera de forma dramática y sufre una especie de proceso cancerígeno masivo (conocido como TTT, **Tumor Total Tecno**) para el que todavía no se ha encontrado cura y que provoca su fallecimiento en pocas semanas.

También resultan conflictivas las regulaciones especiales tecnohumanas, sobre todo las referentes a la memoria y al periodo de trabajo civil. Un comité paritario de humanos y de tecnos decide cuántos androides van a ser creados cada año y con qué especificaciones: cálculo, combate, exploración, minería, administración y construcción. Puesto que la gestación de estos individuos resulta económicamente muy costosa, se ha acordado que todo tecnohumano servirá a la empresa que le fabricó durante un periodo máximo de dos años y en un empleo conforme a la especialidad para la que fue construido. A partir de entonces será licenciado con una moderada cantidad de dinero (la **paga de asentamiento**) para ayudarle a empezar su propia vida. Por último, a todo androide se le implanta un juego completo de memoria con suficiente apoyo documental real (fotos, holografías y grabaciones de su pasado imaginario, viejos juguetes de su supuesta infancia, etcétera), ya que diversas investigaciones científicas han demostrado que la convivencia e integración social entre humanos y tecnohumanos es mucho mejor si estos últimos tienen un pasado, así como que los androides son más estables provistos de recuerdos. La **Ley de Memoria Artificial** de 2101, actualmente en vigor, regula de manera exhaustiva este delicado asunto. Las memorias son únicas y diferentes, pero todas poseen una versión más o menos semejante de la famosa **Escena de la Revelación**, popularmente conocida como *el baile de los fantasmas*; se trata de un recuerdo implantado, supuestamente sucedido en torno a los catorce años del sujeto, durante el cual los padres del androide le comunican que es un tecnohumano y que ellos mismos carecen de realidad y son un mero programa informático. Una vez instalada la memoria en el androide, ésta no puede ser modificada de ningún modo. La Ley prohíbe y persigue cualquier manipulación posterior así como el tráfico ilegal de memorias, lo que no impide que dicho tráfico exista y sea un pingüe negocio subterráneo. La normativa vigente de la vida tecno ha sido contestada desde diversos sectores y tanto el MRR como distintos grupos supremacistas tienen presentados en estos momentos varios recursos contra la Ley. En la última década se han creado numerosas cátedras universitarias de estudios tecnohumanos (como la de la Complutense de Madrid) que intentan responder a los múltiples interrogantes éticos y sociales que plantea esta nueva especie.

Archivo central de los Estados Unidos de la Tierra

Teleportación

Etiquetas: historia de la ciencia, desorden TP, la Fiebre del Cosmos, Guerras Robóticas, Día Uno, los Otros, Paz Humana, Acuerdos Globales de Casiopea, sintientes.

#422-222

La teleportación o teletransporte (TP) es uno de los más viejos sueños del ser humano. Aunque la teleportación cuántica se venía ensayando desde el siglo xx, el primer experimento significativo sucedió en 2006 cuando el profesor **Eugene Polzik**, del Instituto Niels Bohr de la Universidad de Copenhague, consiguió teleportar un objeto diminuto, pero macroscópico, a una distancia de medio metro, utilizando la luz como vehículo transmisor de la información del objeto. Sin embargo, sólo fue a partir de 2067, con el descubrimiento de las insospechadas cualidades de potenciación lumínica del **astato**, un elemento extremadamente raro en la Tierra pero relativamente abundante en las minas de Titán, cuando la teleportación dio un salto de gigante. En 2073, con ayuda de la llamada **luz densa**, capaz de acarrear cien mil veces más información y de manera cien mil veces más estable que la **luz lá-ser**, la profesora **Darling Oumou Koité** fue teleporta-da o tepeada, como también se dice en la actualidad, desde Bamako (Mali) al satélite saturnal Encelado. Fue la primera vez que se tepeó a un humano a través del espacio exterior.

A partir de entonces se desató entre los países de la Tierra un auténtico furor de exploración y conquista del Universo. Puesto que la teleportación anulaba las distancias y daba igual recorrer un kilómetro que un millón de kilómetros, las potencias terrícolas se enzar-zaron en una carrera para colonizar planetas remotos y explotar sus recursos. Fue la llamada **Fiebre del Cosmos**, y se convirtió en una de las causas principa-les del desencadenamiento de las **Guerras Robóti-cas**, que arrasaron la Tierra desde 2079 hasta 2090. El teletransporte siempre tuvo elevados costes econó-micos, por lo que en general sólo se tepeaban equi-pos de exploración de dos o tres personas. Como apenas se disponía de información más o menos fia-ble de unos pocos centenares de planetas que pudie-ran resultar colonizables, no era raro que los enviados de varios países coincidieran en un objetivo, bien por casualidad o bien gracias al espionaje, con consecuen-cias a menudo violentas. Numerosos exploradores caye-ron en combate o asesinados, y los repetidos inciden-tes diplomáticos fueron elevando la tensión mundial. A medida que los destinos más conocidos iban siendo tomados o se convertían en territorios en agria dispu-ta, las potencias empezaron a arriesgar más y a man-dar a sus exploradores a lugares más remotos e igno-rados, lo que incrementó la ya elevada mortandad de los teleportados. En 2080, último año de la Fiebre del Cosmos, falleció el 98 % de los exploradores de la Tierra (cerca de 8.200 individuos, casi todos ellos tecnohumanos), la mayoría simplemente desaparecidos tras el salto.

Para entonces ya se había hecho público algo que los científicos y los Gobiernos supieron desde los comienzos del uso de esta tecnología: que el teletransporte es un proceso atómicamente imperfecto y puede tener gravísimos efectos secundarios. Es una consecuencia del **principio de incertidumbre de Heisenberg**, según el cual una parte de la realidad no se puede medir y está sujeta a cambios infinitesimales pero esenciales. Lo que significa que todo organismo teleportado experimenta alguna alteración microscópica: el sujeto que se reconstruye en el destino no es exactamente el mismo que el sujeto de origen. Por lo general, estas mutaciones son mínimas, subatómicas e inapreciables; pero un significativo número de veces los cambios son importantes y peligrosos: un ojo que se desplaza a la mejilla, un pulmón defectuoso, manos sin dedos o incluso cráneos carentes de cerebro. Este efecto destructivo de la teleportación es denominado **desorden TP**, aunque a los individuos aquejados de deformaciones visibles se los conoce coloquialmente como los **mutantes**. Por otra parte, se comprobó que teleportarse en repetidas ocasiones acaba produciendo de manera inevitable daños orgánicos. La posibilidad de sufrir un desorden TP grave aumenta vertiginosamente con el uso, hasta llegar al cien por cien a partir del salto número once. En la actualidad nos regimos por los **Acuerdos Globales de Casiopea** (2096), que prohíben que los seres vivos (humanos, tecnohumanos, **Otros** y animales) se teleporten más de seis veces a lo largo de su existencia. Los riesgos de los saltos, la muerte y desaparición masiva de los exploradores, el elevado coste económico y el comienzo de las Guerras Robóticas acabaron con la Fiebre del Cosmos y con el entusiasmo por la teleportación. A partir de 2081 sólo se usó esta forma de transporte para mantener la explotación del lejano planeta **Potosí**, único cuerpo celeste encontrado durante la Fiebre del Cosmos cuyos recursos resultaron ser lo suficientemente rentables como para desarrollar una industria minera allende el sistema solar. En los primeros años, la propiedad de Potosí se repartió entre la Unión Europea, China y la Federación Americana. Tras la Unificación pertenece a los Estados Unidos de la Tierra, aunque las minas más productivas han sido vendidas al **Reino de Labari** y al **Estado Democrático del Cosmos.**

Fue en Potosí en donde tuvo lugar el primer encuentro documentado entre los seres humanos de la Tierra y los Otros o ETS, seres extraterrestres. El 3 de mayo de 2090, fecha desde entonces llamada **Día Uno**, una nave alienígena aterrizó en el sector chino de la colonia minera. Eran exploradores **gnés**, un pueblo procedente del planeta **Gnío**, cercano a Potosí; ambos orbitan la misma estrella, **Fomalhaut**. Su navío era muy rápido y técnicamente muy avanzado, si bien su método de desplazamiento era convencional y viajaban a velocidades muy inferiores a las de la luz. Desconocían el teletransporte material, pero habían desarrollado una técnica de comunicación ultrasónica con apoyo de haces luminosos que alcanzaba distancias fabulosas en un tiempo récord. Gracias a estos mensajes o **telegnés**, los gnés habían establecido contacto no visual con otras dos remotas civilizaciones extraterrestres: los **omaás** y los **balabíes**. Los humanos habíamos dejado de estar solos en el Universo.

El impacto de tan fenomenal descubrimiento fue absoluto. Tres días más tarde se firmaba la **Paz Humana** que acabó con las Guerras Robóticas. Aunque el acuerdo se vio sin duda impulsado por el temor que infundieron los extraterrestres en los habitantes de nuestro planeta, en pocos años se fue desarrollando un sentimiento positivo de colectividad que desembocó en el proceso de Unificación y en la creación de los Estados Unidos de la Tierra en 2098. Paralelamente se establecieron contactos con las tres civilizaciones ETS, y sin duda la existencia de la teleportación fue el hecho sustancial que permitió un verdadero intercambio político y cultural entre los cuatro mundos: por primera vez, todos pudieron encontrarse físicamente. Hubo estudios, informes, instrucción intensiva de traductores, negociaciones, preacuerdos, envío de emisarios por TP, miríadas de telegnés surcando las galaxias y una frenética actividad diplomática a través del Universo. Pronto quedó claro que las cuatro especies no competían entre sí de modo alguno y que no podían constituir un peligro las unas para las otras: la distancia entre los planetas de origen es demasiado vasta y el teletransporte es igual de dañino para todos. La grandeza del Cosmos pareció fomentar de alguna manera la grandeza humana y las conversaciones avanzaron en rápida armonía hasta culminar en los Acuerdos Globales de Casiopea de 2096, primer tratado interestelar de la Historia. Los Acuerdos regulan la utilización y copyright de las tecnologías, el intercambio mercantil, el tipo de divisa, el uso del teletransporte, las condiciones migratorias, etcétera. Ante la necesidad de acuñar un término que definiera a los nuevos compañeros del Universo y nos identificara con ellos, se aceptó la expresión **seres sintientes**, proveniente de la tradición budista. Los sintientes (**g'naym**, en lengua gnés; **laluala**, en balabí; **amoa**, en omaanés) conforman un nuevo escalón en la taxonomía de los seres vivos. Si el ser humano pertenecía hasta ahora al Reino *Animalia*, al Phylum *Chordata*, a la Clase *Mammalia*, al Orden *Primates*, a la Familia *Hominidae*, al Género *Homo* y a la Especie *Homo sapiens*, a partir de los Acuerdos se ha añadido un nuevo rango, la Línea *Sintiente*, situada entre la Clase y el Orden, porque, curiosamente, todos los extraterrestres parecen ser mamíferos y poseer pelo de una manera u otra.

Aunque la teleportación ha permitido que las cuatro civilizaciones se hayan intercambiado embajadores, en la Tierra no es muy habitual poder ver a un alienígena en persona. Las delegaciones diplomáticas constan de tres mil individuos cada una, repartidos por las ciudades más importantes de los EUT; a esto hay que sumar unos diez mil omaás que se han tepeado a la Tierra huyendo de una guerra religiosa en su mundo. En total, por lo tanto, hay menos de veinte mil alienígenas en nuestro planeta, un número ínfimo frente a los cuatro mil millones de terrícolas. No obstante, sus peculiares apariencias son sobradamente conocidas gracias a las imágenes de los informativos. El nombre oficial de los extraterrestres es **los Otros**, pero comúnmente se los conoce como *bichos*.

Archivo Central de los Estados Unidos de la Tierra

Guerras Robóticas (extracto)
#6B-138

Las Guerras Robóticas, que comenzaron en 2079 y terminaron en 2090 con la Paz Humana, son, junto con las Plagas, el conflicto bélico más grave que ha sufrido la Tierra. La escalada de violencia que asoló el planeta en la segunda mitad del siglo pasado propició la firma en 2079 de la X Convención de Ginebra, que, suscrita por la casi totalidad de los Estados independientes (153 de los 159 que existían por entonces), acordó sustituir los enfrentamientos bélicos tradicionales por combates de robots. Los ejércitos serían reemplazados por armas móviles y totalmente automatizadas que pelearían entre sí, a modo de gigantesco juego electrónico pero en versión real. Los artífices del tratado pensaron que de este modo se acabarían o minimizarían las carnicerías, y que las guerras podrían ser reconvertidas en una especie de pasatiempo estratégico, del mismo modo que los antiguos torneos medievales eran una versión dulcificada de los auténticos combates.

Sin embargo, las consecuencias de esta medida

no pudieron ser más negativas. En primer lugar, a las pocas horas de firmarse el acuerdo estalló una guerra generalizada en casi todo el mundo, como si algunas naciones hubieran estado esperando con sus robots listos para entrar en combate (algunos politólogos, como la célebre Carmen Carlavilla en su libro *Palabras mojadas*, sostienen que la X Convención de Ginebra fue una simple maniobra comercial de los fabricantes de autómatas bélicos). Como los países más ricos poseían un número incomparablemente mayor de robots, los países pobres, aun habiendo firmado el tratado, jamás pensaron en respetarlo, y atacaron a los autómatas con tropas convencionales que les causaron un inmenso destrozo, dado que, siguiendo las especificaciones de Ginebra, los robots estaban *castrados* por un chip que les impedía dañar a los humanos. Chip que, claro está, fue removido subrepticia e ilegalmente a las pocas semanas, de modo que los vastos campos de humeante chatarra se volvieron a empapar enseguida de sangre.

El contraataque de los autómatas resultó tan descontrolado y devastador que se registraron más muertes en medio año que en todas las guerras habidas anteriormente en el mundo.

Archivo central de los Estados Unidos de la Tierra

Vida alienígena: Bubi (extracto)
#00-3400

BUBI (pl. bubes, colloq. Tr. tragón)

Criatura de origen omaá, el bubi es un pequeño mamífero doméstico que en los últimos años ha sido introducido en la Tierra con gran éxito, porque su adaptativa y resistente constitución permite que sea criado fácilmente en nuestro planeta y porque resulta ideal como mascota. Es una especie heterosexual y carece de dimorfismo: macho y hembra son idénticos en todo salvo en el aparato genital, y aun éste es difícil de distinguir externamente. El bubi adulto pesa unos diez kilos y puede vivir hasta veinte años. Es un animal limpio, fácil de educar, pacífico, afectuoso con su dueño y capaz de articular palabras gracias a un rudimentario aparato fonador. La mayoría de los científicos consideran que el habla del bubi no es más que un reflejo imitativo semejante al de los loros terrícolas. Algunos zoólogos, sin embargo, aseguran que estas criaturas poseen una elevada inteligencia, casi comparable a la de los chimpancés, y que en sus manifestaciones verbales hay una intencionalidad expresiva.

El bubi es omnívoro y muy voraz. Se alimenta fundamentalmente de insectos, vegetales y cereales ricos en fibra, pero si tiene hambre puede comer casi de todo, en especial trapos y cartones. Ese roer constante le ha ganado en la Tierra el apodo coloquial de *tragón*. Diversas asociaciones animalistas han presentado recursos legales, tanto regionales como planetarios, pidiendo que los bubes tengan la misma consideración taxonómica que nuestros grandes simios, y que, por lo tanto, sean reconocidos como sintientes.

AGRADECIMIENTOS, ALGUNA EXPLICACIÓN Y UN PEQUEÑO PORTENTO

Quiero agradecer en primer lugar la inmensa generosidad del físico argentino Alberto Rojo, profesor en la Universidad de Oakland (EE. UU.), un hombre genial que además es músico y formidable escritor de libros de divulgación (y pronto también de ficción). Alberto tuvo la gentileza de leerse el borrador de esta novela para ver si decía muchas tonterías científicas. Corrigió algunas, y si todavía me queda alguna inconsistencia seguro que la culpa es mía y lo añadí después.

Gracias también de corazón, como siempre, a los queridos amigos que se tomaron el trabajo de leer mi borrador y darme alguna sugerencia, especialmente a Antonio Sarabia, Myriam Chirousse, Alejandro Gándara, Juan Max Lacruz, Frank Nuyts y mi editora Elena Ramírez.

La maravillosa frase «El ininterrumpido ir y venir del tigre ante los barrotes de su jaula para que no se le escape el único y brevísimo instante de la salvación» es del gran Elias Canetti.

El también genial aforismo «Los enanos tienen una

especie de sexto sentido que les permite reconocerse a primera vista» es de Augusto Monterroso.

Las dos frases que recita el falso sobón, a saber: «Soy un sencillo instrumento por donde la vida se asoma. Mi voz se conjuga con el otro que escucha, que comparte. Corazón abierto dispuesto a la plegaria. Vida qué hermosa eres» y «Turbado por las palabras caes en el abismo. En desacuerdo con las palabras llegas al callejón sin salida de la duda», las he sacado de una página web de contenidos budistas llamada Comando Dharma. Siento el mayor respeto por el budismo, que, más que una religión, me parece una filosofía interesantísima y desde luego completamente contraria al fanatismo de Labari. Quiero pedir perdón por poner esas palabras en boca de mi oscuro sobón: necesitaba unas frases que fueran lo suficientemente atractivas y bellas, y encontré que ambas servían a la perfección para mis propósitos narrativos.

La historia del gigante y el enano es una nueva versión, retocada y ampliada, de un cuento que escribí hace ya muchos años y que aparecía en mi novela *Bella y oscura*. Además al final he añadido la pincelada del río y la barca, inspirada en una antigua leyenda china que Marguerite Yourcenar recogió en su bello cuento *Cómo se salvó Wang-Fô*.

En cuanto a Onkalo, todo es verdad; quiero decir, es verdad lo que cuento sobre el lugar hasta el año 2014. Recomiendo vivamente el visionado de un documental magnífico y estremecedor de Michael Madsen sobre este cementerio nuclear. Se titula *Into Eternity* (*Hasta la eternidad*) y son setenta y cinco minutos hipnotizantes.

Por cierto que este documental ha sido el origen de una de esas extrañas coincidencias, de uno de esos extraños momentos de magia que suelen condensarse, como ectoplasmas, en los alrededores de la escritura de una novela. Verán, estaba redactando el primer borrador cuando llegué al momento en que Nuyts le da a Bruna un dibujo que en realidad es un mapa. Necesitaba escoger una pintura clásica y al principio pensé en utilizar algún cuadro de la escuela flamenca, porque su intrincado detalle podría servirme para ocultar la carta geográfica. Pero enseguida apareció en mi cabeza *El grito* de Munch; y en cuanto pensé en ello supe con toda seguridad que tenía que ser esa pintura. Así que utilicé el lienzo de Munch y seguí escribiendo y avanzando en la trama. Y, cuando ya estaba acercándome a los capítulos finales, a decir verdad la noche antes de llegar a Onkalo, me puse a ver la película de Madsen para saber cómo era el aspecto del cementerio nuclear y recopilar la mayor información posible del lugar. En un momento determinado del documental se habla de lo que cuento en la novela: de que, al principio, los responsables de Onkalo estuvieron pensando en poner alguna señal, en avisar de algún modo a los futuros habitantes de la Tierra del riesgo que entrañaba la zona. Y, de pronto, la pantalla de mi televisor se llenó con *El grito* de Munch: porque una de las posibilidades que habían barajado era poner una reproducción de ese cuadro, ya que suponían que la obra transmitía de una manera esencial e intemporal un mensaje estremecedor de peligro y de miedo. La coincidencia me dejó alucinada.

A veces pienso que todos los seres humanos estamos unidos por lazos intangibles, que la especie se toca y nuestras mentes se rozan, que formamos un todo capaz de moverse al unísono a través del éter, como un cardumen de peces en el mar del tiempo. Qué pena que, pese a esa profunda y delicada sintonía, no consigamos dejar de matarnos los unos a los otros.